LE PROJET *STARPOINT*

Le réveil des Adjinns

Du même auteur

Le Projet Starpoint, tome 1 : *La Fille aux cheveux rouges*, La belle colère, 2017.

Marie-Lorna Vaconsin

LE PROJET *STARPOINT*

Le réveil des Adjinns

La belle colère

La belle colère
Un label créé et dirigé par
Dominique Bordes et Stephen Carrière

ISBN : 978-2-8433-7888-1

www.labellecolere.com

« Mieux vaut brûler franchement que s'éteindre à petit feu. »

Un Adjinn d'outre-Atlantique

Les 3 Territoires Denses, Stables, Mouvants

- plan de coupe -

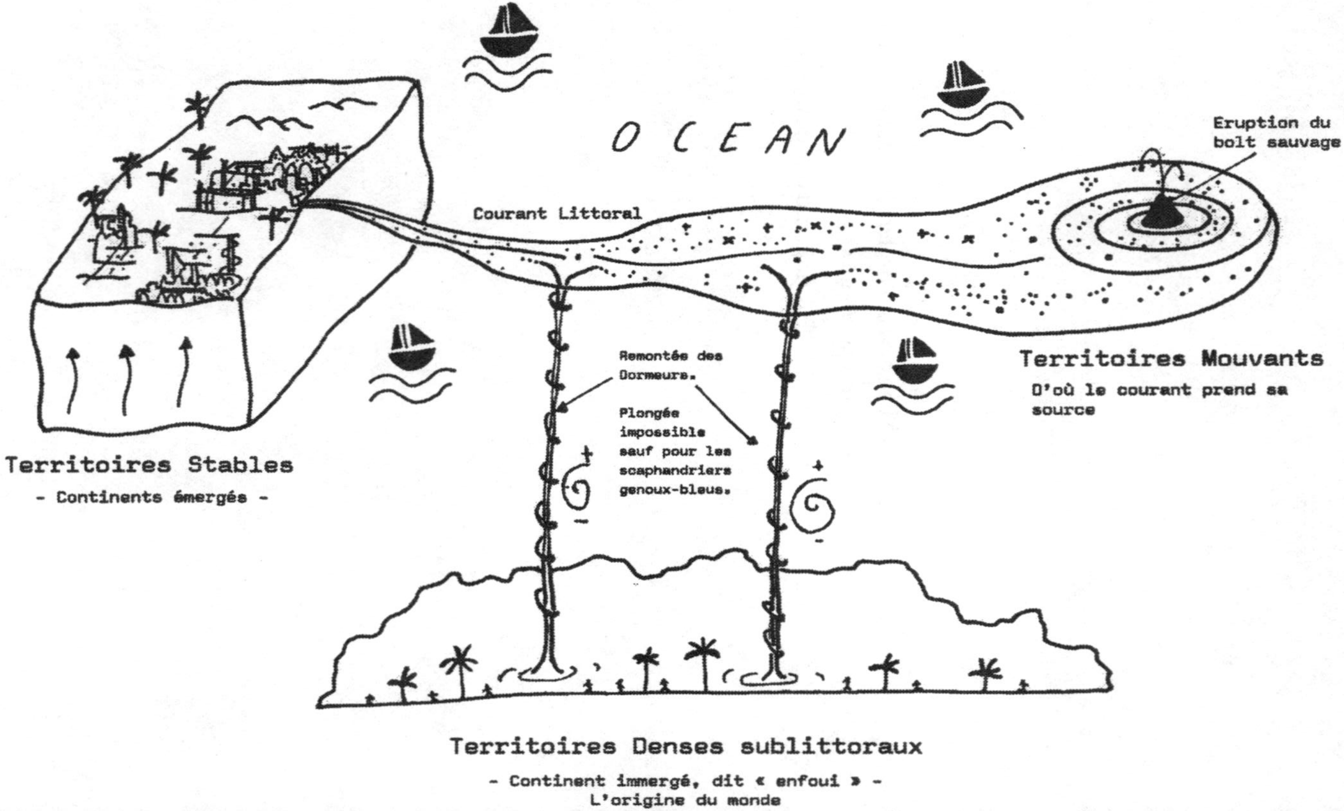

1

« Stimulation extérieure non identifiée »

— Papa ?

Lucien Luchon se redresse lentement sur un coude, puis sur l'autre.

Il ne s'agit plus d'un sursaut de sommeil ; ce sont des gestes nets, décidés, qui témoignent qu'une vraie volonté est revenue à l'intérieur de son corps.

Il ouvre les yeux.

Deux yeux bleus, clairs, presque translucides, que porte la longue lignée des Luchon aux yeux clairs : Émile, lunetier de son état ; Marcel, instituteur et président du club d'astrologie de Loiret-en-Retz ; Lucien, chercheur en physique quantique et cofondateur du projet *Starpoint* ; Pythagore, lycéen, dessinateur et perchiste.

Dans la pièce, médecins, internes, infirmières, tous sont suspendus à ce premier regard. La mère de Pythagore n'ose pas toucher son mari de peur de perturber son réveil. Il semblerait que même les machines se fassent plus discrètes.

Lucien Luchon plisse les yeux, balaie la pièce du regard comme s'il cherchait à reconnaître l'endroit où il se trouve, puis fixe le plafonnier dont la lumière crue inonde la chambre d'hôpital.

— Papa ?

— Lucien, mon chéri, nous sommes là, ajoute sa mère.

Avec quelques difficultés dues à la torpeur de ses muscles, Lucien repousse la couverture, puis s'extrait du lit.

Deux infirmières se ruent sur lui pour l'empêcher de se lever trop vite.

— Ne bougez pas... Allez-y doucement, lui dit le docteur Louvel. Vous êtes à l'hôpital, Lucien, vous venez de vous réveiller...

Celui-ci ne l'écoute pas ; il pose les pieds par terre, se dresse. Un aide-soignant chuchote :

— Il se lève ? C'est hallucinant... !

Retenu par sa perfusion, Lucien s'arrête, tend les bras, écarte les mains, les doigts, comme s'il cherchait à attraper quelque chose d'impalpable. Il ressemble aux enfants qui jouent avec la poussière dans un rai de soleil.

— Lucien ? Vous m'entendez ? insiste le médecin.

Comme happé par de puissantes pensées, le père de Pythagore ne répond pas. Il est insensible à la présence des autres. Ses yeux ne sont pas vides, au contraire ils fouillent la réalité avec curiosité et ferveur, mais de quelle réalité s'agit-il ? Que voit-il ? Qu'entend-il ? Pas la même chose que le reste de l'assistance, visiblement.

Personne n'est en mesure de saisir ce qui se passe dans sa tête, mais l'émotion qui émane de lui est si extraordinaire qu'elle se propage dans la pièce.

∞

Quelques heures plus tard, M. Luchon ne s'est toujours pas reconnecté à la réalité.

Pythagore est hagard, abruti par la fatigue et les avis de tous ceux qui sont passés par là. Le docteur Louvel est justement en train d'échanger avec un nouvel intervenant.

— Ça n'a pas de sens...

— Et Tartenson, qu'est-ce qu'il a dit ?

— La même chose...

— Vous avez des nouvelles du scan ?

— On l'a refait... On attend...

Le médecin sort son téléphone de sa blouse.

— Mais il n'y a pas de réseau, ici ?

Tout le personnel médical vérifie son portable. Les réponses se chevauchent :

— Ah, non... non... non.

— Bon, on recommence l'électro-encéphalogramme. Il y a forcément une erreur quelque part.

Pyth sort de la chambre et s'assied par terre, dans le couloir, à même le sol. Ses baskets crissent sur le lino. Il a besoin de se reconnecter avec quelque chose de familier. Il a dans les mains le téléphone de sa mère, qu'il utilise régulièrement depuis qu'il a perdu le sien dans l'autre monde, et s'apprête à envoyer un message à Louise lorsque...

Ding. Ding. Ding. Ding. Les sonneries de textos s'accumulent. Pyth y jette un coup d'œil : douze appels en absence et une dizaine de messages qui arrivent d'un coup, comme quand on sort d'un sous-sol où l'on ne captait rien. Trois d'entre eux sont de Louise.

Le premier date du milieu de la matinée :

Bonjour Madame, c'est Louise, tout va bien pour Pythagore ?

Le deuxième a été envoyé à la pause déjeuner.

Je suis désolée de vous déranger encore. Pouvez-vous dire à Pythagore qu'il me rappelle ?

Le troisième, il y a cinq minutes :

Est-ce que Pythagore va revenir en cours cet après-midi ?

Pyth commence à répondre :

Tout va bien...

Il s'arrête. Est-ce que tout va *vraiment* bien ? Il efface les mots.

Je suis à l'hôpital. Mon père s'est réveillé.

Il s'arrête à nouveau. Est-ce que son père s'est *vraiment* réveillé ? Il efface à nouveau.

Je suis à l'hôpital. Il se passe quelque chose avec mon père... Viens me voir quand tu peux.

Cela fait, Pyth ferme les yeux et laisse reposer sa tête contre le mur pour essayer de mettre de l'ordre dans ses idées.

∞

Il y a un peu plus d'un mois, c'était la rentrée scolaire. Foresta Erivan a fait son apparition au lycée. Tous les élèves ont été subjugués par son style, son air farouche, le compas de ses jambes fuselées, le dessin effilé de ses yeux, la hauteur de ses pommettes, le ton cuivré de ses cheveux rouges, l'épaisseur de son mystère. Et pourtant, c'est avec Louise Markarian, la fille la moins populaire de la classe, qu'elle s'est liée d'amitié.

Louise. *Sa* Louise ; celle qui, depuis huit ans, partage avec Pyth le fardeau ingrat de se coltiner un parent dans l'enceinte du lycée. Foresta leur a fait découvrir l'autre monde. Un monde superposé auquel on accède par l'angle mort des miroirs ; un monde peuplé d'hommes et de femmes au sang bleu, dont la géographie offre des terres d'un nouveau genre et dont l'accès est protégé par une organisation secrète appelée l'ordre des Garde-Fous.

Pythagore et Louise ont connu Eman, la capitale de la Galécie, et les terres de la Société de géographie. Grâce aux propriétés de leur sang rouge, ils ont pu traverser le courant phosphorescent et plonger dans les Territoires Denses sublittoraux. Pyth a sauvé Louise des griffes du commandant Baar qui assassinait des Dormeuses pour boire leur sang surpuissant. Ensemble, ils ont participé à la bataille de l'Empoing – le concours qui désigne le commandant de la Société de géographie – et l'ont remportée. Chaque nuit, Pyth peut entendre dans ses rêves l'écho magistral des spectateurs qui se sont massivement levés de leur siège pour acclamer son action.

Et, depuis deux semaines, plus rien.

Plus de Foresta, plus de monde superposé, plus de perspective héroïque.

De leurs aventures ne demeurent désormais que des bribes de souvenirs, aussi poignants que volatils, ainsi que quelques objets devenus obsolètes : des fioles de sang ultraviolet – mélange de sang sublittoral et de sang humain – que

Foresta avait cachées dans la chambre de Louise et qui avaient rendu Pythagore malade. Le livre du géographe dont Pyth, tel un graphomane furieux, recopie les cartes et les schémas pour tromper sa nostalgie. Le filin d'asphalt que Louise a rapporté de la bataille de l'Empoing et qu'elle a dissimulé dans la cabane de jardinage du lycée. Quelques photos du livre du secret constitutionnel n° 3.

Rien qui puisse les aider à repartir dans l'autre monde. Rien qui puisse leur fournir ne serait-ce qu'une piste ou un espoir.

Rien... jusqu'à ce matin.

∞

Quelques minutes avant que son père ne se réveille, un homme est entré dans la chambre d'hôpital.

Il s'y est glissé sans faire de bruit, s'est plaqué contre le mur. Il était vêtu d'une blouse, comme les autres médecins, dont les manches étaient relevées. Pyth ne lui a pas prêté attention jusqu'à ce qu'il remarque un tatouage dessiné sur l'avant-bras du jeune homme : une araignée aux pattes fines et ciselées.

Pyth a senti un frisson le parcourir.

Était-ce un signe ? un signe de l'autre monde ? Il avait sous les yeux l'exacte réplique d'un tatouage qu'il connaissait bien : celui du lieutenant Abakan – fraîchement nommé commandant de la Société de géographie depuis la bataille de l'Empoing.

— Tu connais ce tatouage ? lui a demandé l'étrange médecin d'une voix froide et coupante. Tu sais qui est habilité à le porter ? Les infiltrés. Nous servons les Garde-Fous dans l'ombre.

Pyth en est demeuré immobile, saisi. Une coulée de plomb lui est tombée dans les entrailles. Un Garde-Fou ? Un Garde-Fou à l'hôpital des Chartreux de Loiret-en-Retz, dans la chambre de son père ?

Pyth ne sait presque rien des Garde-Fous, si ce n'est la terreur que leur nom inspire à Foresta. Elle en a parlé à plusieurs reprises comme d'une hiérarchie opaque aux ramifications obscures. Pyth se souvient des responsabilités de l'ordre : surveiller les frontières et protéger les secrets dits « constitutionnels » – secrets dont les gens de l'autre monde ne savent rien mais dont Louise, Foresta et lui ont appris qu'ils sont relatifs aux passages entre les mondes.

C'est parce que les Garde-Fous avaient perdu le livre du secret constitutionnel n° 3 – consacré aux angles morts – que Foresta a réussi à passer de l'autre côté de la frontière pour la première fois. C'est encore parce qu'elle se croyait poursuivie par les Garde-Fous qu'elle a abandonné le précieux ouvrage dans les toilettes publiques de la rue Marie-de-Craon. C'est enfin et toujours par peur des représailles des Garde-Fous qu'elle est demeurée silencieuse quant aux agissements du commandant Baar.

Les Garde-Fous sont une sorte de police secrète et protéiforme. Que faisait l'un de leurs représentants dans la chambre de son père ? Comment connaissait-il son existence ? Comment savait-il qu'il trouverait Pythagore à cet endroit précis ? L'avait-il suivi ? À partir d'où ? Comment ? Pourquoi ?

L'homme a répondu de lui-même sans que Pyth ait besoin de poser la moindre question.

— Figure-toi que j'ai assisté à la confession d'un certain commandant...

Un certain commandant ? C'était forcément au commandant Baar qu'il faisait allusion, a pensé Pythagore, en se remémorant l'arrestation de l'ancien dirigeant de la Société de géographie.

— J'ai appris qu'une de ses aspirantes s'était échappée de son cabinet en brisant un miroir, a poursuivi le Garde-Fou.

Une de ses aspirantes ? Il devait s'agir de Foresta.

— Elle était accompagnée d'un garçon capable de traverser le courant sans scaphandre...

Le garçon, c'était lui. Foresta et lui s'étaient effectivement échappés du cabinet où le commandant conservait les têtes coupées de ses victimes en passant par l'angle mort d'un miroir brisé.

— Ce garçon avait une petite amie au sang rouge.

Louise. Louise était cette amie au sang rouge. Louise à qui le commandant Baar et le professeur Deanjii avaient prélevé du sang pendant qu'ils la retenaient prisonnière.

— Tu es au courant de quelque chose ? a-t-il interrogé avec un sourire carnassier.

Pyth n'a pas eu le temps de répondre, l'autre a enchaîné aussitôt :

— J'aurais pu avoir pour mission de vous éliminer, toi et ta petite camarade de lycée, mais je suis là pour passer un marché.

— Quel marché ? a répliqué Pythagore.

— Ton père va se réveiller ; personne n'essaiera plus jamais de lui voler son portable.

Son regard appuyé d'un sourire froid a indiqué à Pythagore que le Garde-Fou n'était pas étranger à l'agression de son père.

— En échange, toi et ton amie, vous allez venir travailler pour nous... Nous avons une question diplomatique à régler avec un certain gang du Gaoyan... Il semblerait que nous ayons besoin d'agents capables de traverser le courant – sans scaphandre, j'entends. Si vous échouez... disons que la vie de l'aspirant Erivan s'en trouvera largement dégradée.

Pyth en a eu un ultime coup au cœur. Foresta a-t-elle été arrêtée par les Garde-Fous ? Quelle étrange expression que ce mot, « dégradé ». La vie de Foresta, « dégradée » ?

Surmontant sa peur et son trouble, Pyth a osé prononcer une phrase qui maintenant sonne à ses oreilles comme les formules fatidiques des contes pour enfant :

— J'accepte... le marché.

∞

Que va-t-il se passer à présent ? Quelle mission va-t-on leur confier ?

Pyth se relève, ouvre la fenêtre. Il a besoin de laisser l'air s'engouffrer, de sentir le vent caresser son visage, ses cheveux, tel un appel de l'autre monde.

Il prend le temps d'observer son reflet dans la vitre et, instinctivement, y cherche l'angle mort – l'angle courbe qui sépare deux zones de reflet – comme s'il voulait traverser la frontière.

Depuis deux semaines, il s'interdit d'y rêver. Du fait de sa carence en orange bleue et toute forme de peptine – l'ingrédient essentiel qui permet au cerveau de se brancher sur d'autres fréquences pour passer dans l'autre monde –, chaque miroir, chaque fenêtre lui fait l'effet d'un crève-cœur, comme autant de portes scellées lui interdisant l'accès au bonheur.

∞

Un bruit de roulettes lui fait relever la tête.

— Pyth ?

La petite silhouette de Gautier fait son apparition en chemise de nuit ; sa main est accrochée à sa perfusion comme à un bâton de mage. Il a onze ans – dont presque deux passés à l'hôpital des Chartreux –, ce qui ne l'empêche pas d'être fan de physique quantique. La première fois que Pythagore l'a rencontré, c'était justement dans la chambre de son père, alors qu'il essayait de mesurer les vibrations de la matière supramentale à l'aide d'une machine fabriquée par ses soins.

— Alors ? Il est réveillé ?

Pyth se force à lui sourire.

— Il est debout, il marche… mais il n'est pas vraiment réveillé.

— Comment ça ?

Pyth avale sa salive. Les sanglots ne sont pas loin.

— Il a l'air réveillé… mais il ne nous voit pas, il ne nous parle pas… Il ne nous entend pas. Il est… comme dans un rêve.

— Il est somnambule ?

— Oui, pour l'instant, c'est un peu ça.

Gautier perçoit la fragilité dans la voix de Pythagore.

— Ce n'est peut-être pas le moment alors...

— De quoi ?

Le jeune garçon a une moue un peu gênée.

— Je voulais te donner ça...

Il lui tend tout de même une feuille imprimée sur laquelle il a dessiné des figures et collé des stickers.

— C'est pour t'inviter à ma fête.

Les lettres rouges, bleues, jaunes dansent et annoncent :

> À l'occasion de mes onze ans, rendez-vous à ma bêtise d'anniversaire !

— C'est samedi matin à 8 heures. Tu crois que tu pourras venir ?

— À 8 heures du matin, répète Pyth, étonné par l'horaire et l'intitulé de l'invitation : « bêtise d'anniversaire ».

— J'ai le droit de fêter mon anniversaire dehors, cette année. Ma mère m'a dit que je pouvais choisir une bêtise à faire tous ensemble.

Le sourire de Gautier chamboule la poitrine de Pythagore.

— Bon, à toi, je peux le dire. On va faire déborder une fontaine ! Mais tu ne dis rien, hein ? C'est une surprise pour les invités ! Tu crois que tu pourras venir ?

Pyth acquiesce mais, au fond de lui, la voix du Garde-Fou résonne à ses oreilles. Sera-t-il libre de ses mouvements samedi prochain à 8 heures ? Quelle forme va prendre la mission à effectuer ? Quand aura-t-elle lieu et pendant combien de temps ? Seront-ils en mesure de poursuivre les cours au lycée, d'avoir une vie normale ?

— Tu peux amener une fille si tu veux. Et même plusieurs filles, ça ne me dérange pas.

Soudain, Pyth se rappelle que Gautier est passé devant la chambre tout à l'heure. Il a vu le Garde-Fou, lui aussi. Celui-ci lui a même parlé.

— Tu connais le médecin qui était avec moi, tout à l'heure ? Celui qui avait les gros tatouages ?

— C'est pas un médecin, c'est un interne.

— Et tu le connais ?

— Un peu... Il venait souvent faire la sieste dans la chambre de ton père quand il était de garde. Il m'a volé des magazines que j'avais cachés sous le lit.

— Il faisait la sieste dans la chambre de mon père..., répète Pythagore, songeur. Il travaille à l'hôpital depuis longtemps ?

— Oui, depuis que je suis là.

∞

En attendant qu'une nouvelle batterie d'examens soit pratiquée sur son père, Pyth décide d'arpenter les couloirs à la recherche du fameux interne. Il descend dans le hall, suit les couloirs permettant d'accéder aux urgences.

— Qu'est-ce que vous faites là ? C'est réservé au service, lui dit une infirmière corpulente, serrée dans sa blouse.

— Excusez-moi, je cherche un médecin, jeune, avec des tatouages sur les avant-bras...

— Oh ! bah, mon p'tit vieux, je te bien souhaite du courage. Ils ont tous des tatouages maintenant, on peut plus les arrêter.

— Celui que je cherche a un tatouage en forme d'araignée.

La femme lève les yeux au ciel, hausse les épaules, l'air de dire qu'elle a mille autres choses à faire.

Pyth emprunte le passage qui mène au jardin des Chartreux et suit la promenade le long des vieilles pierres. Le personnel soignant vient parfois s'y retrouver pour faire une pause avec un sandwich et un café.

Le Garde-Fou n'y est pas.

∞

Dans la chambre de son père, tous les médecins sont groupés autour de la télé : tel un stroboscope télévisuel, les images défilent à l'écran à une vitesse vertigineuse dans un mélange de bruits de friture, de musiques et de langues étrangères. Lucien Luchon a été installé sur un fauteuil roulant. Apparemment fasciné par quelque chose dans l'air qu'il est seul à voir, il prononce des mots tout bas, comme s'il voulait se convaincre de quelque chose.

Le docteur Louvel interpelle deux infirmières.

— Allez, vous lui faites faire un tour d'étage et vous revenez.

Celles-ci obtempèrent ; Mme Luchon les suit de près. À peine ont-elles quitté la pièce que le tourbillon insensé de la télé cesse pour laisser la place à une série policière de fin d'après-midi.

— C'est incroyable, souffle un interne. Vous croyez que c'est lié ?

Toc, toc, toc.

— Ça va ? demande Louise, sceptique, en découvrant que toutes les têtes sont rivées sur la télé. Qu'est-ce qui se passe ? chuchote-t-elle à Pythagore.

— Mon père s'est plus ou moins réveillé, mais...

Il hésite sur la formulation.

— Ton père s'est réveillé ? Pyth ! C'est génial, s'écrie-t-elle avec une joie sincère en le prenant dans ses bras.

— Attends, c'est un peu plus compliqué. Il est réveillé mais il n'est pas vraiment avec nous. Il ne nous entend pas... Il ne nous voit pas... On dirait qu'il s'est réveillé à moitié.

Les infirmières reviennent justement de leur petit tour avec M. Luchon : sur l'écran télévisé, les images recommencent à s'affoler.

— C'est incompréhensible, commente le docteur Louvel.

Le petit groupe d'internes, de médecins et d'infirmières qui assiste à la scène est décontenancé.

— Il détraque les machines...

Chacun acquiesce sans oser y croire.

— Vous avez du réseau ?

Les internes attrapent leur portable et répondent tour à tour :

— Non... non... non.

∞

Le docteur Louvel arpente la pièce en cherchant ses mots.

— Le cas de votre mari est... inédit, dit-il à la mère de Pythagore. Ses constantes physiques sont bonnes, ce qui est miraculeux après trois ans de conscience minimale. Il bouge, comme vous pouvez le constater, il respire ; il ne rejette ni les perfusions ni les soins, mais il n'a aucune perception du monde qui l'entoure. Nous lui avons fait passer plusieurs électro-encéphalogrammes et le résultat est stupéfiant.

Le médecin ouvre son porte-documents, feuillette quelques pages.

— Les courbes sont... impossibles à expliquer. Elles oscillent entre 1,5 hertz, une fréquence basse appartenant aux ondes delta, caractéristiques du coma profond, et 90 hertz, une fréquence qui crève le plafond des ondes gamma et qui indique une conscience accrue, voire...

Le docteur Louvel marque un temps d'hésitation.

— Voire... supranormale. C'est comme si votre mari était encore dans le coma mais qu'une stimulation extérieure non identifiée l'avait fait grimper en état d'hyperlucidité.

Louise et Pythagore échangent un regard.

« Stimulation extérieure non identifiée ».

— Comme je vous l'ai dit, tout a commencé ce fameux soir, reprend le médecin, la nuit de l'intrusion. Il a dû se passer quelque chose que nous ignorons. La visite d'une personne qui lui a rappelé des souvenirs ? ou qui lui a procuré un choc émotionnel en prononçant certaines paroles ou en effectuant certains gestes ? Ou bien... À vrai dire, je ne vois pas du tout comment expliquer le phénomène.

Pyth et Louise savent parfaitement ce qui s'est passé durant cette nuit que le médecin appelle « la nuit de l'intrusion ». C'était après la bataille de l'Empoing, ils étaient ivres à cause de l'alcool de bourgeon d'Abysse. Ils ont grimpé le long du mur de l'hôpital des Chartreux à l'aide du filin d'asphalt. Pyth n'en a plus que des souvenirs très clairsemés, mais il sait qu'ils sont entrés dans la chambre de son père en brisant sa fenêtre, puis qu'ils ont glissé un fond de fiole de concentré d'orange bleue dans sa perfusion.

Ce que le médecin appelle « stimulation extérieure non identifiée » est le fameux concentré d'orange bleue qui permet au cerveau de se brancher sur d'autres fréquences.

∞

Louise et Pythagore s'isolent dans le salon au rez-de-chaussée de l'hôpital. Pyth en connaît chaque fauteuil, chaque recoin, chaque fenêtre pour y avoir passé tout son temps, il y a trois ans, alors que son père venait juste de tomber dans le coma.

— La stimulation extérieure non identifiée, ce sont les peptines, lance Louise aussitôt.

— Oui, c'est ce que j'ai pensé...

Pyth ne sait plus s'il doit se réjouir ou se lamenter de l'état de son père, se féliciter ou se fustiger de lui avoir donné un peu de ce fameux concentré.

Il se dirige vers le distributeur de boissons chaudes et remarque qu'il a été remplacé : le nouveau est plus moderne, avec une publicité rétroéclairée. Il se souvient de celle qui se trouvait là, il y a trois ans – un lapin jaune en salopette bleue tenait un chocolat chaud fumant et disait dans une bulle : « Attention à bien souffler, sinon tu risques de te brûler très fort ! »

Il est déçu de ne pas retrouver le lapin mais, d'une certaine façon, son absence le soulage : elle rend sensible que les temps ont changé. Pyth ne veut plus revivre ce qu'il a vécu à l'époque : les longues nuits d'attente dans ce salon, les angoisses, les espoirs déçus.

— À propos de peptine, reprend Pyth. Il s'est passé autre chose...

Il marque une pause, l'air méditatif.

— Ce matin, un homme est entré dans la chambre de mon père. Un homme plutôt jeune, entre vingt et trente ans. Il portait une blouse, comme le personnel de l'hôpital. Il s'est approché de moi, je ne me suis pas méfié... Et puis, j'ai vu qu'il avait un tatouage sur son avant-bras. Une araignée. Le même dessin que celui du lieutenant Abakan.

Louise concentre son écoute, repositionne ses lunettes zébrées sur son nez.

— Il m'a demandé si je savais ce que son tatouage signifiait... J'ai répondu que non... Il m'a expliqué que c'était la marque des Garde-Fous infiltrés.

Louise écarquille les yeux.

— Quoi... ?!

Pyth fait oui de la tête pour l'assurer de la véracité de ses propos.

— Il m'a raconté qu'il avait assisté aux interrogatoires du commandant Baar. Qu'il savait qu'on avait utilisé un angle mort avec Foresta pour s'échapper de son cabinet.

Louise en reste bouche bée.

— Et il te connaissait, toi aussi ; il a parlé de ma « petite camarade de lycée ». Il savait qu'on avait plongé dans le courant sans scaphandre ; il m'a dit que, pour toutes ces raisons, il aurait dû nous éliminer.

Interdite, incrédule, Louise répète :

— Nous... éliminer... ?

Pythagore acquiesce.

— Et après... ?

— Après... il a dit qu'il voulait nous proposer un marché.

— Un marché ?

— Il veut qu'on travaille pour eux.

— Comment ça ?

— Je ne sais pas exactement... Il m'a dit qu'ils avaient besoin de personnes comme nous, capables de traverser le courant.

Louise sait bien que seuls les humains au sang rouge peuvent traverser le courant qui mène au continent enfoui.

— Ils veulent qu'on retourne dans le Sublittoral ?

— Apparemment...

Pyth devine que cette idée n'emballe pas son amie. La dernière fois qu'elle a foulé le sol des Territoires Denses sublittoraux, elle y a croisé la route du commandant Baar. C'est dans le Sublittoral qu'elle a été retenue prisonnière, c'est dans le Sublittoral qu'elle a vu le commandant assassiner les Dormeuses au poignard, prélever leur riche sang bleu marine pour le mettre en bocal. C'est dans l'air lourd et chargé de cette terre qu'elle a connu la terreur de ne savoir ni ce qui allait lui arriver, ni si elle retrouverait un jour son père, sa vie. L'air du Sublittoral empêche la transmission des sons, elle ne pouvait poser de question ni lutter pour empêcher le commandant Baar de lui prélever du sang. Pendant plusieurs jours, elle a gardé la trace des chaînes métalliques qui l'avaient retenue captive.

Pyth la laisse digérer l'information puis reprend :

— Il m'a aussi parlé de Foresta. Il m'a expliqué que si on ne réussissait pas notre mission, elle aurait des problèmes...

Louise arpente la pièce en silence.

— Au moins, poursuit Pyth, ça explique pourquoi elle n'est pas venue nous voir. Ils ont dû l'interroger, elle aussi. Ils doivent la surveiller ou la détenir en captivité quelque part...

Depuis son retour de l'autre monde, la plus grande déception de Pythagore est que Foresta ne soit pas venue les rejoindre. Si eux ne disposent plus de peptine, elle-même peut s'en procurer aisément. Qu'est-ce qui l'empêche de passer l'angle mort ? Pyth a échafaudé mille scénarios pour expliquer son absence ; aucun ne lui a apporté satisfaction.

C'est pourtant elle qui est venue le voir dans la loge, après la bataille de l'Empoing. C'est lui qui l'a embrassée, mais elle lui a rendu son baiser sans équivoque. Que se serait-il passé s'ils n'avaient pas été interrompus, s'ils avaient pu rester un peu plus longtemps, tous les deux, dans le noir ?

Pyth n'a cessé d'y repenser. Les images sont décousues, à présent, intermittentes. Le toucher de ses cheveux, de ses pommettes, le brillant de sa pupille, les frissons procurés par son souffle effleurant son oreille...

— Mais qu'est-ce qu'ils veulent ? murmure Louise.

— Je sais pas...

— Comment il t'a retrouvé ? Je veux dire, comment il a eu l'idée de venir jusqu'à l'hôpital ?

Pyth hausse les épaules en signe d'impuissance.

— C'est là que ça devient vraiment... bizarre. Apparemment, il travaille à l'hôpital depuis longtemps. Il connaissait très bien la chambre de mon père. Il a plus ou moins reconnu que c'est eux qui ont organisé son agression.

— Eux ? Les Garde-Fous ?

— C'est ce que j'ai cru comprendre. Il m'a dit : « Ton père va se réveiller. Plus personne n'essaiera de lui voler son portable. » Comment est-ce qu'il pouvait savoir que mon père a été agressé par des voleurs de portable ? Comment a-t-il pu affirmer que plus personne n'essaierait de l'attaquer de nouveau si ce n'est parce que c'est lui qui est à l'origine de la première attaque ? Et puis, sa voix était pleine de sous-entendus.

Le téléphone de Louise se met à sonner. Elle regarde l'écran et se tend légèrement.

— C'est mon père, je dois répondre. Je vais pas lui dire que je suis avec toi parce que…

Louise ne finit pas sa phrase. La vidéo immortalisant leur fameuse équipée nocturne arrosée d'alcool de bourgeon d'Abysse ayant fait le tour du lycée, le père de Louise en veut terriblement à Pythagore.

— Je vais lui dire que je suis au CDI, décide-t-elle en plaçant son index sur sa bouche.

Pyth s'isole, pose son front contre la vitre, laisse courir ses idées en contemplant le jardin lorsque, soudain, une apparition le fait sursauter : progressant au milieu des familles qui bavardent, quatre hommes en soutiennent un cinquième, qui téléphone. Leur allure détonne dans le décor, ils sont habillés en chasseurs, en marcheurs, avec des bottes et de grosses vestes.

Pyth ne met pas longtemps à reconnaître l'homme qui téléphone malgré le sang qui s'écoule sur sa tête.

C'est justement le père de Louise. Paramaz Markarian.

2

Échauffourée à Loiret-en-Retz

— Oui, papa. Je suis au CDI... Oui, papa... Tu as une réunion avec l'association ? Ok... Je t'attends pour dîner ? Mais oui, papa, je te promets... Non, j'ai eu dix-sept en histoire. C'était la meilleure note !

Pyth est déstabilisé : il assiste aux deux pendants d'une même conversation, équitablement tissés de mensonges. Louise n'est pas au CDI. Son père n'est pas à sa réunion de l'association des Amis du lac.

Sans quitter le groupe des yeux, il chuchote :

— Louise ! Louise ! Viens voir !

Celle-ci ne l'entend pas car elle s'est réfugiée à l'autre extrémité du salon et presse son index contre son oreille libre.

— Ah bon ? Maintenant ? Mais Périclès n'a pas gardé de plan ? Ok, j'y vais, je vais l'imprimer, je jetterai un œil. Il est nul en plomberie.

Louise raccroche.

— Il y a un problème de toilettes bouchées au lycée. Il veut que j'imprime le plan des colonnes d'évacuation pour Périclès.

Elle soupire.

— Je suis sûre qu'il fait ça pour m'occuper.

Pyth en reste pantois :

— Mais... il t'a dit quoi ?

— Il va à sa réunion des Amis du lac et, comme ça va durer tard, il a peur que je sorte... Tu sais qu'il devient fou ? Il a installé un cadenas sur la baie vitrée de ma chambre et il a planté des trucs partout autour pour m'empêcher de faire le mur... tout ça alors que j'ai la meilleure moyenne de la classe...

— Louise, ton père n'est pas à une réunion d'association, énonce Pyth d'une voix blanche.

— Comment ça ?

— Je viens de le voir passer en bas... dans le jardin. Il avait la tête en sang.

— Quoi ?

— Je te jure, il était soutenu par plusieurs gars. Ils allaient aux urgences...

∞

Pythagore et Louise quittent le bâtiment des patients longue durée pour courir vers les urgences. Ils traversent le hall d'accueil et se rendent directement aux admissions.

— Hey, petite !

La voix est familière. Ils découvrent Bertrand, un des membres de l'association qui travaille sur le bateau à fond de verre. C'est lui qui les a surpris un matin, près du lac, complètement débraillés après leur aventure sublittorale. Malgré ses cheveux en bataille, son œil au beurre noir et sa lèvre fendue, il a l'air en joie. Il serre contre lui un sac en papier duquel dépasse le goulot d'une bouteille de whisky.

— Petite ! Qu'est-ce que tu fais là... ?

— Il est arrivé quelque chose à papa ?

Il étouffe un rire.

— Pas vraiment.

— Qu'est-ce qui s'est passé ?

— On a eu une petite échauffourée...

Il place sa main devant sa bouche, comme pour confier un secret.

— Ton père n'est pas peu fier, il en a collé trois au tapis à lui tout seul. Mais bon, il ne veut pas te donner le mauvais exemple... Alors, s'il te plaît, rentre à la maison.

— Mais il va bien ?

— Bien sûr qu'il va bien. Ça nous rappelle notre jeunesse, tout ça...

— Mais c'était qui ?

— On allait commencer notre réunion habituelle des Amis du lac au café Breban quand des gars du camp adverse sont arrivés. On a dû leur expliquer...

Il se remet à rire, avec une fausse humilité.

— On a dû leur expliquer, avec des mots à nous, pourquoi on défend la décision de monsieur le maire.

Louise comprend aussitôt qu'il s'agit du château de la Pucelle.

∞

Situé sur un petit îlot au milieu du lac, le château d'Herbauges, dit château de la Pucelle, cristallise à peu près tous les fantasmes régionaux, raison pour laquelle il attise depuis toujours les convoitises. D'abord, la présence du lac confère aux vieilles pierres du monument une aura légendaire, car c'est dans le lac d'Herbauges qu'ont disparu les douze Pêcheurs de Loiret-en-Retz devenus mythiques depuis leur spectaculaire réapparition dans la sacristie de l'église Saint-Hilaire. Cet épisode est d'ailleurs célébré chaque année depuis le XIIe siècle par un carnaval très populaire à Loiret-en-Retz. L'histoire des Pêcheurs a drainé d'autres légendes datant du Moyen Âge : la croyance qu'une riche cité se trouverait enfouie au fond du lac d'Herbauges, que le scintillement de ses ors attirerait les baigneurs trop confiants et que, par les soirs de pleine lune, les cloches de la citadelle engloutie sonneraient pour honorer ses morts.

Déjà fort de l'aura que lui procure le lac, le château d'Herbauges est aussi paré de son propre prestige : son bâtisseur et ancien propriétaire, le baron Gilles de Retz, y aurait accueilli Jeanne d'Arc pour établir un plan de bataille durant la reconquête des territoires de Loire.

Très difficile d'accès à cause des crues qui isolent ses terres, le château n'est relié à la rive que par de fragiles pontons. L'un d'eux est en train de tomber en ruine faute d'entretien, de même que le toit du château, une partie de ses murs et de ses fondations.

La vieille bâtisse appartient à la mairie de Loiret-en-Retz depuis la fin de la Première Guerre mondiale, mais la gestion de son entretien, ainsi que de celui du terrain qui l'environne a toujours été confiée à une association de protection de l'environnement appelée Les Amis du lac d'Herbauges. Essentiellement composée de gars du coin, de pêcheurs, de chasseurs ou d'amoureux de la nature, cette association, présidée quasi bénévolement depuis une dizaine d'années par M. Markarian, ne réclame à ses membres qu'un engagement modéré. Il s'agit d'organiser les allées et venues du bateau à fond de verre, d'assurer l'entretien de l'observatoire aux oiseaux et de noter les informations relatives aux niveaux de crue du lac. Toutefois, l'atmosphère a changé depuis que le maire a annoncé son intention de vendre le château.

Plusieurs fois envisagée en raison du coût de la restauration des pierres, plusieurs fois repoussée en raison de la levée de boucliers des habitants du Vieux-Loiret, la vente du château a finalement été adoptée, selon un protocole rédigé conjointement par la mairie, les Amis du lac et l'Association loirétaine de défense du patrimoine. Ce protocole, qui doit encore être approuvé par référendum local, prévoit que la vente ne sera possible qu'à deux conditions : premièrement, l'acheteur du château devra être français, et deuxièmement, le bâtiment devra servir un projet culturel écoresponsable contribuant à la promotion de la région sans mettre en péril la réserve naturelle du lac.

Le référendum semblait plutôt en bonne voie quand un des plus virulents opposants au maire, Jean-Charles Vidal-Daguerre – le père de Maxence Vidal-Daguerre, ennemi juré de Pythagore – avait décidé de commencer sa carrière politique en révélant ce qu'il avait appris sous le sceau du secret par la secrétaire d'un des membres du conseil municipal : le maire avait déjà décidé du projet culturel à soumettre au potentiel acheteur. Il s'agissait d'un festival de musique rock. Branle-bas de combat à Loiret-en-Retz ! Les associations de protection des mineurs, de protection du patrimoine et de défense de toutes sortes de valeurs s'étaient mobilisées pour dénoncer les ravages que ne manqueraient pas d'occasionner une arrivée massive de festivaliers sur les terres d'Herbauges et sillonnaient la ville avec pétitions et tracts hauts en couleur. Leur cible principale était bien sûr le maire, Archambault de Morvan – père d'Églantine de Morvan, également dans la classe de Pyth –, mais aussi l'association des Amis du lac, et plus particulièrement leur président, Paramaz Markarian. Le maire était accusé de se désintéresser du patrimoine de sa ville, de le brader au plus offrant. Quant au président des Amis du lac, les partisans de M. Vidal-Daguerre le traitaient d'illettré, incapable de comprendre ce qu'était un projet culturel, tout juste bon à transformer l'îlot du château en repaire de drogués.

Pour contrer ces attaques, le maire et les Amis du lac, soutenus par une large équipe de jeunes gens ouverts d'esprit, avaient décidé d'organiser eux-mêmes un concert écoresponsable afin de montrer les bénéfices que la municipalité pourrait en retirer. Le concert devait avoir lieu samedi, la veille du vote.

∞

— Faut pas te faire du souci, petite, dit Bertrand à Louise. Après dimanche, ils vont se calmer.

— Vous croyez ?

— Si le concert est un succès, je crois que oui.

— Si le concert est un succès, répète Louise pour elle-même, en songeant avec amertume aux moqueries dont elle est la victime au lycée.

Le succès du concert est loin d'être assuré. Les conditions de quasi-bénévolat proposées aux éventuels participants ont dissuadé les groupes régionaux les plus en vue et, pour l'instant, les seuls artistes ayant accepté d'y prendre part n'ont pas de quoi faire rêver la jeunesse de Loiret-en-Retz.

Tout à coup, la voix de Paramaz Markarian, avec son accent du Sud caractéristique, s'élève depuis la salle d'examen.

— Bertrand ? Alors, ça vient, ce petit remontant ?

Son rire éclate, entraînant celui des hommes qui doivent se tenir à ses côtés.

— Les coups sont bons, mais ils sont rares !

Nouvelle salve de rires.

— Tu vois, ça a l'air d'aller, non ? conclut Bertrand. Allez, petite, rentre à la maison.

∞

Pyth laisse un mot pour sa mère à l'accueil de l'hôpital, puis raccompagne son amie jusqu'au lycée. Ils profitent de leur marche à travers la ville pour revenir sur les derniers événements :

— Le Garde-Fou... il t'a dit quand est-ce qu'il allait nous recontacter ? demande Louise.

— Non...

Pyth essaie de se remémorer les traits de l'homme au tatouage, ses cheveux noirs, aussi noirs que ses yeux étaient sombres, mais son visage lui échappe.

Se pourrait-il qu'il ait inventé cette scène sous le coup de l'émotion ? Une partie de lui est sûre que non... mais une autre se pose quand même la question.

Il a tellement voulu repartir dans l'autre monde, il en a tellement rêvé. Eman, le vieux port, la cité étudiante, les machines à crans qui ont fait vibrer l'eau et la terre, jaillir les îlots. Les câbles, les géographes, les gradins, les spectateurs en furie, la fête. Cet appel vers l'ailleurs qu'on ressent dans ses entrailles au moment de basculer à travers l'angle mort.

Et surtout…

Foresta.

∞

Pyth abandonne Louise devant l'enceinte du lycée, puis regagne la place des Douze où se trouve son arrêt de bus. L'écho d'une musique l'interpelle. Même de loin, les ondes sonores lui font du bien. Il ferme les yeux.

Depuis qu'ils ont plongé dans le Sublittoral, Louise et lui ne ressentent plus la musique de la même façon ; les vibrations des notes s'infiltrent sous leur peau et les enveloppent d'une épaisseur invisible.

Il s'enfonce à travers les cabanes du marché qui se tient tous les ans pendant la première quinzaine du mois d'octobre pour clore la saison et brader les invendus. Cette année, les affiches pour le référendum régional donnent un ton plus politisé à la fête. Les discussions sont animées au stand de cidre et de sauvignon.

— Moi je dis que le maire n'a pas tort, il faut rester dans le coup…

— Dans le coup de quoi ?

— Dans l'air du temps, l'air des jeunes…

— C'est pas des jeunes cloués à leur casque qui vont nous rapporter de l'argent. Un bon musée, voilà ce qu'il fallait faire...

— Oui, comme la Maison des Légendes, il fallait faire la même chose, pourquoi chercher midi à 14 heures ?

Pyth zigzague entre les groupes, évite une dizaine de dames de l'Association de protection du pays de Retz qui distribuent des tracts en braillant : « Protégeons nos pierres ! Protégeons nos châteaux ! Non à la vente du château de la Pucelle ! » Puis il rejoint l'attroupement qui s'est formé devant le stand éphémère de « Faye », le grand disquaire de la région. Au milieu des CD et de quelques vinyles pour nostalgiques fleurissent les affiches marquant leur soutien au projet culturel du maire : « Loiret-en-Retz, terre de culture ! » « La musique en liberté ! » Pyth se positionne devant les enceintes géantes qui diffusent un morceau très connu, chanté par Silo, l'un des artistes les plus en vue du moment.

Sa voix, douce et pleine, devient rocailleuse, insolente, presque violente quand il chante. Les filles sont folles de son arrogante beauté, et les garçons envient sa réputation sulfureuse. Certains se sont décoloré les cheveux pour imiter son blond platine artificiel qui semble dire « *fuck* » à tous les parents de la terre, tandis que d'autres se sont procuré un accessoire qui, sans Silo, aurait été à tout jamais condamné par les « fashion faux pas » des magazines : des lunettes de soleil avec protection en cuir sur les côtés, censées cacher les ravages de nuits trop courtes, trop blanches, trop arrosées.

Pyth doit reconnaître que la voix de Silo est fabuleuse, avec un grain qui égratigne, qui vous arrache quelque chose à l'intérieur du cœur. Il ferme les yeux, se laisse envelopper par le vent de la musique. Le souffle vibratoire infiltre ses cheveux, sa peau, la forêt de ses idées, tandis que le reste du monde se noie dans un brouhaha de quotidienneté. Sa tête bascule légèrement, ses bras se décollent de son corps comme les ailes d'un avion. Il n'entend pas les rires qui foisonnent en écho.

— Hé... uchon... Oooo... est... ce qu'il... fait... ?

∞

Quelqu'un vient de le pousser violemment.

Il trébuche, manque de renverser une enceinte, se rattrape de justesse, rouvre les yeux et découvre Maxence Vidal-Daguerre accompagné de son acolyte préféré, Mickael Scottoni. Les deux garçons le détestent, notamment à cause de Jordanie Serra, la petite amie de Maxence que Pyth a embrassée à la piscine du lycée, et ils lui ont cassé la figure il y a une quinzaine de jours. Pyth leur a rendu la pareille d'une manière particulièrement humiliante, en se servant de leur propre casque de scooter pour les assommer.

— Ça va, Luchon, ça plane pour toi? demande Maxence en imitant Pythagore, les bras en croix.

Se méprenant sur leur attitude, la dame d'un stand voisin leur lance:

— Oh, les gamins, vous battez pas comme ça! C'est que de la politique. Soyez pas si cons! À votre âge...

Pyth s'éloigne. Les deux garçons le suivent de près, ils veulent leur revanche. Pyth sent leur agressivité dans son dos.

Il quitte le marché et s'installe sur un banc, espérant que la proximité des vigiles à chien fera retomber la tension mais au même moment – *clac* – il perçoit le bruit d'un couteau qui s'ouvre, le brillant d'une lame. Une pointe de métal effleure la peau de son ventre à travers ses vêtements. Pyth est saisi d'une vive émotion – de la peur, de l'étonnement aussi. Il n'aurait jamais pensé qu'un de ses « camarades » de classe serait capable d'une pareille escalade. Âgé de dix-huit ans, avec trois redoublements à son actif, Mickael Scottoni est bien plus téméraire que Maxence. Ce dernier semble d'ailleurs gêné de l'initiative de son ami.

— Je pourrais te planter direct, Luchon, grince le multi-redoublant en accentuant la pression sur son couteau. Tout le monde s'en fout de ta gueule... même ta putain de mère.

Pyth hésite. Faut-il appeler à l'aide ? ou au contraire faire le dur et prétendre qu'il n'est pas impressionné ?

Comme un écho venu d'un autre monde, les voix des dames de l'Association de défense du patrimoine lui parviennent par vagues :

— Protégeons nos pierres ! Protégeons nos châteaux !

— Non à la vente du château de la Pucelle !

— Protégeons notre patrimoine !

— Pays de Retz, terre d'occupation !

Pyth voit un éclair passer dans les yeux de Maxence, qui se tend et donne un coup de coude à son ami. Des bruits de talons hauts se rapprochent. C'est une femme. Elle est extrêmement jolie et beaucoup mieux habillée que les autres dames de l'association. Elle jette ses tracts au sol telle une princesse se délestant d'un paquet de linge sale, s'affale sur le banc à côté de lui et s'exclame en s'adressant à Maxence d'une voix policée, mais pleine de langueur :

— Qu'est-ce que ton père ne me fait pas faire, franchement !

Elle éclate d'un rire non dépourvu de fragilité. Elle se tourne vers Pythagore comme pour l'inclure dans la confidence.

— En plus, je n'y suis jamais allée, dans ce fichu château... et je pense que je n'irai jamais, avec toute cette vase !

Racée, élégante, sublimement mise, il s'agit de Mme Vidal-Daguerre. Elle passe la main dans ses cheveux détachés. Pyth est troublé par cette soudaine proximité.

— À bien y réfléchir, je ne sais plus si j'ai envie que ton père soit élu conseiller municipal, finalement. Si c'est comme ça toutes les semaines... Tiens, Mickael ! dit-elle en faisant semblant de découvrir la présence du camarade de son fils. Comment ça va, Mickael ?

Elle détache les syllabes « Mi-cka-el » et le couve du regard jusqu'à ce qu'il réponde d'une voix bête :

— Euh... Ça va...

Clac.

Pyth entend le bruit de la lame qui se ferme dans son dos.

— Quand je pense que j'en ai encore pour deux heures, j'ai envie de me pendre.

Elle sort de sa poche une petite flasque en argent, la porte à ses lèvres et avale une gorgée.

— Leurs conversations sont assommantes.

Elle allume une cigarette.

— En plus, j'ai manqué le discernement... Distribuer des tracts en talons hauts, c'est stupide... !

Elle retire délicatement une de ses chaussures et se masse du bout des doigts la plante du pied. Son manteau s'entrouvre légèrement.

— Tu as quel âge maintenant, Mickael ?

— Euh...

Le regard du jeune homme s'affole : le décolleté de Mme Vidal-Daguerre laisse poindre la naissance d'une dentelle noire.

— Dix-huit ans, si je ne me trompe ?

— Euh... oui.

— Dix-huit ans, c'est formidable ! Tu peux trinquer avec moi, alors.

Elle se redresse et lui tend la flasque.

— Vodka, bien sûr, il n'y a que ça de vrai.

Mickael boit une gorgée en prenant un air viril. Son corps reste droit comme un I. Il amorce un geste pour passer la bouteille à Maxence.

— Non, pas pour lui... Désolé, mon chéri, mais tu es encore trop jeune. Et toi, tu as quel âge ? ajoute-t-elle en se tournant vers Pythagore.

— Quinze ans, répond Pyth, qui sent le rouge lui monter aux joues, sans savoir si c'est de gêne ou... d'autre chose.

— Quinze ans ? Tu es un ami de mon fils ? Nous n'avons jamais été présentés...

Elle lui tend une main manucurée dont le vernis est parfaitement assorti à celui de ses pieds.

— Annabelle Vidal-Daguerre, enchantée, dit-elle d'une voix cristalline.

— Pythagore Luchon, enchanté.

— Quinze ans... c'est adorable.

Elle effleure du doigt le menton de Pythagore, puis se tourne à nouveau vers Mickael. Elle lui décoche un regard brûlant en lui reprenant la flasque, avant de se mettre à chantonner.

— « Il venait d'avoir dix-huit ans… il était beau comme un enfant… fort comme un homme… »

La façon dont elle a murmuré les paroles de cette chanson fait naître des picotements dans l'épine dorsale de Pythagore.

— Annabelle ! Annabelle ! lance de loin une dame engoncée dans un manteau de laine.

La mère de Maxence tourne la tête, ses cheveux ondoient avec grâce.

— Zut alors, celle-là, je peux pas me la farcir !

Elle récupère son paquet de tracts comme une adolescente forcée de ranger sa chambre. Dans son empressement, la dentelle noire de son soutien-gorge se découvre un peu plus.

— Oui, Madeleine, j'arrive !

Elle reprend une gorgée de vodka, glisse le flacon dans son manteau d'un geste expert.

— On a besoin de vous, Annabelle !

— Mais bien sûr, Madeleine, je vous suis, lance-t-elle en se redressant de toute sa hauteur. Jeune homme, dit-elle à Pythagore en lui fourrant un prospectus dans les mains, nos châteaux sont notre richesse, nous ne pouvons pas en faire un repaire de sauvages. Quant à vous, monsieur, ajoute-t-elle à l'intention de Mickael, vous êtes en âge de voter, passez nous voir à la permanence.

Bercés par le claquement de ses talons, les trois adolescents la regardent s'éloigner. Chacun d'eux est bouleversé. Mickael, parce qu'il a été marqué par la brûlure de son regard ardent. Pythagore, parce qu'il réalise que la fébrilité de Mme Vidal-Daguerre est plus déconcertante que la rigidité de sa propre mère. Maxence, parce qu'il a perçu l'émotion des deux autres, sans être capable de la formuler clairement.

— On se casse, dit-il à Mickael en lui attrapant le bras.

∞

Pyth reste immobile sur le banc. Pendant quelques minutes, il profite de la musique, regarde à l'arrêt de bus les gens qui montent, qui descendent. Leur insouciance et leur bonne humeur le heurtent. Il est fatigué. Il hésite à retourner à l'hôpital ; il sait qu'à la minute où il sera dans la chambre de son père, il aura envie de la quitter.

Il finit par monter dans un bus et rentrer chez lui.

∞

Le sol de sa chambre est jonché de dessins. Le livre du géographe est ouvert sur un détail des côtes abjarniks où se situe l'île nommée Foresta ; c'est non loin de là que, à l'âge de six ans, Foresta a émergé du courant. Il en a reproduit les contours une centaine de fois, comme si cela pouvait lui donner accès à sa vie, à son passé. Il a aussi dessiné les traits de son visage sans parvenir à restituer de façon satisfaisante son regard. Il a rêvé d'elle la nuit dernière. Il sait qu'il rêvera d'elle cette nuit encore, comme toutes les autres nuits.

Pyth s'allonge sur son lit, ferme les yeux et imagine à nouveau ses pommettes, la forme de ses yeux, de son front, son cou, le mouvement ses cheveux qui caressent sa nuque.

Puis il repense à l'hôpital, au réveil de son père.

Il se sent infiniment coupable. Impuissant.

Ils n'étaient pas eux-mêmes quand ils ont versé des peptines dans la perfusion de son père ; ils étaient ivres.

Comment faire à présent pour le tirer de son somnambulisme ? Que faire face à un tel phénomène médical ? Est-ce que le Garde-Fou sera en mesure de l'aider ? Le voudra-t-il seulement ?

Et si son père se réveille, que risquera-t-il à l'avenir ? Devra-t-il renoncer au projet *Starpoint* pour rester en sécurité ?

En convoquant le nom de *Starpoint*, Pyth s'aperçoit soudain qu'il a occulté une chose dont Louise et lui n'ont pas eu le temps de reparler : le message reçu le matin même, de l'autre côté de l'Atlantique.

∞

Une dizaine de jours auparavant, cherchant à collecter des informations sur son père, Pyth avait entrepris de contacter les deux autres cofondateurs du projet *Starpoint*. Le premier, John Harlow, étant mort trois ans auparavant dans un accident de taxi, Pyth s'était rabattu sur le Libano-Canadien Nessim Kharan, dont il avait trouvé la trace sur Facebook. Il lui avait envoyé un message :

> Bonjour, je suis le fils de Lucien Luchon. Mon père est actuellement à l'hôpital – dans le coma depuis trois ans. J'aimerais beaucoup parler avec quelqu'un qui l'aurait connu. Pouvons-nous communiquer ? Pythagore Luchon

Ce matin même, avant de partir à l'hôpital, il a reçu une réponse de la part de son fils, Sam Kharan :

Bonjour Pythagore, enchanté, je suis Sam, le fils de Nessim Kharan. Je suis moi qui s'occupe de faire le vie de page Facebook de mon père pour l'honneur de la mémoire de lui. Je suis triste de te dire la disparition de mon père de il y a trois ans déjà. La dernière fois que j'ai parlé à lui, il faisait de les observations de particules aux Quantum Optical Laboratories. Malgré beaucoup du recherches, personne ne le sait quoi lui est arrivé... Je peux pas dire plus.

Je suis américain et je suis habité à New York mais je peux te parler de mon père si tu désires et aussi de ton père. Je le connu un peu. Je le aimais de beaucoup.

Yours sincerely.

Sam Kharan.

Ces quelques lignes ont bouleversé Louise et Pythagore. D'abord, parce qu'elles impliquent que les trois membres du projet *Starpoint* ont disparu sensiblement au même moment. Ensuite, parce qu'elles permettent d'établir un lien entre le projet *Starpoint* et le monde superposé : Nessim Kharan avait disparu aux Quantum Optical Laboratories qui appartiennent sans aucun doute au même groupe que la Société d'optique quantique, mécène du projet *Starpoint*. Or c'est un homme muni d'une carte de la Société d'optique quantique qui s'était présenté au lycée pour récupérer le livre du secret constitutionnel n° 3, propriété des Garde-Fous. Les Garde-Fous avaient tous signé ce livre de leurs initiales et d'une empreinte digitale au sang bleu. Les photos récupérées de ce livre prouvaient que, précisément trois ans auparavant, un certain N.K. (comme Nessim Kharan ?) avait apposé sur le volume ses initiales au sang rouge.

Ce N.K. était-il bien Nessim Kharan ? Si oui, faisait-il partie de l'ordre des Garde-Fous ? Et si oui, en faisait-il partie depuis toujours ? Avait-il un lien avec la disparition de son père ?

∞

Pyth a envie d'appeler Louise. D'évoquer le mail de Sam Kharan à la lueur de son entrevue avec le Garde-Fou. Il décroche le fixe de la maison, compose le numéro de son amie.

— Allô ?

C'est une voix masculine qui répond. Pythagore comprend que Paramaz Markarian est revenu des urgences.

— Bonsoir monsieur, c'est Pythagore, je voudrais parler à Louise.

— Louise n'a plus le droit de téléphoner à cette heure.

— Mais, monsieur... c'est pour le travail...

— Le travail, ça peut attendre le jour. La nuit, c'est fait pour dormir, fils.

∞

Pyth se rabat sur son ordinateur et se plonge dans la page Facebook du professeur Kharan. Les articles postés par son fils au cours des trois dernières années traitent principalement d'expériences consacrées aux ondes et aux vibrations sonores. Ils font tous mention du projet *Starpoint*.

Le cœur de Pyth se serre en tombant sur le schéma d'une éolienne quantique, car c'est un modèle qui avait été inventé par son père. Il en avait apporté une maquette à l'école, en cinquième, lors des ateliers « vie active » pour présenter son métier. Pyth l'avait aidé à fixer des billes sur les pales d'un ventilateur pour figurer la rotation des aimants quantiques.

La légende du schéma indique « Starpoint pour Supralive ». Pyth ne comprend pas ce que cela signifie, mais il lance une impression pour en garder une trace.

Il examine ensuite la page personnelle de Sam Kharan pour en savoir un peu plus sur le fils du collègue de son père.

Sam a vingt-huit ans, les cheveux foncés et bouclés, une courte barbe. Il habite à Brooklyn, a étudié la physique au MIT – Massachusetts Institute of Technology. Sa vie semble plutôt festive, peuplée de gens très différents en âges, styles, allures. Il ne poste que des photos de boîtes de nuit où il est entouré d'une multitude d'amis. Il travaille dans un lieu qui s'appelle la « Factory ».

Pyth clique sur le lien et découvre qu'il ne s'agit pas d'une usine, comme son nom pouvait le laisser croire, mais d'une salle de concert. Les photos présentent des chanteurs très connus : Raging Stuff, Thelma, The Mystic Five, le chanteur japonais qui a quitté son *boys band* pour faire une carrière solo, et même Silo !

Pyth zoome sur l'image pour être sûr qu'il ne s'agit pas d'un clone qui se serait juste teint les cheveux en blond platine, mais non. Sous les grosses lunettes à rabat de cuir, ce sont bien les traits de celui qui affole toutes les filles de sa classe. Le commentaire du cliché indique la venue prochaine de Silo en concert.

Quel est le métier de Sam Kharan ? Ingénieur du son, musicien, directeur artistique ?

Pyth songe à quel point ce serait génial si ce nouvel ami, de l'autre côté de l'Atlantique, pouvait lui trouver au débotté une star en goguette dans la région de Loiret-en-Retz, prête à donner un concert à Herbauges pour presque rien.

Finalement, il retourne sur la page initiale du professeur Kharan et reprend le fil de la conversation.

> Bonjour Sam,
>
> Merci beaucoup pour votre réponse. Je suis désolé d'apprendre que votre père a disparu. Pardonnez-moi de vous poser cette question de manière aussi directe, mais pouvez-vous me dire quel jour a disparu votre père, parce que

Pyth s'arrête et efface sa dernière phrase. Il ne peut pas être aussi frontal.

> Bonjour Sam,
>
> Merci beaucoup pour votre réponse

Le vouvoiement lui paraît trop formel. Sam l'a tutoyé. Il reprend :

> Bonjour Sam,
>
> Merci beaucoup pour ta réponse. Je suis désolé d'apprendre que ton père a disparu. Je suis ému que tu continues à publier des articles sur le projet Starpoint. Je ne savais pas que d'autres scientifiques poursuivaient leurs recherches. J'ai vu que toi-même tu avais fait des études de physique... C'est super !

Pyth efface « c'est super ». L'expression fait enfantin... En même temps, il faut bien se montrer amical avant de passer aux questions plus sérieuses.

> Je suis désolé d'être aussi direct, mais est-ce que tu te souviens exactement du jour où ton père a disparu ? Savais-tu que le troisième cofondateur du projet *Starpoint*, John Harlow, était mort dans un accident de taxi à peu près à la même période ?

Pyth s'interrompt encore. Qu'attend-il de ce mail exactement ? Des indices, des confirmations ? Il sait déjà que l'agression de son père est liée au projet *Starpoint*.

Sam Kharan risque de le prendre pour un fou. Peut-être est-il passé à autre chose ?

Pyth poursuit en prenant des précautions :

> Je m'interroge... Je me demande si cette coïncidence n'a pas un rapport avec le projet *Starpoint*. Est-ce que tu y as déjà pensé ?
>
> Je voulais aussi te dire que mon père

Comment formuler sa phrase ? Comment expliquer l'état somnambulique ?

> ... que mon père va beaucoup mieux. Il est sorti de son coma. Il n'a pas encore retrouvé l'usage de toutes ses fonctions, mais c'est encourageant.
>
> J'aimerais beaucoup pouvoir te poser des questions sur le projet *Starpoint*, je me sens seul parfois.
>
> Pythagore

∞

Il est 23 heures. Pyth n'a même pas pensé à faire ses devoirs.

À quoi bon ? Son livre d'histoire lui paraît obsolète. Celui de géographie, ridicule. La géologie, la physique, la biologie : toutes ces matières sont désormais caduques. Leur savoir est tronqué de moitié. Pyth se résigne quand même à compulser son livre de physique pour réviser l'interro du lendemain.

En fouillant dans son sac, il tombe sur un objet inconnu : c'est un téléphone ! Un téléphone jetable – petit, rudimentaire et sans écran tactile ; il fonctionne avec une carte prépayée qui ne sert qu'à téléphoner et recevoir des textos. Il est accompagné d'un chargeur…

D'où vient-il ?

Le cœur battant, Pyth ouvre le clapet de l'appareil et entre dans le navigateur ; il cherche un signe, un message, un historique d'appel.

Rien.

Il le connecte au chargeur, attend quelques minutes.

Rien.

Qui a pu glisser ce téléphone dans son sac ? À peu près tout le monde, puisque ses affaires sont restées sans surveillance la moitié de la journée ; toutefois, Pyth ne peut s'empêcher de soupçonner le Garde-Fou.

Il contemple l'écran comme si le fait de se concentrer pouvait provoquer quelque chose.

Étant donné que rien ne se produit, il retourne à son livre de physique, révise pendant une demi-heure, puis s'endort, tout habillé, sur son lit.

∞

Ding, ding – un bruit de sonnerie le réveille. Pyth jette un coup d'œil à l'écran : un message !

Il clique sur l'icône.

Son cœur manque de se décrocher. Il reste immobile et fixe les lettres comme s'il s'agissait de serpents qui allaient lui sauter à la figure.

> Toi et ton amie à lunettes, rendez-vous demain 22 heures – 21, rue des Vinaigriers

Ding ding. Nouveau message.

> Trouvez une excuse plausible pour vos familles, ça va finir tard.

3
Vol de nuit au lycée Saint-Louis

Toute la nuit, Pythagore rêve de son père, du Garde-Fou, du téléphone. Il rêve que l'objet a été volé, que le Garde-Fou vient l'arrêter pour le mettre en cellule dans la chambre de son père ; puis que le téléphone prend la taille d'un gros talkie-wakie : Pyth entend une respiration rauque, digne d'un film d'horreur. Le Garde-Fou lui saisit le poignet et lui chuchote à l'oreille : « Parle à ton père ! »

∞

Pyth se réveille en sursaut.

Il a besoin de quelques secondes pour retrouver ses esprits et se rappeler qu'il est bien dans son lit.

Il tâte le sol à la recherche de l'appareil... A-t-il rêvé son existence ?

Non, le petit objet est là, posé à même le parquet, relié au chargeur. Pyth en relit aussitôt les messages.

Il n'est que 6 heures du matin, mais il n'a plus envie de dormir. Il range ses dessins, referme son ordinateur, prend sa douche à la hâte, s'habille avec un mélange de peur et d'excitation.

Juste avant de quitter la maison, il appelle sa mère pour avoir de ses nouvelles.

Celle-ci lui répond d'une voix pleine de dynamisme, comme si elle était réveillée depuis bien longtemps.

— Oui, mon chéri ? Comment vas-tu ce matin ?

— Moi, ça va, mais papa ? Il va mieux ?

Silence. La mère de Pyth prend une longue inspiration.

— Pas encore, mon grand. Mais je suis sûre que ça va s'arranger.

Pyth lui en veut. Comment peut-elle affirmer d'un ton confiant que les choses vont s'arranger, alors que tout porte à croire le contraire ?

— Les infirmières se sont relayées dans la nuit. Elles avaient peur que le sommeil le fasse replonger dans le coma, mais il ne s'est pas endormi… pas une seconde.

— Ah bon ? Et… c'est un bon signe ou un mauvais signe ?

— Eh bien, ils ne savent pas trop. C'est… inhabituel, on va dire.

Nouveau silence.

— On se voit au lycée ? Tu vas venir en cours ?

— Bien sûr. À tout à l'heure, mon grand.

∞

Pyth a envie de marcher plutôt que de prendre le bus. Il place ses écouteurs dans ses oreilles et remonte la rue de l'Ouest sur un morceau de guitare électrique. Il a besoin de vif et de mordant. Il a besoin de ne pas penser à son père, d'être bousculé par les notes, de faire vibrer ses cellules. Il inspire à pleins poumons.

Une fois dans le centre, Pyth s'arrête devant un plan du Vieux-Loiret. Il cherche la rue des Vinaigriers, s'aperçoit qu'elle n'est qu'à une dizaine de minutes à pied et décide de faire un crochet pour une reconnaissance rapide.

La rue est déserte, sans aucun commerce. Le numéro 21 est un immeuble du siècle dernier auquel on accède par des marches. Il présente une double porte noire et sobre. Dans un renfoncement de pierre se trouve un interphone avec trois boutons.

Pyth brûle d'emprunter le perron, hésite. Sa visite matinale sera-t-elle perçue comme intrusive ?

Finalement, il monte, découvre au mur une plaque portant la mention « Artisan tatoueur ».

Les fenêtres en contrebas ont les volets fermés. L'immeuble ne laisse rien filtrer.

Pyth colle son oreille à la porte.

— Bonjour, Pythagore ! lance, derrière lui, une voix de stentor.

Pyth sursaute, le cœur en alerte ; dans la rue, au bas des marches, se tient un homme de haute taille, vêtu d'une combinaison noire à cagoule, qui porte à l'épaule un câble métallique enroulé à la mode des géographes d'Eman.

Pyth tarde à le reconnaître. Sa coupe de cheveux si caractéristique, mi-rasée, mi-punk se trouve dissimulée par son accoutrement, mais il s'agit bien de Thibault-Tanneguy de Montmorency-Laval, alias Double T, un être étonnant capable de répondre avec élégance à des qualificatifs aussi divers que chercheur en histoire contemporaine, SDF, expert en combat de rue et dernier descendant du sanguinaire baron de Retz.

— Salut ! Mais... qu'est-ce que tu fais là ? lui lance Pythagore en descendant les marches qui le séparent de son ami.

— Je suis entre deux rendez-vous de travail.

— Qu'est-ce que tu fais avec ce câble ? C'est une nouvelle technique de combat ? ajoute Pythagore en référence à la dernière leçon de Thibault-Tanneguy, qui lui avait été bien utile – coup de boule, claque dans l'oreille.

Comme il approche la main du tuyau métallique, Double T se rétracte d'un mouvement vif.

— Halte là ! Je ne te conseille pas de le toucher à main nue : c'est un furet et il vient juste de servir.

— Un furet ? C'est quoi ?

— C'est un long tuyau qui sert à déboucher les canalisations ! Cette nuit, il a traversé deux fois vingt mètres d'eaux usées, pleines de matières fécales. Je l'ai rincé, bien sûr, mais il n'est pas encore désinfecté.

Décelant une certaine perplexité sur le visage de son jeune ami, Double T s'explique :

— J'ai trouvé un petit boulot dans le dégorgement...

— Le dégorgement ?

— Oui, le dégorgement de canalisations. Quand elles sont bouchées, on envoie de l'eau en surpression et on pousse avec le furet. Une fois qu'elles débordent, on aspire le surplus d'eaux usées avec la pompe. C'est simple, mécanique, et chaque mission est bien payée.

— Mais, c'est nouveau ? s'étonne Pythagore en souriant. Et tes recherches pour ta thèse d'histoire ?

— Justement ! réplique aussitôt Double T avec un regard vif. C'est pour mes recherches que j'ai pris cet emploi. La société pour laquelle je travaille est affiliée à la station d'épuration de Saint-Philibert d'Herbauges, juste à côté du lac. Nous avons accès à toutes les grottes, tous les tunnels – naturels ou creusés – qui environnent le château et ses rives.

Pyth comprend mieux, à présent.

La vie de Thibault-Tanneguy de Montmorency-Laval, seigneur de Retz, maison Sauvage, est animée par une seule obsession : comprendre pourquoi son ancêtre, le baron de Retz, aussi connu sous le nom de Gilles de Retz ou le surnom de « Barbe Bleue nantais », a basculé dans la folie meurtrière. Ayant commencé sa vie en héros de guerre, compagnon de Jeanne d'Arc et généreux bienfaiteur de la région, toujours prodigue en réjouissances et festivités, il avait fini exécuté par la justice de France, accusé d'avoir torturé et égorgé des centaines d'enfants dans les caves de ses châteaux.

Depuis qu'il est en âge de raisonner, Double T a passé son temps à investiguer sur le sujet, passant au peigne fin les bibliothèques, brocantes, musées, caves de vieilles maisons et tout autre lieu susceptible de lui fournir un indice. Aux dernières nouvelles, il avait fait de grands progrès en tombant sur les carnets intimes d'un hobereau de Retz-Malabris qui faisait état des baignades au clair de lune du baron de Retz, et la dernière fois qu'il avait abordé la question, il avait annoncé à Louise et Pythagore que le cheminement criminel de son aïeul avait sans doute commencé sur les rives du lac d'Herbauges.

— On a été envoyés en mission dans un très vieux tunnel, il y a deux jours, et j'ai trouvé quelque chose de saisissant. Viens voir, c'est juste à côté.

Pyth consulte sa montre : ça va, il a le temps.

Après avoir dépassé plusieurs intersections, Double T s'arrête devant une large voiture rutilante, beige et dorée qui, malgré quelques détails déglingués, semble tout droit sortie d'un film.

— C'est une vieille Pontiac, une Trans Am pour être précis, je l'ai rachetée avec l'argent de mes missions. Elle ne roule pas encore mais, pour dormir le soir, elle est bien plus confortable que le trottoir.

Pyth jette un œil au campement improvisé sur la banquette arrière : un sac de couchage, des coussins, des couvertures, des cahiers et des livres épars. L'énorme chien de Thibaut-Taneguy dort tranquillement sur le siège passager avant.

— Je suis en train de la réparer, avec des pièces détachées que me procurent à mes amis de la casse.

Il fait le tour de l'habitable, ouvre le coffre.

— J'ai découvert ce livre, caché dans une anfractuosité de la roche, dans l'un des tunnels qui mènent au château.

Il s'agit d'un bel objet, épais comme un agenda de ministre, dont le cuir noir de la couverture est très abîmé.

Double T l'ouvre à la première page.

Secreta materiae,

quod volunt Adjinn

Francisco Prelati

— *Secreta materiae* ? C'est du latin ? devine Pythagore, qui a pris l'option en quatrième.

Double T acquiesce et traduit :

— « Les secrets de la matière, ce que veulent les Adjinns, par Francisco Prelati ».

— Les Adjinns ? s'étonne Pythagore. Qu'est-ce que c'est ?

— Je n'ai pas encore trouvé trace de cette appellation, mais je pense qu'il s'agit du nom d'un groupe d'alchimistes. Francisco Prelati est l'alchimiste avec lequel s'était acoquiné mon aïeul. Tout le monde sait qu'après avoir dilapidé ses richesses en guerres et banquets, Gilles s'est tourné vers l'alchimie dans l'espoir que la transformation du plomb en or lui permette de rembourser ses dettes, mais ce que j'ai entre les mains en est une preuve écrite : c'est révolutionnaire !

Double T feuillette délicatement l'ouvrage, dont certaines pages ont été détériorées par l'eau et le temps. Le papier crisse comme si les feuilles souffraient d'être réveillées après toutes ces années.

— Francisco Prelati écrit en plusieurs langues, surtout en latin et en italien, explique le chercheur en se saisissant d'un feuillet sur lequel il a griffonné plusieurs paragraphes. Il manque quelques fragments parce que les pages étaient collées ensemble mais j'ai commencé à traduire un passage où l'auteur parle clairement de mon aïeul. Écoute ça :

> Gilles de Retz me sera le parfait acolyte pour mélanger les sangs. Le sang bien rouge servira fidèlement le sang bleu dans le *pandelirium.*

Pythagore ne peut s'empêcher de tiquer à la mention des expressions « mélanger les sangs », « sang rouge », « sang bleu ». Immédiatement lui viennent à l'esprit les agissements du commandant Baar et du professeur Deanjii, qui avaient mélangé le sang bleu marine des Dormeurs au sang rouge de Louise.

Double T perçoit son trouble et croit nécessaire d'expliquer :

— Le sang bleu est une expression qu'ils utilisaient à l'époque pour désigner le sang des nobles.

Pyth ne peut s'empêcher de penser que son ami se trompe d'interprétation. Il se penche par-dessus son épaule et relit la phrase tout haut :

— « Gilles de Retz me sera le parfait acolyte pour mélanger les sangs. Le sang bien rouge servira fidèlement le sang bleu dans le *pandelirium.* » *Pandelirium* ? Qu'est-ce que ça veut dire ?

— Le mot est inventé mais j'imagine qu'il s'agit d'un récipient alchimique. *Pan* veut dire « tout » et *delirium*, « délire » : l'endroit de tous les délires. J'ai pensé à une coupe accueillant les breuvages qui enivrent.

À nouveau, Pythagore a l'intuition que le mot fait référence à autre chose – une chose qui serait en rapport avec le monde superposé.

— Écoute encore, poursuit Double T :

> Gilles et moi allons détramer la matière. Comme l'indique le deuxième secret constitutionnel relatif aux Adjinns, cela nécessite de mettre à vif le sang universel.

— Le deuxième secret constitutionnel ? relève cette fois Pythagore avec un certain émoi.

— Oui, les scientifiques de l'époque s'échangeaient des formules secrètes qu'ils estimaient être constitutives de la matière. C'est sans doute à cela que l'expression fait référence.

Pythagore n'est pas de cet avis. Il est même certain que le carnet de son ami ne traite pas d'alchimie mais de réalités appartenant à l'autre monde. Il récapitule mentalement : c'est la seconde fois qu'il croise le chemin d'un secret constitutionnel.

Durant leurs dernières aventures, Foresta lui avait fait part de l'existence du secret constitutionnel n° 3. Celui-ci était exposé dans le fameux livre ancien malencontreusement vendu sur Internet. Le secret constitutionnel n° 3 traitait des angles morts et des passages entre les mondes. Le secret constitutionnel n° 2 serait donc en rapport avec... un groupe d'alchimistes ? ou en tout cas, un groupe de personnes nommées les Adjinns. Qui sont les Adjinns ? S'agit-il d'un peuple ou d'un gang de l'autre côté de la frontière ? Pyth ne peut expliquer à Double T qu'un secret constitutionnel traite des relations entre les mondes, car il faudrait d'abord lui expliquer qu'un autre monde existe, parallèle au leur. Le jeune homme est-il prêt à recevoir ce genre de révélation ? Quelles en seraient les conséquences pour lui si un Garde-Fou venait à l'apprendre ?

— J'ai traduit *detextere* par « détramer ». C'est un mot fabriqué à partir de *textere* ou *textus* – texte, tissu, trame. Je ne sais pas ce que désigne précisément le « sang universel », mais regarde, ajoute-t-il en pointant de nouveau le feuillet, l'auteur incite clairement à le faire couler lorsqu'il parle de le « mettre à vif ». J'ai donc un début de preuve qui atteste que leurs pratiques alchimiques exigeaient la perpétration de meurtres. Ce carnet va mettre en lumière comment l'alchimie a conduit mon ancêtre sur le chemin du crime !

Double T s'absorbe dans le feuilletage des pages avant de déclarer d'un ton douloureux :

— C'est terrible d'être le descendant d'un être aussi abominable. Cent fois j'ai lu le récit de ses atrocités... Il torturait des enfants, des adolescents, il aimait se délecter de leurs entrailles, les démembrait et, parfois, gardait leurs têtes en guise de souvenir.

À la mention de cette collection d'organes, Pythagore tressaille. Ce qu'il a vu dans le cabinet secret du commandant Baar lui revient aussitôt en mémoire et le heurte violemment, comme s'il avait reçu un coup sur le front. Il peut presque sentir à nouveau l'odeur des têtes coupées des Dormeuses assassinées qui, pendues par les cheveux, imprégnait l'espace réduit dans lequel Foresta et lui avaient été enfermés. Le commandant s'enivrait de leurs effluves, comme Gilles de Retz des entrailles de ses victimes.

Ce n'est pas la première fois que Pyth remarque une similitude entre l'ancien commandant de la Société de géographie et l'aïeul de Double T. Il se souvient très bien de la façon dont Thibault-Tanneguy s'était présenté à eux, la première fois, dans la voiture : « Vous vous intéressez aux barbes bleues ? » Foresta et lui en avaient été saisis, parce qu'ils venaient justement de découvrir que la barbe du commandant Baar virait au bleu chaque fois qu'il avait bu le sang sublittoral. Leur perplexité avait augmenté lorsque Double T leur avait expliqué pourquoi son ancêtre était surnommé le « Barbe Bleue nantais ». « Ce n'est pas à cause du conte régional, avait-il dit, les deux histoires n'ont rien de similaire. Il est tout simplement apparu, en plusieurs points de la ville, avec la barbe et les cheveux de couleur bleue. Je cherche à quoi correspond cette teinture mais je n'ai encore rien trouvé. »

Pyth prend une seconde pour s'appuyer contre la carrosserie de la voiture. Il réfléchit, chatouillé par le très fort sentiment d'évidence qu'il existe une connexion entre les pans d'histoire : le destin de Gilles de Retz, la légende de Barbe Bleue et les méfaits du commandant Baar.

Double T se méprend sur la nature de son recueillement.

— J'imagine que tu dois être très choqué. Tous mes camarades de classe l'étaient quand ils ont su de qui je descendais. Il faut que je comprenne ce qui est arrivé à mon aïeul. Je le dois au petit garçon que j'ai été et qui a vécu dans la peur de grandir, affublé d'une tare familiale. Grâce à ce livre, ajoute-t-il en feuilletant à nouveau les pages, j'ai enfin quelque chose de concret.

Un bruit de moteur gras s'élève dans la profondeur de la rue.

— Ah, c'est sûrement mon collègue !

Double T range son livre, puis referme le coffre de la voiture. Il s'accroupit au ras du trottoir pour indiquer à Pyth un renfoncement sous la voiture.

— C'est ici que je range ma clé. Si un jour tu as besoin d'un abri, n'hésite pas à t'en servir. Ma demeure est petite, mais elle te sera toujours ouverte.

Le camion s'arrête dans un crissement de freins et de pneus. Un homme passe la tête par la vitre :

— Il est où, Tété ?

— Tété ? répète Pyth, en mettant une seconde à comprendre qu'il s'agit d'une nouvelle façon de prononcer les initiales de Thibault-Tanneguy.

Celui-ci se redresse, attrape son furet.

— Je suis là !

Il grimpe sur le marchepied du camion, ouvre la portière. Pyth reçoit dans le nez une vague d'effluves étonnante, profonde comme de la mousse de forêt, avec quelque chose d'exotique et de capiteux.

— Ça sent bon !

— Ah oui ! Ça, c'est ma touche personnelle, petit ! lance le conducteur. J'utilise les algues de notre bon vieux lac, c'est un désinfectant naturel !

— Des algues ? répète Pyth, intrigué.

— Oui, le plancton luminescent d'Herbauges, je viens justement de remplir la cuve. Quand on a fini de curer les canalisations, ça sent tout sauf la rose, on est bien obligés de balancer du parfum. Moi, je rajoute des algues pour assainir. C'est pas du Chanel, hé, hé, hé, mais ça sent drôlement bon... Il y en a même qui les fument pour se faire planer. Hein, mon Tété ? Tes amis de la casse, ils vont se flinguer les neurones, à force, tu sais !

Après avoir dodeliné de la tête pour marquer sa désapprobation, l'homme appuie sur l'accélérateur et fait ronfler le moteur.

— Allez ! On a une grosse pluviale à déboucher dans le secteur, zou !

∞

Il est 8 heures quand Pyth pénètre dans la cour des Prophètes. Il croise des internes de classes préparatoires qui achèvent d'engloutir d'immenses tartines de baguettes soustraites à la table du petit déjeuner de la cantine des internes. Juste à côté de la statue du cardinal Pichon de Bury, appuyé à son chariot de matériel comme à un pupitre, Périclès, le chef des hommes de ménage, donne son briefing. Il insiste sur le nettoyage des toilettes des professeurs, à la Vie scolaire, et rappelle la vétusté de la plomberie dans ce tronçon du bâtiment. Ses acolytes en blouse bleue hochent la tête puis se dispersent, tandis que lui-même entreprend de pousser solennellement son chariot vers la salle des Médailles, qu'il met toujours un point d'honneur à briquer lui-même.

Pythagore pénètre dans la cafet', se commande un café et une barre de céréales au distributeur. Il savoure tranquillement son petit déjeuner lorsque deux policiers déboulent dans la cour. Étonné, il les suit du regard et s'aperçoit que c'est devant la loge de M. Markarian qu'ils s'arrêtent.

∞

Il traverse la cour à son tour, jusqu'à l'arrière de la maison. Les stores sont baissés. Comme Louise le lui avait annoncé, la baie vitrée de sa chambre a été verrouillée à l'aide d'un cadenas, tandis que l'accès au vasistas est protégé par d'abondantes plantations. S'immisçant entre les branchages pour toquer à la vitre, Pythagore repousse les pointes qui s'accrochent à ses vêtements.

Louise apparaît par le minuscule entrebâillement.

— Pyth ! Qu'est-ce que tu fais là ?

— J'ai vu la police. Tout va bien ?

— On a été cambriolés cette nuit...

— Ah bon ? C'est grave ?

— J'arrive... Attends-moi dans la cour des petits.

Assis sur le muret du jardin d'enfants, Pyth regarde M. Markarian qui indique aux policiers les traces d'effraction sur la porte. Quelques bribes de leur conversation lui parviennent :

— Et vous n'avez vraiment rien entendu ?

— Rien.

Les deux policiers inspectent, prennent des photos, des notes. Le plus âgé remarque :

— Ça ressemble à quelque chose comme de l'intimidation, cette histoire... Entrer chez les gens comme ça, en pleine nuit, pendant leur sommeil, sans rien voler... Vous n'avez pas eu de problème, récemment, avec quelqu'un du lycée ?

— Un élève qui vous en voudrait et chercherait à vous faire une blague pour se venger ? ajoute son jeune collègue.

— Si je puis me permettre, monsieur l'agent, répond M. Markarian avec un aplomb que rehausse son bel accent du Sud, la porte a été forcée, la loge a été fouillée de fond en comble – chambres, salon, cuisine, salle de bains. Ni ma fille ni moi n'avons rien entendu : ce professionnalisme ne ressemble pas franchement à une blague d'étudiant.

Le premier agent fait une petite moue, l'air de dire « Il n'a pas tort », tandis que l'autre se replonge dans son carnet.

— Rien d'inhabituel dans votre routine ou dans celle de votre femme ?

— Ma femme a quitté le domicile conjugal il y a huit ans, un 24 décembre au soir, deux heures avant le réveillon. Autant vous dire que je ne connais pas grand-chose de sa routine actuelle.

L'agent déglutit et prend note. L'autre poursuit :

— Pas d'ennemi en vue ? Je ne peux m'empêcher de constater que vous portez des traces de... lutte ?

M. Markarian soupire et se masse les tempes, comme s'il était à bout.

— Depuis l'annonce de la vente du château, c'est un peu compliqué.

— C'est-à-dire ?

— Je suis le président de l'association des Amis du lac.

— Ah...

Les policiers acquiescent, l'air compatissant, tandis que Louise sort de la loge d'un pas vif.

— Désolée, papa, je me dépêche, j'ai une interro de physique et je dois finir de réviser.

Elle attrape Pyth par le bras et vérifie que personne ne les suit avant de commencer son récit :

— C'est quelqu'un de l'autre monde qui est venu chez nous.

— Quoi ? Comment tu le sais ?

— Ils ont pris les fioles.

— Les fioles ? répète Pyth, interdit.

Louise s'arrête net et plante son regard dans le sien.

— Les fioles, Pyth ! Y en a pas trente-six ! Les fioles de sang ultraviolet.

Pyth prend le temps d'encaisser la nouvelle.

— Tu es sûre ?

— Sûre. Je viens de passer vingt minutes dans la salle de bains à m'écorcher les doigts à force de les glisser dans tous les recoins.

— Mais... comment c'est possible ? Comment ils ont pu savoir ?

En effet, qui pouvait savoir que c'était Louise qui détenait ces fioles de fluide précieux ? Qui pouvait savoir la valeur de leur contenu ? Et surtout, qui pouvait savoir qu'elles étaient cachées dans le petit espace situé derrière la cloison carrelée qui sert de cache-baignoire dans la salle de bains des Markarian ?

∞

Tandis qu'ils se dirigent vers le bâtiment des sciences, Pyth songe à Foresta. C'est elle qui leur avait laissé les fioles en dépôt. Elle était donc, a priori, la seule personne avec lui à savoir que Louise les détenait en sa possession. Aurait-elle quelque chose à voir avec cette perquisition nocturne ?

— Tu crois que... c'est Foresta qui est passée les récupérer ?

Louise hausse les épaules.

— Non, elle se serait signalée... Elle a dû donner l'information à quelqu'un.

— On l'a sûrement forcée...

— Peut-être. Mais elle ne savait pas où on les avait cachées exactement, rétorque Louise. Personne ne le savait, à part toi et moi. Et c'était quand même compliqué à trouver, comme cachette...

Pyth sent monter en lui une réelle frustration à l'idée d'être dépossédé des fioles. Quiconque a goûté au sang sublittoral est hanté par ce souvenir et Pyth s'en est délecté par deux fois. La première, lorsqu'il arpentait les Territoires Denses pour retrouver Louise. Il n'avait pas pu résister à l'odeur, à l'attraction du fluide. Le breuvage lui avait donné un sentiment de pleine puissance, comme si l'alliance souveraine entre son corps et l'univers lui permettait d'agir selon ses désirs.

Sa seconde expérience avait été totalement différente. Ce n'était pas seulement au sang bleu marine qu'il avait goûté, mais à sa version ultraviolette stabilisée – censée être supérieure car conservable et transportable – issue du mélange avec le sang rouge des humains. Cela s'était passé au lycée, dans la chambre de Louise. Ils n'avaient plus de peptine et cherchaient un moyen de repartir dans l'autre monde. Pyth avait pensé que le fluide pourrait l'aider à passer l'angle mort, mais il l'avait au contraire complètement assommé. Il avait eu l'impression que le temps s'écoulait au ralenti à l'intérieur de son corps, que la vie s'y était congestionnée, et il avait fini par sombrer dans un hébétement profond.

Pyth et Louise s'étaient d'ailleurs interrogés sur les causes d'une telle réaction. Le breuvage n'était-il efficace que sous les fréquences basses du Sublittoral ? Avait-il été mal conservé ? Peut-être aurait-il fallu le chauffer, le diluer, le refroidir ? Peut-être était-ce une question de climat ? de métabolisme ? Quoi qu'il en soit, Pyth avait toujours eu dans l'idée que, un jour, il renouvellerait l'expérience ; et voilà que cette perspective venait de lui être retirée.

Il pense au téléphone qu'il a dans la poche, aux messages qu'il a reçus la veille. Les deux événements sont évidemment à rapprocher. Il s'apprête à en faire part à Louise lorsque celle-ci marque un nouvel arrêt.

— Merde ! Pyth ! Le filin d'asphalt !

— Quoi ?

— Le filin d'asphalt dans la cabane de jardinage...

— Quoi... Tu crois que...

Son amie court déjà vers la remise.

∞

Louise se saisit de son trousseau et insère une petite clé tordue dans la serrure rouillée de la vieille porte en bois. Elle en pousse le battant avec difficulté. Plusieurs objets qui traînent ralentissent sa progression : une brouette, des râteaux, un tuyau d'arrosage, des sacs d'engrais. Tout est sens dessus dessous, mais cela ne veut pas forcément dire que la cabane a été perquisitionnée car le désordre est son état naturel. Louise soulève une bâche en plastique vert et fait valser deux couvertures avant de s'accroupir pour mieux considérer la merveille : lové en boule tel un animal au repos, le filin d'asphalt brille de tous ses reflets.

— Heureusement qu'on l'avait caché, chuchote-t-elle, comme si elle avait peur de le réveiller.

Pyth s'accroupit à son tour, attrape le filin et profite de la fraîcheur du métal vif qui irradie en lui. Toutefois, l'objet lui résiste. Une de ses extrémités semble coincée.

— Tu peux éclairer avec ton téléphone ? demande-t-il à son amie.

Louise s'exécute et révèle un embrouillamini de fils. L'une des extrémités du câble s'est évasée en chou-fleur et ses minuscules capillaires se sont encastrés dans un vieux grillage. L'assemblage a quelque chose d'étrange, comme une greffe entre deux espèces.

— C'est bizarre, commente Pyth. Pourquoi le câble s'est ouvert de cette façon ?

— C'est peut-être le métal de la grille qui l'a attiré comme un aimant ?

Elle fouille dans une caisse, revient avec un sécateur et libère l'extrémité du filin en sectionnant les fils emmêlés.

La déperdition d'énergie les fait retomber au sol, inertes, puis au bout de quelques secondes ils se mettent à se tortiller.

— Regarde !

Tous deux se rapprochent, comme s'ils disséquaient des insectes. Ils savent que la fabuleuse matière du métal vif tire son énergie de la terre, par capillarité, mais ils sont émerveillés de voir le phénomène se réaliser à toute petite échelle.

Soudain, la cloche sonne le début des cours.

— Zut, dit Louise. Faut pas qu'on soit en retard à l'interro.

Elle enveloppe précautionneusement le câble dans la bâche afin que ses fils ne s'emmêlent plus au grillage. De son côté, Pyth ramasse les résidus sectionnés pour les ranger dans ses poches. Une seconde plus tard, ils ont quitté la remise et filent vers le bâtiment des sciences.

∞

En voyant le troupeau d'élèves agglutinés devant la porte, ils comprennent que la prof n'est pas encore arrivée. Tandis qu'ils reprennent leur souffle, Pyth estime qu'il est temps de parler à Louise du rendez-vous de ce soir.

— Louise... moi aussi j'ai du nouveau, lance-t-il entre deux inspirations.

Elle le regarde avec intérêt, mais ils sont interrompus une nouvelle fois.

Nicolas Frangin se jette sur les épaules de Pyth avec des airs de fraternité virile.

— Qu'est-ce que t'as foutu hier ? On t'a attendu, au stade ! Le coach était furax !

Nicolas est accompagné par Hossein Zamani. Les trois garçons se connaissent bien car ils s'entraînent ensemble, deux fois par semaine, au club de perche de Loiret-en-Retz.

Pyth avait complètement oublié l'entraînement. Il ne se sent pas la force d'expliquer l'état de son père mais n'arrive pas non plus à éluder le sujet.

— J'ai dû aller à l'hôpital...

Il hésite sur ce qu'il va ou non révéler lorsqu'une voix derrière eux les surprend.

— Alors, Markarian... Ton père s'est fait coller une rouste, il paraît ?

C'est Maxence qui s'amuse à provoquer Louise.

— On m'a dit que c'était pas beau à voir. Il a perdu des dents ? Il doit plus lui en rester beaucoup maintenant...

Pyth s'interpose.

— Et ta mère, comment vont ses pieds ? demande-t-il d'un air plein de sous-entendus. J'ai l'impression qu'elle aurait bien aimé que Mickael lui fasse un petit massage hier soir...

Pyth n'aime pas s'attaquer aux mères, mais comment faire autrement avec Maxence ? Celui-ci aurait sans doute rétorqué quelque chose de pire si un cri, émanant de l'autre côté du groupe, ne les avait interpellés.

— Efface la photo ! Efface la photo tout de suite !

Agitant la chevelure noire qui lui descend jusqu'aux fesses, Églantine de Morvan, la fille du maire de Loiret-en-Retz, essaie d'attraper le téléphone de Mickael Scottoni.

— Quelle photo ? réplique-t-il d'un air goguenard.

Elle dont le style gothique était déjà l'objet de moqueries se retrouve encore plus isolée depuis que la mise en vente du château a cristallisé les conflits.

— Tu viens de prendre une photo de moi, là ! Efface-la !

— On est dans un pays libre, je fais ce que je veux avec mon téléphone, ricane Mickael.

Églantine saute sur place pour attraper l'appareil, en vain, Mickael est bien plus grand qu'elle.

— Attends, je vais te l'envoyer ! Avec ton look de troubadour, ça peut servir pour la promo du concert !

Plusieurs élèves éclatent de rire, mais la dispute tourne court car Mme Spitz-Muller, leur vieille prof de physique, apparaît au bout du couloir. Malgré son cancer du poumon, elle débarque toujours avec une énergie fringante, en faisant claquer ses bottes comme une rockstar.

— Allez, les mômes, en piste !

Tout le monde lui obéit au doigt et à l'œil car Mme Spitz-Muller est connue pour ses reparties cinglantes. Se fichant de ce que pensent d'elle les parents d'élèves, elle jouit d'une liberté d'expression qui pimente ses sarcasmes et les rend bien plus fâcheux pour les étudiants qu'un énième devoir supplémentaire.

À peine s'est-elle installée à son bureau que, recouvrant le remue-ménage de la classe, une sonnerie de téléphone au volume énergique s'élève de son sac à dos en cuir clouté.

— Spitz-Muller, j'écoute, répond-elle en forçant sa voix, comme les personnes âgées qui se sont mises tardivement au portable.

— Erivan ?

Pyth et Louise se figent ; ils viennent de reconnaître le nom de Foresta.

— Erivan, oui, je vois très bien. Et alors, quoi ?

La prof reste silencieuse, le temps que son interlocuteur s'explique.

— Ah, d'accord...

Elle raccroche et s'assoit sur le coin du bureau, une jambe repliée sous elle, l'autre dans le vide, comme à son habitude.

— Bon, la Vie scolaire a un message à vous faire passer. J'attends que leur gars ait fini avant de commencer l'interro. Vous avez cinq minutes supplémentaires pour réviser.

Pyth et Louise échangent un regard.

— Tu crois qu'ils ont découvert quelque chose ? chuchote Pythagore en faisant semblant de consulter son manuel de physique.

Grâce à la maîtrise de Photoshop qu'a Louise et à la complicité de Double T qui leur prête sa voix pour les appels à la Vie scolaire, ils ont réussi à maintenir la couverture de Foresta en faisant croire qu'elle était toujours malade.

— Je sais pas... Au fait, qu'est-ce que tu voulais me dire ? Qu'est-ce qu'il y a de « nouveau » ?

Pyth tire de sa poche le téléphone jetable et le pose devant lui, bien en évidence.

— Hier soir, j'ai trouvé ça dans mes affaires. Quelqu'un l'a mis dans mon sac, pendant que j'étais à l'hôpital.

Intriguée, Louise prend le temps d'encaisser l'information.

— À 1 h 45, j'ai reçu ces deux textos.

La stupeur se lit sur le visage de son amie.

— Oh ! La classe, ton nouveau téléphone, Luchon, lance Maxence depuis le dernier rang. C'est Markarian qui l'a trouvé chez les Gitans ?

Mickael Scottoni éclate de rire mais Pythagore réplique aussi sec :

— Non, Maxence, c'est ta mère qui me l'a donné hier soir pour me chanter des chansons douces.

Il se met à susurrer tout contre l'appareil :

— « Il venait d'avoir dix-huit ans, il était beau comme un enfant, fort comme un homme »...

Piqué, Maxence se lève de sa chaise. Pyth l'imite aussi sec et poursuit la chanson en dansotant avec mélancolie.

Mme Spitz-Muller sort la tête de la remise.

— Luchon, Daguerre, vos culs sur la chaise, tout de suite !

∞

Quelques instants plus tard, Lionel Gérôme, le jeune employé de la Vie scolaire qui a initié Pythagore aux joies des platines de DJ lors de la fête des Pêcheurs, fait son entrée dans la classe.

— Bonjour à tous. Je viens aujourd'hui pour vous annoncer une triste nouvelle : votre camarade de classe, Foresta Erivan, ne reviendra pas parmi nous, cette année. Comme vous le savez, elle est malade depuis une dizaine de jours. Je viens de quitter son père. Il a tenu à m'annoncer en personne que sa fille avait été transférée au CHU de Nantes. Et... ils ne savent pas pour combien de temps.

Pyth et Louise sont sidérés : quelqu'un a repris leur mensonge à son compte.

Qui, et comment ?

Et surtout... dans quel but ?

4
Sang d'encre

Occupé qu'il est à ressasser ce dernier rebondissement, Pythagore survole le DST de physique enveloppé d'un discret brouillard. Son hébétude se prolonge pendant le cours d'économie et ce n'est qu'à la pause de 10 h 30 qu'il se décide enfin à raconter Louise son entrevue avec Double T. Assise sur les marches de la cafet' avec un gobelet fumant dans les mains, celle-ci l'écoute détailler ce qu'il sait du carnet d'alchimie. Il s'attarde sur la mention des sangs rouge et bleu, sur les secrets constitutionnels et sur tout ce qui lui semble être une allusion aux réalités de l'autre monde.

Un quart d'heure plus tard, ils pénètrent dans la salle de mathématiques. Les élèves y bavardent en attendant que le professeur fasse son entrée. Un groupe de filles mené par Jordanie Serra regarde la vidéo qu'Avril Alençon compte envoyer prochainement à un concours de télécrochet.

— T'es plus belle sur celle-là, mais c'est risqué de chanter du Silo !

— Oui, ta voix rendait mieux sur la vidéo des Raging Stuff…

— Alors, j'envoie laquelle ?

Louise se retranche près de la fenêtre en récapitulant les événements depuis la veille.

— D'abord, le téléphone dans ton sac, commence-t-elle en relisant pour la énième fois les messages. Ensuite, l'effraction de la loge. Le vol des fioles de sang ultraviolet indique que quelqu'un était au courant de notre cachette – une information que nous n'avons pourtant révélée à personne. Est-ce que quelqu'un nous a espionnés ? Si oui, quand, comment, pourquoi ? Il y a aussi l'usurpation du dossier médical de Foresta. Quelqu'un s'est débrouillé pour récupérer les détails du dossier que nous avons forgé de toutes pièces... Est-ce qu'il y a eu un piratage des ordinateurs de la Vie scolaire ? Et enfin, les informations contenues dans le carnet d'alchimie. Tu penses que Gilles de Retz aurait quelque chose à voir avec l'autre monde ?

— Son alchimiste, en tout cas, oui.

Laissant le temps à ses réflexions de germer, Louise laisse errer son regard sur la classe, puis revient à la charge :

— Tu es sûr que c'était écrit « secret constitutionnel » ? Peut-être que c'était juste une tournure de traduction ? Peut-être l'expression n'avait-elle aucun rapport avec le monde superposé.

— L'auteur parle aussi de « mélanger les sangs ». Trouver toutes ces expressions dans un même paragraphe, sans que ça ait aucun lien avec ce que le commandant Baar a fait dans le Sublittoral, ce serait quand même une sacrée coïncidence.

Tandis que Louise acquiesce d'un air concerné, Avril Alençon s'approche d'elle à pas de loup comme pour lui chuchoter un secret. L'intéressée en est tout étonnée, c'est bien la première fois qu'une des « filles cool » de la classe lui marque une preuve d'intérêt.

— Hé, pssst... Je voudrais m'inscrire pour chanter une chanson samedi soir. Il paraît que vous cherchez encore du monde.

— Heu, oui... je crois, bafouille Louise.

— Ah bon, s'étonne Jordanie, qui les a rejointes. Tu veux chanter au concert d'Herbauges ?

Maxence quitte la chaise sur laquelle il se balançait pour prendre part à la conversation.

— Tu vas chanter avec les tarés ?

— Et alors ? se défend Avril. Un concert, c'est un concert. C'est toujours bien de chanter en public...

— Tu veux flinguer ta carrière avant même qu'elle ait commencé ? Tu vas te griller à vie à chanter avec des ploucs.

— Sauf si tu veux faire de la musique celte, ajoute Mickael Scottoni dans un éclat de rire.

Jordanie est partagée. Elle s'en veut d'avoir révélé à voix haute ce que chuchotait son amie.

— Ça va vite, une réputation, de nos jours, insiste Mickael. Une vidéo et ça buzze sur les réseaux sociaux...

Avril hausse les épaules, cherche à changer de sujet, mais Maxence ne lâche pas l'affaire.

— C'est même pas une question de réputation. C'est à toi de voir si tu veux que la ville soit gérée par des cons. Il paraît que le père Markarian, il sait même pas lire... Tu te rends compte que c'est lui qui va décider du sort d'un monument national ? C'est n'importe quoi...

Pyth s'apprête à faire payer cette remarque à Maxence quand, pour la deuxième fois de la matinée, Lionel Gérôme passe la tête par la porte.

— Je suis au regret de vous annoncer que votre professeure de mathématiques est absente pour la journée.

— Ouais ! Cooool ! s'écrient la plupart des élèves dans un vacarme de chaises qui raclent, de livres qui claquent, de trousses et de sacs qui se zippent.

— Je vous invite naturellement à rejoindre la permanence, ajoute le surveillant en forçant la voix.

Pyth est inquiet. Sa mère lui avait pourtant dit qu'elle serait là. Il file droit vers M. Gérôme.

— Vous savez ce qu'elle a ?

— Non, je ne fais que transmettre.

— Monsieur, intervient Louise en se glissant dans la conversation. On aimerait bien envoyer un mot au père de Foresta pour lui témoigner notre soutien. Vous avez son adresse ou son numéro de téléphone ?

— Oui. Apparemment, il a déménagé pour être plus près de sa fille. Il m'a donné sa nouvelle adresse à Nantes. Passez me voir à la Vie scolaire en fin de journée, je vous la communiquerai.

— Et... il ne vous a rien dit d'autre ? Vous n'avez pas posé plus de questions ?

— Écoute, Markarian, je suis pas trop à l'aise avec son père... J'ai eu peur qu'il me parle du livre...

En effet, c'est Lionel Gérôme qui avait récupéré le livre du secret constitutionnel n° 3 que Foresta avait caché dans les toilettes publiques de la rue Marie-de-Craon. C'est lui qui l'avait mis en vente sur Internet pour se faire un peu d'argent. Pyth et Louise avaient essayé de le récupérer en prétextant qu'il appartenait à la famille de Foresta depuis des générations, mais M. Gérôme n'avait rien pu faire, l'ouvrage avait déjà été vendu. C'est ainsi qu'en guise de compensation et d'excuse il leur avait envoyé, sur le téléphone de Louise, quelques clichés de l'ouvrage qu'il avait pris avant la vente.

∞

Avant d'entrer dans la salle d'étude, Pyth emprunte le portable de son amie pour appeler sa mère.

— Maman ?

— Oui, mon chéri, répond-elle d'une voix encore plus aiguë que ce matin.

— Pourquoi tu n'es pas venue en cours ? Il y a un problème ?

Sa mère laisse passer un silence.

— On a eu une petite frayeur mais... ça va. Nous sommes en train d'attendre un spécialiste qui va venir de Paris, un hématologue.

— Un hématologue ?...

— C'est un spécialiste du sang.

— Pourquoi ?

— Eh bien... Ils ont découvert quelque chose d'un peu... anormal.

Pyth sent que, cette fois, la voix de sa mère va se briser. Elle marque une pause puis reprend, trois octaves en dessous, comme si son émotion l'obligeait à ne parler que très aigu ou très grave.

— Je te dirai quand j'en saurai plus.

— Mais anormal comment ?

— Eh bien... depuis ce matin, les analyses se sont légèrement compliquées parce que... le sang de ton père a du mal à coaguler. La vitesse de ses globules rouges n'est pas conforme.

∞

Ébranlé, Pythagore transmet à Louise ce qu'il vient d'apprendre.

Chacun muni d'une crêpe du marchand de la rue des Dragons-de-Lille, ils marchent côte à côte, absorbés dans leurs pensées. Ils progressent en direction de la voiture de Double T dans l'idée de réexaminer le carnet alchimique de plus près.

Rongé par la culpabilité, Pyth ne croque que de minuscules morceaux de galette avec l'impression que chacun reste coincé dans sa gorge.

— Peut-être que, tout simplement, il faudrait donner plus de peptine à ton père, suggère soudain Louise.

Pyth ne répond pas.

— On n'en avait pas beaucoup, ce soir-là... Ça a peut-être suffi à déclencher une impulsion, mais pas assez pour le réveiller complètement ? Il est peut-être... bloqué entre deux fréquences ? Et ce soir, peut-être que le Garde-Fou va nous en donner. On pourra essayer d'en garder un peu pour lui ?

Pyth a soudain envie d'être seul, de réfléchir seul, de digérer seul les informations. L'empressement que met son amie à trouver une solution simple nourrit la colère qu'il éprouve envers lui-même.

Il acquiesce en silence mais jette la fin de sa crêpe dans une poubelle.

∞

La grosse Trans Am beige et or de Double T est toujours garée au même endroit.

— Waouh ! ne peut s'empêcher de s'exclamer Louise.

Elle presse son front contre la vitre, caresse le capot de l'impressionnante voiture, tandis que Pyth balaie du regard la montagne de sacs de couchage où dort le chien. Il se penche vers le renfoncement de la roue.

— Zut, je trouve pas la clé, dit-il après avoir glissé sa main dans tous les recoins de la carrosserie.

Louise fait le tour du véhicule et s'accroupit au niveau de la porte du coffre.

— On peut essayer de forcer la serrure. T'as pas une épingle ou un trombone ?

Pyth fouille dans ses poches et tombe sur une sorte de tige fine et métallique qu'il ne se souvenait pas d'y avoir placée.

Il met quelques secondes à comprendre. Il s'agit des chutes de filin d'asphalt : elles se sont tressées toutes seules pour former une tige unique.

— Regarde ! dit-il à Louise.

Celle-ci sourit, émerveillée :

— On dirait un minuscule filin d'asphalt !

Elle attrape l'objet avec délicatesse et le regarde osciller légèrement dans la lumière du soleil. Il étincelle de reflets brillants.

— Ça fera parfaitement l'affaire.

Délicatement, elle l'insère dans la serrure, mais interrompt son geste car les capillaires s'accrochent aux anfractuosités du métal. Pour éviter que la tige ne reste coincée à l'intérieur, Louise tire dessus d'un coup sec et découvre, stupéfaite, que la serrure s'est débloquée sans le moindre effort de sa part.

— C'est génial ! commente-t-elle, incrédule.

Elle cale le micofilin derrière son oreille et lève le capot du coffre sur un assortiment de caisses en bois contenant des vêtements, des livres, des affaires de toilette, des outils de bricolage et même, semble-t-il, des matraques et des coups-de-poing américains.

Ils fouillent avec le plus de délicatesse possible, confus de profaner ainsi l'intimité de leur ami.

— Zut... Je ne le vois pas.

Soudain, le gros chien de Double T se met à aboyer bruyamment.

Ils tressaillent.

— Aïe, gémit Louise en se cognant la tête contre le capot.

Tremblants comme des criminels surpris en flagrant délit, ils referment le coffre à la hâte, juste à temps pour apercevoir, par le pare-brise arrière, la tête de Double T qui émerge d'un sac de couchage. Il semble avoir été tiré d'un profond sommeil. Lentement, il ouvre la portière arrière, s'extrait de la voiture. Ses gestes sont lourds, engourdis, pataudes. A-t-il pris des somnifères ?

À peine s'est-il dressé sur ses jambes qu'il manque de tomber. Il s'agrippe à la poignée, se rassoit sur la banquette, ses grandes jambes dépassent à l'extérieur. Légèrement ahuri, il se frotte les yeux. Si étonnés que Pyth et Louise puissent être de voir leur ami dans cet état, ils n'en manquent pas moins un détail important : sur la moitié du crâne que Double T n'a pas rasée, la racine de ses cheveux étincelle d'une violente couleur bleue.

Ils le regardent avec un mélange de fascination et d'effarement. Le bleu est exactement le même que celui qu'a expérimenté Pythagore après avoir bu le sang sublittoral, exactement le même que celui du commandant Baar : profond, électrique, impertinent.

— Mais… tu as…

Louise se tourne vers Pyth comme si elle avait besoin d'une confirmation.

— Double T… tu as vu que tu as…

— Quuuoooi ?

— Tes cheveux… ils sont bleus !

À nouveau, leur ami essaie de se redresser, mais il tangue, pris de vertige.

— Ouuuulàààà, déclare-t-il d'une voix ramollie. Je suis complèèèètement assommé.

Il met plusieurs secondes à s'approcher du rétroviseur tandis que l'étonnement de Pyth et Louise va croissant. C'est exactement comme cela que Pyth s'était senti après avoir goûté aux fioles de sang ultraviolet dans la chambre de Louise : les gestes plombés, la diction pâteuse…

— Maaaais oui… ils sont bleeeus… Pourquoi ? interroge Double T avec l'air candide d'un enfant.

Louise étrécit son regard. N'y a-t-il pas aussi une trace de couleur violette sur les lèvres de Thibault-Tanneguy ?

— Tu as bu quelque chose… de différent de d'habitude ? demande-t-elle.

— Bu ? Nooooon…

Il semble éberlué et, lentement, écarte les mains pour prouver sa bonne foi.

Cette fois, c'est l'œil de Pythagore qui est attiré par une tache de couleur violette sur la pointe de son index droit.

— Là, sur ton doigt, qu'est-ce que c'est ?

Double T regarde sa main.

— Oooh !

— Et tu en as aussi sur les lèvres, dit Louise, et... sur la langue, non ?

Leur ami se tourne vers le rétroviseur et découvre qu'effectivement, le bout de sa langue a pris une teinte violette.

— C'eest l'encre !

— L'encre ? demande Louise. Quelle encre ?

Double T fouille laborieusement dans son bazar et attrape le carnet d'alchimie. Il l'ouvre vers les dernières pages, essaie de se concentrer pour parler plus distinctement.

— J'aaai essayé de... décoller les dernières paaages. L'encre a baaavé... sur mooon doigt...

Il humecte son index, le passe sur une feuille pour la tourner plus facilement. Il renouvelle l'opération deux fois.

— Mmmh ! L'encre aaa... un goût...

Il ferme les yeux puis, lentement, s'alanguit sur son duvet. Pyth et Louise se précipitent.

— Double T ?

— Ça va ?

L'intéressé répond par onomatopées en se renfonçant dans son oreiller.

Pyth se saisit du carnet et regarde les pages finales : il découvre avec stupéfaction que, contrairement au reste de l'ouvrage, elles sont entièrement rédigées avec une encre odorante, lumineuse et ultraviolette.

∞

Alors que Pyth renifle le carnet, il est pris d'un terrible frisson : il reconnaît la signature olfactive du sang ultraviolet – profonde, merveilleuse, addictive. Il ferme les yeux, résiste à l'envie de lécher la page.

— C'est du sang mélangé, chuchote-t-il. L'alchimiste a utilisé le sang mélangé comme de l'encre.

— La salive, sur le doigt de Double T, s'est imprégnée du sang...

Louise inspecte la macabre écriture, toujours incrédule. L'alphabet utilisé est quasiment le même que le nôtre mais la distribution des lettres est exotique.

— C'est écrit en quelle langue ? Pas du latin, ni de l'italien.

Elle veut prendre le carnet mais Pyth s'y accroche.

— Attends...

Il humecte son index, pose la pulpe humide de son doigt au milieu des lignes.

— Pyth ! Qu'est-ce que tu fais ?

— Je teste, répond-il en goûtant son infime butin.

— Pyth, tu peux pas faire ça !

Elle lui arrache le livre des mains et le dévisage.

— C'est du sang... C'est du sang qui provient d'un crime...

Après s'être éloignée de quelques pas, elle rouvre le livre vers le milieu, là où l'écriture est noire. Elle le feuillette, observe des schémas qui relèvent de la botanique, de la chimie ou de la biologie, puis s'arrête sur le dessin d'une araignée aux pattes fines et ciselées que tous deux reconnaissent avec un frisson d'effroi.

Alors elle revient tout au début, à la page de garde :

Secreta materiae,

quod volunt Adjinn

Francisco Prelati

— Les secrets de la matière, lit-elle. Et en dessous, qu'est-ce que ça veut dire ?

Les paupières tombantes, Pyth tangue imperceptiblement. Il répond d'une voix ramollie :

— Ce que veulent... les... Adjinns.

Louise perçoit immédiatement son trouble :

— Pyth ! Tu as vu ce que ça fait ? Tu en as pris une dose minuscule et on dirait que tu planes.

— Eh ouiii..., commente-t-il, ravi. J'aimerais bien... en regoûter... juste un tout petit peu.

Louise referme le livre d'un coup sec ; elle le repose sur la banquette arrière, au côté de Double T, puis claque la portière et reverrouille la serrure au microfilin.

— On reviendra quand tu seras sevré.

∞

Pyth et Louise mettent à profit les cours de l'après-midi pour digérer la masse d'informations qu'ils ont accumulées. Ils font quelques recherches concernant Francisco Prelati – qui était bien l'alchimiste de Gilles de Retz ; puis sur le mot « adjinn », que le correcteur d'orthographe s'entête à transformer en « djinn » : « créatures dotées de pouvoirs surnaturels capables d'influencer le genre humain ». Les occurrences du mot « adjinn » ne renvoient à rien de pertinent : les deux amis apprennent qu'il s'agit du nom d'une ville de Guinée, celui d'un personnage de manga au Japon et d'une société espagnole présente dans plusieurs pays du monde.

À la fin de la journée, Pyth se rend à l'entraînement de perche : il a besoin de routine, de normalité. Espérant que le coach se montrera moins regardant sur ses éventuelles absences, il lui annonce que son père est en phase d'éveil et qu'il va sûrement devoir passer davantage de temps à l'hôpital.

— C'est quand ça va mal qu'il ne faut rien lâcher, fiston ! Je compte sur toi pour les régionales !

Pyth repasse à la maison pour dîner avec sa mère. C'est lui qui fait cuire les pâtes, dresse la table, lance les sujets de conversation.

Après avoir préparé son sac pour la nuit, il explique que Louise l'attend pour finaliser un devoir commun de SVT et qu'il dormira chez elle.

Préoccupée comme elle l'est, sa mère ne fait pas d'histoire.

Pyth arrive au lycée vers 21 heures. Il traverse la cour jusqu'à la loge, franchit à grand-peine les nouvelles plantations installées par M. Markarian et insère le minuscule filin dans la serrure du cadenas ; les capillaires s'évasent, se calent dans les anfractuosités du métal et neutralisent la serrure aussi facilement que si Pyth y avait inséré la clé adéquate.

Louise est en pyjama. Tels des espions en mission, ils se saluent avec des regards silencieux. Il cache sous le sommier son sac, son ordinateur et toutes ses affaires pour le lendemain. Elle parachève la forme des oreillers cachés dans son lit pour créer l'impression qu'une personne y dort. Ayant dit bonne nuit à son père, Louise prend soin de bien fermer la porte de sa chambre à clé. Elle retire son pyjama, s'habille à la hâte en se couvrant des pieds à la tête pour que personne ne puisse la reconnaître.

Ils sont prêts. Ils se glissent hors de la loge et s'enfoncent dans la nuit.

∞

Il fait sombre devant le 21, rue des Vinaigriers. Le lampadaire le plus proche est en panne et les ombres sont très allongées. Le bruit de leurs pas résonne sur le trottoir.

En haut des marches se découpe la silhouette d'un homme qui fume, adossé au mur. Quelque chose plane autour de sa personne. Quelque chose qui fait penser à un début de film.

Pyth reconnaît le Garde-Fou : le tatouage de la grosse araignée aux pattes ciselées qu'il porte à l'avant-bras resplendit telle une ombre magique.

— Bonsoir, dit Pythagore.

Le Garde-Fou continue de fumer, sans bouger ; il les dévisage avec un petit sourire en coin. L'impassibilité de son visage, la coupe de ses cheveux noirs, sa raie sur le côté, impeccablement dessinée, inspirent quelque chose d'angoissant.

— Ça fait bien longtemps que je n'ai pas travaillé avec des débutants, énonce-t-il calmement. Si je sens que votre incompétence est un danger, je vous élimine.

Il a dit ça sans émotion, sans hausser la voix, mais Pyth et Louise reçoivent l'information comme une gifle glacée.

L'homme jette sa cigarette au loin et pousse la double porte noire. Une odeur de tabac, de bois, de cuir les enveloppe. Ils découvrent un espace à la lumière tamisée, une sorte de petit salon avec un bureau d'accueil, sans personne derrière. Des cadres au mur présentent des dessins de tatouages, des photos de tatoués.

Le hall se prolonge par un couloir où s'alignent plusieurs portes lourdement matelassées. Le Garde-Fou leur fait descendre un escalier jusqu'à un vaste sous-sol où s'agencent de vieux canapés en cuir, des tables de travail avec des machines, des aiguilles, du matériel de tatouage.

Derrière un bureau se dresse une silhouette maigre, vêtue d'un débardeur blanc qui tranche dans l'obscurité, les bras et les épaules couverts de tatouages. Calée derrière de gros écrans d'ordinateur, elle les regarde passer sans émotion.

Ils pénètrent dans une dernière pièce, dont le Garde-Fou ferme la porte à clé. Il les fait asseoir et poser leurs affaires, avant de se diriger vers un buffet d'où il tire deux objets fins que Pyth identifie comme des seringues.

Va-t-il les tatouer ?

Pyth n'a pas le temps d'y réfléchir que le Garde-Fou a déjà planté une aiguille dans son cou !

Louise tressaille, tente de prendre la fuite, mais il la saisit violemment par le bras et lui fait subir le même sort. Pas moyen de se débattre.

Ils ressentent aussitôt une impression d'engourdissement qui les empêche de protester. À mesure que le fluide s'infiltre dans leur organisme, Pyth et Louise sont progressivement contraints à lâcher prise. Leurs gestes deviennent mous, comme dans les rêves où l'on court au ralenti sans pouvoir émettre le moindre cri. Ils s'affalent sur les canapés de cuir.

— On va commencer par un petit test, reprend le Garde-Fou d'une voix lente et froide.

Il s'approche d'abord de Pythagore :

— Je m'appelle Melrik. Je suis un Garde-Fou infiltré, interne à l'hôpital des Chartreux de Loiret-en-Retz, et je garde la frontière, tu comprends ?

Pyth acquiesce.

— À ton tour maintenant. Comment t'appelles-tu et que fais-tu dans la vie ?

Pyth sent que sa voix se sépare de son corps. Elle répond toute seule :

— Je m'appelle Pythagore Luchon. Je vais au lycée Saint-Louis...

— Pythagore Luchon, sache qu'à partir d'aujourd'hui, tu n'es plus seulement lycéen, mais agent. Tu nous appartiens, de corps et d'esprit. Tu sers la cause des Garde-Fous.

Pyth acquiesce sans même s'en rendre compte.

— Pythagore Luchon, comment as-tu appris l'existence de l'angle mort ?

Comme il prend une seconde de réflexion pour chercher un moyen de ne pas incriminer Foresta, Pyth sent une douleur aiguë lui brûler les entrailles. Il hurle à s'en déchirer les cordes vocales.

— Voilà, commente le dénommé Melrik en chuchotant tout contre lui. Ça, ça veut dire que tu étais en train de chercher à mentir. Tu sens comme ça fait mal ? Ce n'est pas très agréable. Il vaut mieux te détendre, te laisser aller et dire la vérité sans réfléchir.

Il se tourne vers Louise et se penche tout contre son oreille comme il l'a fait pour Pythagore.

— Comment tu t'appelles ?

— Louise Markarian.

— Que fais-tu dans la vie, Louise Markarian ?

— Je... je vais au lycée...

— Louise Markarian, sache qu'à partir d'aujourd'hui, tu seras aussi notre agent. Tu nous appartiens, de corps et d'esprit. Tu sers la cause des Garde-Fous.

Pyth a l'impression qu'il récite une prière ou une incantation.

— Comment as-tu appris l'existence de l'angle mort ?

À son tour, Louise crie de douleur. Le Garde-Fou passe la main dans les cheveux de la jeune fille, sur son front, ses joues, comme un père s'occuperait de son enfant malade.

— Ne réfléchis pas, réponds simplement.

Louise avoue, haletante :

— Une personne de l'autre monde est arrivée dans mon lycée... Elle m'a montré...

— Une personne, tu veux dire l'aspirant Erivan ?

Louise résiste.

— Avec ce qui circule dans tes veines, ça va vite devenir insupportable. Je ne suis pas votre ennemi, nous sommes partenaires. Si j'étais votre ennemi, vous seriez déjà morts – et sans doute que vos parents aussi. Je recommence de zéro. Comment t'appelles-tu ?

— Louise Markarian.

— Louise Markarian, écoute mon conseil, l'aspirant Erivan a été interrogée de toutes les façons possibles, rien de ce que tu diras ne pourra l'incriminer davantage.

« De toutes les façons possibles » ? Pyth en ressent une coulée de plomb dans les entrailles. Qu'est-ce que ça veut dire, « de toutes les façons possibles » ? Est-ce que Foresta va bien ?

Incapable de se contenir plus longtemps, Louise laisse jaillir sa voix. Elle parle à toute allure, comme si elle récitait.

— C'est Foresta qui m'a fait passer l'angle mort. Elle m'a fait boire des peptines, nous avons voyagé plusieurs fois vers l'autre monde, pendant plusieurs jours.

D'un geste de la main, Melrik l'arrête.

— Voilà... Vous comprenez comment ça marche.

Il arpente la pièce. Pyth reprend ses esprits et se risque à demander d'une voix timide :

— Est-ce que Foresta est ici ?

En guise de réponse, Melrik le gifle, puis revient vers Louise à pas de chat. C'est d'un ton très calme, très doux, comme s'il s'adressait un enfant, qu'il reprend :

— Louise Markarian, tu es en possession de quelque chose qui vient de l'autre monde, quelque chose que je voudrais récupérer. C'est violet, lumineux, et ça se garde dans des fioles.

Louise ne répond pas. L'homme poursuit.

— Où sont les fioles de sang ultraviolet que l'aspirant Erivan a prises au professeur Deanjii et cachées dans ta chambre ?

— Je ne sais pas ! répond-elle, complètement désarmée. Quelqu'un les a volées cette nuit.

— Faux. J'ai envoyé quelqu'un les voler mais cette personne n'a rien trouvé. Où sont les fioles ?

— Mais... je ne comprends pas...

Louise est au bord des larmes.

— On les a volées... Quelqu'un les a volées, répète-t-elle, affolée à l'idée d'avoir raté quelque chose et que la douleur reprenne.

Le Garde-Fou voit bien qu'elle est sincère, puisqu'elle ne souffre pas. Il attrape Pyth par la racine des cheveux et demande tout contre son oreille :

— Où sont les fioles ?

— Je ne sais pas... je ne sais pas, bégaie Pyth.

Ni Louise ni Pythagore ne peuvent rien avouer d'autre, ils n'ont aucun élément de réponse.

Le Garde-Fou se dirige vers un petit appareil qui ressemble à une machine à écrire et se met à tapoter dessus comme s'il envoyait un message. Quelques instants plus tard, il reprend l'interrogatoire de Pyth :

— Qui t'a parlé des secrets constitutionnels ?

De nouveau, Pyth refuse de prononcer le nom de Foresta. Ses entrailles se tordent, lui brûlent... Il crie de douleur tandis que le visage de Melrik se rapproche du sien ; il lui caresse le front et chuchote à son oreille :

— Parle, ça te fera du bien... Ça fait toujours du bien.

La brûlure est trop forte ; Pyth cède.

— Foresta Erivan.

— Dis-moi tout ce que tu sais des secrets constitutionnels.

Pyth parle du livre du secret constitutionnel n° 3, de la façon dont il a disparu dans les toilettes à cause de Lionel Gérôme. Avouer lui fait du bien. Avouer est la chose la plus agréable au monde. Il ne résiste même plus, il sent qu'il pourrait avouer pendant des heures. Son débit de parole l'entraîne malgré lui à parler du carnet alchimique de Double T qui fait allusion au secret constitutionnel n° 2.

Melrik semble hautement intéressé par cette information.

— Où est ce carnet ?

Pyth s'en veut terriblement mais il explique tout: l'adresse où se trouve garé le véhicule, la clé dans le renfoncement de la roue, le chien qui garde de la voiture. À chaque nouvelle précision, il voudrait reprendre le contrôle de sa voix, mais c'est impossible: elle glisse hors de lui avec trop de facilité.

— Dernière question: as-tu donné quelque chose à ton père, une substance venue de l'autre monde, pour provoquer son réveil?

Cette fois, Pyth a un haut-le-cœur. Son père! Il s'agit de son père.

Ses entrailles le pressent de répondre mais sa tête hurle: «Stop!» Risque-t-il de mettre son père en danger en avouant la vérité? Il hésite, gémit. Mille doutes se superposent, mille impulsions contraires: si le Garde-Fou lui pose une question aussi précise, c'est qu'il a compris... Comment aurait-il pu ne pas comprendre? Cet homme est un familier des deux mondes, il sait lire les symptômes.

— Parle, insiste Melrik.

Pyth veut hurler, pleurer.

— As-tu donné quelque chose à ton père, une substance venue de l'autre monde, pour provoquer son réveil?

Substance. Réveil. Autre monde. Père.

— Oui!

A-t-il rêvé ce «oui»? L'a-t-il crié?

— J'ai donné des peptines, répond sa voix malgré lui. Je voulais qu'il se réveille.

Il voudrait ravaler ses mots, mais ils sont plus rapides que sa volonté, plus pressants que sa résistance.

— Pouvez-vous aider mon père? ajoute-t-il dans un souffle.

Melrik ne dit rien. Il retourne à l'appareil, tapote pendant quelques secondes puis attend. Des bandes de papier comme celles des caisses de supermarché se déroulent d'une fente pratiquée dans la machine. Une sorte de télégramme ? Le Garde-Fou prend son temps pour les lire, puis revient vers eux.

— Votre vie ne vaut que tant que vous êtes utiles. Voici les règles qui s'imposent à partir d'aujourd'hui : sous peine de mort, interdiction de parler des mondes superposés ou de l'angle mort à qui que ce soit – dans ce monde ou dans l'autre. Interdiction de faire ou de montrer quoi que ce soit qui pourrait mener à s'interroger sur l'existence de l'autre monde. Interdiction de garder en votre possession du concentré de peptine ou des quartiers d'orange bleue. Interdiction d'apporter un téléphone ou quelque objet que ce soit de votre monde vers le nôtre – et inversement. Interdiction de passer l'angle mort par vous-mêmes dans un espace non sécurisé. Dormez, travaillez, préparez toujours soigneusement vos alibis. Nous avons besoin que vos couvertures restent intactes et solides. Votre première mission va bientôt débuter.

5
Poseurs de bombe

Combien de temps s'est-il écoulé depuis que Melrik s'est tu ? Une seconde ? une minute ? une heure ? Pyth n'a plus la notion du temps. Le Garde-Fou lui a appliqué une sorte d'onguent à l'endroit de la piqûre. La sensation est agréable, apaisante. Très vite, son corps retrouve ses repères.

Il cherche Louise du regard. Elle est revenue en position assise. À la façon dont la lumière luit sur la peau de son cou, il comprend qu'elle aussi a reçu l'onguent réparateur. Ils échangent un regard effaré.

Pyth articule en silence :

— Ça va ?

Elle acquiesce.

Tous deux balaient la pièce du regard. Des caisses sont empilées un peu partout, des affiches sont clouées au mur. Certaines représentent des visages, comme sur les panneaux « *Wanted* » qu'on voit dans les westerns.

Titubant légèrement, Louise s'approche de l'une d'entre elles.

— Viens voir, chuchote-t-elle.

Pyth la rejoint et observe la photo. Il s'agit du portrait colorisé d'une très belle femme, d'une blondeur surréelle, presque blanche, aux yeux étirés vers les tempes. Pyth ne l'aurait pas forcément reconnue car il ne l'a entraperçue que deux fois à travers le trou d'un drap et le reflet d'un miroir, mais il lit son nom sur l'affiche: «Andjika Deanjii». Elle dégage une froideur polaire, sublime. Une beauté de conte de fées, ou de film en noir et blanc. Pyth a du mal à en détacher son regard.

Une foule de descriptifs ont été ajoutés en petit sous la photo, notamment sa date de naissance, son origine géographique, le nom de sa mère, de son père, la nature de ses crimes, etc.

> Origine: Gaoyan, île Farös
>
> Patronyme: Deanjii, contraction populaire gaoyan pour «Dean Adjinn»
>
> Deux frères connus sous anthracite: Ajaccio Deanjii, Oliz Deanjii
>
> Spécialiste de biologie des climats
>
> Intrusion sublittorale, complicité d'assassinat, activité biologique illicite, reconstitution de sang universel

— Pyth! Regarde! Le mot «adjinn»! Comme dans le sous-titre du carnet d'alchimie. «Deanjii, contraction populaire gaoyan pour "Dean Adjinn"». Et là, encore! «Reconstitution de sang universel». C'est la même expression qu'a utilisée l'auteur du carnet.

À la mention du carnet, le cœur de Pyth se serre: il a trahi le secret de Double T. Est-ce que le Garde-Fou va dépêcher quelqu'un pour voler le précieux objet?

Louise détache délicatement l'avis de recherche du blondissime professeur Deanjii.

— Qu'est-ce que tu fais ?

— J'ai besoin de garder ce papier à cause de ce qu'elle m'a fait subir... Ces deux jours que j'ai passés dans le Sublittoral, toute seule, attachée, je veux en garder un souvenir.

∞

Melrik revient et d'un geste les invite à le suivre à travers un nouveau couloir. Ils pénètrent dans une pièce où un agencement complexe de miroirs et de vitres est disposé autour d'un gouvernail en bois. Celui-ci est posé à plat, comme un plateau de jeu. Sa circonférence est jalonnée de tiges auxquelles ont été fixés de petits miroirs ronds, semblables à ceux qu'utilisent les dentistes et qui se reflètent dans les autres miroirs de la pièce.

Melrik s'accroupit face au gouvernail et marmonne des chiffres comme s'il refaisait des calculs dans sa tête – « 40° 49' 89, 74° 10' 68 ».

— Placez-vous là, dit-il en pointant sur le sol des emplacements marqués d'une croix rouge.

Louise et Pyth s'exécutent, prennent les fioles de peptine que Melrik leur tend.

— Buvez.

Pyth prend le temps de humer l'odeur de l'orange bleue avant de la porter à ses lèvres. Il savoure le moment où le précieux concentré descend dans sa gorge – souple, acidulé, merveilleusement frais. Les effets des peptines sont quasi immédiats et, malgré la présence de Melrik, malgré ses menaces, il ressent une fulgurante sensation de liberté. Ses idées s'élargissent, prennent de la hauteur ; elles poussent telle une forêt au-dessus de sa tête et se laissent rafraîchir par un vent vigoureux.

Pyth pense à son père.

Peut-être Louise a-t-elle vu juste ? Peut-être suffirait-il de lui donner plus de peptines ? Ils doivent essayer d'en conserver un peu.

Comme s'il avait lu dans ses pensées, Melrik ouvre sa main :

— Les fioles.

— Quoi ? bredouille Pyth.

— Je veux les fioles, vides. Pas question que vous gardiez des peptines avec vous – pas même une goutte.

Ils obtempèrent.

Le Garde-Fou les rejoint au milieu des miroirs ; il s'empare du battant le plus proche, le fait doucement onduler pour faire jouer ses reflets dans un deuxième miroir, lui-même placé derrière une vitre. Son image et sa lumière se répercutent, par ricochet, dans toutes les pastilles qui se mettent à briller l'une après l'autre, en tournant lentement tel un carrousel.

Pyth sent une montée en puissance... comme si l'angle mort prenait son élan. Comme si un élastique les tirait en arrière. Il a la sensation d'un arc qui se tend, d'une catapulte qu'on arme, d'une voiture de course qui prépare son départ lorsque soudain...

Clac.

Ils s'envolent. Littéralement.

Pyth est obligé de fermer les yeux à cause des courants d'air...

Tout défile à une vitesse prodigieuse, fulgurante. Ses entrailles accusent le coup de l'accélération comme s'il était un cosmonaute allongé dans une fusée qui s'élève. Ses oreilles se bouchent, ses joues tremblent, son cœur est écrasé par sa cage thoracique. À l'intérieur de lui, l'espace et le temps se courbent. Il essaie d'entrouvrir les paupières et perçoit à grand-peine, à travers la nuit, des reflets de villes, de terres, une succession de surfaces planes, dialogue de miroirs, de villes sans murs, de rues sans immeubles, de mers minuscules et infinies parsemées de bateaux sans coque, d'immenses champs labourés de traits, de marques, de signes, et *boum*...

Tous deux chutent lourdement par terre, avec un impact maximal.

∞

Lorsqu'il rouvre les yeux, Pyth a le souffle coupé. Il louche, voit tout en double. Le sang cogne dans sa tête. Quelques lucioles qui volettent dans la pièce attestent qu'ils ont bien passé l'angle mort.

— Qu'est-ce qui s'est passé ? articule Louise avec peine.

Elle est à genoux, occupée à retrouver son équilibre.

— C'était pas comme d'habitude...

Ils se trouvent dans une pièce sombre ; l'agencement géométrique des miroirs et des vitres est le même que celui qu'ils viennent de quitter – avec un gouvernail et des pastilles miroirs.

Le reste de la salle se compose de consoles encombrées d'instruments de mesure, de jumelles, d'une longue-vue. Les murs sont tapissés de vieilles cartes.

Louise s'appuie sur le coin d'un bureau pour se mettre debout ; elle tangue. Pyth l'imite avec l'impression que tous ses organes n'ont pas fini d'arriver, que la moitié de son corps est encore en translation et qu'il pourrait vomir ou imploser.

— Vous venez d'emprunter un angle mort directionnel, annonce le Garde-Fou de sa voix coupante. La distance parcourue peut donner la nausée. Il va falloir s'y habituer.

Angle mort directionnel ? Distance parcourue ? Que veut-il dire par là ?

Pyth attend d'autres explications mais Melrik est déjà passé à autre chose. Ils pénètrent dans un vestiaire où se trouvent des équipements de géographes – manteaux de bucq, bottes à crampons, filins d'asphalt, câbles et embouts. L'odeur du bois des placards, du métal, de la fourrure les prend au nez. Pyth ne peut s'empêcher d'en être infiniment heureux ; il plonge les mains dans les poils, laisse foisonner les souvenirs en même temps qu'il éprouve la réconfortante épaisseur du vêtement, la souplesse de ses lanières de cuir. Il repense à l'empoing, aux dangers surmontés, au baiser de Foresta. Son estomac se noue.

Tous deux troquent leurs baskets contre des bottes.

— Ici, nous sommes sur un comptoir international, énonce Melrik d'une voix précise et factuelle, à la lisière des Territoires Mouvants.

Pyth se souvient d'avoir déjà entendu le mot « comptoir » lors de ses précédents passages dans l'autre monde, sans savoir vraiment ce dont il s'agissait, mais ce n'est pas ce qui l'a fait tiquer. A-t-il bien entendu ? Melrik vient-il de dire que le comptoir était situé « à la lisière des Territoires Mouvants » ? Comment est-ce possible ? Dans le livre du géographe, la spirale qui marque l'emplacement des Territoires Mouvants est immense, aussi large qu'un continent, et elle se trouve à des milliers de kilomètres de la capitale de la Galécie. Comment pourraient-ils se trouver « à la lisière » de sa frontière ? Ne devraient-ils pas avoir atterri aux environs d'Eman, selon les correspondances usuelles ? C'est alors que lui revient en mémoire le gouvernail planté au milieu des miroirs, la façon dont le Garde-Fou a réglé sa position, en marmonnant des degrés, ainsi que l'expression qu'il a utilisée pour décrire l'instrument, « angle mort directionnel » : est-il envisageable que ce dispositif ait la particularité de faire parcourir des kilomètres à celui qui l'emprunte ? Il interroge Louise du regard et sent qu'elle se pose la même question.

— Soyez très vigilants, reprend Melrik sans faire cas de la curiosité qui se lit sur leurs traits. La population des comptoirs est rude et brutale, adaptée aux changements incessants qui surviennent pendant les dérives. Nous sommes sur une île flottante.

Une île flottante ? s'étonnent-ils encore, les yeux tout écarquillés. Une île flottante qui « dériverait » au milieu de l'océan ? C'est-à-dire un bout de terre capable de se mouvoir sur l'eau ? Comment est-ce possible, géologiquement parlant ?

— Ce comptoir appartient aux géographes galéciens, reprend Melrik. Ils ne savent pas que des Garde-Fous l'ont infiltré. Ils ne savent pas qui vous êtes ; ils ne savent pas vraiment qui je suis. Officiellement, nous sommes trois géographes en mission pour le commandant Abakan. Ne parlez à personne. C'est compris ?

— Compris, répètent-ils à l'unisson.

À la mention d'Abakan, Pyth a esquissé un sourire plein d'espoir. Le commandant se souvient-il de leur existence ?

de leur exploit ? Se souvient-il que c'est grâce à lui qu'il est devenu commandant de la Société de géographie ? Pourrait-il lui en être reconnaissant et, peut-être, l'aider ?

∞

Ils s'engagent dans un couloir jalonné de hublots, semblable à une coursive de navire. Au travers des vitres, sur fond de nuit étoilée, se découpent d'immenses palmiers aux troncs minces dont le feuillage touffu, illuminé par le halo coloré des lucioles, ressemble à un feu d'artifice de verdure. Au milieu des arbres, surgissent escaliers et passerelles qui desservent de vastes plateformes, sur lesquelles s'alignent d'innombrables entrepôts, des hangars et des ateliers en pleine activité, des dizaines de bars, tavernes et échoppes bouillonnants d'animation. De loin, l'ambiance ressemble à celle d'une vieille ville portuaire où marins et débardeurs travailleraient d'arrache-pied pour mieux pouvoir faire la fête.

Pyth et Louise ont envie de profiter de la vue, mais le pas de Melrik les presse et les entraîne à travers plusieurs autres coursives du même type. Il finit par marquer un arrêt devant une épaisse porte de métal.

— Nous voici au cœur du comptoir. Derrière cette cloison se trouve l'amphithéâtre naval où sont réunis les représentants des douze nations de la Ligue sociétaire.

— La Ligue sociétaire ! murmure Louise en repensant à tout ce qu'ils ont lu à son sujet dans le livre laissé par Foresta.

Il s'agit d'une coalition de géographes ralliant trois continents, l'Archéanie – dont fait partie la Galécie –, l'Abjarnik et le Gaoyan. Étant l'une des plus puissantes au monde, la Société de géographie de Galécie préside la Ligue depuis plusieurs années.

— Tous les ans, avant la saison du bolt sauvage, reprend le Garde-Fou, les pays de la Ligue se rassemblent pour élire la nation qui dirigera la grande expédition du bolt sauvage. Les géographes galéciens sont candidats à leur propre succession naturellement, mais il se trouve que, cette année, les Genoux-Bleus menacent fortement notre candidature.

— Il y a des Genoux-Bleus dans la salle ? ne peut s'empêcher de s'enquérir Pythagore, frissonnant de curiosité.

De réputation violente et sulfureuse, les Genoux-Bleus appartiennent au gang dominant du Gaoyan, à qui l'ancien commandant Baar avait voulu déclarer la guerre. Grâce à leur scaphandre en cuir d'algue, le peuple Genoux-Bleus est le seul de l'autre monde à pouvoir traverser le courant et pénétrer dans le Sublittoral.

— Depuis l'arrestation de Baranov Baar, les Genoux-Bleus sont redevenus des alliés à part entière, précise Melrik, mais il n'est pas question de leur laisser la direction de la Ligue. C'est pour cette raison que je vous ai fait venir ce soir. Je veux que vous les empêchiez de remporter le vote.

Tandis que Melrik actionne la roue métallique fixée à la porte – trois tours dans un sens, puis deux dans l'autre –, Louise et Pythagore se lancent des regards aussi exaltés que perplexes. Comment seraient-ils en mesure d'influencer, de quelque manière que ce soit, le résultat d'un vote ?

Ils sont assaillis sur-le-champ par la clameur d'une foule. Melrik marque une pause, jette un coup d'œil à droite, puis à gauche, avant de les inviter à emprunter la passerelle qui surplombe les gradins de l'amphithéâtre : en contrebas, des centaines d'hommes et de femmes aux vêtements contrastés échangent des propos avec effervescence. La langue galécienne, qui ressemble en tout point au français, caracole au milieu d'autres idiomes aux accents roulés, chantants, heurtés. Les voix sont franches et pleines d'assurance. De cette assemblée monte une odeur de cuir, de vanille, de tabac et d'alcool.

Soudain, Pyth sent que son cœur s'accélère : une chevelure rouge vif vient de traverser la foule.

— Foresta ! dit-il tout bas, à l'adresse de Louise.

Il a envie de hurler son nom, mais il n'ose pas à cause du Garde-Fou. La silhouette aux cheveux rouges se tourne pour parler à son voisin. C'est un homme, il est immense et massif. Louise laisse échapper un petit rire malgré elle.

— Elle a beaucoup changé, dis donc.

Pyth s'aperçoit alors que de nombreuses autres chevelures rouge vif sont dispersées dans la foule, au moins une trentaine, qui appartiennent indifféremment à des femmes ou des hommes. Il commence à les scruter, mais l'obscurité et le silence se font soudain dans l'amphithéâtre.

Tout en bas, légèrement surélevée par rapport à la foule, s'éclaire une vaste scène derrière laquelle, aussi large qu'un écran de cinéma, trône la carte de l'autre monde déployant ses cinq continents : l'Abjarnik au nord, l'Abyssie au nord-est avec sa forme biscornue, le bloc de l'Euménie à l'ouest, l'Archéanie au sud et la centaine d'îles éparpillées du Gaoyan depuis le centre jusqu'à l'est. Au milieu des océans, envoûtante et mystérieuse, ondoie la spirale qui représente les Territoires Mouvants.

ABJARNIK
ERIN
KAJBARD
SVONBERG
BLÜED_ERYS
ABYSSIE
HAUT YUSAN
BAS YUSAN
ABEÏSAN
EMERLYND
EUMÉNIE
ÎLES CLEMENTINES
PHRÈCE
ÎLES PATTON
LES CAROLINES
EULICE
ARCHÉANTE
BASS LAND
GALÉCIE
TERRE CAPESTAN
ARCHADORE
ORIELAND
ÎLES ANDELARIA
GAOYAN
BRETTONISTAN

Vêtu d'un gros manteau de fourrure noire à boutons d'argent, un homme de large stature fait son entrée. Il est brun, barbu, la peau mate, l'œil ardent. Pyth et Louise le reconnaissent aussitôt, c'est le fraîchement nommé commandant de la Société de géographie de Galécie, Abakan. Il se plante au milieu de la scène et, de son accent exotique et roulant qui lui vient de son enfance dans les îles, il s'exclame :

— Gèographes de la Ligue sociètaire ! Bienvenue sur le comptoir international de Galècie !

Une salve d'applaudissements accueille sa voix puissante et chaleureuse.

— Comme chaque annèe, vous, pays de la Ligue, vous allè votè pour choisir quel sera le pays commandeur qui va dirigè l'expèdition du bolt sauvage.

Il traduit son discours en plusieurs langues, puis reprend en galécien :

— En tant que derniè pays commandeur, nous prèsidons la cèrèmonie, puis nous cèderons volontièrs la place au vainqueur.

« Je suis fier de vous prèsentè les trois pays prètendants cette annèe et le tribut qui accompagne chaque candidature. Ils parleront à tour de rôle dans l'ordre du tirage au sort.

Le commandant Abakan s'approche d'une boîte posée sur un pupitre et y pioche un papier.

— Le gènèral Raygär des Kajbard d'Abjarnik !

Une partie de la salle, et notamment les hommes et femmes aux cheveux rouges, acclame cette première désignation.

— Selon la bonne vertu du tirage au sort, ils parleront en premiè. Leur candidature est appuyèe par les Svonberg de l'Est, les hommes de l'île Saskia...

Pyth et Louise sont attirés par un énorme objet que trois hommes roulent sur scène : un miroir rond cerclé de cuivre, plus haut qu'une armoire, dans lequel s'encastrent de multiples cadrans. Ce qu'il y a d'étrange, c'est qu'il ne reflète ni la scène, ni la salle, ni les gens, mais un tout autre paysage : une magnifique étendue de banquise blanche sur fond bleu.

Pyth et Louise comprennent vite ce qu'ils ont sous les yeux : c'est un instrument de géographe qu'ils ont déjà croisé à plusieurs reprises – dans le cabinet du commandant Baar, dans la salle du vieux bassin et même dans le Sublittoral : une boussole jumelle ! Une gigantesque boussole jumelle !

Les boussoles jumelles fonctionnent par paire. Les primaires sont postées à des endroits stratégiques ou envoyées en éclaireurs, tandis que les secondaires reflètent ce que perçoivent leur sœur en indiquant les coordonnées géographiques exactes de leur position.

Au centre de l'image, surélevé par une grue, se dresse une sorte d'avion ou de planeur. Sous ses ailes longues et larges ont été enroulés des câbles rutilants, des cordages et des grappins.

— Comme le montre la boussole aux coordonnèes 78° 13' nord, 15° 39' est, reprend Abakan, les Kajbard inscrivent à l'ordre des tributs un nouvel engin volant : l'altinef à pression. Il vole au-dessus du bolt sauvage malgrè la chute de pression. Il est èclaireur et harponne des matières depuis le ciel. Les Kajbard prendront la parole en premiè.

L'assemblée applaudit et le général nommé Raygär prend place devant la boussole jumelle. Il salue la salle sobrement car sa haute taille et l'abondance de sa chevelure rouge sont suffisamment impressionnantes pour qu'il n'ait pas besoin d'en rajouter.

Le commandant Abakan se rapproche de la boîte et en tire un deuxième papier.

— Ce sera ensuite au tour des Galèciens, mon peuple d'adoption, celui qui a permis à quelqu'un comme moi, transfuge d'une petite île, de devenir commandant d'une grande Sociètè de gèographie. Nous sommes candidats à notre propre succession. Selon la bonne vertu du tirage au sort, je parlerè en deuxième.

Trois hommes font rouler sur scène une autre gigantesque boussole dans laquelle se reflètent trois bateaux, maintenus hors de l'eau par de savants échafaudages. Exposées à l'envers, à la limite de l'impudeur, leurs coques brillent comme des bijoux précieux.

— Trois glisseurs à coque, en aimant abyssien; ils permettent de parcourir les terres molles, imprègnées de bolt sauvage, sans ètre stoppè par la densitè des matières.

Une nouvelle vague d'acclamations parcourt la salle.

— Notre candidature est soutenue par le Bassland, l'Arcadore et Terre-Capestan.

À chaque fois, les représentants des pays cités marquent leur enthousiasme de manière sonore et chaleureuse.

— Je n'ai plus besoin de tirè au sort pour annoncè le derniè candidat. Les Genoux-Bleus et leur chef, Lili Karsaÿ, dont la candidature est soutenue par les trois gangs primaires du Gaoyan – celui de Pamel, de Mâani et de Laâm.

Une femme à la tenue martiale incrustée de métal et de turquoises investit l'espace. Son énergie a quelque chose de sauvage, tout à fait assorti à l'ardeur qui enflamme l'assistance.

— Selon la bonne vertu du tirage au sort, Lili Karsaÿ parlera en troisième pour prèsentè son tribut...

Comme la dernière boussole jumelle est apportée sur la scène, Melrik se penche vers Louise et Pyth.

— Regardez bien, ça vous concerne...

Le reflet présente un paysage aux couleurs intenses, dont il est difficile de percevoir les détails.

— Je ne vois rien, dit Pythagore.

— C'est normal, répond Melrik. Le tribut des Genoux-Bleus se trouve dans le Sublittoral ; toutes les vibrations sont déformées.

Dans les gradins, le silence devient solennel.

La chef sourit à la foule et, d'un geste théâtral, claque des doigts. À ce signal, trois hommes font rouler sur le plancher un énorme palet de verre, une sorte de lentille d'optique géante. Ils l'installent devant la boussole et, aussitôt, l'image devient déchiffrable. Toute l'assistance s'exclame.

La plupart n'ont jamais vu à quoi ressemblent les Territoires Denses, étant donné que seuls les Genoux-Bleus sont en mesure de traverser le courant.

Deux scaphandriers font justement leur entrée dans le champ : ils déambulent d'un air affairé, des câbles plein les bras. La retransmission étant à sens unique, ils n'ont pas la conscience d'être observés et suivent le fil de leur activité jusqu'à une grosse machine, à l'arrière-plan.

Le commandant Abakan reprend :

— Les Genoux-Bleus prèsenteront le premiè radar sismique jamais implantè dans le Sublittoral ; il permet de connaître dix à douze heures à l'avance où va jaillir le bolt sauvage.

La salle est en effervescence.

— Chaque candidat dispose d'une heure pour exposè son tribut, puis nous procèderons au vote.

— C'est à vous de jouer maintenant, énonce Melrik, on n'a plus de temps à perdre. Trois heures maximum avant le vote.

∞

Le Garde-Fou actionne une nouvelle porte et les entraîne le long d'une passerelle extérieure. Aussitôt, la brise maritime s'infiltre dans leurs cheveux. Leur regard est attiré par le bleu profond qui resplendit au-dessus de leurs têtes : la nuit est gorgée de parfums, piquetée de bouquets d'étoiles, caressée par le feuillage touffu des palmiers géants. Rouge et solitaire, se pavanant au milieu du décor, le soleil de nuit révèle la jungle de l'île flottante. La luxuriance de la végétation se mêle au gigantisme des infrastructures dont les plateformes métalliques cascadent sur plusieurs niveaux. Des milliers de lucioles sont posées sur les câbles, les treuils, les hunes, les lunettes d'observation. Pyth suit des yeux le mouvement d'une grue qui transporte des barils jusqu'à un alignement de barques à fond plat. Tout en bas sur les quais, il repère des machines qui ressemblent à des pelleteuses, des vaisseaux dont les coques rondes s'exposent à l'envers, comme celles du tribut galécien. D'immenses pylônes éclairent l'ensemble comme un gigantesque plateau de cinéma.

— Il faut descendre jusqu'à ras de mer. Tenez la rampe, ajoute Melrik en empruntant un escalier rudimentaire.

Tandis qu'ils traversent les plateformes intermédiaires, Pyth reconnaît l'odeur d'herbes grillées caractéristique de la cuisine au linge et il en hume les effluves avec plaisir. Son regard fouille l'intérieur des bars. Il dresse l'oreille dans l'espoir de glaner des bribes de conversation. Qui sont ces hommes et ces femmes aux solides vêtements de cuir, de fourrure et de toile qui constituent la population du comptoir ? N'y a-t'il que des géographes ? Ou trouve-t-on aussi parmi eux des soldats, des scientifiques, des marchands ?

La voix d'un crieur de dépêches leur parvient au loin :

— L'avenir de la Ligue ! Le colloque a commencé ! Demandez la liste des tributs !

Ils passent devant une rangée de hangars, alignés comme sur un dock, présentant des noms de sociétés liées au bolt – Compagnie internationale de bolt sauvage, Galécienne de bolt, Sävaadjk Bolt mänufaktur, Bolt's Production & Manufacturing, Bolt Eyngenÿr, etc. Du personnel de sécurité monte la garde pendant que d'autres employés vont et viennent avec du matériel, des dossiers, des notes. Des hommes et des femmes aux manches de chemise retroussées sortent d'un hangar, s'échangent des informations, se serrent la main. Un groupe s'invective en agitant des bandes de papier semblables à celles que manipulait Melrik.

— La transcription a été interrompue !

— Il faut attendre la fin du vote.

Un type les bouscule et se penche à une rambarde pour crier à un collègue en contrebas :

— On a l'exclusivité du bolt semi-stable pour tout le sud d'Orinland !

— Avec les îles ? s'enquiert le collègue, occupé à vérifier un chargement.

— Avec les îles !

— On descend encore, énonce Melrik en leur indiquant un dernier escalier qui file à travers un amas de fines branches.

Pyth et Louise obtempèrent. Un feuillage souple leur caresse le corps jusqu'à ce qu'ils parviennent enfin au ras de l'eau, sur un quai silencieux. Il fait tiède et doux. La mer est illuminée par la phosphorescence du courant.

∞

Sous l'escalier, un écriteau en métal indique « Danger : ne pas entrer – Personnel autorisé ».

Melrik actionne une petite roue dans un sens puis dans l'autre. *Clac.* La porte s'ouvre.

L'espace est sombre, le plafond constitué d'un enchevêtrement de rails et de gaines. Ils sont dans les entrailles du comptoir.

Le long des murs s'alignent des tubes qui ressemblent à des périscopes, mais aussi des machines à cadrans, des consoles à boutons, des sortes de radios.

Un homme, torse nu, les accueille. Il se balance comme un adolescent faisant le malin sur une chaise en équilibre. Absolument pas coiffés et livrés à une bataille anarchique, ses cheveux d'une blondeur resplendissante, presque argentée, contrastent avec sa peau recouverte d'une forêt de tatouages gras et noirs. Son air à la fois lascif et enfiévré le fait ressembler à un noceur fourbu.

— C'est eux ? dit-il en avisant Louise et Pythagore.

Sa voix emplit l'espace sonore. Chaude et pleine de matière, elle donne des frissons.

Melrik acquiesce. L'autre se met à rire. Il tire de sa poche un sachet dont il renverse un peu de contenu sur sa paume : une fine poudre noire qui évoque de la poussière de charbon. Il l'aspire par les narines, longuement comme si son organisme se délectait de la substance, puis reprend :

— Il n'y avait pas d'adulte à disposition ?

— Non.

— Fantastique, commente-t-il en riant. Ils savent ce pour quoi ils sont là ?

— Pas encore.

Le nouveau possède un léger accent, tel un expatrié qui se serait accoutumé à la langue de son pays d'adoption sans perdre tout à fait les traces de la sienne. Un feu brille dans ses pupilles. Pyth remarque qu'elles ont une étrange nuance noire translucide, comme si une pellicule ou une lentille sombre recouvrait leur couleur d'origine. Son sourire moqueur et incertain n'est pas dénué d'une certaine sympathie. Il croise les bras, penche la tête sur le côté.

— Alors bienvenue, j'imagine, lance-t-il de son accent traînant. Bienvenue sur le comptoir. Je m'appelle Ajax, je suis officier technique – Garde-Fou par intermittence. Et j'ai quelques minutes pour faire de vous des poseurs de bombe.

∞

Des poseurs de bombe ?

Les mots résonnent dans la tête de Louise et Pythagore comme dans une vallée pleine d'échos.

— Il n'est pas question que nos alliés Genoux-Bleus prennent la tête de la Ligue et nous allons régler ça vite fait, entre nous.

Ajax attrape un crayon à grosse mine et dessine un carré sur un carnet.

— Ça, c'est le radar sismique sublittoral. Vous ne pourrez jamais l'approcher, c'est trop risqué.

Il dessine ensuite trois longs traits qui partent en étoile du carré, telles des pattes d'araignée.

— Ça, ce sont les câbles architectes qui s'enfoncent dans la terre pour détecter le bolt sauvage. Il y a deux câbles cuivrés et un câble argenté. C'est sur le câble argenté qu'il faut poser la bombe.

Les mots sont simples, le dessin est simple, mais tout va trop vite; Pyth et Louise ont du mal à s'approprier les données que leur expose l'homme avec désinvolture.

— Les Genoux-Bleus ne se méfient pas: ils pensent être tout seuls dans le Sublittoral. Grâce à leur boussole jumelle, nous avons l'exacte position de leur radar. Vous allez plonger, trouver le radar et le faire sauter.

Le silence s'alourdit.

— Le faire sauter?... répète Pyth.

— C'est ça. Discrètement, ajoute Ajax dont le sourire s'élargit. Il ne faut que le radar explose, sinon ils croiront à une attaque. Il faut qu'il implose. Tout le monde pensera que le matériel avait un défaut ou que la machine n'a pas supporté la pression des Territoires Denses.

— Mais comment on va faire ça «discrètement»? interroge Louise.

— C'est simple, répond Ajax d'un air carnassier, il faut enlever vos vêtements.

— Quoi ?

— Vous allez vous faire passer pour des Dormeurs, intervient Melrik. Vous avez déjà vu des Dormeurs, il me semble, non ? ajoute-t-il sans complaisance. Ils sont nus et errent dans le Sublittoral sans avoir conscience de leur existence. C'est ça qu'on vous demande de faire.

Ajax tire à lui une table roulante couverte d'armes et de matériel – des arcs, des couteaux, des pistolets à l'ancienne et autres outils. Les muscles secs de ses épaules ondulent sous sa peau, faisant danser les entrelacs noirs de ses tatouages.

Il ouvre une caisse contenant de petites sphères métalliques de la taille d'une balle de ping-pong. Il en attrape une et la leur présente, comme un prêtre une hostie.

— Voici un point de gipht, une bombe à vibration, en mercure vif.

Il la place dans la paume de Pythagore. L'objet est tiède, souple, mobile, tel un petit cœur chaud et palpitant.

— C'est la plus petite de nos bombes, commente Ajax. Si vous la cachez dans le creux de la main, bien fermée, personne n'y fera attention.

Il tend un second point de gipht à Louise.

— Le mercure vif s'agrippe directement au métal, comme un aimant ; ses vibrations détrament sa matière et permettent une implosion tranquille, de l'intérieur.

Du bout du doigt, il effleure une languette qui dépasse de la sphère, similaire à celle d'une canette de soda.

— C'est ici qu'il faut tirer pour amorcer l'implosion. Attention, il faut impérativement poser la bombe sur du métal, sinon elle se nourrira des vibrations de l'air.

Il réfléchit, puis annonce avec un sourire flottant :

— Et avec les fréquences basses du Sublittoral, ça risque de vous faire très bizarre.

Pyth est incapable de dire si cet homme lui est sympathique ou antipathique – ou les deux.

— Et si la bombe se déclenche toute seule ? demande Louise en inspectant le dispositif par en dessous.

— En principe, c'est impossible, mais de toute façon il y a un temps de latence : une fois le dispositif amorcé, vous avez dix secondes pour vous mettre à couvert. Bonne chance ! ajoute-t-il d'un ton presque amical avec un simulacre de salut militaire.

Aussitôt, Pyth sent la panique monter en lui, il voudrait qu'on lui réexplique...

Vibration, gipht, radar, métal, dix secondes.

Il fixe du regard la petite boule de métal souple dans sa main.

Bombe, gipht, dix secondes, mercure vif, imploser, se mettre à couvert.

∞

Melrik les mène jusqu'à une plateforme de chargement où un empilement de caisses les protège des regards.

— Enlevez vos vêtements, leur ordonne le Garde-Fou.

Pythagore et Louise s'exécutent : manteau, pantalon, bottes, tee-shirt. Du fait qu'elle déteste se baigner, Pyth a rarement vu Louise en maillot de bain. Il entrevoit sa brassière de type sportif, une culotte large, presque un slip de garçon. Il détourne le regard pour ne pas la gêner, hésite une seconde avant d'enlever son caleçon, puis s'enfonce dans l'eau au plus vite.

Du coin de l'œil, il voit Louise commencer à descendre à l'échelle.

— Tu veux t'accrocher à moi ? lui demande-t-il, anticipant sa peur de l'eau.

— Ça va...

Le courant illumine la perspective comme dans une piscine éclairée. Sa matière merveilleuse fait oublier la gêne, les doutes, la peur. Sa portance n'a rien à voir avec celle de l'eau. Elle prend en charge le corps, le rassure, l'habille presque. Leurs membres se délient, leurs angoisses s'envolent.

Melrik s'accroupit devant Pythagore :

— Tends ton bras.

Celui-ci obéit et le Garde-Fou lui glisse au poignet un bracelet en matière élastique auquel est accroché un objet rond. Il y tourne une molette, comme sur une montre à l'ancienne, puis fait remonter le dispositif haut sur son bras, jusque sous l'aisselle.

— C'est une boussole naine, explique-t-il. Garde le bras bien contre ton corps et personne ne pourra la voir. J'ai enregistré les coordonnées du radar pour vous guider. Il n'est pas loin d'ici. Quand tu voudras revenir, appuie sur ce bouton : la boussole indiquera les coordonnées de notre position. Si la flèche est alignée à l'horizontale avec le point, c'est que vous êtes dans la bonne direction.

La flèche, la boussole, le radar, la machine en forme de grosse pieuvre, la bombe.

— Quand vous serez en bas, ajoute Melrik, ne regardez personne dans les yeux. Limitez vos mouvements, surveillez le bruit de votre cœur. Ils résonnent fort dans le Sublittoral. Le casque des scaphandriers Genoux-Bleus rend leur ouïe presque nulle, mais on ne sait jamais.

La flèche, la boussole, le radar, la machine en forme de grosse pieuvre, « appuie sur ce bouton », surveille les battements de ton cœur, la bombe.

Melrik leur lance une grosse bouée rouge à laquelle se trouve fixé un immense câble de cuivre, beaucoup plus long qu'un filin d'asphalt.

— Tenez-vous au câble pour descendre et, quand vous serez de l'autre côté, accrochez l'embout sur la rive, ça vous servira de repère.

Pyth pose les mains sur la bouée. Son contact le rassure. L'objet ressemble à quelque chose de connu. Pendant une seconde, il pourrait presque croire qu'il est vacances et qu'il profite d'un bain de minuit avec une fille.

Il regarde sa meilleure amie.

— Ça va ?

— Oui.

— Dépêchez-vous, ajoute la silhouette de Melrik, avalée par l'ombre du comptoir.

Malgré la recommandation, ils prennent encore une seconde pour eux ; ils ont besoin de se dire des choses, de partager cette réalité commune.

— Je ne peux pas croire qu'on était chez toi tout à l'heure... au lycée

Il sourit, elle aussi.

— Je ne peux pas croire qu'on soit là..., dit-il encore.

Chacun resserre l'étreinte de ses doigts sur le point de gipht ; de leur main restée libre, ils s'accrochent au câble conducteur puis plongent lentement dans la lumière du courant.

∞

Ils s'enfoncent à la verticale, en battant des jambes. La résistance du courant est plus puissante que celle de l'eau. Leur premier réflexe est de bloquer leur respiration mais, très vite, ils s'aperçoivent qu'ils sont en mesure d'inspirer. Leurs poumons s'adaptent, prennent de l'ampleur. La sensation qu'ils éprouvent ressemble énormément à celle que procurent les peptines, en beaucoup plus puissant.

Au bout d'une vingtaine de secondes, ils sentent que les polarités s'inversent – comme si le nord et le sud échangeaient leur position ; ils basculent, la tête la première, tourneboulent, ne savent plus si leur nage les fait descendre ou remonter.

Sont-ils à l'envers ? à l'endroit ?

Soudain, leurs mains touchent un sable fin et doux. Une seconde plus tard, les polarités se rétablissent : sud et nord reviennent à leur place.

Les voilà qui ont pied.

Pyth se souvient d'avoir déjà expérimenté cette double inversion des pôles – l'impression de se retrouver dans une attraction de fête foraine, les sens en orbite.

Il n'a pas crié. Louise non plus.

La lumière glisse sur leur visage à mesure qu'ils s'extraient de la matière souple.

Et ils émergent... de l'autre côté du courant.

6
Adjinn

Boum, boum...

Boum, boum...

Louise et Pythagore sortent tout doucement la tête de l'eau. Juste de quoi respirer par le nez, comme des alligators à l'affût. La première chose qu'ils entendent est le battement de leur cœur, qui résonne dans l'atmosphère sublittorale.

Boum, boum...

Boum, boum...

Ils sont au milieu du courant, dans une mer onctueuse, face à une rive luxuriante à la végétation haute, touffue, presque architecturale.

Il fait jour et doux. Le sable est fin sous leurs pieds. Les couleurs sont si intenses qu'elles éblouissent leurs yeux.

Personne n'est en vue.

Ils restent un instant sans bouger, prennent le temps de respirer.

Boum, boum...

Boum, boum...

Ils progressent lentement jusqu'au rivage, l'air ondule autour d'eux. Il est lourd, plus lourd que lors de leur dernier passage ; il transmet toutes les vibrations : celles de leurs gestes, mais aussi de leurs pensées. Pyth perçoit physiquement l'exaltation de Louise, sa peur et une superposition d'émotions qui exsudent de sa personne.

Ses sens sont décuplés, attisés. Il découvre que les émotions ont une odeur, une signature vibratoire, qui se transmet comme un son.

Il comprend ce que veut dire « instinct animal ».

Les chiens sentent la peur, lui a-t-on dit dans son enfance. Évidemment que les chiens sentent la peur, comment pourrait-il en être autrement ?

∞

Sous les pieds nus de Pythagore, l'étoffe molletonneuse de l'herbe grasse libère des parfums de sève et de mousse. Une odeur de fruits emplit ses poumons. La profusion des branches caresse ses cheveux ; la force des couleurs fait ciller ses paupières.

Il perçoit les pas de Louise dans son dos.

Il n'ose pas se retourner. Il ne veut pas la voir nue.

Après avoir fiché l'embout du câble conducteur dans la terre, Pyth lève le bras à l'horizontale de manière à pouvoir consulter la minuscule boussole dissimulée. Il pivote sur lui-même jusqu'à ce que la flèche se stabilise vers le point ; puis, d'un geste, il indique à Louise la route à suivre.

Ils sont les explorateurs d'un nouveau monde. Mousse, végétation, fruits, odeurs, lumière, arbres, herbes, hautes herbes.

Soudain, un homme nu leur coupe la route. Il court en criant quelque chose qu'il est le seul à comprendre. C'est un Dormeur, un membre du peuple sublittoral : il n'a pas la conscience de ce qui l'entoure et ne vit qu'à l'intérieur de lui-même.

Louise et Pyth en ont déjà croisé lors de leur dernière plongée, mais le choc reste intact. Qui sont ces Dormeurs ? Que se passe-t-il dans leur tête ? Et pourquoi sont-ils dans cet état ?

Louise frôle Pythagore ; la peau du garçon frissonne.

— Ci vi cri ?

« Quoi ? » pense Pythagore, mais le son qui sort de sa bouche est : « Kliii ? »

Ils savent très bien que les ondes et les paroles sont déformées dans l'atmosphère sublittorale, mais ils essaient encore.

— Vroui si tli ?

— Klii ?

Louise se met à rire, d'un rire doux qui fait ondoyer l'air.

Malgré lui, Pyth a le regard qui vrille : Louise est nue. Vraiment nue.

Boum, boum... Boum, boum ! Il a l'impression que tout le monde peut entendre son cœur. L'air est si lourd, si dense, presque gras.

Il se concentre sur sa respiration et reprend son chemin. Il voudrait chasser ce qu'il vient de voir, oublier la vision du corps qui s'est découpé dans l'atmosphère trouble ; oublier cette peau, ces courbes qu'il n'avait jamais vues et quantité d'autres détails qu'il se refuse à nommer. Louise est comme sa sœur. Mais les images sont tenaces.

Tous deux s'enfoncent dans un bosquet d'arbres compacts dont les couleurs et les branchages les assaillent de caresses. Une abeille passe, son bourdonnement est léger, presque lointain.

Dans le bois, ils croisent un nouveau Dormeur, un garçon brun aux mouvements délicats, puis une jeune fille qui joue sous un arbre. Ils traversent un champ de plantes basses chargées de fruits. S'agit-il de citrouilles ou d'énormes grappes de raisin ?

Pyth se fige.

Boum, boum, boum, boum, boum, boum, boum... Boum, boum, boum, boum, boum, boum, boum... Boum, boum, boum, boum, boum, boum, boum...

D'autres cœurs. Des dizaines d'autres cœurs. Des gens qui ne sont pas des Dormeurs.

Il fait signe à Louise d'écouter mais elle se tenait déjà sur ses gardes.

Boum, boum, boum, boum, boum, boum, boum... Boum, boum, boum, boum, boum, boum, boum...

Certains cœurs battent vite, d'autres sont plus lents, plus puissants.

Tous deux s'accroupissent entre les arbustes, échangent un regard où transpire l'inquiétude. Chacun prend soin de bien caler sa boule de mercure vif dans le creux de sa main. Ils poursuivent leur progression en rampant. L'odeur de la terre exotique est encore plus prégnante au ras du sol. Les végétaux leur balaient le front, les joues et les cheveux. À mesure qu'ils gagnent du terrain, ils perçoivent des bruits de moteur, d'instruments, de machines qui se mélangent aux battements de cœur.

Une ombre noire passe devant eux, à quelques mètres.

C'est un scaphandrier ! Un Genou-Bleu.

La combinaison luisante du cuir d'algue renvoie la lumière avec des reflets irisés, telle une flaque de pétrole.

Le scaphandrier se tient de dos ; ses gestes sont lents. Il tire un gros câble cuivré d'un diamètre trois fois supérieur à celui d'un filin d'asphalt. Un collègue le rejoint ; les Genoux-Bleus consultent des appareils accrochés à leur cou. Ils se font des signes, empoignent le câble à quatre mains, le positionnent à la verticale, perpendiculairement au sol, puis l'enfoncent dans la terre comme une colonne de forage.

S'agit-il d'un des câbles tentaculaires du radar sismique ?

Le métal tremble et se tend, animé par la terre. Les deux hommes prennent du recul, évaluent leur installation, puis rebroussent chemin.

∞

Aux aguets, les muscles tendus, Pyth et Louise rampent jusqu'au branchement.

Le câble brille et ondoie, irradiant une chaleur presque fiévreuse. Est-il cuivré ou argenté ? S'agit-il de celui qu'ils doivent faire sauter ? La densité vibratoire des couleurs trouble leur vue. Pyth a peur de se tromper. Il pose une main sur le métal dans l'espoir de stabiliser son imperceptible tremblement. Louise l'imite et tous deux perçoivent une énergie formidable : investis par des images puissantes, de volcans sauvages et de matières tumultueuses, ils ont accès aux entrailles de la planète.

Cuivré. Le métal est cuivré. Ce n'est pas le bon câble, c'est celui qui est argenté qu'ils doivent faire imploser.

Ils reprennent leur progression au ras du sol. Trônant au milieu d'une vingtaine de scaphandriers, leur apparaît bientôt le fameux radar sismique.

Leur cœur bat fort mais il y a tellement de battements tout autour d'eux qu'ils ne risquent pas de se faire repérer.

La plateforme de la machine est aussi grosse qu'une petite maison ; deux autres câbles s'étoilent en pieuvre. Pyth et Louise repèrent immédiatement celui qui est argenté : c'est le plus éloigné. Ils peuvent l'atteindre en traversant la clairière en ligne droite ou en empruntant un large détour qui les garderait à couvert. D'un geste discret, Pyth propose le chemin le plus sûr, mais son amie s'est déjà élancée au milieu du campement.

Elle progresse lentement, comme une somnambule au milieu des scaphandres. La nudité de son corps lui confère une fragilité extrême. La pointe de ses cheveux caresse ses omoplates, les muscles de son dos se contractent avec régularité. Pyth suit le dessin de ses reins, de ses hanches, la courbe de sa taille, l'arrondi de ses...

Non !

Il ferme les yeux, chasse ces pensées qui lui semblent terriblement impudiques puis, à son tour, s'élance dans la clairière.

Les détails de la machine lui apparaissent avec plus de précision : de multiples cadrans, des sortes de thermomètres, trois demi-globes lumineux qui semblent actionnés par levier. Des échelles sont disposées de chaque côté de la plateforme pour grimper jusqu'au sommet. Deux scaphandriers y sont postés à mi-parcours. Pyth aimerait prendre le temps d'admirer la mécanique, le fuselage des pièces, mais il se force à jouer son rôle.

Un scaphandrier le pousse sans faire exprès, Pyth en est si surpris qu'il laisse échapper un cri ; une décharge traverse toutes ses terminaisons nerveuses.

Le scaphandrier a-t-il perçu quelque chose ?

Il semblerait que non : un autre événement, beaucoup plus capital, focalise l'attention de toute la troupe, y compris celle de Louise.

Se découpant sur fond de végétation sauvage, trois véhicules imposants se rapprochent en troublant l'atmosphère. Des sortes de camions pourvus de grosses chenilles qui mordent le sol et en font jaillir des particules de terre. Le fracas de leur moteur gronde.

Les véhicules s'arrêtent. Une dizaine de personnes bardées de matériel aux reflets métalliques en descendent.

Pyth et Louise sont stupéfaits de découvrir que, parmi elles, personne ne porte de scaphandre !

Des hommes et des femmes s'extraient des camions en tenues de combat hétéroclites – torse nu ou vêtu d'un débardeur, pantalon souple ou à grosses poches, protège-tibias de cuir ou de métal, veste militaire ou manteau couvrant. Tous portent de grosses chaussures. Qu'elle soit noire, mate, blanche ou ambrée, leur peau possède la particularité d'être étonnamment éclatante, presque ardente, comme si elle produisait de la lumière ; leurs cheveux présentent tous quelque chose d'étrange, une texture ou une couleur légèrement différente des teintes naturelles – un noir qui vire au bleu, un blond qui vire à l'argent, un brun strié de rouge ; les traits de leur visage n'ont rien en commun, si ce n'est la couleur de leurs yeux, toujours claire, bleu ciel, vert d'eau, gris perle.

Qui sont ces personnes ?

Ce ne sont pas des Dormeurs, puisqu'ils sont lucides. Ce ne sont pas des hommes du monde superposé, puisqu'ils ne portent pas de scaphandre. Viennent-ils du monde de Pythagore et Louise ? Et, si oui, que font-ils ici ?

Les Genoux-Bleus semblent aussi troublés qu'eux, perdus, absolument pas préparés à ce cas de figure ; ils se regroupent en ordre de défense.

Soudain, un vacarme de batterie déchire l'atmosphère. Les assaillants ont sorti des fusils-arbalètes dont les projectiles en métal se mettent à voler en tous sens.

Pyth entraîne Louise dans un massif de plantes grasses et la plaque au sol. L'air exsude la violence, le chaos, le danger.

Un scaphandrier tombe à terre, devant eux. Il a reçu plusieurs projectiles qui ont fendu sa visière, jusqu'à la moitié du crâne. Il est en train de mourir sous leurs yeux.

Choqués, Pyth et Louise oublient les recommandations de Melrik et restent allongés aux côtés de l'agonisant. La moitié gauche de son visage est ensanglantée tandis que son œil droit s'accroche à la vie. Pyth perçoit ce qu'il ressent – la peur, la douleur, la conscience de tout laisser derrière soi.

Le scaphandrier se met à trembler de tous ses membres. Pyth lui attrape la main, l'autre s'étonne de son geste.

Puis il meurt.

Pyth ne comprend rien. Il se remémore l'exposé d'Ajax. Jamais il n'a été question d'autres hommes. Jamais il n'a été question d'attaque. Doivent-ils toujours accomplir leur mission ? Sont-ils en mesure de le faire ?

∞

Le bruit des armes s'est tu. La poussière est retombée.

Tous les scaphandriers sont face contre terre. Morts.

Les assaillants n'ont pas bougé de leur position et se tiennent toujours derrière la boussole jumelle, inaccessible.

Pyth songe à ceux qui regardent le spectacle là-haut, dans le comptoir. Qu'ont-ils compris de ce massacre, puisque l'origine des coups demeure invisible ?

Une femme à la peau brune s'approche justement du miroir et le couvre d'un voile noir pour le rendre aveugle.

Cela fait, ses compagnons investissent les lieux. Leurs gestes sont rapides, amples, fluides, sans aucune pitié. Autour d'eux circule quelque chose de sublime, d'insoutenable.

Pythagore sent une accélération prodigieuse gagner son cœur : de la peur, mais pas seulement. De la passion aussi.

La présence des assaillants déteint sur l'atmosphère : brutalité, beauté, colère, révolte, désir palpitent dans l'air comme des couleurs ou des lumières. Leurs vibrations contaminent les plantes et le paysage. Pyth sent une chaleur sourde, venue de profondeurs inconnues, remonter par ses veines. Ses cellules se mettent au diapason du chaos. La violence apprivoise son corps et le caresse douloureusement.

Certains combattants grimpent sur le radar ; d'autres s'éparpillent à la rencontre des Dormeurs qui, malgré leur inconscience et leur déambulation erratique, semblent avoir été attirés par la présence vibratoire des assaillants. Pyth est étonné par le traitement que ces derniers réservent aux doux somnambules : ils les traquent, les brusquent, attrapent leurs mains dont ils retournent violemment les paumes comme s'ils y cherchaient quelque chose…

Comme s'ils cherchaient quelque chose ?

Les hommes étaient au courant, pour la boussole jumelle... Peut-être sont-ils aussi au courant que deux humains au sang rouge, armés de points de gipht, se font passer pour des Dormeurs. Essaient-ils de les démasquer ?

Boum, boum, boum, boum...

Comment connaissent-ils ces détails ?

Le plus urgent est de se débarrasser des bombes... Louise a-t-elle compris la même chose que lui ?

Pointant tour à tour le doigt vers les assaillants et le point de gipht, il tente de mimer sa volonté d'abandonner la mission. Louise lui désigne en retour un éclat métallique qui brille non loin d'eux, à une dizaine de mètres. C'est le fameux câble argenté ! Elle montre du regard un champ de hautes herbes luxuriantes : ils pourraient s'y cacher pour accomplir leur mission.

L'opération paraît risquée à Pythagore. À nouveau, d'un signe vif, il lui propose de laisser tomber. Il s'accroupit, dépose sa bombe à terre et la fait rouler.

Au lieu de suivre son exemple, Louise plonge dans les hautes herbes et rampe en direction du câble. Pyth en ressent d'abord de la panique car il a peur pour elle, puis de la honte. Pourquoi ne s'est-elle pas mise à couvert, comme lui ? Il plonge à son tour dans la végétation.

Louise a déjà bien avancé. Elle n'est plus qu'à cinq mètres du câble. Quatre, trois, deux, un...

Le métal étincelle, chatoyant et magnifique. La jeune fille y applique le point de gipht. Comme Ajax l'avait annoncé, celui-ci s'aimante naturellement au câble. Louise décolle la languette, dégoupille.

Ils sont prêts à battre en retraite lorsqu'un des assaillants leur tombe dessus.

Boum, boum, boum, boum...

C'est un jeune homme, au regard transparent, à la pupille verte. Il pourrait avoir le même âge qu'eux.

Sa splendide personne respire la brutalité. D'un geste vif, il décroche la bombe, prend son élan pour la jeter au loin mais Pyth bondit pour arrêter son geste.

Agrippés à la bombe, tous deux se débattent au milieu des tiges feuillues.

Dans combien de temps le point de gipht va-t-il exploser ? Cinq, trois, un.

B O U M.

. . .

Tout s'accélère, tout ralentit.

. . .

Pendant plusieurs secondes, ni lui ni le garçon ne sont en mesure de lâcher prise. Ils sont aimantés l'un à l'autre, comme s'ils faisaient corps.

« Il faut impérativement poser la bombe sur du métal, avait dit Ajax. Sinon, elle se nourrira des vibrations de l'air. »

Les vibrations de l'air, Pythagore les sent se déformer et se reformer à l'intérieur de lui. Elles ondulent comme un fouet.

« Avec les fréquences basses du Sublittoral, ça risque de vous faire très bizarre. »

La bombe n'attaque ni sa chair, ni ses membres, ni ses organes ; elle perturbe les liens invisibles qui relient leurs atomes. Elle désorganise l'infiniment petit qui constitue leur substance. Leurs fréquences se mélangent. Les images de leurs têtes communiquent.

La matière n'est que vibration, disait son père. Tout comme les souvenirs, les images, les rêves, les désirs.

Pyth le comprend enfin : son âme tremble.

Point de gipht.

Bombe à vibration.

Il sent sourdre dans ses veines la splendeur d'une autre nature. C'est un surgissement, une greffe d'images et de réminiscences.

Des silhouettes, des îles, des scènes de la vie quotidienne, un combat à mains nues sur la pierre, des entraînements sportifs en bateau, le dressage d'oiseaux aux ailes immenses dans un ciel bleu et limpide, des repas au bord de l'eau, une dispute avec une femme âgée, les oiseaux qui se posent sur son épaule, le caressent de leurs plumes... Ces visions le balaient comme une lame de fond et se mélangent aux souvenirs du lycée, de sa mère, de Louise, de Foresta, de la vie à Loiret-en-Retz.

Un mot surgit au milieu des images, gravé sur de la pierre... Pyth le reconnaît, il était écrit sur les pages du carnet d'alchimie trouvé par Double T. Il était sur l'avis de recherche du professeur Deanjii, rue des Vinaigriers.

Adjinn

Il perçoit l'écho d'une langue qui n'est ni du galécien ni du français. C'est une autre langue. Du gaoyan. Il la comprend soudain.

Une brûlure le parcourt de part en part. Vivre, vivre plus fort. Prendre. Mourir. Désirer. Tuer.

Les sensations contraires le rendent fou, il revoit la prof de français écrire au tableau les lettres « o x y m o r e ».

Comment peut-on avoir envie de vivre aussi fort et de mourir en même temps ?

o x y m o r e
a d j i n n

Vivre et vivre plus fort. Prendre. Mourir. Désirer. Tuer.

Puis, soudain, tout s'arrête.

Le point de gipht tombe à terre et roule comme un gros caillou.

Les deux garçons se décollent l'un de l'autre et demeurent au sol, immobiles, haletants. Ils se fixent du regard, non plus comme des ennemis, ni même comme des frères. Chacun est devenu le reflet de l'autre.

∞

Un gros bruit de moteur leur fait lever la tête. Les assaillants, dont Pyth sait désormais qu'ils se nomment Adjinns, ont poursuivi leur travail : à l'aide d'une grue métallique, ils sont en train de déraciner le radar. La manœuvre est puissante et l'arrachement, impressionnant.

Au bout de quelques instants, la machine convoitée se balance au bout de ses chaînes, les trois câbles architectes retombant autour d'elle comme des tentacules fatigués.

Les Adjinns remontent dans les camions-tanks qui démarrent dans un nuage de fumée.

Boum boum boum boum.

Pyth se retrouve seul face à Louise.

C'est une fille.

Elle est nue, le regard vif, le cœur fébrile.

Une partie de lui sait qui est Louise ; une autre partie l'a oublié.

Vivre, vivre plus fort. Prendre. Tuer. Mourir. Désirer.

Il n'est plus question de grand frère, ni de meilleur ami. La fille devant lui est nue, sa peau est souple.

Vivre, vivre plus fort. Prendre. Mourir. Désirer. Tuer.

Les oiseaux, l'île, la mer, le bateau, l'entraînement avec ses frères d'armes, les fêtes de fin de combat, la peur de mourir, l'envie de célébrer.

Son âme ploie comme un roseau fiévreux. C'est avec le vertige de son abîme intérieur qu'il prend les mains de Louise et l'attire à lui. Elle sonde ses pupilles et cherche à comprendre ce qui a changé. La chaleur et la moiteur de l'air ont collé ses cheveux à sa peau.

Pyth attrape une de ses mèches et la repositionne avec lenteur derrière l'oreille. Il profite de l'instant pour lui caresser la peau tandis que ses doigts effleurent les recoins derrière l'oreille.

Vivre, vivre plus fort. Prendre. Mourir. Désirer. Tuer.

Une voix lui dit qu'il est interdit de penser à Louise de cette façon.

C'est interdit.

Et pourtant, c'est ce qu'il fait.

Louise, son cou, ses lèvres. Le sang, la colère, la fièvre, la vie, le désir, la mort.

Il est interdit de se pencher vers Louise de cette façon.

C'est interdit. Et pourtant c'est ce qu'il fait.

Il plonge vers le visage de la jeune fille, pose ses lèvres sur les siennes, referme ses doigts sur son cou, ses cheveux, sa chair, partout où ses mains trouvent une prise.

Vivre plus fort. Empoigner. Agripper. Prendre. Vivre plus vite.

Son sang chauffe, surchauffe, bout. Son corps n'est pas fait pour résister à une telle température. Sa tête va éclater...

A-t-il reçu un coup ?

Est-ce que Louise l'a giflé, frappé ?

Qu'y avait-il dans son regard ? De la colère ? De la peur ? De l'envie contrariée, du dégoût ? De l'incrédulité ?

Était-ce dans une autre vie ?

∞

Louise ouvre la marche pour le trajet du retour. Ils traversent les mêmes paysages qu'à l'aller, mais plus rien n'est pareil. Tout est investi par ce qu'ils viennent de vivre ; ils s'enfoncent dans la végétation comme on s'enfonce dans un rêve.

Ils retrouvent la plage, la bouée, le câble conducteur.

Le contact du courant les apaise mais ils ne prennent pas le temps de se laisser flotter. Ils plongent. Nord, sud. Sud, nord. Le tourbillon n'est pas géographique mais intérieur. La double inversion des pôles retourne leurs entrailles, les images et les émotions tapies dans les recoins de leurs cerveaux. Pyth et Louise remontent à la surface d'eux-mêmes en même temps qu'ils émergent dans la mer d'Éole.

7
La traversée du brouillard

Inspire. Expire.

Inspire. Expire.

Dans le ciel, les étoiles sont grosses comme des grappes de raisins. Les rayons rouges du soleil de nuit irisent les vaguelettes qui clapotent contre leur corps. Pyth reprend peu à peu contact avec lui-même.

Inspire. Expire.

Inspire. Expire.

Il se souvient qu'il est Pythagore Luchon. Qu'il a quinze ans. Qu'il va au lycée Saint-Louis de Loiret-en-Retz.

Tout est silencieux. Louise se redresse vivement et lui envoie de l'eau à la figure.

— Non mais ça va pas ? Qu'est-ce qui t'a pris ?

Pyth se redresse aussitôt.

— Je suis désolé... Je comprends pas...

Il se souvient de tout mais comme si c'était le rêve d'un autre. De nouveau, elle le gifle. Un peu moins violemment, davantage pour marquer sa désapprobation que pour lui faire vraiment mal.

— Pourquoi tu as essayé de m'embrasser ?

— Je... je sais pas. J'étais pas dans mon état normal... C'est le point de gipht qui... qui a implosé et... j'ai rien compris, rien.

Melrik les apostrophe depuis le quai du comptoir flottant.

— Alors ?...

Pyth propose à Louise de s'appuyer sur lui pour nager, mais elle préfère se débrouiller seule.

Sur le pont, d'épaisses couvertures sont amassées ; Louise s'en enveloppe maladroitement, se recroqueville pour enfiler ses vêtements.

— Qu'est-ce qui s'est passé ?

Pyth se hisse à son tour, attrape une couverture, se concentre sur la sensation du bois mouillé sous son corps. Il cherche à réinvestir ses sens, sa mémoire.

Une partie de lui est restée tout en bas, avec l'autre jeune homme.

Adjinn.

Il repense à l'explosion, aux images.

Aux lèvres de Louise.

Tandis qu'ils se rhabillent, leurs épaules se frôlent sans se toucher. Il a une brûlante conscience de la présence de son amie. Il a en mémoire le toucher de ses paumes sur ses hanches, son cou, son dos. La proximité partagée.

Puis il se souvient des corps morts. De la violence des assaillants.

— Vous avez fait sauter le radar ?

— Non, il y a eu une attaque, répond Louise d'un air farouche.

— Oui, une attaque, répète Pyth, hagard.

— Des hommes sont arrivés dans des camions...

— Quoi ? s'écrie Melrik d'une voix sourde.

— Des hommes, des femmes... une dizaine de personnes, précise Louise. Ils nous attendaient, ils savaient que nous allions venir... Ils savaient que nous avions des points de gipht. Ils retournaient les paumes des Dormeurs. J'ai posé ma bombe sur le câble... mais un homme l'a retiré et...

Elle se tourne vers Pythagore avant de conclure :

— Elle a explosé dans l'air.

Melrik essaie de rester calme mais sa nervosité est palpable.

— Quelqu'un les a prévenus, chuchote-t-il dans sa barbe.

— Ce n'étaient pas les Genoux-Bleus, ajoute Louise.

— Comment ça ?

— Ils ne portaient pas de scaphandre...

Cette fois, Melrik blêmit.

— Dis-moi exactement ce qui s'est passé en bas. Et reprends tout depuis le début.

— On est arrivés à proximité du radar, on a joué aux Dormeurs... Un groupe d'assaillants est arrivé dans des engins à chenille ; ils étaient comme nous, sans scaphandre.

— Tu as vu leurs yeux ?

— Oui, ils étaient très clairs.

Cette information glace les traits de Melrik. Son corps amorce une volte-face.

— Suivez-moi, ordonne-t-il avant de foncer vers le local technique.

Enfin, sa colère éclate :

— AJAX !

∞

Le local d'Ajax n'est plus aussi sombre car il est parcouru de minuscules points de lumière.

— Il neige? s'étonne Louise. On dirait qu'il neige à l'envers.

Effectivement, les points de lumière se comportent comme des flocons qui remonteraient du sol vers le plafond.

— AJAX! hurle encore Melrik en inspectant les allées de machines.

Calé dans un recoin d'étagères en désordre, bras et jambes écartés au milieu d'un matelas aux draps fatigués, Ajax repose à quelques centimètres du sol. Plusieurs choses leur apparaissent.

La chair de ses avant-bras est entaillée.

De ses blessures s'écoule une substance liquide, ultraviolette – s'agit-il de son sang?

Un sang ultraviolet qui s'écoulerait naturellement de ses veines? Est-ce un suicide?

Pyth et Louise sont saisis par la funeste beauté de son abandon.

D'où vient cette couleur? Comment est-il possible que du sang « mélangé » circule dans son corps?

Appartient-il à une autre espèce?

Melrik s'accroupit à côté d'Ajax et le gifle du revers de la main:

— Qu'est-ce que tu as fait?

L'agonisant sourit, mais reste silencieux.

— C'est toi qui nous as trahis? C'est toi qui as livré la position du radar aux traîtres de ta race?

— Cette vie est une prison, répond Ajax d'une voix traînante. L'anthracite n'est pas un remède, c'est un poison.

Il passe la main sous son nez, pince ses narines, et l'extrémité de ses doigts en ressort toute noire. Pyth a l'impression qu'il s'agit des restes de la poudre qu'il a inspirée auparavant. Ses tatouages bavent, eux aussi, comme si leur encre exsudait de son corps.

— Les Adjinns vont écrire une nouvelle page de leur histoire..., poursuit Ajax. Nous aurons notre propre terre.

De nouveau, Melrik le gifle.

— Quelle page, quelle terre ? Partout où vous allez, vous détruisez ce que vous touchez, surtout la terre. Où est ta réserve d'anthracite ? Referme tes plaies !

D'un geste languissant, Ajax pointe l'index vers le mur où s'étalent d'immenses traînées noires, comme si quelqu'un y avait balancé de la peinture.

— Plus besoin...

Melrik l'attrape par les cheveux et le secoue brutalement.

— Tu dois en avoir d'autres...

Le Garde-Fou apostrophe soudain Louise et Pythagore.

— Fouillez dans les tiroirs, fouillez partout, trouvez-moi des fioles d'anthracite, c'est de la poudre noire !

Choqués, tremblants et peu efficaces, ils s'exécutent comme ils peuvent. Les placards regorgent d'objets incongrus au croisement de ce monde et du leur, des machines à écrire assorties de boussoles, un microscope à filin de cuivre, d'étranges outils de mesure. Pyth a la surprise de tomber sur un vieux radio-cassette rouge à double pont, identique à celui que son grand-père avait dans sa cuisine.

— Si tu meurs, dit Melrik à Ajax, tu vas trouer la trame pour des années. Tu veux que naissent d'autres Adjinns ? Tu veux que d'autres connaissent ta vie, tes misères ? C'est toi qui es venu à nous...

— Je suis venu à vous, concède Ajax.

— Tu connais la cruauté de ta race. Tu as juré de protéger la frontière.

— Je connais la cruauté de ma race… J'ai juré de protéger la frontière…

— Tu t'es rendu. Nous t'avons soigné, tatoué, intégré…

— Je me suis rendu… Vous m'avez soigné, tatoué, intégré, répète-t-il encore comme une prière.

Il écarte les bras, exhibe le dessin de ses tatouages suintants de noir et rugit :

— Mais il est impossible de résister à l'appel de la vraie vie ! Un Adjinn ne devrait jamais résister.

À ces mots, Pythagore tressaille : c'est exactement ce qu'il a ressenti pendant l'explosion. « Un Adjinn ne devrait jamais résister. »

— C'est dur d'être incomplet, jamais à sa place, crie Ajax, à s'en arracher la gorge, ça brûle, ça rend fou mais c'est ce qui rend la vie grande ! Je ne veux plus d'anthracite ! Je ne veux plus endormir ma douleur ! Je veux la sentir, je veux qu'elle me ravage, qu'elle me réveille enfin !

Épuisé par son effort, l'Adjinn s'effondre, les bras en croix.

Son emportement a stimulé la prolifération des flocons ; ils s'élèvent de son sang, de sa bouche à une vitesse prodigieuse, formant presque des nuages.

Melrik attrape des linges qui traînent sur une chaise :

— Il faut stopper l'écoulement du sang. Faites tampon. Je reviens avec du matériel.

Pythagore et Louise obéissent ; ils pèsent de tout leur poids sur les linges, mais leur action ne ralentit ni le flux du sang ni la douce tempête de neige.

Soudain, la brume s'illumine, comme rétroéclairée par un projecteur puissant.

— Qu'est-ce que c'est ? interroge Louise.

Ajax sourit. Son regard a perdu tout sarcasme.

— Voilà, ça vient... C'est notre instinct de survie... c'est de cette façon que réagit notre corps. Quand il est en danger, il ouvre la trame, parce qu'il a besoin des deux mondes.

La lumière du projecteur s'intensifie, semble vouloir percer les nuages. Et petit à petit c'est bien ce qu'elle fait... L'air se déchire !

Une trouée apparaît, une brèche de quinze centimètres de diamètre. Pyth a du mal à en croire ses yeux. C'est comme s'il regardait à travers un trou – un gros trou dans la réalité.

De l'autre côté se profilent une autre mer, une autre nuit. Un bel astre blanc se reflète dans le mouvement de l'eau. Est-ce la lune ?...

À mesure que la trouée s'élargit, elle laisse filtrer la brise d'un climat plus froid. Au loin se dessine une côte où l'on devine la silhouette de buildings éclairés.

— Mais... on dirait...

— L'autre monde, complète Pythagore.

Du bout des doigts, il effleure les contours de la brèche : ce n'est ni de l'air, ni de la neige, ni de la matière à proprement parler, mais un phénomène vibratoire.

Soudain, une corne de brume se fait entendre par deux fois. La puissance du son évoque la présence d'un paquebot. L'eau frémit ; une masse imposante se rapproche et semble aux portes de leurs oreilles : c'est la coque d'un navire ! Elle défile à vive allure en même temps que les immenses lettres d'un nom qu'ils déchiffrent avec stupeur. *Queen Elizabeth II.*

— Elizabeth II, répète-t-il, c'est la reine d'Angleterre... Est-ce qu'il se trouve face aux côtes anglaises ?

Pyth scrute la silhouette des immeubles, la profusion des lumières, des ponts. Il rassemble ses souvenirs du voyage linguistique qu'il a fait en cinquième, quand ils étaient arrivés à Douvres, en ferry. La côte illuminée qui se profile sous les yeux n'offre rien de commun avec ce qu'il avait vu alors.

S'ils se sont éloignés d'Eman de plusieurs milliers de kilomètres, cette ville doit être très éloignée de Loiret-en-Retz. À quel pays appartient-elle ? À quel continent ?

Ajax respire de plus en plus douloureusement.

Une nouvelle sirène de bateau retentit, beaucoup plus discrète que la précédente, similaire à un carillon.

— Dites-moi ce que vous voyez. Ils ont ma position... Ils viennent me chercher...

Pyth remarque un bateau moderne, de la taille d'un petit yacht, qui s'approche en contrebas. Son moteur ronfle agréablement. Quelques silhouettes s'affairent sur le pont.

— Un bateau approche, dit Pythagore.

Ajax se redresse.

— C'est l'heure.

Il tousse pendant de longues secondes et expectore une nouvelle salve de flocons blancs.

— J'aime bien le commandant Abakan, dit Ajax d'une voix faible, c'est un Garde-Fou mais il a une âme de chercheur... Dites-lui que la brèche va se refermer, ils ont de quoi me soigner de l'autre côté. Dites-lui que c'est moi qui ai donné les coordonnées du radar. Dites-lui que nous, les Adjinns, nous avons besoin d'une terre, que nous préparons quelque chose de grand… quelque chose qui surpassera de loin l'Atlantide.

L'Atlantide ?…

Ce nom provoque un émoi dans le cœur de Louise et de Pyth. Est-ce qu'on ne leur a pas raconté des histoires sur l'Atlantide quand ils étaient petits ?

— Qu'est-ce que c'est, un Adjinn ? demande Pythagore.

Ajax sourit.

— Un Adjinn est quelqu'un qui jamais, nulle part, ne s'est senti chez lui. Nous naissons avec l'intuition des deux mondes… Nous sommes plus instinctifs, plus créatifs… mais aussi plus souffrants, plus dangereux, plus fous. Nous portons la malédiction du métissage : à cheval entre deux univers.

Pyth n'est pas sûr de saisir. La malédiction du métissage ?

— Nous sommes nés de parents qui n'ont pas le même sang.

Et soudain, tous deux comprennent. Une vive émotion les saisit : le sang d'Ajax est ultraviolet parce qu'il est issu d'un mélange !

Le phare du bateau les balaie de son faisceau. Un bruit de chaîne métallique retentit entre les mondes – sans doute une ancre qu'on déroule.

Deux silhouettes déploient une passerelle télescopique dans leur direction. Ils doivent s'y reprendre à plusieurs fois avant de faire coïncider la structure métallique avec l'étroit passage. Le métal érafle la brume vibratoire et fait résonner les objets, les meubles, les machines jusque dans leurs os. Ce n'est pas un son ordinaire. La matière tremble, comme si elle se rebiffait d'être ainsi soumise à la pression de deux systèmes vibratoires.

Une silhouette furtive emprunte la passerelle. Ses traits sont masqués par le contre-jour du phare ; on dirait un espion qui procède à un échange de prisonniers à faveur du brouillard.

— Ajax ?

La voix est grave et profonde.

— Oui !

Ajax rampe, passe un bras par la trouée mais se rend compte que l'envergure de ses épaules est trop large.

— Il faut attendre encore un peu, le passage est trop étroit, mon ami, reprend l'homme à l'accent roulant, presque chantant.

Est-ce un accent gaoyan ? Ajax aussi a un léger accent gaoyan, pourquoi ne parlent-ils pas gaoyan ensemble ?

— Je ne vais pas y arriver.

— Respire, calme-toi...

L'homme fouille dans ses poches. Pyth et Louise s'attendent à ce qu'il en retire un instrument médical et sont surpris de voir surgir... un walkman, un baladeur, comme leurs parents en avaient. L'homme positionne le casque sur les oreilles de son ami et appuie sur « play ».

Aussitôt, les traits d'Ajax se transforment. Des frissons parcourent sa peau, ses restes de tatouage noir achèvent de dégouliner.

L'anthracite se vide, non plus seulement par ses narines, mais aussi par ses yeux, par tous les pores de sa peau. Ses pupilles changent de couleur ; le noir translucide s'évapore pour laisser apparaître une clarté lumineuse, vert pâle.

La trouée s'est encore agrandie.

L'homme du bateau peut engager les épaules désormais. Comme il attrape Ajax sous les aisselles, son visage émerge du contre-jour et Pyth découvre ses traits : le passeur est plutôt âgé, brun, la barbe fournie ; un grand nombre de cicatrices lui barrent le front et les joues. Son regard sombre, ses sourcils touffus évoquent une certaine dureté. Deux marins viennent lui prêter main-forte et transportent Ajax de l'autre côté de la frontière.

Avant de partir, l'homme aux cicatrices inspecte la pièce d'un regard fébrile. Il désigne un gros meuble à tiroirs que Pyth avait passé au peigne fin en quête d'anthracite.

— Le radio-cassette rouge, là... Donne-le-moi, s'il te plaît.

Il parle bien galécien – ou français –, mais son accent est résolument exotique.

Pyth se dirige vers le meuble et attrape l'objet. Il remarque plusieurs stickers collés dessus depuis longtemps, dont les couleurs sont à moitié passées. « I <3 science », dit l'un des autocollants.

— On se connaît ? ne peut-il s'empêcher de demander à l'homme.

L'autre lui sourit, s'empare de l'objet et répond :

— Il ne vaut mieux pas...

Puis il disparaît dans la profondeur de la passerelle. Pyth éprouve un pincement aigu. Il a presque envie de les suivre, de s'échapper avec eux...

« Un Adjinn ne devrait jamais résister. »

Le bateau démarre, son bruit s'amenuise, la lumière de son phare rapetisse ; bientôt, ce n'est plus qu'une silhouette noire de la taille d'un jouet qui se découpe à la surface de l'océan, en contre-jour de la lune.

∞

Des bruits de pas se rapprochent. Melrik surgit, accompagné d'une femme athlétique aux cheveux courts dont la blouse de toile évoque une activité médicale. Tandis qu'elle pose à terre deux malles à tiroirs, ses manches retroussées laissent apparaître un tatouage araignée au niveau de l'avant-bras. Elle ouvre un compartiment de matériel – compresses, tubes d'anthracite, fil, seringues, aiguilles, pinces et autres instruments étincelants.

— Où est-il ? demande Melrik. Où est Ajax ?

— Il est parti, répond Pyth.

— Parti où ?

— Je ne sais pas... On est venu le chercher.

— Qui, « on » ?

— Un bateau avec plusieurs hommes à bord...

Melrik et la femme échangent un regard, la mine grave.

— Le commandant était contre cette opération, dit-elle d'une voix ferme.

— Elle a pourtant été autorisée par la vieille garde d'Eman.

La femme toise son collègue non sans mépris avant de poursuivre à l'intention de Pythagore :

— Est-ce qu'il a dit quelque chose ?

Louise prend la parole :

— Il a donné un message pour le commandant Abakan.

— Parle, ordonne Melrik.

— Non, interrompt la femme. Si c'est un message pour le commandant, c'est lui qui doit l'écouter en personne.

Soudain, un bruit de friture et de papier froissé emplit la pièce. Les flocons tremblent ; ils virent au noir et, au lieu de fuser vers le ciel, se mettent à pleuvoir.

— C'est l'anthracite, commente Melrik. Cela signifie qu'Ajax n'est pas mort. La trouée se répare...

En effet, tandis que le brouillard s'assombrit, l'envergure de la brèche s'amenuise. Dans la pièce flotte une odeur poivrée, entêtante. Louise approche sa main de la brume opaque mais la femme l'arrête.

— Ne touche pas ! L'anthracite cicatrise les frontières.

Le bruit de papier froissé devient assourdissant ; les couleurs des objets, des murs, des consoles et même de leurs propres vêtements commencent à vibrer par intermittence.

Puis, tout à coup, le nuage implose. Et tout s'arrête.

Pyth et Louise en restent cois : du formidable passage entre les mondes ne demeure plus qu'un petit tas de poussières noires qui finissent de tomber.

∞

Bip... bip... bip...

Une alarme résonne dans l'une des mallettes appartenant au médecin.

Celle-ci s'accroupit, ouvre plusieurs tiroirs avant de trouver l'origine du signal : il s'agit d'un instrument cylindrique dont le centre pivote sur lui-même.

Bip... bip... bip...

Perplexe, la femme s'en empare et le positionne en divers endroits de l'espace.

— Que personne ne bouge, lance-t-elle soudain. Je ne suis pas sûre qu'Ajax soit vraiment parti. Ou alors...

Tout le monde est suspendu à ses lèvres.

— Il y a un autre Adjinn dans la pièce.

8
Le médaillon d'Euménie

La Garde-Fou soumet Louise à l'inspection de son instrument, puis elle fait de même avec Pythagore. Les bips intermittents se rejoignent pour ne former qu'une ligne sonore : *biiiiiiiiiiip*.

— Il est adjinn ? demande-t-elle à Melrik, interloquée.

— Non...

Comme la machine continue de siffler, la femme attrape une seringue.

— Remonte ta manche, ordonne-t-elle à Pythagore, donne-moi ton bras.

D'un geste expert, elle insère la seringue et lui retire du sang.

Rouge.

Pyth est soulagé de reconnaître la couleur de son sang, mais aussi légèrement déçu. Il aurait presque aimé garder un souvenir, une trace sensible de sa confrontation avec l'Adjinn.

La femme réitère sa prise de mesure. À nouveau, son instrument émet un bip continu.

— La tête d'analyse doit être déréglée, conclut-elle en rangeant son matériel. Allons voir le commandant.

∞

Tous quatre empruntent des échelles, des passerelles, traversent des allées où des gens boivent et font la fête : la Société de géographie de Galécie a remporté l'élection. Les compagnies galéciennes d'exploitation du bolt sauvage sont prises d'assaut. Tous commentent la nature des tributs. L'animation est à son comble. Les Genoux-Bleus sont vivement critiqués. Pyth glane des expressions telles que « C'est allé trop loin... un outrage au Sublittoral... trop d'audace... Ils oublient la pression des fréquences basses... Ils ont voulu se prendre pour des dieux et voilà, des hommes sont morts... Être géographe, c'est savoir respecter les terres ».

— Les imbéciles, commente Melrik d'une voix froide. Être géographe, c'est trouver du bolt sauvage, voilà tout. Et, la plupart du temps, c'est grâce à nous qu'ils y parviennent.

∞

— Entrez là et ne bougez pas, leur dit la femme en faisant pénétrer Louise et Pyth dans une salle octogonale, cossue, tapissée de boiseries et de cuir.

Aucune fenêtre ne donne sur l'extérieur, mais ils remarquent plusieurs portes munies d'une petite ouverture rectangulaire, à l'image de celles des cellules de prison. Une vaste table de réunion occupe l'espace, parsemée de journaux dont certains articles ont été surlignés et annotés. Louise lit avidement quelques gros titres :

L'indice du bolt grimpe, arrêt d'un chantier naval en Galécie du Sud.

L'énergie terraphile dans les villages d'Orinland.

La lave abjarnik, une alternative au bolt ?

Bolt semi-stable et convertisseurs pour véhicules.

Qui sera encore partant pour vendre du bolt en Abyssie ?

Louise se saisit d'un imprimé tandis que Pyth inspecte les murs, qui présentent des schémas d'ingénierie géographique : « Extraction du bolt en carrière froide », « Application du bolt semi-stable aux matériaux de construction », « Piles de bolt à usage domestique », « Pylônes de bolt terraphile en milieu urbain »... Il passe en revue tous les croquis, fasciné par une technologie dont il ignore tout. L'un d'eux attire plus particulièrement son attention : « Les trois états de stockage du bolt sauvage ». Il présente une montagne découpée en trois niveaux, les légendes indiquant tout au sommet le « bolt sauvage vibratoire », puis au milieu « bolt sauvage liquide », puis, à la base, « bolt sauvage imprégné ».

<u>Bolt sauvage vibratoire</u>
Extraction : câble architecte monté sur grue

Stockage : pile industrielle, semi-industrielle, domestique

Utilisation : conduction de métaux terraphiles – rails, pylônes, matériaux de construction, etc.

<u>Bolt sauvage liquide</u>
Extraction : pompe de forage
Stockage : baril isolant

Les 3 états de stockage du bolt sauvage

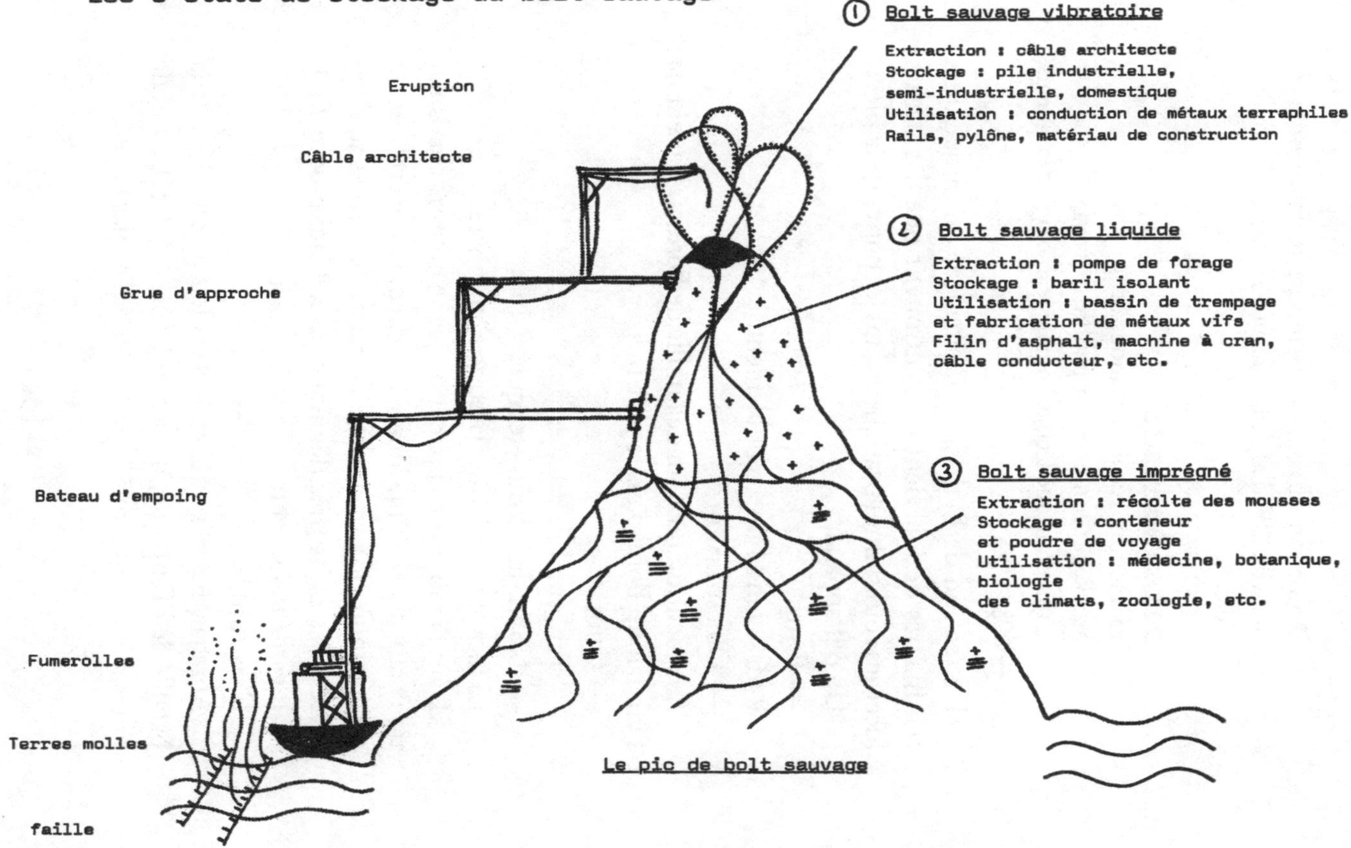

Utilisation : bassin de trempage et fabrication de métaux vifs, filin d'asphalt, machine à crans, câble conducteur, etc.

Bolt sauvage imprégné
Extraction : récolte des mousses
Stockage : conteneur et poudre de voyage
Utilisation : médecine, botanique, biologie des climats, zoologie, etc.

L'attention de Pyth dévie légèrement car, à quelques centimètres de lui, vient de s'entrouvrir une des petites lucarnes coulissantes pratiquées dans les portes de la pièce.

Un œil apparaît.

— Pssttt...

Pyth se tend imperceptiblement.

— Où est Erivan ?

À la mention du nom de famille de Foresta, le cœur de Pyth fait un bond dans sa poitrine.

— Quoi... ?

— Erivan... Elle est avec vous ?

— Non... Je... Vous êtes qui ?

La lucarne se referme, la porte s'entrouvre.

Dans l'embrasure apparaît un jeune homme charismatique aux cheveux mi-longs, à la chemise ouverte sur un torse tatoué. Son front perlé de sueur, les cernes sous ses yeux et ses traits tirés détonnent avec l'allure dont Pyth avait gardé le souvenir.

C'est Aurelian.

Aurelian Estevere qui était dans leur équipe lors de la bataille de l'Empoing, qui a sans doute été le petit ami de Foresta mais qui, pour l'heure, n'en mène pas large.

Louise interrompt sa lecture et rejoint Pythagore.

— Vous ne savez pas où est Erivan ? reprend Aurelian.

— Non, répondent-ils de concert.

— Quand l'avez-vous vue pour la dernière fois ?

— À la fête de la bataille de l'Empoing, précise Pyth.

Le garçon se masse les paupières, comme s'il n'avait pas dormi depuis longtemps.

— Vous êtes arrivés quand ?

— Euh... Tout à l'heure...

— Comment ça, tout à l'heure ? Il n'y a pas eu de méridien fuyant aujourd'hui...

Ne sachant pas ce qu'est un méridien fuyant, Pyth détourne le regard tandis que le jeune homme fait le tour de la pièce.

— Tu as une mission spéciale parce que tu as gagné l'Empoing ?

Pyth fait non de la tête. Aurelian se méprend sur son silence.

— Je ne te demande pas de trahir ta mission... Je veux juste que tu m'aides à retrouver Erivan.

Il s'adosse au mur, se laisse glisser au sol, pose les coudes sur ses genoux et plonge la tête dans ses mains.

— Il y a une dizaine de jours, Eloa l'a vue sortir d'un bâtiment que j'ai toujours suspecté d'appartenir aux Garde-Fous. Vous êtes au courant de quelque chose ?

— Non.

Il soupire de nouveau.

— Je me suis engagé sur le comptoir parce que je pensais qu'elle me rejoindrait. C'est son rêve depuis toujours d'être géographe, de combattre dans les Territoires Mouvants... Je ne comprends pas où elle est. Depuis mon arrivée, je guette tous les méridiens fuyant mais... elle a dû être envoyée ailleurs. Vous avez rendez-vous avec le commandant ?

— On a un message à lui faire passer, confirme Louise.

Aurelian la jauge du regard. Un sursaut d'orgueil le fait répliquer :

— Moi, je fais partie de l'équipe qui empoignera le bolt sauvage. Je serai aux premières loges, peut-être même sur la grue principale...

Il sort de sa poche un joli pendentif ovale en métal argenté incrusté d'une pierre bleue.

— C'est un médaillon d'Euménie.

Il ferme les yeux et presse le médaillon contre sa joue. Pyth et Louise sont surpris par son attitude.

— Les marins les vendent aux amoureux. Ils vont par paire.

Le garçon remonte la molette placée sur le côté, puis ouvre le fermoir en découvrant deux cadrans.

— Ça donne les coordonnées géographiques de la personne qui est chère. On a une petite image aussi et, si on n'est pas trop loin et que les deux médaillons sont ouverts, on peut se voir.

D'un ton à la fois douloureux et désinvolte, il ajoute :

— C'est Erivan qui a l'autre.

Pyth sent une pique de jalousie lui vriller les viscères.

— Je sais qu'elle le porte. Eloa m'a dit que, quand elle est sortie du bâtiment, ils se sont regardés... et elle le lui a montré, distinctement. Elle savait qu'il viendrait me le dire. Il était là quand je le lui ai offert, c'était la belle époque où on était inséparables, tous les trois. Quand on faisait de la musique ensemble aux ateliers du vieux port.

Le passé de Foresta. Foresta a été inséparable avec deux garçons, deux musiciens, deux garçons qui ressemblent à des hommes...

La morsure dans son ventre s'intensifie.

— Je l'ouvre toutes les heures mais je ne la vois jamais. Ses coordonnées n'arrêtent pas de changer... et elles bougent à toute vitesse. Les aiguilles font le tour des cadrans et indiquent des endroits très différents... C'est impossible, même sur les méridiens fuyants les bateaux ne vont pas si vite. Je ne comprends pas... Et parfois, le miroir devient tout noir.

Pyth attrape le médaillon d'un geste un peu trop vif. C'est la première fois depuis quinze jours qu'il se trouve en présence de quelque chose qui le relie à Foresta. Il l'inspecte, observe le cadran de gauche, là où se trouve le petit miroir. Celui-ci ne reflète rien de précis, juste une lumière grise. Soudain, la flèche sur le cadran se met à tourner très vite.

— Regardez ! Vous voyez comme elle bouge ?

∞

Pyth et Louise n'ont pas le temps de se pencher sur la question qu'une porte latérale s'ouvre abruptement.

Tout en fourrure et en barbe noire, le commandant Abakan fait son entrée dans la salle. Il est accompagné de Melrik et de la femme médecin.

— Laisse-nous, ordonne-t-il à Aurelian d'un ton brusque.

Pyth est pris d'une vive émotion. L'homme se souvient-il d'eux ? de leur nom ? Est-ce lui qui les a choisis pour cette mission ? Que sait-il de l'autre monde ? de leur vie ? Sait-il où se trouve Foresta ? Est-il au courant que son père oscille entre la vie et la mort ? Pyth jette un coup d'œil sur l'araignée qu'il porte à l'avant-bras. Lui aussi est un Garde-Fou infiltré. Doit-il se méfier ?

— Quel è le message d'Ajax ?

Pas d'introduction ni de discours, de « bonjour » ni de « merci ».

Louise répond sur le même ton informatif :

— Ajax a dit que c'est lui qui avait donné les coordonnées du radar, que les Adjinns avaient besoin d'une terre, qu'ils préparaient quelque chose de grand et que ce serait mieux que l'Atlantide.

Tendus, les trois Garde-Fous enregistrent l'information.

— Combien d'Adjinns vous avè vus en bas ?

— Une dizaine, dit Pyth.

Silence.

— Les Adjinns ne pourront pas empoigner le bolt sauvage ! lance soudain Melrik. Il leur faudrait des comptoirs, des navires, des planeurs... Même si le radar leur donne de l'avance, même s'ils arrivent les premiers sur le pic, qui soutiendra leurs arrières ? Combien d'Adjinns sont disséminés des deux côtés de la trame ? Trente ? Quarante ? Ils n'ont pas de flotte, pas d'armée, pas d'alliés, pas de soldats... Et même si personne ne leur faisait concurrence, comment pourraient-ils exploiter le bolt ? Ils n'ont pas de pylône terraphile, ni de grue, ni de matériel de forage. Et même si tout ce matériel leur tombait entre les mains, à qui pourraient-ils vendre leur produit ? Quel serait leur réseau de distribution ? Dans quels ports ? Ils n'ont ni les contacts, ni les autorisations, ni les correspondants.

Abakan l'interrompt.

— Il y a autre chose à comprendre… Les Adjinns ne sont pas nombreux mais ils sont très intèlligents, très crèatifs… Quelque chose a changè. Je connè bien Ajax, jamè il ne serè parti si quelque chose de fondamental n'avè pas changè.

La médecin Garde-Fou prend la parole.

— Comment ont-ils fait pour traverser le courant ? Le sang adjinn est caméléon, mais il faut un déclencheur. Ils ont dû prendre quelque chose… Peut-être ont-ils rallié Andjika Deanjii. Elle est adjinn et elle a reconstitué du sang universel.

— Non, le sang universel n'est plus en sa possession depuis plus de quinze jours, l'informe Melrik.

— Où est-il, alors ? interroge la femme.

Melrik se tourne vers Louise et Pythagore avant d'articuler d'une voix froide et coupante :

— Les deux agents ici présents l'ont eu en dépôt…

Elle l'interrompt, abasourdie.

— L'équipe d'Eman a du sang universel ! Mais… il m'en faut un spécimen ! au moins une fiole ! s'écrie-t-elle, soudain empressée. Mes recherches sur les Adjinns sont parmi les plus avancées, le secret constitutionnel n° 2 est ma spécialité.

Melrik s'approche tout près d'elle, sourit.

— Malheureusement, les deux agents que voici ont perdu les fioles qu'ils avaient en leur possession.

Oubliant toute retenue, la femme roule des yeux en se tournant vers Louise et Pythagore.

— Perdu ? Mais comment ?… Vous savez à quel point ce produit est inestimable ?

— Jamaïca ! l'interpelle le commandant. Vous oubliè de quoi vous parlè.

Celle-ci s'interrompt, reprend sa respiration, baisse la tête.

— Bien sûr, le sang universel est une abomination, le fruit d'un crime terrible…

Puis elle reprend avec véhémence :

— Mais nous n'en reverrons peut-être jamais et, les crimes étant déjà perpétrés, j'aurais pu profiter de l'occasion pour en étudier un spécimen… Les fioles sont vraiment perdues ? interroge-t-elle de nouveau.

— Quelqu'un les a volées, répond Louise.

— Qui ?

La noirceur du regard de Melrik s'intensifie et se double d'une rage froide. Lentement, méticuleusement, il passe la main sur ses cheveux noirs, comme si mettre de l'ordre dans ses mèches pouvait l'aider à se calmer, puis il déclare avec une diction traînante :

— C'est une information que même le sérum de douleur n'a pas su nous donner.

Abakan s'accroupit près de Louise et Pythagore. Il les scrute du regard, puis s'adresse plus particulièrement à Pyth :

— Tu as gagnè la bataille de l'Empoing pour moi. Je n'ai pas oubliè. Je n'ai pas eu l'occasion de te dire mèrci. Je te dis mèrci.

« Maintenant je veux savoir. Èst-ce qu'il s'è passè quelque chose en bas dont vous n'avè pas parlè ? Èst-ce que vous savè quelque chose d'important que vous gardè pour vous ?

Pyth hésite à mentionner l'implosion du point de gipht et tout ce qui s'en est suivi, mais son instinct lui conseille de se taire.

∞

De retour à l'angle mort directionnel, Melrik leur donne à chacun une nouvelle ration de peptines. Il vérifie la position de la roue, prépare l'agencement des miroirs. Ceux-ci se réfléchissent dans les pastilles du gouvernail, les reflets tournent, l'angle mort prend son élan et, une seconde plus tard, tous trois sont emportés par la translation directionnelle dans l'autre sens.

Au moment où son cœur se décroche, Pyth sent advenir en lui une vague d'images : des souvenirs qui ne sont pas les siens et qui, pourtant, semblent sourdre de sa mémoire profonde. Des jeux de garçon sur un vieux bateau échoué. Il dresse un immense oiseau blanc qu'on appelle un rapac. Il entend qu'on l'appelle par un prénom... son prénom : « Cali ! Cali ! Caliacan ! » et, avec son prénom, surgissent mille autres souvenirs d'adolescence – ses frères d'armes, les combats singuliers, la fête à la lueur des lucioles, les tambours qui rythment la manœuvre, le port, le danger, la panique, le feu, la guerre, les morts, les cachettes dans les grottes, l'envie de tuer, de vivre, de vivre plus fort... Tout ressurgit comme s'il traversait une vie en accéléré.

∞

Le garçon qui atterrit dans le sous-sol de la rue des Vinaigriers n'a plus aucun repère.

Le plancher sent la poussière. La pièce est peu éclairée, encombrée de miroirs. Il se redresse vivement, effrayé. Il est choqué par le reflet que lui présente le miroir : un jeune homme aux cheveux en désordre, le corps long, la peau pâle, les yeux clairs.

Une fille se tient face à lui. Elle est brune, le sourcil fourni, la mine volontaire.

— Pyth... Ça va ?

« Pyth » ?

— Dépêchez-vous, dit un homme dont « Pyth » se souvient par fragments – les traits froids, les cheveux noirs bien peignés. Il leur tend des sacs, des manteaux.

À la vue du tatouage araignée qui remonte le long de son avant-bras, « Pyth » a un haut-le-cœur : une peur intense qui s'enracine loin dans des souvenirs d'enfance.

— C'est fini ? demande la fille à l'homme aux cheveux noirs. Notre mission est finie ?

L'homme ne répond pas. Il se tourne vers « Pyth ».

— Garde le téléphone allumé.

La fille l'aide à se diriger à travers un couloir ; elle effleure son dos du plat de la main. Il ressent des frissons tout le long de la colonne vertébrale. Ils gravissent un escalier, traversent un hall. Une grande porte donne sur la rue, se ferme derrière eux et, dans le claquement lourd qui résonne dans ses oreilles, c'est comme si des strates entières de mémoire lui revenaient en boomerang pour s'abattre sur lui.

Pyth, Pythagore, Pythagore Luchon.

CP, CE1, CE2, maman, papa, les billes, les bons points, les images à retourner.

CM1, CM2, Louise, Mlle Béatrice, Mme Vignon, chat bisou, chat glaçon, les protège-cahiers, les dessins animés.

Sixième, cinquième, le collège, les filles, le sport, les copains, le coma de son père...

... le lycée, la troisième, la seconde.

Louise, Foresta, Eman.

Loiret-en-Retz. Les trottoirs, les voitures, les lampadaires immobiles comme des sentinelles impassibles.

Le choc est violent.

Ils font quelques pas dans la fraîcheur de la nuit mais, très vite, Pyth se met à courir pour aller vomir dans le caniveau tout ce qui hurle au fond de lui.

∞

Ils s'assoient tous les deux sur le bord du trottoir. Le contact du bitume est froid et dur, mais leur fait du bien. Il rend sensible la réalité. Le retour à la normale.

Louise lui tend un mouchoir.

— Ça va mieux ?

— Je crois que oui, répond-il lentement pour savourer le plaisir de reconnaître sa propre voix.

Il vient de comprendre une chose bouleversante : le détecteur de la femme Garde-Fou nommée Jamaïca n'était pas si défectueux, il y a bien quelque chose d'adjinn qui est resté en lui.

9

« Bunny Luchon et ses joyeux zicos »

La vieille horloge marque 5 heures du matin quand ils traversent la cour des Prophètes. Ils forcent le cadenas de la baie vitrée et se glissent sans bruit dans la chambre de Louise. Son gentil désordre les enveloppe de chaleur. Vidés de leurs forces, ils s'affalent sur le lit, sans même ôter leurs vêtements. La lumière du lampadaire éclaire leurs visages et quelques détails de la pièce qui leur sont familiers : le tapis, le bureau, les oreillers, la couette.

Pyth écoute la respiration de Louise. Ils ne se parlent pas. Ils ont besoin de laisser les événements de la nuit se décanter lentement, telle une couche de sédiments : les images de la plongée sublittorale remontent en ondulant à la surface de leur cerveau comme des plantes aquatiques. Pythagore sent un relent de nausée l'envahir en repensant à la sauvagerie avec laquelle les Adjinns ont tué les Genoux-Bleus sous leurs yeux, et pourtant l'énergie de ce peuple métis est désormais gravée en lui ; elle y a même creusé des sillons de plaisir.

Il ferme les yeux, cherche les traits du jeune homme – Caliacan, Cali –, les arêtes droites de son nez, de ses pommettes, la mâchoire prononcée, la symétrie de ses traits, tels ceux d'une statue grecque. Il cherche à se remémorer le visage d'Ajax, qui avait lui aussi quelque chose d'extraordinaire, de puissant et doux à la fois, la lumière de son regard sous la pellicule d'anthracite.

Soudain, il se souvient d'un détail. L'homme défiguré par les cicatrices qui est apparu à travers la trouée.

— Louise...

— Mmmm.

— L'homme qui a fait passer Ajax de l'autre côté de la frontière...

— Mmmm.

— J'ai l'impression que je le connaissais.

Elle se redresse sur un coude.

— Moi aussi. Au début, j'ai cru que c'était le commandant Baar qui s'était échappé de prison...

— Ce n'était pas sa voix... ni son accent.

— Non, ce n'était pas lui... mais il m'a fait peur, à cause des cicatrices peut-être.

Leurs voix s'enveloppent de silence.

Pyth se sent en sécurité, il a envie de partager avec son amie ce qu'il a expérimenté dans le Sublittoral.

— Louise, chuchote-t-il.

— Mmmm.

— Quand la bombe a explosé entre l'Adjinn et moi...

Il cherche ses mots puis, finalement, se lance sans réfléchir.

— Il s'est passé quelque chose. J'ai senti une implosion dans mon corps, dans mon identité...

— Comment ça ?

— C'est comme si... comme si je n'étais plus une personne mais des milliards de points. Et l'Adjinn en face de moi était lui aussi des milliards de points, et d'une certaine façon nos points se sont mélangés. J'ai senti des images qui germaient dans ma tête – ses souvenirs. J'ai eu l'impression que je savais parler sa langue... peut-être du gaoyan ? Et... quand je t'ai vue, juste après, je suis désolé mais... ce n'était pas vraiment moi.

— Ok, Pyth. C'est bon.

Un silence s'installe tandis que la dernière phrase de Pythagore résonne dans son esprit.

« Ce n'était pas vraiment moi » ?

Une pensée le perturbe : n'était-ce pas un peu lui, quand même ? Si c'était à refaire, est-ce qu'il s'en empêcherait ? S'il pouvait effacer le souvenir de la peau de Louise, est-ce qu'il le ferait ?

Il prend son temps avant d'ajouter :

— J'ai l'impression que l'Adjinn est toujours en moi.

Les mots claquent dans l'opacité de la nuit, comme quand on raconte une histoire qui fait peur. Le cœur de Louise bondit.

— Pyth, arrête !

— Je te promets. Tout à l'heure, quand on a traversé l'angle mort, tout a recommencé. J'ai revu les images de sa vie, ses souvenirs. J'ai compris sa façon de réfléchir. Je sais qu'il s'appelle Caliacan, mais que tout le monde l'appelle Cali, qu'il dresse des oiseaux, que ces oiseaux s'appellent des rapacs. Et surtout...

Pyth cherche ses mots.

— Je me suis senti adjinn.

Louise laisse le silence s'épaissir.

Que pense-t-elle ? Est-elle horrifiée d'apprendre que Pyth a quelque chose en commun avec les tueurs du Sublittoral ? avec Andjika Deanjii ?

— C'était peut-être à cause des changements de fréquence... quand on traverse la frontière ? suggère-t-elle.

— Peut-être.

— Tu sens quelque chose, maintenant ?

— Non, je ne crois pas, dit-il d'une voix presque déçue. Est-ce mal de vouloir être adjinn ? Est-ce mal de vouloir sentir encore cette brûlure de l'âme, cette brûlure qui dit « Vis » ?

Les secondes s'allongent, investies par les dernières paroles prononcées. Au bout d'un moment, ils s'endorment, abattus par le poids de la nuit.

∞

— Louise ? Louise, ma fille, tu es réveillée ?

Pyth a un sursaut, se redresse, ramasse ses affaires à la hâte tandis que Louise émerge de son amas d'oreillers.

— Oui, papa... Il est quelle heure ?

— Il est tôt encore mais on a un gros problème d'évacuation à la Vie scolaire. Je vais prendre mon petit déjeuner à la cuisine. Tu veux venir ou tu veux dormir encore un peu ?

— Euh, je vais dormir encore, papa...

Comme Pyth s'apprête à sortir par la fenêtre, Louise chuchote :

— Tu veux pas rester ? Il va partir bientôt.

— Non, j'ai envie d'aller aux toilettes… On se retrouve à la cafet' ?

— Ok.

Il se glisse par la baie vitrée, traverse la masse des arbustes auxquels s'accrochent ses vêtements, referme le cadenas au cas où M. Markarian ferait une inspection, puis s'éloigne d'un pas vif.

∞

Pyth est figé devant le reflet que lui offre le miroir des toilettes.

Combien de temps a-t-il dormi ? À peine plus d'une heure… Il est hagard. Différent. La nuit reste accrochée par fragments brumeux autour de sa personne. Ses cernes sont violacés, ses pupilles sont humides, on pourrait presque croire qu'il est maquillé.

Il aime cette sensation d'être étranger à lui-même. Comme s'il était soulagé du poids de son être. Il inspire profondément, expire, puis s'approche du miroir pour regarder la trace de la piqûre que Melrik a pratiquée sur son cou. À cet endroit, la peau a légèrement gonflé. Quelle était cette substance qui a coulé dans leurs veines ? À mi-chemin entre un poison de torture et un sérum de vérité. Pyth en a encore la nausée rien que d'y penser.

Il se rafraîchit le visage, sort les affaires qu'il avait emportées en prévision de sa nuit et fait une toilette rapide, puis regagne la cafet' pour prendre son petit déjeuner. Il s'installe confortablement, pose le livre du géographe à même le sol et cherche, dans l'index, les occurrences du terme « Adjinn ». Il n'y en a que quelques-unes :

Adjinns en Galécie et au Gaoyan, Ödjinns en Abjarnik, Djinns en Euménie.

Peuple appartenant originellement à la mythologie gaoyan. Les Adjinns sont des divinités issues des Territoires Mouvants. Ils sont plus beaux, plus forts, plus rapides, plus intelligents que les simples mortels. Leur sang est fait de lumière et possède des qualités curatives. Tour à tour protectrice, flamboyante, tyrannique ou sanguinaire, la nature adjinn varie en fonction des légendes et des pays. L'imaginaire abjarnik les représente souvent cruels, assoiffés de sang, tandis que les mythes gaoyans les glorifient comme magnifiques, à l'origine de revirements spectaculaires. Certaines légendes euméniennes en font même des héros très positifs, ayant le pouvoir de dénouer des crises et de sauver des vies. En Galécie, il est dit que les Adjinns sont capables du meilleur comme du pire, d'où l'expression populaire « hasardeux comme le cœur d'un Adjinn ». L'anthracite est la seule protection connue contre les Adjinns.

Pyth se reporte alors à la mention « Anthracite ».

Matière à la fois minérale et organique, appelée aussi la roche « cicatrisante » du fait qu'elle referme les failles de la terre après les éruptions et les séismes. Dans les mythologies anciennes, c'est l'anthracite qui referme les passages secrets par lesquels les Adjinns s'infiltrent dans notre monde. Dans certains villages reculés du sud de la Galécie où le retour des Adjinns est toujours craint, il n'est pas rare de trouver un petit tonneau d'anthracite parmi les produits de première nécessité.

∞

Accompagné de Périclès, M. Markarian fait son entrée dans la cafétéria.

— Ça a recommencé hier soir avec les toilettes de droite, puis ce matin avec celles de gauche, lui explique l'homme de ménage en chef. Et maintenant, c'est tous les WC de la Vie scolaire qui sont bouchés. J'ai tout essayé, ventouse, déboucheur chimique... Je vais faire passer un furet mais il me faudrait un gros tuyau avec de la longueur...

— Bonjour, fils ! l'interpelle le père de Louise.

— Bonjour ! répond Pythagore. Euh... Louise est réveillée ?

— Tu devrais le savoir mieux que moi, non ?

— Ah bon ?

— Il paraît que tu as dormi à la maison...

— Ah bon ? répète-t-il d'une voix affaiblie.

— Ta mère a appelé ce matin pour savoir si tu avais bien dormi.

— Ah...

— Alors, tu as bien dormi ?

— Euh... Oui, ça va... mais... en fait... j'ai...

— Je ne veux pas le savoir, fils, ne me prends pas pour plus bête que je ne suis.

Il lui adresse un sourire mitigé puis prend sa conversation avec Périclès.

— Ventouse, déboucheur, furet, ça me semble un peu léger, tout ça. Il va falloir appeler les services de dégorgement, à mon avis.

∞

Lorsque Louise le rejoint, ses yeux sont encore embrumés de sommeil. Elle se commande un cappuccino avant de s'installer à côté de lui.

— Ta mère a appelé à la maison.

— Je sais...

— Tu veux la rappeler ? propose-t-elle en lui tendant son téléphone.

— Pas tout de suite...

Il lui présente le livre du géographe à la page sur laquelle il s'est arrêté. L'esprit encore confus, Louise marmonne dans sa barbe en lisant, puis fronce les sourcils :

— Matière à la fois minérale et organique ? L'anthracite serait comme... une roche vivante ?

— Roche, je ne sais pas...

Louise tape le mot « minéral » dans la barre de recherche de son téléphone et énonce :

— « Minéral désigne tout ce qui n'est pas organique. »

Perplexe, elle reprend :

— Donc ce serait une matière à la fois inerte et vivante... qui cicatrise les failles volcaniques...

— Et les passages entre les mondes, ajoute Pyth d'un air songeur, mais ça, le livre du géographe ne peut pas le savoir...

— Peut-être que les volcans du monde superposé ouvrent aussi des passages ?

Pyth coupe court à son hypothèse :

— Attends, ce n'est pas ça le plus important.

Il tourne les pages jusqu'au chapitre qui traite des Adjinns :

— Regarde !

Louise parcourt le paragraphe.

— « Plus intelligents que les simples mortels… nature protectrice, flamboyante, tyrannique ou sanguinaire… capables du meilleur comme du pire… »

Elle pose sa tête contre le mur, intègre les informations.

— Donc, dans l'autre monde, personne ne sait que les Adjinns existent vraiment. Ils font partie de leur mythologie…

— Hier, Ajax a parlé de l'Atlantide. C'est l'histoire d'un continent englouti, non ?

— Oui, je crois…

Louise attrape son téléphone, tape « Atlantide » et lit à voix haute les citations qu'elle estime intéressantes :

— « Une île immense… plus grande que la Libye et l'Asie réunies… située au-delà des colonnes d'Hercule… Dans le *Critias*, Platon explique qu'il ne s'agit pas d'une fiction, mais d'une histoire véritable et d'un intérêt capital… » Oh, Pyth, écoute ça ! « Les Atlantes sont nés de l'union d'une simple mortelle et du dieu de la mer, Poséidon, qui possède le sang et la peau bleus. »

Tous deux se regardent, laissant les mots résonner. Ils comprennent que le métissage adjinn est sans doute également présent en filigrane dans les mythes de ce côté-ci du monde.

∞

Lorsque sonne la cloche de 8 heures pour signaler le début des cours de classe préparatoire, Pyth s'aperçoit que quelque chose n'est pas normal. La stridence du son déclenche en lui quelque chose de fulgurant. Les particules de ses cellules s'agitent ; l'énergie fuse et remonte le long de ses veines. Il a l'impression que sa peau exsude une émotion brute, brutale, brûlante. Il se sent investi, dépassé par les images – le Gaoyan, l'île sur laquelle il a grandi, le rapac qu'il a dressé tout seul à l'âge de treize ans, la mer.

La guerre a éclaté, les sifflets retentissent pour signaler le danger. Il a peur de se faire tuer, peur des hommes aux tatouages araignée. Il revoit les affrontements de bateaux, les adultes qui se font capturer et à qui on fait prendre de la poudre noire par le nez.

Puis, d'un coup, la cloche s'arrête.

— Pyth ?

Louise lui attrape le bras ; ses yeux brillent – à moins que ce ne soient les siens, à lui, qui brûlent trop fort ?

Il respire profondément, comme s'il cherchait son air ailleurs.

— Pyth... Qu'est-ce qui s'est passé ?

— Je sais pas. Le son de la cloche, ça m'a fait... je sais pas.

Il se lève, effectue quelques pas avec le sentiment que le vertige n'est pas loin.

— C'est comme si le son de la cloche avait réveillé... l'Adjinn, dit-il d'une voix blanche.

Deux filles de première L entrent dans la cafet'. Leur regard est immédiatement attiré vers Pythagore, comme s'il dégageait quelque chose de particulièrement charismatique. Pyth perçoit leur trouble. La première fille se cogne dans l'autre, renverse ses affaires. La seconde repositionne sa mèche derrière l'oreille, vérifie son image dans le reflet de la vitre du distributeur avant de revenir vers Pyth, rougissante.

— La cloche va sonner à nouveau dans... vingt-six minutes, annonce Louise. On va voir si ça recommence.

— Oui, on va voir.

∞

Dans la salle de classe, l'ambiance n'est pas comme d'habitude. De fébriles chuchotements remplacent l'agitation habituelle, et tout le monde baisse les yeux à leur passage. Du coin de l'œil, Pyth remarque que Nicolas Frangin prend Maxence Vidal-Daguerre à partie en lui disant :

— T'es vraiment con !

L'autre répond en ricanant :

— Mais, c'est pas moi !

Pyth et Louise s'installent au dernier rang, près de la fenêtre, se délestent de leur sac, de leur manteau, puis ouvrent leur classeur quand, enfin, leur regard tombe sur l'objet de l'agitation générale.

C'est une photo.

Une photo scotchée au tableau qui présente une chanteuse face à un micro pailleté. Vêtue d'un justaucorps échancré, elle est tournée de trois quarts dos pour mieux faire valoir sa cambrure et sa queue de lapin en forme de pompon. Sa tête a été échangée avec le fragment d'une autre photo que Pyth ne connaît que trop bien : il s'agit d'un portrait de sa mère tiré du journal de l'école. Au-dessus de ce grossier photomontage, quelqu'un a écrit à la craie :

> Les Amis du lac vous présentent le concert de Bunny Luchon et ses joyeux zicos !

Voir le visage souriant de sa mère, empreint de sa réserve habituelle, associé à ce vêtement et cette posture vulgaire lui fait tomber le cœur dans l'estomac. Il voudrait déjà être au tableau pour arracher cette image sacrilège, mais ses gestes sont ralentis. Il se lève de sa chaise, les jambes tremblantes, et slalome entre les sacs sous les chuchotis et les rires. Il a honte que ses rivalités d'adolescent retombent sur sa mère. Il tourne la tête vers ses acolytes de perche, Nicolas Frangin et Hossein Zamani. Nicolas, très mal à l'aise, fouille dans son cartable pour ne pas avoir à croiser son regard, tandis que Hossein, complètement imperméable à ce qui se passe, termine son devoir sur un coin de table.

Pyth passe devant Mickael Scottoni sans remarquer que celui-ci a tendu son pied en travers de l'allée. Il trébuche et se retrouve à terre.

— Ça va, mec? lui demande hypocritement Mickael. Faut faire attention où tu mets les pieds...

Soudain, la cloche de 8 h 30 se met à sonner.

Derechef, Pyth sent fourmiller les infimes particules qui composent la matière de son corps. Les vibrations de la cloche réveillent ce qui sommeille en lui. Tandis qu'il se relève avec souplesse, une force brute remonte le cours de ses veines.

Vivre, vivre plus fort, mourir, prendre, désirer, tuer.

Il balance à Mickael un coup tranchant sur la pomme d'Adam – net et dévastateur. L'autre se courbe en deux, cherche son oxygène. Pyth lui attrape les cheveux et frappe sa tête contre la table. Lui ayant arraché un cri, il recommence, puis le gifle. Maxence renonce à aider son ami, il a peur de ce qui émane de Pythagore. Toute la classe a peur.

La cloche s'arrête. La violence en lui redescend lentement. Pyth relâche son étreinte et les cheveux de Mickael.

Des bruits de talons claquent derrière son dos. La prof vient d'entrer dans la salle de cours.

— Qu'est-ce qui se passe ici ? interroge-t-elle, comme si elle sentait des vibrations surnaturelles dans la pièce.

Elle fixe les deux garçons haletants, puis balaie du regard l'ensemble des élèves. Personne n'ouvre la bouche.

Pyth profite de ce temps de latence pour se frayer un chemin jusqu'au tableau. Il décolle la photo, la déchire de manière à séparer le corps outrancier de la tête de sa mère. Il chiffonne le postérieur obscène, le jette à la poubelle et range délicatement le portrait de sa mère dans sa poche.

∞

— Alors ?... lui demande Louise. Ça a recommencé ?

Il acquiesce.

— Ça fait mal ?

— Non. Pas vraiment.

Ce qu'il a ressenti, c'est une surchauffe de l'âme – une surchauffe addictive. Il perçoit le regard des filles sur lui. Il sent qu'elles le considèrent différemment. Il sent aussi le regard des garçons, presque envieux.

Il prend plusieurs inspirations pour se calmer.

Vivre, vivre plus fort, mourir, prendre, désirer, tuer. Jamais il ne pourra mettre de mots sur ce que ça fait que d'être adjinn. Il peine à écouter l'explication de texte, se préparant psychologiquement et physiquement à la prochaine sonnerie. Il voudrait se voir, voir son visage dans un miroir quand il est dans cet état.

La fin de l'heure approchant, il rassemble discrètement ses affaires pour être prêt avant tout le monde, mais Mme Tchad remarque son manège.

— Monsieur Luchon, auriez-vous l'amabilité d'attendre que le cours soit terminé avant de ranger votre classeur ?

Pyth acquiesce et sourit.

— Allez, ressortez votre texte. D'ailleurs, vous avez peut-être un avis sur la question que je viens de poser à vos camarades ?

— Euh... oui...

Les têtes se tournent vers lui. Certains essaient de lui souffler une réponse, notamment Hossein Zamani qui désigne discrètement les fenêtres.

— La fenêtre..., avance Pyth.

— La fenêtre ? répète la prof.

— Oui...

— Vous voulez peut-être parler du ciel que M. Zamani essaie désespérément de vous indiquer ?

— Euh, oui...

— Le ciel, dont la couleur évolue tout au long du texte pour accompagner les sentiments de l'auteur.

— Oui, voilà, c'est ça...

— Monsieur Luchon, vous me ferez le plaisir de sortir en dernier aujourd'hui. Cela vous apprendra la patience.

Quelques minutes plus tard, la cloche retentit.

Aussitôt, les vibrations le bouleversent. Son corps est transcendé par une réalité supérieure, impossible à nommer, impossible à concevoir. Des pointes de souvenirs fleurissent dans son esprit comme des gerbes de feux d'artifice. L'odeur épicée d'un végétal fuchsia aux faux airs de palmier, le brouhaha du quartier des tavernes, le clapotis rassurant de bateaux mouillant côte à côte, la douceur d'une sieste volée dans l'enclos des rapaces, la sensation du danger qui rôde malgré tout et oblige à vivre au jour le jour. Mais, cette fois, le fait d'être assis, préparé et calme, aide Pythagore à maîtriser le phénomène. Il est conscient des mouvements autour de lui : les élèves ferment leur trousse, rangent leur livre, quittent leur place. Il entend les conversations tel un nuage autour de lui.

— Tu me passes une clope ?

— Merde, j'ai plus de batterie...

— Le cours de bio, pfff...

— T'as compris le TP ?

— Non, j'ai rien compris...

Et puis, soudain, la sensation est trop forte. Sa mâchoire et sa colonne vertébrale se durcissent. Guerre, guerrier, saccage, vengeance, peur viscérale, plaisir, désir, vie, mort. La brûlure qu'il perçoit à la place du cœur lui donne le besoin d'inspirer de l'air, toujours plus d'air, comme s'il voulait traverser une frontière impalpable.

Mme Tchad lui jette un coup d'œil intrigué. Il soutient son regard, inspecte le détail de ses traits, l'épaisseur de ses cils, la couleur de son rouge à lèvres, la courbe de son menton, de son cou ; son regard glisse vers le décolleté de cette femme encore jeune dont les cheveux noirs, coupés au carré, lui inspirent soudain des images auxquelles il n'avait jamais pensé. Quel âge a Mme Tchad, quel genre de femme est-elle ? Que fait-elle de ses soirées ? À quoi pense-t-elle le soir avant de se coucher ? Que désire-t-elle secrètement ? Pourrait-il assouvir ces désirs ?

La cloche s'arrête. La tension retombe.

Troublée par une sensation non identifiable, la prof détourne les yeux. Elle cherche quelque chose dans son sac, puis le ferme, puis le rouvre en essayant de se rappeler ce qu'elle voulait y trouver. Avant de quitter la salle, elle jette un dernier regard à Pythagore, perplexe.

∞

Sur le trajet du laboratoire de langues, Pyth se sent différent. Il a l'impression d'être un voyageur dans le temps qui visite un souvenir de jeunesse. L'écho des voix d'Avril Alençon et Jordanie Serra qui révisent leurs verbes irréguliers lui apparaît comme des bribes d'une époque depuis longtemps révolue.

Be, was, been
Begin, began, begun
Bend, bent, bent
Break, broke, broken
Choose, chose, chosen

Ils pénètrent dans la classe. Chaque place possède une station d'écoute avec un casque individuel et une petite cloison pour que chaque élève soit bien séparé de son voisin. Pyth s'installe à côté de Louise et se réacclimate à sa condition.

Mme Oliver entre dans la classe et les salue d'un jovial :

— *Good morniiiing everyone ! Grab your headphones, the test will begin in a few seconds.*

Les élèves s'exécutent, non sans une certaine anxiété. Est-ce que le texte sera compliqué ? S'agira-t-il d'un poème auquel personne ne comprendra rien, comme la dernière fois ?

La prof appuie sur bouton «play». Les quelques secondes de silence qui figurent sur la bande avant que le texte ne démarre vibrent dans les oreilles de Pythagore comme s'il était en liaison avec un temps reculé. Puis l'enregistrement audio démarre. Le passage est lu par un homme à la voix posée qui s'exprime distinctement. Pyth comprend parfaitement ce qu'il énonce – il est question d'une jeune femme et d'un jeune homme qui se rencontrent à la campagne par une journée pluvieuse –, sauf que les mots prononcés ne sont pas de l'anglais, mais cette langue étrange qu'il a découverte au fond du Sublittoral et qui lui semble être du gaoyan.

10

Noël avant l'heure

Pyth est abasourdi. Il voudrait prévenir Louise mais celle-ci est concentrée à son poste.

Pravaü naÿ... fayo son... lanès... raÿ...

Ses camarades commencent à prendre des notes pour préparer les questions à venir. Il les imite et découvre avec stupéfaction que les mots lui viennent aussi en gaoyan. Il est à l'aise avec les lettres spéciales, le «*f*», le «ÿ», la grammaire, la syntaxe. C'est donc en gaoyan qu'il se met à répondre.

Il est si absorbé par son aventure intérieure qu'il ne se rend pas compte que la prof est en train de sillonner l'allée derrière lui. Comme elle regarde par-dessus son épaule, elle ne peut s'empêcher d'intervenir :

— Monsieur Luchon, qu'est-ce que vous fabriquez ?

Pyth sursaute. « Je suis désolé », voudrait-il dire...

— *Saÿ resson ti*, prononce-t-il en réalité.

— *I beg your pardon ?* reprend Mme Oliver, effarée.

— *Saÿ resson ti*, répète Pyth, prisonnier de la langue exotique.

La prof lui jette un regard cinglant.

— Vous vous moquez de moi ?

Ayant retiré son casque, Pyth prend quelques secondes pour se reconnecter à la réalité, puis il articule avec peine :

— Madame... je suis désolée... il m'est arrivé quelque chose...

Incapable d'expliquer son état, il se met à rire nerveusement. La prof ramasse sa copie, puis la déchire en quatre, remonte l'allée et, d'un geste théâtral et rageur, jette les morceaux à la poubelle.

— Vous allez me terminer l'heure en salle de permanence. Vous avez bien changé depuis quelques jours, monsieur Luchon. Je ne manquerai pas d'en toucher deux mots à votre mère.

Louise le dévisage, abasourdie, et chuchote :

— Qu'est-ce qui s'est passé ?

Il répond avec un petit geste de la main qui signifie « plus tard ».

Comme il se penche pour ramasser son sac, il ajoute discrètement :

— Ramasse les feuilles dans la corbeille.

— Quoi ?

Il pointe l'index vers la poubelle, imite le geste des feuilles déchirées. Louise fronce les sourcils pour indiquer qu'elle ne comprend rien.

— Monsieur Luchon ! Ne perturbez pas vos camarades ! reprend Mme Oliver d'un ton furieux.

Pyth n'a d'autre choix que de quitter la pièce.

∞

Comme il n'a aucune envie d'aller en permanence, il erre dans le lycée le temps d'assimiler ce qui vient de lui arriver. Il s'installe sur un banc dans la cour et se masse les tempes, les paupières, le crâne.

Visiblement, certaines vibrations sonores réactivent en lui des facettes de l'Adjinn, mais pourquoi l'enregistrement en anglais lui a-t-il fait parler gaoyan ? Est-ce parce qu'il écoutait une langue étrangère ?

Il s'efforce d'en retrouver le vocabulaire mais rien ne lui vient.

« Tout est vibration, repense-t-il, comme un leitmotiv. Les sons, les lumières, la matière, les pensées... » Il voudrait tester sa réaction à d'autres formes de stimulation vibratoire – visuelles, peut-être ? ou sonores ?... Songeant au lecteur mp3 qu'il a dans la poche, il se lève et se dirige vers les toilettes de la cour.

Ne trouvant pas de miroir chez les garçons, Pyth se rabat chez les filles. Il se poste face à son reflet et lance un morceau au hasard. C'est de la musique classique. Il en reconnaît les premières notes : un extrait du *Lac des cygnes*. Le morceau démarre lentement. Pyth sent que sa part adjinn ondule avec douceur. Rien à voir avec l'intensité du pic déclenché par la cloche. Rien à voir avec ce qu'il a ressenti dans le Sublittoral.

Il change de musique. Hard rock. Le son le réveille, la musique lui rentre sous la peau, comme il y est habitué depuis quelques semaines, mais les souvenirs de l'Adjinn restent lointains. Il tente encore deux autres morceaux. Rien.

Soudain, la sonnerie de la cloche le surprend.

En quelques secondes, son corps lui échappe. Pyth assiste à la progressive transformation de ses traits. Des ombres effleurent sa peau et modèlent le dessin ses tempes, ses joues, ses paupières. Ses muscles maxillaires se tendent et affûtent les lignes de son cou, de son menton, de ses mâchoires. Des cernes apparaissent sous ses yeux et donnent à son regard une profondeur nouvelle. La puissance des vibrations augmente à mesure qu'il se laisse aller. Le danger, la peur, la guerre... Il voudrait crier, libérer son souffle, son être. Il est coincé dans son corps, coincé dans cette vie... Son impuissance à s'incarner dans une autre réalité lui fait mal. Il hurle, frappe le miroir et ne s'arrête qu'après l'avoir brisé.

La porte d'une cabine s'ouvre. Un visage apparaît par l'entrebâillement.

— C'est dur, hein...

Il se tourne et découvre Églantine de Morvan, les yeux rougis.

— Tu n'étais pas en cours ?

— Non. Je suis partie cinq minutes après l'appel et personne n'a rien vu...

Elle le rejoint devant le miroir et, d'un geste lent, repasse ses lèvres au rouge à lèvres noir.

— C'est nul ce qu'ils ont fait à ta mère...

Elle prend son crayon, noir toujours, et corrige le contour de ses yeux.

— Ils me font la même chose... Regarde, dit-elle avec un geste du menton vers le mur.

Pyth peut lire : « La fille du maire suce des bites en enfer ».

— J'aimerais qu'ils meurent. Maxence surtout.

Elle allume une cigarette.

— Tu en veux une ?

Pyth ne fume pas mais, à ce moment précis, il a justement envie de faire ce qu'il ne fait jamais. Il a envie d'explorer le plaisir d'être un autre.

Églantine fait craquer son briquet. Il tire sur la cigarette, tousse. Tous les deux s'accoudent à la fenêtre qui donne sur l'arrière-cour.

— Mon père est très inquiet en ce moment à cause du référendum.

— J'imagine, répond Pyth en prenant une nouvelle taffe.

— Tu sais, il croit vraiment que ce serait mieux pour la ville de vendre le château ; que ça apporterait de la culture, du passage.

— Oui, je sais… Le père de Louise le pense aussi.

— Il ne s'intéresse pas du tout à sa réélection. Le bonheur de la ville est la seule chose qui le préoccupe.

Chacun tire une nouvelle bouffée de fumée.

— Parfois, j'aimerais qu'il démissionne… J'ai fait une fugue, cette nuit, et personne ne s'en est rendu compte. Ni mon père ni ma mère. J'ai traîné près de la gare, j'ai attendu qu'ils m'appellent, qu'ils soient inquiets. Mais il ne s'est rien passé.

Pythagore éteint sa cigarette sous l'eau, tandis qu'Églantine jette la sienne par la fenêtre.

— Tu vas venir au concert ?

— Bien sûr.

— J'avais peur que tu préfères rester à la maison, avec ton père.

— Mon père, non… Il est toujours à l'hôpital… Il est réveillé, mais il n'est pas sorti.

— Ah bon ?

Elle paraît pensive.

— Mais… ils lui font faire des promenades.

— Pourquoi tu dis ça ?

— Bah, je l'ai vu. Ils lui ont fait faire une balade, cette nuit.

— Quoi ?

— Cette nuit, j'écoutais de la musique sur le parking de la gare et je l'ai vu. Il était en tenue de ville. Deux types le promenaient. Ils avaient de gros manteaux de fourrure. Ou alors… peut-être que c'était pas lui ?

Églantine de Morvan a beau être fantasque, la mention des « gros manteaux de fourrure » rend Pyth légèrement inquiet. Il sort des toilettes en courant et appelle sa mère avec le téléphone donné par Melrik.

Pas de réponse.

∞

Lorsqu'il arrive devant l'hôpital des Chartreux, Mme Luchon est assise sur un banc, entourée de policiers.

— Maman ? Qu'est-ce qui se passe ?…

— Pyth… j'ai essayé de t'appeler ce matin…

Sa gorge se noue, son regard s'émousse.

— Ton père est parti.

— Quoi ? Comment ça ?

— Il est parti.

Elle écarte les bras en signe d'impuissance.

— C'est ma faute… Je ne voulais pas qu'on serre trop ses attaches pour la nuit… J'ai pensé qu'il n'aimerait pas ça, qu'il aurait peur d'être prisonnier… C'était idiot.

— Mais… personne ne l'a vu ? bredouille Pyth, dont l'inquiétude va grandissant. Je veux dire… Il n'a pas pu aller bien loin. Est-ce que la fenêtre était ouverte ? Est-ce qu'il aurait pu tomber ?

La femme policière prend la parole d'un ton factuel :

— La fenêtre n'était pas fermée, mais les battants étaient rabattus. Nous ne pensons pas qu'il soit tombé, car il n'y avait ni corps ni traces de pas dans la terre.

À la mention du mot « corps », la mère de Pyth se lève et fait quelques pas pour pouvoir pleurer tranquille.

— Peut-être qu'il est encore à l'hôpital, dans une chambre…, poursuit Pythagore. Vous avez demandé aux autres médecins, aux infirmières ?

Pyth s'obstine mais, au fond, il sait que ce n'est pas la peine. Églantine de Morvan ne s'est pas trompée.

— Un de mes internes était de garde à l'étage, dit le docteur Louvel. Il n'a rien vu. Les infirmières non plus. Et les caméras du hall n'ont rien donné.

— Nous sommes en train de recouper toutes les informations dont nous disposons, jeune homme, reprend la policière. Nous allons le trouver…

∞

Tenant à constater par lui-même l'absence de son père, Pyth grimpe jusqu'à sa chambre et découvre le lit vide, les draps froissés. Il soulève les vêtements, les papiers, inspecte les plis des draps pour y détecter d'éventuelles traces de lutte. La seule chose qu'il remarque est la présence de plusieurs taches d'encre…

De l'encre ? pense Pythagore. Est-ce que son père a essayé de laisser un message ?

Il se penche sous le lit, glisse la main entre le matelas et le sommier, sous les oreillers. Rien.

Le docteur Louvel a parlé d'un interne de garde. S'agissait-il de Melrik ?... Impossible, celui-ci a passé toute la nuit dans l'autre monde avec eux.

Pyth repense alors à l'interrogatoire, lorsqu'il a avoué avoir versé des peptines dans la perfusion de son père. Melrik a envoyé un message à cet instant précis : a-t-il donné l'ordre d'exfiltrer son père ? Les Garde-Fous ont-ils jugé préférable de le faire disparaître ?

Quelqu'un toque à la porte et la petite silhouette de Gautier apparaît sans attendre.

— Il paraît que ton père est parti ?

— Oui...

Soudain, Pyth a l'espoir que Gautier ait été témoin de quelque chose.

— Tu n'as rien vu ? Tu n'étais pas sous son lit, par hasard ?

— Non...

Le jeune garçon baisse les yeux.

— J'ai passé la nuit à vomir... Je ne me sentais pas bien...

C'est la première fois que Gautier parle de sa maladie. Pyth a l'impression qu'il a maigri, blanchi même. Qu'il est tout neuf et en même temps très vieux et très fragile. Le jeune garçon s'avance jusqu'à la fenêtre à pas lents et légers comme une plume. Il colle son front contre la vitre. Pyth a un haut-le-cœur en pensant à sa vie, à son anniversaire qui approche et qu'il va fêter en faisant une bêtise, à 8 heures du matin.

— Tu as vu ? s'illumine soudain Gautier, ils commencent déjà à installer les guirlandes de Noël ! On a de la chance cette année !

La joie pure que Pyth lit dans ses yeux lui donne un coup au cœur. Il est pris d'une soudaine envie de pleurer.

— C'est bizarre, j'ai l'impression qu'ils ont mis la guirlande à l'envers... Non ?

Pyth regarde mieux et s'étonne effectivement de la façon dont les décorations ont été installées – n'importe comment. Il remarque aussi qu'elles ne courent que dans les arbres qui s'alignent avec la fenêtre de la chambre de son père.

Il plonge son regard dans la perspective et avise au loin une sorte de grue à vigie qui semble abandonnée.

Ce genre d'engin ne serait-il pas idéal pour faire descendre en douce quelqu'un du quatrième étage ?

∞

Pyth dévale les escaliers et traverse à la hâte le jardin, puis le parking, jusqu'à la rue où est garée la grue.

Planté sur le trottoir, un homme parle au téléphone avec de grands éclats de voix :

— Des sagouins, je te jure ! Ils ont laissé ça en plan, les clés dans le caniveau, la porte ouverte ! Et je te dis même pas comment ils ont placé la guirlande !

Il a un geste véhément.

— Ah, bah sûrement pas, non. J'attends la police, ils veulent prendre les empreintes...

Il opine du chef.

— Oui, c'est des jeunes, ils savent plus comment s'occuper à cause d'Internet...

Soudain, l'homme découvre la présence de Pythagore.

— Attends, Fifi, je raccroche. Oui ? dit-il à Pyth.

— Euh... non, rien.

— Tu as quelque chose à dire ? insiste-t-il d'un air suspicieux.

— Non, je... je voulais juste savoir... Les guirlandes, enfin cette guirlande en face de l'hôpital...

— Oui ?

— Je voulais savoir qui l'avait installée, mais si j'ai bien entendu... ce n'était pas vous ?

— Et qu'est-ce que ça peut bien te faire, qui a installé cette guirlande ?

— Euh, rien, c'est juste que...

— Oui ?

Pyth hésite à lui expliquer la situation. Si les policiers viennent prendre des empreintes, ces informations pourraient être utiles...

— Mon père est un patient de cet hôpital. Il était dans cette chambre, au quatrième étage... juste à l'endroit où la guirlande s'accroche.

— Oui..., ponctue l'homme de plus en plus durement, persuadé que Pyth va lui avouer être l'auteur du vandalisme.

— Cette nuit, il a disparu et je me demandais si, peut-être, ça avait un rapport avec le vol de votre machine.

L'homme écarquille les yeux de colère.

— C'est ton père qui m'a foutu ce bazar ?

— Non, non, pas du tout... Je dis qu'il était dans cette chambre... Il était malade et je pense que ceux qui ont volé votre machine ont peut-être participé à son enlèvement.

Cette fois, l'homme se met à ricaner.

— Bah voyons, un kidnapping ! Tu me prends vraiment pour un bleu ?

Pyth se dit qu'il aurait mieux fait de se taire. De toute façon, si son père a été enlevé, ce doit être par quelqu'un de l'autre monde et, dans ce cas, il y a peu de chances que les empreintes s'avèrent utiles.

Il hésite sur la conduite à tenir. Pas question d'aller parler de kidnapping à sa mère. Il pourrait retourner au lycée pour prendre l'avis de Louise, mais les sonneries de la cloche chamboulent son métabolisme. Il n'a plus envie de se perdre dans les vibrations adjinns ; il a besoin de toute sa concentration pour réfléchir.

Finalement, il laisse un message à son amie pour l'informer de la disparition de son père, puis prend le chemin de la rue des Vinaigriers.

∞

La porte noire du salon de tatouage est fermée à clé. Pyth cherche à apercevoir quelque chose par les vitres, en vain. Il repère toutefois qu'une des fenêtres du sous-sol est restée entrouverte.

Il descend les marches, regarde par l'embrasure, glisse la tête par l'encadrement puis finit par sauter à l'intérieur.

Il atterrit dans une pièce sombre où se trouvent, en vrac, un lit défait recouvert de vêtements, de baskets, de lunettes de soleil ; des cartons de déménagement ; deux grands bureaux accolés pleins de disques durs, de câbles, de casques, de fils électriques, d'ordinateurs archaïques et récents, de machines à écrire modifiées reliées à des paraboles. Les murs sont constellés de posters de chanteurs, dont Silo, l'idole d'Avril Alençon. Des mégots de cigarette traînent dans des cendriers de fortune. Le tout ressemble à une chambre d'adolescent passionné d'informatique qui n'aurait pas été rangée depuis très longtemps.

— Pythagore Luchon...

Pyth sursaute. Qui a prononcé son nom ? Un rire s'élève au-dessus du désordre. La voix est basse et rauque mais agréable. Derrière les bureaux, Pyth distingue une silhouette assise à même le sol, calée contre le mur, une jambe en équerre, un bras posé en équilibre sur le genou. Il s'approche et découvre des cheveux mi-longs en bataille, des bras fins et musclés, un débardeur blanc taché de noir, sans parvenir à savoir si ces attributs appartiennent à un garçon ou à une fille. La personne fume et l'odeur qui monte de sa cigarette, épicée, envoûtante et légèrement poivrée, ressemble en tout point à celle de l'anthracite ; ses bras sont intégralement tatoués par l'encre granuleuse : Pyth est presque sûr qu'il a devant les yeux un Adjinn. Son cœur se met à battre plus fort.

— Qu'est-ce que tu fais là ? demande-t-il ou elle en essuyant les traces noires autour de son nez.

Pyth sonde les yeux qui le fixent : leurs pupilles voguent à la dérive dans un gris-noir translucide, presque boueux, derrière lequel il perçoit quelque chose d'intense, exactement comme dans le regard d'Ajax avant qu'il se libère de l'anthracite.

— Je suis venu pour mon père. Je cherche mon père.

— Comme tout le monde...

Pyth marque un temps de surprise ; il enregistre la curieuse réponse.

— Comment ça ?

— Melrik a perdu ton père.

— Melrik a perdu mon père ?...

Il ou elle sourit.

— Oui. Et ça la fout mal pour lui... face à toute la vieille garde d'Eman.

Silence.

— Tu te demandes si je suis une fille ou un garçon ?

Pyth ne voit pas pourquoi il mentirait.

— Oui.

— Tu veux venir vérifier par toi-même ?

— Quoi ? réplique Pyth, pas sûr d'avoir bien compris.

— Tu as très bien entendu.

Un bruit s'élève de l'autre côté de la cloison. On entend une voix, des pas, quelqu'un qui essaie d'ouvrir la porte.

— Cache-toi derrière les cartons, lui lance l'Adjinn à la va-vite en se précipitant vers la porte.

À l'inflexion de sa voix, Pyth comprend qu'il s'agit bien d'une fille. Il en éprouve de légers picotements de satisfaction et se dissimule à la hâte.

∞

— Je n'aime pas quand tu fermes la porte à clé.

Pyth reconnaît aussitôt la voix froide et coupante de Melrik.

La fille reste silencieuse.

— Du nouveau sur Luchon ?

L'estomac de Pyth se contracte. Est-ce qu'elle va le trahir ? Il se sent fragile, à peine caché par la pile de cartons d'archives.

— Non, répond-elle.

Melrik frappe le mur du plat de la main.

— On ne peut pas l'avoir perdu...

Comme le Garde-Fou arpente la pièce, Pyth essaie de se faire le plus petit possible.

— Tu as suivi son fils ?

— J'ai tout regardé, mails, messages Facebook, le téléphone que tu lui as donné. J'ai même vérifié l'ordinateur de sa copine, au lycée. Rien.

— La maison ? Sa femme ?

— Rien.

— Les anciens collègues ?

— Rien. J'ai tout regardé.

— Et ceux de la Société d'optique quantique ? Ils sont capables de nous faire un sale coup, ils soutiennent les Garde-Fous des comptoirs.

— Rien.

Elle s'assied au bureau derrière le plus grand des écrans et fait défiler les pages piratées. Soudain, Pyth sursaute car sur l'une d'elles vient de s'afficher un schéma de grue similaire à celle qu'il a découverte abandonnée près de l'hôpital. Melrik n'a pas percuté et l'affichage n'a duré qu'une fraction de seconde, mais Pyth est sûr de lui : la fille sait quelque chose sur son père, quelque chose qu'elle ne tient pas à partager avec son supérieur.

Celui-ci attrape brusquement un tee-shirt qui traîne et l'enfonce profondément dans la gorge de l'adolescente.

Immédiatement, son corps se met à produire des petits points blancs – ces flocons qui neigent à l'envers, signe que l'instinct de survie de l'Adjinn vient d'être stimulé.

— À quoi ça me sert de me ruiner en anthracite si tu n'es pas capable de faire ton travail correctement ?

Il la regarde, sourit, caresse son cou, ses épaules, son bras tandis qu'elle suffoque.

— Tu as beaucoup baissé ces derniers temps. Rapporte-moi quelque chose ou tu vas devoir trouver un autre fournisseur d'anthracite, ajoute-t-il d'un air mauvais avant de sortir de la pièce.

11
Black'chat

La fille retire le tissu que Melrik lui a enfoncé dans la bouche et inspire l'air à pleines goulées. Lentement, Pyth s'extrait de sa cachette. La sentant honteuse, il ne parle pas tout de suite.

Ils se regardent pendant quelques secondes. Ses pupilles translucides sont à la fois opaques et perçantes.

— Parfois, je me demande à quoi ça sert de rester en vie...

Elle sourit d'un air désabusé.

— Mais nous, les Adjinns, on a ça dans le sang. L'envie de vivre, plus fort que les autres...

Elle se redresse, tire de sa poche une petite boîte en métal contenant des cigarettes noires. Elle en prend une, l'allume, aspire une bouffée. La fumée qu'elle produit diffuse l'odeur de l'anthracite.

— Alors, je prends de la poudre noire, poursuit-elle. Je l'inhale par les narines, je la fume... Dans les moments les plus durs, je la mélange à de l'encre et je me tatoue toute seule... Ça m'aide à survivre, à supporter.

Pyth soutient son regard.

— À supporter quoi ?

Son sourire pâlit. Elle lève les yeux au plafond, comme si elle cherchait ses mots ou faisait refluer ses larmes.

— Supporter quoi, répète-t-elle pour elle-même. Comment dire ?...

Elle soupire profondément.

— Parfois... quand je passe la nuit à travailler ici, j'entends la musique d'une fête par la fenêtre, j'entends des rires aux balcons, la voix de gens de mon âge... et je me sens aussi étrangère que s'ils appartenaient à un autre siècle, un autre monde...

Silence.

— Dans ces moments-là... je sens que la vie doit avoir un sens, un sens plus grand... mais qu'il m'échappe. Alors ma poitrine est lourde... J'ai cette douleur... et je ne sais pas quoi en faire.

Pyth s'assoit à côté d'elle, ils se regardent comme s'ils étaient intimes et qu'ils partageaient un secret.

— J'ai eu mon premier tatouage d'anthracite à l'âge de six ans. Je ne suis jamais allée au lycée. Je n'ai pas eu de copain, ni de groupe d'amis... La nuit, je sors, j'embrasse des garçons ou des filles dans les fêtes de la forêt d'En-Lys où personne ne connaît personne et où la musique traverse le corps si fort qu'on se fout de tout...

Elle approche son visage tout près du sien. Son regard est insondable du fait de ses étranges pupilles ; sa vitalité semble émoussée, cachée derrière une couche de brouillard, d'émotions interdites. Ses yeux s'humidifient jusqu'à laisser couler des larmes grises.

— Je n'ai jamais parlé à un garçon comme ça, dans ma chambre, en plein jour.

Pyth sent en lui l'Adjinn qui frissonne ; il oublie qu'il est là pour son père, il oublie qu'il se méfie de cette fille. Son côté androgyne le stimule. Elle aussi est adjinn. Ils sont de la même trempe. Il s'approche encore, elle ne recule pas.

Est-ce que ce qui est en train d'advenir est bien réel ?

Tout doucement, il pose les lèvres sur les siennes. Elles ont un goût inconnu, un goût de danger ; ses cheveux ont un parfum exotique et brut. Il glisse une main sous son tee-shirt et sent le granulé de ses tatouages d'anthracite. Elle recule légèrement et l'observe ; sa pupille étincelle. Elle sourit et lui chuchote à l'oreille :

— Ça fait quoi d'embrasser une Adjinn ?

Adjinn.

De nouveau, le mot frémit et remonte le long de la colonne vertébrale de Pyth. Il prend une inspiration et s'apprête à récidiver lorsque l'image de la grue sur l'ordinateur le ramène au réel.

La grue. Le lit vide. Les taches d'encre. Il résiste à l'envie d'embrasser la fille. Leurs regards se tiennent en respect, tout proches, comme des aimants indécis de leur pôle.

— Je crois que tu sais qui a enlevé mon père.

La fille reste de marbre.

— Je crois même que tu les as aidés. Sur ton ordinateur, il y avait le schéma de la grue qui a servi à le faire sortir de sa chambre sans que personne le voie.

Une ombre passe dans ses yeux. Ses traits se durcissent.

— Dis-moi ce que tu sais.

Silence.

Pyth sent que sa colère monte, presque aussi forte que son désir.

— J'ai besoin de savoir.

Il attrape son téléphone jetable.

— Je vais appeler Melrik, je vais lui dire que la fille tatouée du sous-sol de la rue des Vinaigriers sait où se trouve Lucien Luchon.

Elle se redresse vivement et se jette sur le téléphone. Ses yeux sont durs à présent ; ils ont perdu tout leur flou artistique. Pyth lui attrape les épaules.

— Dis-moi, lui ordonne-t-il en la plaquant contre le mur.

Il a encore le goût de ses lèvres en mémoire. La jeune fille répond dans un souffle :

— Je ne peux pas en parler. Quelque chose se prépare, quelque chose d'important pour nous...

— Nous, qui ?

— Nous, les Adjinns...

Pyth ne peut s'empêcher de sentir un frémissement dans sa chair.

— Ce sont les Adjinns qui ont enlevé mon père ?

— On m'a demandé d'organiser sa fuite.

— Mais qui, « on » ? C'était quand ?

— Il y a deux nuits.

— Il y a deux nuits ?

— Tu as vu qui c'était ?

— Non, c'était sur Black'chat, dit-elle en pointant le doigt vers l'ordinateur.

— Black'chat ?

— C'est une messagerie noire du Darkweb. Les messages s'effacent au bout de quelques secondes.

Pyth relâche sa pression. Les mots se cognent à son front.

— Alors... raconte.

— C'est moi qui m'occupe de la surveillance de ton père pour les Garde-Fous, depuis trois ans déjà. Il y a des caméras dans sa chambre, dans les couloirs... Ceux qui sont entrés en contact avec moi le savent et m'ont demandé d'organiser sa fuite. Il n'y avait que par la fenêtre que c'était possible...

Pythagore est bien placé pour le savoir, c'est le chemin qu'il a emprunté le soir de la bataille de l'Empoing.

— Mais où est-ce qu'ils l'ont emmené ?

— Je ne sais pas...

— Mais... tu as un moyen de les joindre ?

— Non. C'est toujours eux qui me contactent.

Pyth sent la terre qui bascule sous ses pieds. Un vertige. La situation est de pire en pire. Comme si elle était sensible à sa douleur, la fille finit par ajouter :

— Il y a quand même une chose que je sais.

Pyth relève les yeux.

— Quoi ?

— L'endroit où ils seront ce soir.

Elle se penche sous son bureau et retire une bande de scotch qui maintient des bouts de papier cachés contre le plateau de bois.

— Comme les messages Black'chat s'effacent, je recopie les informations importantes sur papier. De nos jours, le papier, c'est encore ce qu'il y a de plus sûr.

Elle lui tend un morceau où se trouvent inscrits des chiffres, des degrés.

— Ce sont des coordonnées géographiques. Il y a un mois, ils m'ont demandé d'organiser une intervention très importante. Il fallait couper le courant de ce périmètre-ci, un jour donné, à une heure précise... Il se trouve que c'est ce soir, à 3 h 15 du matin. Enfin, 3 h 15 pour moi, 9 h 15 pour eux. C'est aux États-Unis.

Pyth la regarde, détaché de lui-même, de son corps, perdu. Sa vie part à la dérive.

— Et toi, tu sais faire ça, couper le courant à l'autre bout de l'Atlantique ?

Elle hausse les épaules d'un air mi-modeste, mi-goguenard.

— J'ai eu le temps de m'arranger. Pas comme pour ton père. J'ai reçu l'ordre de son exfiltration avant-hier, à minuit. C'était juste.

— Avant-hier à minuit, répète Pyth.

Soit un jour avant l'interrogatoire avec Melrik... Donc ce n'est pas à cause de ce que Pyth a avoué au Garde-Fou que son père a été enlevé.

— Ils t'ont dit pourquoi ils le voulaient ?

L'Adjinn fait non de la tête.

— Mais pourquoi tu les aides ? Qu'est-ce qu'ils vont faire ?

— Nous libérer...

— Vous libérer ?

— Tu sais, Melrik ne me retient pas prisonnière ici. Je peux partir quand je veux, la porte est grande ouverte. Il sait très bien que je serai de retour dès que je n'aurai plus d'anthracite.

Ses yeux se troublent de larmes.

— Il y a plusieurs mois, j'ai reçu des messages sur Black'chat à propos d'une alternative à l'anthracite, une autre façon de vivre. Ils parlaient d'une terre possible pour les Adjinns où les deux mondes vibreraient en simultané.

Deux systèmes vibratoires incarnés sur la même terre. Une terre qui serait à la fois dans ce monde et dans l'autre... Le message disait que ce serait très différent de ce qui s'est passé sur l'Atlantide, très différent de toutes les autres cités adjinns qui ont déjà périclité.

— L'Atlantide ? interroge Pyth, surpris de la deuxième occurrence de ce nom en moins de vingt-quatre heures.

— C'est le premier continent adjinn. Il s'est effondré. Il y a des milliers d'années, une peuplade adjinn située sur un continent entre le Gaoyan et l'Archéanie a sacrifié mille jeunes guerriers pour que leur mort crée un gigantesque trou dans la trame. Le trou a grandi au fil des années, englobant de plus en plus de terre. Il y a eu des dépressions vibratoires, des orages, des tempêtes ; la géographie s'est rebellée. Les Adjinns meurtriers faisaient la loi, ils sont devenus de plus en plus féroces, de plus en plus cruels. Un jour, à force de dépressions, une tempête d'ions a tout embarqué sur son passage et le continent s'est effondré. Le monde tout entier a tremblé, des cataclysmes ont eu lieu un peu partout. C'est depuis ce temps que l'ordre des Garde-Fous a été créé, pour éviter la naissance d'autres Adjinns... et tout ce qui résulte du mélange d'un monde avec l'autre.

Pyth pense à ce qui lui est arrivé et dont il n'a encore parlé à personne sauf à Louise. Cet Adjinn qu'il porte en lui. Ces vibrations qui le hantent, le bouleversent. Lui aussi est un mélange. Peut-être pourrait-il se confier à cette fille ? Il aime ses mèches en bataille, son air de garçon, ses yeux noir délavé et perçants, ses tatouages, sa fragilité, sa force et sa désinvolture. Peut-il lui faire confiance ?

— Au fil des siècles, chaque fois que les Adjinns ont percé la trame durablement pour faire communiquer les mondes, les territoires se sont effondrés, ou ont brûlé, ou ont été ensevelis.

À nouveau, elle se penche sous le bureau et décolle une large feuille de papier qui s'y trouvait cachée. Il s'agit d'une carte du monde – celui de Pythagore, tel qu'il le connaît. Toutefois, des bouts de terre ont été rajoutés de-ci, de-là, notamment un tout nouveau continent, juste à côté du Portugal et du Maroc, dans l'océan Atlantique.

Malgré des légendes particulièrement colorées et compliquées, il déchiffre « Atlantis » et des tas d'autres appellations : Beyrmud, Haades, Eiden... Il s'attarde sur les contours de l'Europe et découvre une petite portion de terre nommée Tranes-Sylvania en Europe de l'Est, Pompeia en Italie du Sud, Olympus en Grèce. Il y a un tout petit territoire à l'ouest de la France, précisément là où habite Pythagore, mais l'écriture est minuscule, difficile à déchiffrer.

Soudain, la sonnerie d'une machine à écrire les interrompt. Elle résonne comme un réveil furieux et tape toute seule un message. Un papier sort de la fente prévue à cet effet, présentant deux cercles entrecroisés avec une flèche qui pointe vers le mot « dispensaire ».

— Qu'est-ce que ça veut dire ?

— C'est un appel de réunion d'urgence. Ce symbole est utilisé quand un secret constitutionnel est menacé. Ils vont se réunir au dispensaire d'Eman...

— Au dispensaire d'Eman ? répète Pythagore, qui se souvient d'avoir visité cet immense bâtiment, lors de son dernier passage avec Foresta.

— Oui, les Garde-Fous n'ont pas de quartier général, ils préfèrent avoir des antennes infiltrées dans chaque institution. Plus ils sont visibles, moins on les soupçonne.

Des bruits de pas et de voix se font entendre dans la pièce adjacente.

— Tu devrais partir, lui dit-elle. Melrik va venir aux nouvelles.

Pyth demeure immobile face à elle. Il ne peut pas partir. Il a d'autres questions. Cette fille est le seul lien entre lui et son père.

— Si j'apprends quelque chose sur ton père, je te le dirai.

— Comment ?

— T'inquiète, s'il y a un truc que je sais faire, c'est transmettre des informations.

D'un geste du menton, elle lui montre la fenêtre.

— Pars.

Il se hisse par l'encadrement, puis se retourne au dernier moment.

— Comment tu t'appelles ?

— Attila.

∞

Pyth est sonné.

Son père a été enlevé par les Adjinns !

Sa situation familiale s'aggrave un peu plus chaque jour et, pourtant, un élan de vie foudroyant pulse dans ses veines. Il a embrassé cette fille qu'il ne connaît pas. Il pourrait le refaire.

Que ressent-il ? Qui est-il devenu ?

Il ne se reconnaît plus. Il aime ne pas se reconnaître.

Ses pieds sont posés sur le trottoir mais il a du mal à admettre que cette bande grise ne soit qu'un trottoir.

Cette peau de bitume est un décor. De l'autre côté s'étend la terre, les terres. L'envers de la géographie humaine.

Il pense aux noms sur la carte – Atlantis, Olympus, Beyrmud. Il pense au sang bleu, au sang rouge, à l'anthracite qui empêche le mélange.

Il pense à la fille adjinn, à son goût de danger. Il ferme les yeux et cherche la sensation de ses mains sur la peau meurtrie.

Il s'assied sur un banc, déplie le bout de papier avec les coordonnées géographiques. Attila doit donc faire sauter le courant ce soir, à cet endroit précis. C'est la seule piste dont Pythagore dispose pour retrouver ceux qui ont enlevé son père, mais elle est totalement inexploitable. Comment pourrait-il se tenir à l'autre bout du monde à 3 h 15 du matin ?

Son téléphone sonne et le tire de sa langueur. C'est Louise.

— Vous avez retrouvé ton père ?

— Non... mais j'ai du nouveau.

— Viens me rejoindre. Je suis à la voiture, avec Double T.

12
Les magies de la plomberie

Penchés au-dessus du capot avant de la voiture, Louise et Double T mangent des crêpes du marchand de la rue des Dragons-de-Lille tout en étudiant le carnet d'alchimie.

— Salut !

— Salut ! répond Thibault-Tanneguy. C'est formidable, ce que vous avez trouvé à la bibliothèque, il s'agit bien de la même langue ! On a reconnu distinctement plusieurs mots, le placement des lettres est similaire – notamment cette profusion de « ÿ ».

Ce qu'ils ont trouvé à la bibliothèque ?

Pyth ne comprend pas à quoi fait allusion Double T.

Puis il s'aperçoit que des fragments de papier ont été éparpillés à côté du carnet, sur le capot, et s'illumine en reconnaissant les morceaux déchirés de sa copie d'anglais, écrite en gaoyan. Non seulement Louise les a récupérés, mais elle a émis l'hypothèse d'une similitude avec la mystérieuse langue du carnet.

— Quel dommage que ce livre soit très ancien et qu'on ne puisse pas l'emprunter, ajoute Louise avec un regard plein de sous-entendus en direction de Pyth, pour lui faire comprendre qu'elle a dû mentir à leur ami.

Le téléphone de Double T se met à sonner.

— Ah, c'est ma connaissance qui travaille à la casse, explique-t-il à Louise. On va en savoir un peu plus.

Tandis qu'il s'éloigne pour répondre, Pyth remarque que le cou et le crâne du jeune homme ont souffert, comme s'il avait reçu des coups.

— Qu'est-ce qui lui est arrivé ?

— Il s'est battu. On a essayé de lui voler le carnet d'alchimie.

— Quoi ? Non !

— Si. Ça s'est passé à la fin de la nuit, il revenait de mission et il est tombé sur deux types en train de fouiller son coffre.

Pyth se sent mal à l'aise.

— C'est sûrement les Garde-Fous qui ont envoyé quelqu'un. À cause de ce que j'ai avoué cette nuit...

— Possible, acquiesce-t-elle.

Elle ouvre la portière arrière et désigne le chien affalé.

— Ils ont pris leurs précautions, ils ont drogué son chien.

Pyth soupire en s'adossant à la voiture.

— Ce n'est pas ta faute, le rassure-t-elle. Le sérum était impossible à supporter.

Pyth rumine sa culpabilité, puis reprend :

— Les Garde-Fous ne vont pas en rester là ; ils vont envoyer des renforts. Tu crois qu'il faut qu'on prévienne Double T que...

— Non, on ne peut pas. Soit on se tait, soit on lui dit tout. Et comme on ne peut pas tout lui dire... De toute façon, il croit que c'est un jeune d'Herbauges qui a « trop parlé ».

— Comment ça ?

— Hier après-midi, il est allé voir le grand-père de son ami de la casse qui parle dix-sept langues. Il voulait l'interroger au sujet du dialecte mystérieux. Thibault-Tanneguy pense que certains ont entendu ses propos et qu'ils les ont répétés à de mauvaises personnes.

Tandis que Pyth assimile ces informations, Louise fouille dans son sac et en retire un petit paquet enveloppé de papier aluminium.

— Tiens, je t'ai pris une complète au chèvre.

Il s'aperçoit qu'il meurt de faim et croque avec joie plusieurs bouchées.

— Et avec ton père... qu'est-ce qui s'est passé ?

Le cœur lourd, Pyth révèle à son amie ce qu'il a appris : le vol de la grue, l'existence d'Attila, l'inquiétude de Melrik, les coordonnées géographiques, la mission adjinn qui aura lieu le soir même à 3 h 15 aux États-Unis, et pour laquelle Attila doit faire sauter les plombs à distance.

— Montre.

Il lui tend le papier, qu'elle regarde avec attention.

— Les Adjinns ont enlevé ton père... Mais pourquoi ils ont fait ça ?

— Je ne sais pas. Apparemment, ils ont un plan...

Il lui explique ce qu'Attila lui a dit sur leurs territoires effondrés, le projet d'une nouvelle terre où coexisteraient deux systèmes vibratoires.

— Quel rapport avec ton père ?

Pyth hausse les épaules.

— Je n'en ai aucune idée. Je n'ai aucun moyen d'action. Aucune piste, rien.

Louise rouvre le carnet d'alchimie à la première page.

— Ce livre s'appelle « ce que veulent les Adjinns ». Peut-être qu'il peut nous fournir un indice. Essaie de voir si tu comprends, dit-elle en ouvrant le carnet sur une des pages violettes.

Chatouillé par les effluves de sang, Pyth se concentre sur le texte. Il le déchiffre comme s'il s'agissait d'un dialecte qu'il aurait appris il y a très longtemps.

— Alors ?

— Je reconnais les mots mais je ne comprends rien. Attends...

Il attrape son mp3 et place les écouteurs sur ses oreilles.

— Qu'est-ce que tu fais ?

— J'essaie de stimuler le Gaoyan qui est en moi. Tout à l'heure, c'est l'enregistrement qui a déclenché ma compréhension de la langue.

Il lance une musique au hasard, ferme les yeux, cherche à retrouver des sensations appartenant à Caliacan mais, comme précédemment dans les toilettes, les vibrations de la musique caressent sa peau sans réveiller l'Adjinn.

Pythagore coupe le son.

— La musique ne me fait pas autant d'effet que la cloche du lycée. Et tout à l'heure, au laboratoire de langues, c'était encore différent. Je me sentais tout à fait normal, mais j'entendais du gaoyan à la place de l'anglais.

— Peut-être que les vibrations étaient différentes parce que la prof utilise des cassettes ?

— Comment ça ?

— Mme Oliver utilise encore ses vieilles cassettes de quand elle était jeune. Tu ne te souviens pas qu'elle dit tout le temps que le niveau a baissé et qu'il vaut mieux utiliser « l'ancien matériel pédagogique » ?

— Peut-être... Mais pourquoi ça changerait quelque chose ?

— Le son est différent sur cassette. C'est du son magnétique, pas analogique. Peut-être que ça joue ?

Pyth se montre sceptique mais intéressé.

— Peut-être.

— Et d'ailleurs, ajoute Louise, le passeur d'Ajax a utilisé un walkman cette nuit ! Un walkman, ça marche avec des cassettes...

Cette fois, Pyth est plus convaincu, d'autant qu'il se souvient d'un détail qui corrobore cette version.

— Oui, et il m'a demandé de lui passer le radio-cassette rouge qu'on avait trouvé dans le placard.

Louise plonge vers le siège passager avant ; elle fouille la boîte à gants et les espaces de rangement.

— Je suis sûre qu'il doit y avoir des cassettes dans cette vieille carcasse, l'autoradio date d'avant-guerre... Et voilà ! s'exclame-t-elle, triomphante, en agitant une cassette de rock anglais.

Elle l'introduit dans le lecteur. Silence.

— Zut... C'est vrai qu'il n'y a pas de jus... Mais je suis sûre qu'on peut trouver un lecteur de cassettes avec les vieilles affaires de mon père, dans la cabane de jardinage.

∞

Double T revient vers eux après avoir terminé son coup de téléphone.

— Il me jure que tous ses amis sont de confiance et que personne n'a rien dit.

Il laisse passer un temps, puis reprend :

— J'ai envie de le croire, bien sûr, mais les plus jeunes aiment parler, surtout quand ils ont fumé des cigarettes arrangées. Toutefois, je ne vois pas qui aurait eu intérêt à me voler ce carnet. Un historien passionné par les mêmes sujets que moi ? ou quelqu'un qui connaîtrait la valeur de son contenu ? En tout cas, même l'érudit que j'ai consulté hier n'a pas su trouver l'origine du dialecte utilisé dans les dernières pages.

Thibault-Tanneguy reprend le carnet des mains de Louise, le feuillette, s'absorbe dans ses pensées. Une idée le traverse :

— J'ai parlé des effets psychotropes de l'encre... Peut-être qu'un des adolescents a eu envie d'essayer ? Mais la technique de l'attaque, l'opiniâtreté des assaillants n'avaient rien de commun avec celles d'adolescents en recherche de sensations fortes. Peut-être que je suis sur la piste de quelque chose de plus grand ? Peut-être que le groupe d'alchimistes de Francisco Prelati a perduré et cherche à récupérer son bien ?

Soudain, un bruit de moteur essoufflé envahit la rue.

Les trois têtes se tournent et découvrent le camion de l'entreprise de dégorgement pour laquelle travaille Double T.

Le véhicule s'arrête à leur hauteur dans un grincement de freins. Le conducteur baisse sa vitre à l'ancienne, avec une manivelle.

— Oh ! Tété, monte vite ! Il y a du grabuge au lycée Saint-Louis ! Toutes leurs canalisations sont bouchées et ils ont la moitié de la ville qui débarque ce week-end pour le vote de monsieur le maire ! Je sens qu'on va bien s'amuser !

Double T rassemble aussitôt son matériel.

— Stop Engorgement, j'écoute ? répond le collègue dans son téléphone, qui s'était mis à sonner. Oui, c'est José. Oui… Il faut me décrire exactement le type d'évacuation, monsieur. Oui… Quel est le diamètre du tuyau ? En PVC ou en fonte ?

Louise en profite pour rejoindre Double T à l'arrière de la voiture.

— Tu veux qu'on te garde le carnet au lycée ? La loge de mon père est plus sûre que ta voiture.

L'expression de Thibault-Tanneguy reflète une certaine réticence à se séparer du grimoire, mais Pyth, que la proposition séduit énormément, revient à la charge :

— On pourra continuer à comparer le carnet avec le livre de la bibliothèque. On pourra même passer les pages violettes au microscope. Il y en a de très puissant au labo des prépas agro.

— Allez, mon Tété ! Les canalisations, quand ça pète, ça pète, lance José, qui a raccroché.

— Vous allez au lycée Saint-Louis ? s'enquiert Louise.

— C'est ça.

— On peut venir avec vous ?

— Hé, je fais pas taxi. Y a du gros matos à l'arrière, je veux pas d'histoire avec les agents de la circulation, moi.

Double T, qui a fini de s'équiper, leur ouvre la portière arrière.

— Montez vite, chuchote-t-il. Si vous vous tenez tranquilles, José ne dira rien. Et tu as raison...

Il tend à Louise son précieux carnet.

— Il vaut mieux que je te le laisse en dépôt.

∞

Le véhicule démarre en trombe et tremble de toute sa carcasse. Calés entre les caisses et les jerricans de produits, Pythagore et Louise contemplent le désordre.

— On dirait l'atelier de mon père, commente la jeune fille en regardant les outils cloués sur des panneaux de bois, les tuyaux à forte pression, les réservoirs, les raccords de plomberie. Sauf que ça sent bon, ici...

Pyth attrape un énorme bidon sans étiquette industrielle, où il est simplement écrit à la main « désinfectant », comme si c'était un produit fait maison. Il l'ouvre, respire.

— José ajoute des algues du lac d'Herbauges pour que ça sente bon.

— Ah bon ? s'étonne Louise. Et... ça marche ?

— Apparemment.

Pendant que Pyth regarde tout au fond du récipient pour y déceler quelque résidu de plancton, Louise reprend le fil de leur précédente réflexion et tape sur son téléphone « différence entre le son magnétique et le son numérique ».

Elle lit à voix haute :

— « Le son magnétique correspond à une technique traditionnelle d'enregistrement fixé sur bande magnétique ou disque vinyle. Le signal sonore recopie l'onde originale à l'identique. L'enregistrement magnétique a connu son âge d'or dans les années 1970 mais, en raison de son coût, il a été délaissé au profit du numérique. »

Le camion passe par-dessus une série de dos-d'âne, leurs deux visages tressautent au milieu du matériel, puis Louise poursuit :

— « Le son numérique transforme l'onde sonore en succession de 0 et le 1. Le son n'est plus obtenu par la copie de l'onde originelle mais par sa fragmentation en petits échantillons qui la recréent artificiellement. » En gros, le son des cassettes reproduit la véritable onde sonore, alors que le son numérique la décompose et la recompose.

Lorsque le camion s'arrête devant le lycée, ils sont immédiatement enveloppés par le brouhaha des élèves. À nouveau, Pyth a la sensation de ne plus appartenir à ce monde, d'être dans l'envers du décor.

— Dégagez le passage ! ordonne le collègue de Double T. Dégagez !

On entend la voix du père de Louise qui s'adresse à lui :

— Le problème se situe au niveau de la cour, mais il vaut mieux se garer ici.

— Pas de souci, j'ai de la longueur de tuyau.

Par les vitres teintées, Pyth et Louise suivent l'agitation usuelle qui précède la reprise de l'après-midi – ceux qui fument, ceux qui regardent leur téléphone, ceux qui propagent les dernières rumeurs, ceux qui finissent leur sandwich à la va-vite. Une certaine excitation parcourt l'attroupement. Les clignotants du véhicule se réfléchissent dans toutes les vitres du rez-de-chaussée et donnent à la scène un caractère d'urgence. Une dame de l'Association de défense du patrimoine distribue des tracts aux lycéens. Certains ne se gênent pas pour les jeter directement à la poubelle.

Soudain, Pyth repère la voix de son ami, Nicolas Frangin.

— Qu'est-ce qu'ils foutent avec ce camion ?

— Ils font venir le même au café de mon père quand les toilettes sont bouchées..., répond à la cantonade un élève de première.

∞

Lorsque Pyth et Louise pénètrent dans la cour du lycée, l'horloge indique 13 h 45 : ils ont donc le temps d'aller fouiller dans les vieilles affaires de la cabane de jardinage pour y chercher le lecteur de cassettes. Ils passent devant la Vie scolaire où José fait la leçon à Périclès :

— C'est à cause des dames, elles mettent de ces choses dans les toilettes, ça gonfle avec l'eau et ça bouche les tuyaux.

— Oui, j'ai l'habitude, répond Périclès. Et à chaque fois, je fais passer du câble et ça débloque.

— Mais là, vous avez repoussé le bouchon sur plus de vingt mètres. Comme les tuyaux passent sous la cour, ça va être compliqué. Vous avez des plans ?

Au lieu d'écouter l'exposé de José, tous deux filent vers la remise. La jeune fille se rend directement au fond du réduit et farfouille dans une grande cantine où son père stocke ses vieilles affaires personnelles, tandis que Pyth prend le temps d'observer les rangements près de la porte d'entrée. Quelque chose n'est pas normal. Le désordre n'est pas le même que d'habitude. La bâche et la couverture qui enveloppaient le filin d'asphalt sont retournées !

— Louise !

— Mmm.

— Le filin d'asphalt…

Il s'interrompt, parce qu'il voit que son amie est figée devant une robe bleu marine à fleurs rouges. Elle fixe le tissu, sans bouger. Pyth devine que c'est un vêtement qui a appartenu à sa mère, un vêtement qui lui rappelle des souvenirs qu'elle ne convoque jamais – du moins jamais en sa présence.

Il baisse les yeux, gêné. Louise finit par attraper le radio-cassette, ranger la robe et refermer la cantine. Elle se relève et reprend d'une voix un peu trop ferme pour être naturelle :

— Tu disais quoi ?

— Le filin d'asphalt… Il a disparu.

Cette fois, elle se rue sur l'étagère et la fouille avec nervosité.

— Tu es sûr ? s'émeut-elle en retournant la bâche. Mais comment c'est possible ? Qui pouvait savoir qu'on l'avait mis là ?

Elle soupire, les larmes aux yeux. Pyth devine qu'elle profite de la situation pour se libérer du chagrin qui l'a envahie à la vue de la robe.

— D'abord les fioles, ensuite le filin d'asphalt, dit-elle avec colère. Qui nous vole comme ça ? Qui peut savoir ce qu'on a rapporté et où on l'a caché ?

Pyth hésite à la prendre dans ses bras pour la consoler, mais la cloche sonne 14 heures.

Les vibrations le surprennent et lui envoient une décharge dans la colonne vertébrale. Toujours les mêmes images d'îles, d'oiseaux, de fêtes, de tambour, de guerre. Il ferme les yeux pour éviter de regarder Louise. Ils sont seuls tous les deux, dans un espace confiné, il a peur de ressentir ou de faire quelque chose qu'il regretterait par la suite.

∞

C'est avec cinq minutes de retard que Pythagore et Louise pénètrent dans la classe du cours d'histoire.

— Markarian, Luchon, vous vous croyez dans un club de vacances ? lance Mme Victor.

— Non, non, dit Louise en baissant la tête et en filant vers le fond de la classe.

— Installez-vous au premier rang, plutôt, ne dérangez pas vos camarades. Donc je disais, puisque personne n'ignore l'importance du vote qui se tiendra ce week-end ici même au lycée...

Elle écrit au tableau « référendum local ».

— ... autant en connaître les tenants et les aboutissants. Un référendum local permet aux électeurs de décider de la mise en œuvre d'un projet qui relève de la collectivité.

— Un référendum local va surtout permettre de se débarrasser d'un maire à la con ! lance Maxence par-dessus la voix de la prof d'histoire.

Mickael Scottoni ricane. Pyth cherche une position pour placer discrètement sa main en visière et dormir cinq minutes.

— Pouvez-vous me citer d'autres types de projets similaires, susceptibles d'être soumis au vote d'un référendum local ?

Lucie Bonneton lève la main.

— L'implantation d'éoliennes !

— Oui, absolument. Bon exemple.

Tandis que Mme Victor noie ses élèves dans une marée d'ennui – « L'assemblée délibérante fixe le jour du scrutin... Le référendum ne peut être organisé le même jour que d'autres élections... Les dépenses liées à l'organisation du référendum sont à la charge de la collectivité organisatrice... » –, Pyth s'endort en pensant à son père.

∞

La sonnerie qui marque la fin de l'heure le tire de son sommeil. Il n'a que le temps de s'accrocher à l'instant présent et à la certitude que son prénom est Pythagore pour ne pas se laisser totalement envahir par Caliacan, le dresseur de rapacs. Il respire, se contrôle, cherche ses repères.

— Pyth... tu entends des mots gaoyans ? l'interroge Louise.

« Pajƒum saÿ maÿa gaoyan ? »

« Laÿ, avès », a-t-il envie de répondre.

— Oui, un peu.

La cloche s'arrête. Louise tire le carnet de son sac.

— Essaie de lire quelque chose.

Pyth se concentre sur les lignes ultraviolettes mais son cerveau a été trop secoué pour être efficace. Les mots y ondulent comme des vagues.

Il redoute le prochain cours – une heure de maths. Sa mère sera-t-elle présente ? Aura-t-elle la force de venir ? Cette classe du vendredi après-midi a toujours lieu dans l'ancien atelier des moines, au sous-sol de la vieille tour. La sonorisation y est pleine d'échos et amplifie le défaut d'audition qu'elle a à l'oreille droite, ce qui la place toujours dans un certain inconfort.

Dans la salle, la moitié des élèves ont grimpé sur leur chaise pour regarder, par les soupiraux, les allées et venues de l'équipe de dégorgement.

La voix du collègue de Double T leur parvient très nettement.

— Je comprends rien à rien. C'est bouché de partout… On est plombiers, nous, pas magiciens.

Nicolas Frangin débarque à grand fracas dans la classe. Hilare, il se juche sur une table :

— Hé ! Il paraît que c'est les profs qui ont tout bouché ! Le problème vient des chiottes de la Vie scolaire !

La classe éclate de rire.

— Bonjour monsieur Frangin, lance Mme Luchon en entrant à son tour dans la classe. Auriez-vous l'amabilité de descendre de votre promontoire, s'il vous plaît ?

Pyth admire le courage de sa mère d'être venue en cours malgré son tourment. Il s'approche du bureau.

— Pas de nouvelles ?

Elle lui sourit d'un air confiant et fait non de la tête.

Il a envie de la serrer dans ses bras et de lui dire qu'il l'aime, mais il n'en fait rien, comme chaque fois qu'il est pris d'un élan pour elle.

∞

La première demi-heure est difficile. Les élèves sont dissipés, régulièrement dérangés par la voix de José : « C'est bon ? Retourne au camion ! Envoie la pression ! »

Les choses empirent vers le milieu du cours, lorsqu'une odeur nauséabonde se répand dans l'air.

— Ouhh ! Le caca des profs nous enfume, braille Nicolas en éclatant de rire.

La classe jubile. Mme Luchon est obligée de faire sortir trois élèves, dont Hossein Zamani, qui pourtant n'avait presque rien fait.

Dix minutes plus tard, tous deux affublés de lunettes de soleil à rabat de cuir façon Silo, Maxence Vidal-Daguerre et Mickael Scottoni font circuler des messages qui agitent leurs camarades. Puis ils se parlent de bureau en bureau pour compléter leurs écrits, sans même prendre la peine de se cacher.

— Monsieur Vidal-Daguerre, venez vous calmer au tableau, s'il vous plaît. Et retirez-moi cet instrument d'optique qui obstrue votre visage.

Croyant se donner des airs de caïd, Maxence place ses lunettes en serre-tête sur ses cheveux.

La classe laisse planer un silence non dépourvu de suspense ; chacun est curieux de savoir quelle blague Maxence est en train de concocter pour assurer la poursuite du divertissement. Certains se repositionnent sur leur chaise pour mieux profiter du spectacle.

— Pouvez-vous expliquer à vos camarades la règle qui est au tableau et l'appliquer à l'équation ci-dessous ?

Maxence acquiesce, ouvre grand la bouche mais se met à parler tout bas :

— Bien sûr, la règle parle du parallélogramme et de la somme de deux vecteurs...

Le cœur de Pythagore se serre. Maxence sait très bien que sa mère a un problème d'audition ; elle l'annonce toujours en début d'année et il sait qu'elle en éprouve un véritable complexe.

— Veuillez porter la voix, s'il vous plaît, dit-elle avec une pointe d'appréhension.

— Donc je disais que la règle du parallélogramme est utilisée, en particulier, pour construire la somme de deux vecteurs.

Pyth a envie de gifler Maxence, comme Foresta l'avait fait à l'époque, de fracasser ses lunettes et de lui fourrer le verre dans la bouche pour effacer son sourire triomphant.

— Monsieur Vidal-Daguerre ! Portez la voix, s'il vous plaît, pour que tout le monde vous entende dans le fond.

— Euh... Moi je l'entends très bien, madame, fait remarquer Mickael Scottoni en levant le doigt.

— Moi aussi, reprend un autre acolyte.

Pyth se tourne vers eux, il les interpelle tout bas pour ne pas gêner sa mère :

— Vous êtes cons ou quoi ? Pourquoi vous faites ça ?

Les élèves du fond se sont légèrement calmés, mais Maxence reprend de plus belle.

— Ce n'est pas grave... ce n'est pas grave... ! Je vais écrire...

Il prend le feutre se met à écrire en tout petit :

La règle du parallélogramme...

Maxence s'attendait sans doute à ce que cette nouvelle blague fasse fureur, mais son impact est douché par un inquiétant borborygme venu d'au-dessus de leurs têtes.

Tout le monde lève les yeux vers les dalles du faux plafond. Sur les sourires figés plane une ombre d'inquiétude car le bruit de canalisation se poursuit sans qu'on puisse identifier clairement son cheminement.

Soudain... *Clang*.

Un bruit sourd fait sursauter la salle. La moitié des élèves reculent leur chaise, comme par réflexe. La fonte d'une conduite d'évacuation vient de céder près du tableau : un filet conséquent d'eaux usagées se déverse aussitôt et tombe, comme par un fait exprès, sur la personne de Maxence-Daguerre.

— Mais...

Maxence met quelques secondes à réagir tant il est choqué.

— Mais... qu'est-ce que...

Ses lunettes lui retombent sur le nez, pleines d'une matière sombre, plus ou moins liquide.

— C'est dégueulasse !...

Cette fois, tous se lèvent, rassemblent leurs affaires et quittent leur place en une bousculade chaotique. Il faut moins d'une trentaine de secondes pour que l'ensemble des élèves soit regroupé au fond de la pièce, près de la porte.

Les interjections fusent.

— Mais c'est dingue !

— C'est dégueu !

— Qu'est-ce qui s'est passé ?

— C'était de la merde ?

— Beurk...

Maxence s'époussette comme il peut, puis entreprend de traverser le groupe pour rejoindre les toilettes.

Tout le monde évite son contact.

— Hé, attention, s'énerve Lucie Bonneton, qui vient de recevoir des gouttes.

Soudain, la sirène stridente de l'alarme incendie se déclenche.

Diilong diilong diilong diilong diilong diilong diilong diilong...

Partout résonnent des bruits de chaises qu'on déplace. Une enseignante de la classe adjacente rejoint le groupe.

— C'est un exercice ou c'est pour de vrai ?

Diilong diilong diilong...

La voix des élèves monte d'un peu partout, avec une angoisse palpable.

— Ça pue... Qu'est-ce qui pue comme ça ?...

— Gardez votre calme, s'il vous plaît. Gardez votre sang-froid, intervient la mère de Pythagore.

Pyth est le sujet d'une attaque de vibrations de forte puissance. En termes d'intensité, celles de l'alarme sont pires que la sonnerie signalant la fin des cours. Il ressent toute la panique qu'elles véhiculent ; de violentes images de guerre l'assaillent, des images de torture et de mort. Il se souvient d'un siège autour de l'île, d'une masse de bateaux qui se rapprochent. Les oiseaux paniquent à cause de la fumée, ils volent dans toutes les directions à coups d'ailes agressifs. Il a peur de mourir, brûle de l'urgence de survivre. Il entend une voix de femme qui l'appelle : « Cali ! Cali ! » Il sait que cette femme va mourir et que cette femme est sa mère.

— Nous allons suivre le plan d'évacuation, décrète Mme Luchon.

Tous les élèves se mettent en branle vers l'escalier, mais Pyth reste immobile.

Louise, qui devine son trouble, lui attrape le bras.

— Pyth... je suis là.

Il ne répond rien, car la main de son amie vient de lui fouetter le sang.

— Ne me touche pas, lui dit-il.

Il a peur de ce qu'il ressent. Louise ne l'écoute pas, ou ne l'a peut-être pas entendu. Elle l'entraîne vers le couloir où les autres sont hilares.

— C'est dingue, répète Nicolas Frangin. On est vraiment dans la merde ! Enfin, surtout Maxence !

Éclat de rire général.

Pythagore est submergé de pulsions rugissantes. Louise pose une main sur son dos et la chaleur de sa paume enflamme la colonne vertébrale du garçon.

Il interrompt sa progression, se laisse bousculer par les autres. Louise s'approche de son oreille :

— Pyth, viens, il faut vraiment sortir d'ici. Il faut te cacher, tes yeux ont changé de couleur...

Mais Pyth ne bouge pas. Il reste planté au milieu des marches.

Vivre, vivre plus fort, désirer, tuer, mourir.

Les bruits qui leur parviennent de la cour sont pleins de confusion.

— Qu'est-ce qui se passe ?

— Il y a le feu ?

— C'est un entraînement ?

La voix rocailleuse de M. Markarian résonne dans la cage d'escalier.

— Calmez-vous ! Il n'y a pas d'incendie ! Calmez-vous !

— Restez dans la cour ! intervient Lionel Gérôme, muni d'un porte-voix. Nous avons un problème d'évacuation mais tout va bien. Nous ne savons pas pourquoi l'alarme s'est déclenchée. Restez à proximité de vos professeurs, nous allons éclaircir la situation.

Mais l'alarme ne semble pas vouloir s'arrêter. Elle bat dans le cœur de Pyth, dans ses tripes.

Quel est son nom ? Pythagore ? Caliacan ?

Quel est le nom de cette fille aux yeux profonds ?

Il s'imagine plonger la main dans ses cheveux, attraper sa nuque, la plaquer contre le mur, l'embrasser et plus encore.

Dans le fond de sa tête, quelque part, quelqu'un chuchote : « Arrête, c'est Louise. » Pyth l'entend et, malgré les vibrations, la peur et le désir, il s'accroche à son identité.

Les images butent contre son front, les oiseaux butent contre le bois de la cage ; ils ont peur de mourir.

Dilong dilong dilong dilong...

Alors Pyth se met à frapper, lui aussi. Il frappe le mur du poing droit, puis du poing gauche Il cogne son front pour s'empêcher de penser, pour s'empêcher de désirer, de souffrir.

Louise hurle :

— Pyth arrête !

Mais il cogne encore.

— Pyth ! Ton sang !...

Dilong dilong dilong dilong...

— Ton sang a changé de couleur !

Elle passe ses bras autour du torse de Pyth, puis lui attrape les mains. Celles-ci sont couvertes de traces lumineuses, ultraviolettes.

La vue du sang éclatant le bouleverse. Il s'interrompt, hagard, et découvre des traînées de la même couleur sur le mur.

Il réalise que l'intérieur de son corps le brûle, que le réseau de ses veines est en feu. Il regarde Louise, son visage, ses lèvres entrouvertes ; une vague de désir le submerge, il n'a plus d'autre choix que de faire volte-face. Il abandonne son amie, monte les marches en courant, fonce à travers les groupes et traverse la cour pour se réfugier, comme quand il était petit, dans le placard à balais, sous l'escalier des CP.

∞

Pyth reprend sa respiration dans l'intimité des seaux et des balais à frange. Par l'interstice entre la porte et le mur, il garde un œil sur la cour. Les élèves des autres bâtiments sont descendus, rassemblés par classe. Beaucoup d'entre eux filment la scène avec leur téléphone. Double T et José maintiennent ferme le jet à forte pression à l'intérieur des canalisations jusqu'à ce que soudain – *bang!* –, au milieu de la foule, de l'eau se mette à jaillir comme celle d'un geyser.

Tous reculent en un mouvement qui paraît chorégraphié, tandis qu'au milieu du jet vif et brillant, éclaboussant les alentours, surgit un objet métallique qui arrache à l'assemblée un cri d'admiration: «oooOoooh!» Un objet métallique que, même souillé par les eaux sales, Pyth n'a aucun mal à reconnaître: c'est le filin d'asphalt qui resplendit de mille feux.

José et Double T se précipitent pour le sécuriser. Tous deux portent des gants mais ils sursautent et tombent à terre. Douchés, ils mettent quelques instants à récupérer, puis chacun se redresse et José lance d'une voix solennelle:

— Ne vous approchez pas! Que personne ne s'approche! Il y a de l'électricité là-dedans.

Une seconde plus tard, toutes les lumières du bâtiment de la vieille tour s'éteignent – ancienne infirmerie, salle d'informatique, Vie scolaire... Même l'alarme cesse de fonctionner et, dans une gerbe d'étincelles aussi fugace que spectaculaire, le filin d'asphalt retombe au sol, inerte, tel un vieux tuyau usagé.

13
Heerbaüg

La sirène s'est arrêtée depuis cinq minutes. Le pic de panique est retombé mais Pyth a l'impression d'être à l'intérieur d'une combinaison sensorielle. Le bruit de sa respiration lui parvient amplifié.

Double T et son collègue ont eu toutes les peines du monde à installer un tampon pour stopper le geyser ; ils sont en train de délimiter un périmètre de sécurité qui englobe la partie arrière de la Vie scolaire, où se trouvent les toilettes, la salle d'informatique et la vieille infirmerie. Lionel Gérôme et d'autres membres de l'équipe pédagogique lancent des consignes à la ronde : « Rentrez en cours... Il n'y a plus rien à voir. Les élèves de Mme Luchon sont invités à regagner la permanence... »

Les employés de la Vie scolaire et tous ceux qui travaillaient dans la salle des professeurs ont quitté les lieux car il n'y a plus d'électricité. Pyth entend râler une prof de philo de terminale.

— J'avais rédigé mon corrigé sur l'ordinateur et le courant a sauté avant la sauvegarde ; il ne me reste plus qu'à tout recommencer !

— C'est parce qu'il y a plus de budget..., commente un jeune enseignant aux lunettes fines et au crâne chauve. Ils ne renouvellent plus les installations... Voilà ce que ça donne, ça va leur coûter bonbon.

Certains élèves sont retournés en cours ; d'autres téléphonent à leurs parents. Il règne au lycée un petit air d'anarchie.

— On peut traîner l'établissement en justice pour un truc pareil ! crie Maxence à quelqu'un que Pyth ne voit pas. Ça promet, pour le référendum !

José fait les cent pas en s'époumonant au téléphone :

— Le gars du ménage dit qu'il a trouvé le câble dans sa réserve à jardinage et que le bazar a remonté tout seul les canalisations... Et mon cul c'est du poulet ? J'aimerais bien savoir ce qu'il met dans son café !

M. Markarian s'approche du petit groupe.

— Je viens d'avoir l'équipe d'intervention de haute sécurité ; ils seront là demain matin à la première heure. Nous allons être obligés d'ouvrir les pavés.

∞

La porte du réduit s'ouvre sur la silhouette de Louise. Elle s'accroupit à côté de Pyth, attrape sa main gauche, passe de l'essuie-main préalablement humidifié sur ses blessures.

— Je suis désolée, c'est un peu rêche... C'est tout ce que j'ai trouvé.

Pyth sourit, se laisse faire.

— Je ne pensais pas que c'était aussi... aussi extrême, reprend Louise.

Elle regarde les traces de sang ultraviolet sur l'essuie-main.

— Ça fait mal ?

— Je sais pas, un peu, ça chauffe... J'ai l'impression que mon sang est trop chaud pour mes veines.

Ils restent assis en silence. Le fait que Louise ait assisté à sa lutte intérieure les a rapprochés.

Elle inspecte les blessures sur son front et sur ses poings.

— Ton sang est redevenu normal, il est rouge maintenant.

Il acquiesce, observe l'inquiétude sur le visage de son amie et mesure à quel point ses traits ont gagné en maturité depuis quelque temps.

Soudain, la porte s'ouvre sur Périclès, qui s'apprête à ranger son chariot. Surpris, il marque une pause, hoquette.

— Bah alors, qu'est-ce que vous faites là, tous les deux ?

La lumière du jour éclaire l'essuie-main taché d'ultraviolet. Périclès le découvre et semble effaré.

— Oh ! Avec tous les problèmes que ton père a en ce moment, tu crois que c'est bien la peine de lui rajouter celui-là ?

— Comment ça ? demande Louise, surprise.

Périclès arrache le mouchoir des mains de Pythagore.

— C'est votre corps que vous faites souffrir ! Ton père croyait avoir trouvé votre réserve, 'de Dieu, il va pas être content... Je vais être obligé de lui dire que vous en avez racheté.

Louise se lève.

— Mais de quoi vous parlez ?

— C'est du poison, ça, dit-il en agitant l'essuie-main.

Pyth est troublé.

— Ton père gagne dur sa vie... Combien ça coûte, ces cochonneries ? Et quand on voit comment les plantes ont poussé derrière chez vous, à l'endroit où il a tout balancé, on voit bien à quel point c'est chimique ! Ils vous vendent ça pour faire planer... mais c'est de l'engrais qu'ils vous font bouffer !

— De l'engrais ? répète Pyth, de plus en plus perplexe.

Périclès agite le mouchoir.

— C'est même peut-être radioactif !

Soudain, Louise comprend de quoi parle l'homme de ménage. Les fioles de sang ultraviolet !

— C'est mon père qui a trouvé les fioles ? interroge-t-elle.

— Et avec ça, il paraît qu'elles étaient bien cachées en plus... Tu aurais été ma fille, 'de Dieu, que tu aurais passé un sale quart d'heure.

— Et il les a jetées !

— Ah que oui...

— Mais, c'est pas de la drogue ! s'écrie Louise. C'est... c'est... pour le cours de physique.

— Oui, renchérit Pythagore, qui vient de comprendre à son tour. On fabrique... des huiles essentielles.

Périclès semble pris d'un doute, une fraction de seconde. Il les regarde l'un après l'autre, comme s'il inspectait leurs pupilles au détecteur de mensonges.

— Mmmm... Me racontez pas d'histoires. Ton père m'a dit qu'il avait essayé d'en boire une goutte et que ça l'avait assommé pour la journée.

∞

C'est d'un nouvel œil que Louise et Pythagore observent les plantes qui obstruent le passage de la baie vitrée. Effectivement, ils mesurent à présent que leur pousse est proprement surnaturelle : les branchages sont fournis et présentent de minuscules feuilles vivaces, comme au plus fort du printemps ; l'odeur entêtante qui s'en dégage est chargée de parfums suaves.

— Ça fait au moins un mystère de résolu, remarque Louise en pénétrant dans sa chambre. La personne que Melrik a envoyée pour récupérer les fioles ne risquait pas de les trouver.

Le radio-cassette rapporté par Louise n'a plus de fil de connexion. Tandis qu'elle part fouiller les tiroirs de la cuisine à la recherche de piles compatibles, Pyth inscrit sur une feuille le résumé tout ce qui pourrait les aider à retrouver son père :

> Message envoyé à Attila mercredi soir, la veille de l'interrogatoire.
>
> Objectif des Adjinns : une terre à deux systèmes vibratoires.
>
> Papa ⟶ spécialiste de la physique vibratoire, y a-t-il un rapport ?
>
> Les Adjinns préparent quelque chose de grand.
>
> RDV à 3 h 15 / 9 h 15 heure locale.
>
> Attila doit couper le courant.

Louise revient avec des piles adéquates et les installe dans le radio-cassette. Elle y glisse l'enregistrement trouvé dans la voiture de Double T et pose son doigt sur le bouton « play ».

— Prêt ?

Pyth acquiesce et la jeune fille enclenche la cassette.

Les frissons s'emparent de Pythagore avant même que le morceau ne commence. Le silence sur la bande a quelque chose de flottant, d'atmosphérique. Puis survient le déploiement de l'onde sonore magnétique, pleine et puissante – rien à voir avec la gentille caresse de la musique sur son lecteur mp3. La part adjinn de Pythagore se réveille avec lenteur mais force. Il ne sent pas la pression d'un danger comme lorsque sonnait l'alarme, il ne subit pas non plus de raptus identitaire ; au contraire, la personnalité de Cali nourrit son âme sans la dénaturer.

Les arrangements musicaux rappellent les années 1980 une époque où ses parents étaient jeunes. Le chanteur s'exprime en anglais pour se plaindre du fait qu'il vit « tout seul, vraiment tout seul », mais Pyth n'écoute pas les paroles. Il ne prête attention qu'aux souvenirs de cet autre garçon, Caliacan, né au Gaoyan Sud, sur l'île de Maÿros, là où le mythe l'emporte sur l'histoire et la géographie.

La langue gaoyan de Maÿros est rebondie et douce. C'est un idiome charmeur qui offre parfois des inflexions très brutales. Caliacan lui-même peut être à la fois charmeur et très brutal. C'est comme ça que la vie l'a élevé. Un jour, Cali a oublié les protections de bras sur lesquelles les rapacs se posent pendant l'entraînement. Son oiseau a serré trop fort et la griffure de ses serres a révélé la couleur de son sang ultraviolet. Un des plus vieux s'en est aperçu et l'a traité de dégénéré, de maudit ; plus personne ne voulait s'entraîner avec lui. Dans la nuit, des anciens sont venus lui prélever du sang sans ménagement. Puis d'autres hommes ont fait leur apparition, des étrangers qui ne venaient pas du continent gaoyan et qui portaient un tatouage en forme d'araignée. Ils ont tué sa mère, « en représailles », ont-ils dit à Cali, sans préciser de quoi. Cali avait douze ans. Les hommes voulaient le tatouer avec une poudre noire mais il a fui à dos de rapac, voyagé d'île en île. Mercenaire, il s'est offert au plus offrant et, avant ses quinze ans, il avait déjà participé à quinze guerres.

C'est tout cela qui infuse en Pythagore, ça et d'autres images. Pyth apprend comment Cali a traité les femmes du port, pour faire comme les autres mercenaires, comment, à chaque nouvelle mission, il cherchait à frapper le premier pour prouver aux autres qu'il était un membre du groupe à part entière. Pyth sent la joie qu'il a eue à trouver enfin un clan composé d'autres Adjinns, un bateau fabuleux où il a été enfin chez lui, toujours en mouvement.

∞

Pyth rouvre les yeux. La langue gaoyan chante en lui, il est prêt à lire le carnet d'alchimie. Attentif à ne pas se laisser happer par les effluves de l'encre ultraviolette, il se lance dans le déchiffrement du premier feuillet.

Il s'agit d'une lettre écrite le 11 juillet 1435 à l'attention d'Aÿskor, chef de la communauté adjinn de l'île Kandji au Gaoyan. Pyth en lit l'intégralité à voix haute :

> Ce que veulent les Adjinns, cher Aÿskor, c'est un apaisement de la brûlure originelle de nos sens, qu'importe le prix, qu'importent les crimes. Je l'ai vu dans mon périple à la recherche des anciens territoires adjinns.
>
> Toutefois, le meurtre des nôtres n'est pas efficace. Quelque grande que soit l'ouverture de la trame produite par la mort des Adjinns, le cimetière géographique ainsi produit finit toujours par être englouti, laissant en guise

de souvenir la douce trace de végétaux peptiniques dont profitent les autres peuplades.

Que ce soit dans la crique de l'ancien Eiden illuminée par la mousse phosphorescente, dans les courants et sous-courants qui recouvrent l'ancien Atlantis, à Pompei, à Olympus, ou même à Beyrmud, je n'ai rien trouvé qui puisse nous servir.

La seule ancienne terre adjinn qui m'ait porté secours est celle d'Heerbaüg, et voici pourquoi. Par une opération géographique inexpliquée, à l'aplomb de l'ancienne cité enfouie, un peu au large du vieux port d'Eman, dans la profondeur des eaux, la trouée de la trame est restée ouverte. Des végétaux luminescents sont apparus de l'autre côté, sous forme de plancton, et c'est en suivant leur trace que j'ai émergé au milieu d'un lac et découvert cet autre monde dont parlent nos pères. Un monde où les astres sont minuscules, la terre inerte et le sang rouge.

J'ai testé ce sang nouveau sous forme de breuvage et par voie de piqûre ; grâce à ses propriétés vivifiantes, je me suis trouvé purifié d'anthracite et j'ai renforcé ma constitution. J'ai trouvé un acolyte, seigneur de l'autre monde, qui m'a donné hébergement et tous moyens dont j'avais nécessité. Ensemble nous avons plongé dans le Pandelirium des Territoires Denses sublittoraux et fabriqué ce que j'appellerai le grand œuvre : le sang universel.

Si l'on mélange le sang des Dormeurs au sang rouge de l'autre monde, il se stabilise et prend la teinte ultraviolette du nôtre. Toutefois, le sang universel est encore plus puissant que le sang des Adjinns, car il est nourri par les fréquences basses des rêves des Dormeurs.

Seuls les Adjinns peuvent supporter la constitution du sang universel. Les hommes dépourvus de notre nature

> métissée finissent assommés par la puissance du breuvage – et fous ! J'en veux pour preuve ce qui est advenu à mon acolyte, dont le caractère a été bouleversé après qu'il s'est abreuvé à foison d'une part de sang de Dormeur, d'autre part de sang universel. Aujourd'hui, il a perdu la raison et se délecte des entrailles de ses semblables.
>
> En ce jour, je connais l'apaisement des sens et les crimes que j'ai commis n'ont pas nui à notre peuple. Ils ont été perpétrés sur les Dormeurs et des hommes de l'autre monde.
>
> Je suis prêt à traiter avec ceux des Adjinns qui se soumettront à mon autorité et...

Pythagore interrompt sa lecture. La lettre comporte deux autres feuillets, mais ceux-ci sont collés l'un à l'autre. Comme il essaie de les désolidariser, le papier se déchire. Pyth décide de ne pas aller plus avant dans sa lecture pour éviter d'abîmer l'objet dont ils sont les dépositaires.

Louise éteint le radio-cassette. Les vibrations adjinns qui s'étaient développées en Pythagore desserrent lentement leur étreinte.

— Heerbaüg, lâche-t-il d'un air songeur.

Louise pense à la même chose que lui. Toute personne habitant la région connaît depuis sa plus tendre enfance le mythe de la cité enfouie sous le lac d'Herbauges.

On dit que ce sont les reflets des vestiges de la cité dorée qui ont attiré les douze pêcheurs au fond de l'eau lors de la mémorable tempête ; on dit qu'à l'heure où le soleil se couche, les cloches de l'ancienne église résonnent aux oreilles des enfants qui n'ont pas été sages. On dit même que les fondations du château d'Herbauges pour lequel se battent les habitants de Loiret-en-Retz ont été construites avec des pierres appartenant à une ancienne forteresse.

— Herbauges est un ancien territoire adjinn..., répète Louise.

— Oui, et si j'en crois ce qu'a dit Attila, ça signifie que des dizaines d'Adjinns y ont été tués pour que la trame reste grande ouverte. La cité d'Herbauges a donc été un bout de terre à cheval sur les deux mondes.

— La cité aurait sombré dans les eaux... mais la trame serait restée ouverte...

Pyth acquiesce en relisant le texte.

— C'est peut-être par là que les pêcheurs ont disparu ?

— Peut-être...

Tous deux restent silencieux le temps que se reconfigure l'imaginaire de leur enfance. C'est comme s'ils découvraient la présence de nouvelles strates d'histoire sous leurs pieds, des strates qui auraient toujours été là, aussi discrètes que sublimes, insoucieuses d'être ou non regardées.

Les objets de la pièce, le lit, le bureau, le sol, l'ordinateur portable, l'application GPS de compétition que Louise a achetée sur son téléphone pour géolocaliser au mieux les coordonnées fournies par Attila, tout cela peut-il coexister ?

À ce moment, une étrange sonnerie s'élève de l'ordinateur portable de Pythagore.

Dring, dring...

On dirait un son de téléphone à l'ancienne. En rythme avec la sonnerie, des dessins de petits chats noirs s'affichent sur l'écran en formant des lignes.

— Qu'est-ce que c'est ? s'inquiète Louise.

Dring, dring...

Les lignes remplissent l'écran à toute allure.

Dring, dring...

Louise et Pythagore sont perplexes. Jamais ils n'ont vu un ordinateur se comporter de la sorte.

— Tu crois que c'est un virus ? demande Pyth.

— J'espère pas ! Je vais déconnecter la box.

Tandis que Louise rampe sous le bureau pour atteindre les fils, une ligne toute simple apparaît au bas de l'écran :

Black'chat – incom yes (Y) / no (N) ?

Pyth prend le temps de la déchiffrer. Il la relit deux fois. Black'chat.

— Louise, attends ! Attends ! Ne débranche pas...

— Aïe ! gémit-elle en se cognant la tête contre le bureau. Quoi ?

Dring, dring...

— Attends ! Je crois que je sais ce que c'est.

— C'est quoi ?

Dring, dring...

— Black'chat, c'est le nom de la messagerie dont Attila m'a parlé. L'Adjinn de la rue des Vinaigriers. Elle doit essayer d'entrer en contact avec moi.

Louise revient à son côté et regarde l'écran.

— T'es sûr ?

— Oui. Sûr.

— Alors réponds.

Pyth appuie sur le Y de *yes* et, aussitôt, les lignes de petits chats noirs s'étiolent. La page affichée est toute noire avec juste une ligne qui s'inscrit lettre par lettre, en bas à droite.

J'ai reçu une nouvelle dépêche.

Les caractères s'effacent tous seuls au bout de quelques secondes.

Photo accept (Y) / (N)

De nouveau, Pyth appuie sur le Y. La photo montre un bout de papier blanc sur lequel ont été dessinés deux cercles entrecroisés et une flèche qui les traverse, orientée vers le mot « dispensaire », comme précédemment. Pyth se souvient qu'il s'agit du symbole des secrets constitutionnels. Juste en dessous ont été ajoutées quelques lettres fragiles :

LUCHON

— Dispensaire, Luchon, lit Louise à voix haute. Qu'est-ce que ça veut dire ?...

Pyth fixe la photo sur l'écran, comme si elle pouvait fournir d'autres informations que celles déjà présentes, mais très vite le document s'évapore. Une dernière phrase s'affiche sur fond noir :

Le RDV est dans une heure.

La page noire disparaît. Le cœur de Pyth bat avec force.

— C'était quoi ? demande encore Louise.

— Le symbole des deux cercles, c'est un code Garde-Fou pour convoquer une réunion d'urgence, quand on porte atteinte à un secret constitutionnel... Ils ont rendez-vous dans une heure, au dispensaire d'Eman... Mais pourquoi ils ont mis le nom de mon père ?... Peut-être qu'ils ont retrouvé sa trace ? Peut-être qu'ils estiment que mon père menace un secret constitutionnel ?

Louise ne se risque pas à répondre.

— Il faut qu'on essaie d'aller de l'autre côté, résume Pyth.

— Oui, ok, approuve-t-elle, mais comment ?

— Je ne sais pas ; il faut qu'on trouve. C'est mon seul début de piste. Je ne peux pas le laisser s'envoler.

Il marche de long en large dans la chambre tel un fauve en cage, puis pointe soudain l'index vers le carnet d'alchimie.

— Tu crois que le passage dont il parle, au fond du lac, est encore ouvert ? On pourrait essayer de plonger et de retrouver l'endroit où la trame est trouée ?

Il recommence à faire les cent pas, puis énonce une hypothèse :

— Ça doit être à un endroit où il y a beaucoup de plancton, peut-être dans la crique aux algues, là où le bateau finit toujours sa visite...

Louise dit rien.

— Il y a encore des bus pour la réserve, à cette heure-ci ? s'inquiète Pyth en avisant l'heure affichée sur l'ordinateur. Ah, 19 heures, oui. Le temps d'arriver à la station, il y a juste un changement. Ça pourrait être bon, non ?

Face au silence prolongé de Louise, Pyth comprend à quel point l'exécution de son plan est incertaine et complexe : courir après le bus, faire à pied le trajet entre la station et la réserve, plonger dans l'eau glacée, et après... quoi ? Comment trouver l'emplacement exact de la trouée ? La superficie du lac est de soixante-deux kilomètres carrés à cette époque de l'année.

Louise préfère s'orienter vers une autre idée :

— L'alchimiste a dit que les anciens territoires adjinns sont marqués par la présence de végétaux peptiniques. Puis il a expliqué qu'à Herbauges, des végétaux luminescents étaient apparus sous forme d'algue à cause de l'ouverture de la trame. Tu sais ce que je pense ? Que le plancton luminescent du lac est un végétal peptinique...

Cette fois, le regard de Pythagore s'éclaire. Serait-ce possible ? Après tout le temps qu'il a passé à chercher des peptines, serait-il possible que cette précieuse substance soit étalée, offerte à la vue de tous, dans les eaux du lac à côté duquel il a joué toute son enfance ?

Les paroles de José à propos des algues lui reviennent alors en mémoire : « Y en a même qui les fument pour se faire planer. »

— Oui, tu as sûrement raison, répond-il, sonné. Mais comment faire ? On a une heure pour prendre un bus, aller au lac, trouver une façon de ramasser le plancton, en prélever en quantité suffisante...

— Tu m'as dit que le collègue de Double T faisait infuser les algues du lac dans son désinfectant. Il en a laissé un jerrican à Périclès, tout à l'heure. Je crois même qu'il est entreposé à l'entrée de la Vie scolaire.

∞

Pyth et Louise traversent la cour des Prophètes et commencent par vérifier que le bidon n'a pas été rangé dans le placard à balais, sous l'escalier des CP.

Il n'y est pas.

Ils se rendent ensuite à la Vie scolaire, jettent un œil dans le couloir. Deux professeurs assis près de la machine à café commentent les événements de l'après-midi. Pas de jerrican en vue.

— Tiens, Luchon ! Viens par ici, dit Mme Spitz-Muller. Qu'est-ce que c'est que cette histoire d'huiles essentielles ? J'aime pas trop qu'on raconte des salades sur ce qui se passe pendant mon cours, surtout si ces bobards servent à couvrir des conneries.

Pyth ne cherche pas à nier. Il demeure silencieux, tête baissée. Avec Mme Spitz-Muller, se taire est toujours la meilleure option.

— C'est quoi cette histoire de drogue violette qui fait planer la tête et pousser les plantes ? Je peux te dire qu'avec mon cancer qui traîne depuis des mois, j'en aurais bien plus besoin que deux petits morveux en parfaite santé qui se l'abîment rien que pour le plaisir de dire « merde ».

Pyth et Louise n'ont rien à répliquer.

— Allez, je vous laisse réfléchir au bon usage de votre argent de poche. On s'en reparle la semaine prochaine.

∞

De retour dans la cour, Louise entraîne Pyth vers l'entrée de la vieille tour.

— Peut-être qu'il a laissé le désinfectant dans la salle informatique ? suggère-t-elle. Les toilettes sont bouchées là-bas aussi.

Pyth acquiesce et tous deux profitent du fait que la cour est déserte pour se faufiler entre les plots de sécurité.

L'ambiance est étrange en l'absence de toute électricité. La salle a été abandonnée en plein milieu du cours. Ils ont l'impression de pénétrer dans un mausolée ou un décor de cinéma. Ils inspectent les recoins avec la lampe torche du téléphone de Louise. Toujours pas de bidon.

Toutefois, leur curiosité est interpellée par un bruit étrange. Le bruit que ferait une imprimante. Aucune machine n'est branchée à cause de la panne d'électricité : comment une imprimante pourrait-elle être en train de fonctionner ?

Louise éclaire leur cheminement entre les tables et découvre que la source du bruit est bien la grosse imprimante accolée au local technique. Un monceau de pages blanches se trouvent éparpillées tout autour. Louise en ramasse une au hasard, couverte de mots et de signes aléatoires.

êtà-@jf-dépêche-jg %n°898 ;
mù ::ùp – Méridiens@@ ù^Fuyants -
Sortie 980°976 snigg* %/+MD mkdng$$)
gsfg$z$£` 'peùtô Vitesse m %f,
2344 encablure rgke,a @@,napn
fffkn@npn#NLkknknfmf
poqjf,mafnalzf,m ;q :nldj

Comme les autres pages présentent le même genre de signes sans cohérence, Louise s'apprête à les abandonner lorsque, soudain, son regard accroche un mot. Puis un autre. Puis plusieurs autres : dépêche, méridiens, fuyants, sortie, vitesse, encablure.

Chacun des termes semble faire référence à quelque chose concernant le monde superposé.

— Pyth ! Viens voir, chuchote-t-elle.

Ce dernier ne réagit pas tout de suite car il est attiré par un phénomène plus captivant encore : une sorte de flocon lumineux s'élève lentement depuis la porte du local technique et flotte dans l'air en remontant vers le plafond.

— Pyth, insiste Louise. Viens voir ! On dirait que l'imprimante édite des informations de l'autre monde.

— Quoi ? dit-il sans lâcher le flocon des yeux.

Son amie lui glisse une feuille sous les yeux et l'éclaire avec son téléphone mais, au lieu de se concentrer sur le document, le regard de Pyth se laisse séduire par l'apparition d'un deuxième point de lumière ; puis d'un troisième, un peu plus haut. Leur lente ascension, leurs circonvolutions et leur luminosité lui rappellent la présence cotonneuse des flocons qui avaient envahi le local technique d'Ajax avant qu'il ne perce la trame.

— Louise, chuchote-t-il à son tour. Tu vois ce que je vois ?

Elle acquiesce.

— Je crois qu'il se passe quelque chose.

Pyth ouvre à la volée la porte du local et tous deux sont saisis par ce qu'ils y découvrent. L'espace du petit réduit est envahi de flocons qui flottent en apesanteur tandis que, jaillissant de terre, une forêt de câbles semble avoir arraché du mur l'immense tableau électrique. Tous les fils se présentent hérissés et emmêlés à de minuscules filins cuivrés.

Ils demeurent immobiles le temps de concevoir ce qu'ils ont sous les yeux, puis s'accroupissent près de l'embrouillamini de fils. Ils mettent un certain temps à comprendre que ce sont les tentacules du filin d'asphalt qui, s'étant désolidarisés les uns des autres, ont choisi de s'acoquiner avec des fils électriques.

— C'est dingue..., murmure Louise Le filin d'asphalt s'est répandu partout autour des câbles.

— Pas étonnant que Double T n'ait pas réussi à l'arracher de la canalisation, ajoute Pythagore.

Émerveillée, Louise tente une hypothèse :

— Le filin d'asphalt est fait pour puiser de l'énergie dans la terre. Quand Périclès l'a enfoncé dans les canalisations, il a dû chercher l'énergie là où il pouvait, c'est-à-dire au contact de l'électricité. Tu ne crois pas ?

Du bout des doigts, elle touche un des fils cuivrés qui dépasse.

— Arrête ! Tu vas t'électrocuter.

Mais Louise ne s'électrocute pas et continue de trifouiller dans les fils, ce qui a pour effet de faire proliférer les flocons.

Les deux amis assistent, ébahis, à l'épaississement de la matière duveteuse, comme sur le comptoir, avant que la trame ne se troue. Abandonnant sa réserve sécuritaire, Pyth s'y met aussi : il plonge les doigts au milieu des fils et amplifie encore la tempête de neige. L'air se charge de brouillard jusqu'à ce que, soudain, un point de lumière les éclaire crûment – comme si quelqu'un avait allumé une lampe par-derrière.

— Qu'est-ce que c'est ?

— Je ne sais pas, répond Louise d'une voix pleine d'excitation. On dirait que la trame va se trouer, non ? Le filin d'asphalt a peut-être créé... un court-circuit entre les mondes !

Un court-circuit entre les mondes ? Est-ce possible ?

Louise et Pythagore se rapprochent de la source de lumière et assistent, bouche bée, à la formation d'un petit trou.

— Louise !

Son amie est aussi subjuguée que Pyth. Le trou grandit à mesure qu'ils triturent les fils.

Que faire ? Continuer jusqu'à créer un passage ?

Quelles en seraient les conséquences ? Et comment le refermer ensuite ? Comment réagiraient les Garde-Fous s'ils découvraient qu'une trouée était apparue au beau milieu d'un bâtiment public par leur faute ?

Louise, qui a moins d'états d'âme, se redresse, pose carrément les mains sur le tableau électrique et empoigne d'un geste tous les départs de câbles.

La trouée prend la taille d'un ballon de football, puis d'une fenêtre.

Par l'interstice, ils décèlent quelque chose de touffu, d'obscur – du pelage, peut-être ? Ils perçoivent une odeur de cabane, de bois, de terre, de cuir et de fourrure.

Louise remue encore les fils et, en quelques minutes, la trouée s'agrandit jusqu'à présenter les dimensions d'une petite porte.

14

La boussole biométrique

Pythagore passe la main à travers la frontière et se délecte de sentir sous ses doigts l'épaisse fourrure des manteaux de géographe. Ils doivent se trouver face à une armoire ou un vestiaire.

— On y va ? l'interroge Louise.

Pendant une seconde, Pyth a l'impression qu'ils sont retournés au début de leur amitié, quand ils avaient huit ans et s'amusaient à essayer leurs doubles de clés dans les serrures du lycée.

— Évidemment, dit-il en plongeant tout entier dans le doux pelage des manteaux de bucq.

∞

Pyth est obligé de rester accroupi car il se cogne contre des cintres. Rampant à quatre pattes, il enfonce ses doigts dans une terre grasse et épaisse. Lorsqu'il émerge enfin des manteaux, il découvre un long vestiaire, équipé de plusieurs niveaux de tringles.

Louise le suit de près mais sa progression est ralentie du fait qu'elle traîne un gros câble sectionné.

— Qu'est-ce que tu fabriques avec ça ?

— C'est la fibre Internet. Regarde comme les capillaires du métal vif ont réagi, dit-elle en présentant l'embout évasé. Ils ont frisé ensemble !

En effet, Pyth remarque que le filin d'asphalt a formé de minuscules spirales autour des fils du câble Internet.

— C'est peut-être pour ça que l'imprimante était connectée aux dépêches ?

D'un geste décidé, elle plante dans la terre l'embout sectionné de la fibre, exactement comme s'il s'agissait d'un filin de géographe. Celui-ci ne s'enfonce pas correctement mais, faisant preuve d'une certaine sensibilité à l'énergie terraphile, il se met à ondoyer.

— Tu vois ! La fibre réagit à la terre de ce monde !

Le mouvement ondulatoire traverse la frontière, puis, d'un coup, le câble Internet se cabre brutalement et commence à noircir. Aussitôt, les flocons s'obscurcissent et, au lieu de s'envoler vers le ciel, semblent soudain lestés d'un poids. Une odeur d'anthracite envahit l'espace ; quelques secondes plus tard, la trouée se referme dans un bruit de papier froissé – le même que celui qu'ils ont entendu sur le comptoir.

Le câble de la fibre n'est plus qu'un petit tas de cendres éparpillées.

— Mais... ? Qu'est-ce qui s'est passé ? s'écrie Louise.

Elle rebrousse chemin dans la profondeur des manteaux.

— On ne voit plus rien, la trouée s'est refermée !

P.yth est très intrigué lui aussi, mais il pense à l'heure qui tourne.

— Louise, on étudiera tout ça plus tard, on n'a pas beaucoup de temps.

À contrecœur, elle abandonne son poste.

— Au moins, la trame est réparée ! soupire-t-elle.

∞

Après avoir choisi un manteau à leur taille pour mieux se fondre dans le décor, Pyth et Louise sortent du vestiaire et tombent sur un large terrain rectangulaire au-dessus duquel, éclatante et fournie, se déploie la nuit de l'autre monde – les étoiles en grappes de raisin, le soleil de nuit qui commence son ascension, le soleil de jour qui n'a pas totalement disparu à l'horizon, la tiédeur exotique d'Eman, le parfum de l'air chargé d'embruns et d'effluves d'arbres fruitiers.

L'étendue de terre molle qui s'étend devant eux est parsemée de buttes au milieu desquelles des enfants de dix à douze ans courent en manipulant de tout petits câbles. Ils s'activent et obéissent aux directives données par un adulte qui se tient à l'autre bout du terrain.

— Plantez... Déplantez... Rampez !

— C'est un entraînement pour petits géographes, commente Pythagore avec une certaine tendresse.

Fascinés d'être ainsi projetés au cœur de l'activité quotidienne d'Eman alors qu'ils étaient encore dans la chambre de Louise il y a moins d'une heure, ils demeurent tous deux immobiles et admiratifs.

Soudain, ils sursautent ; l'entraîneur vient de pointer l'index dans leur direction.

— Elinan ! La cordelette ! Glisse-la sous les lanières avant de plonger à terre... À quoi ça sert de porter le manteau si tu n'utilises pas les lanières ?

D'autres terrains d'entraînement sont accolés à celui-ci. Pyth aperçoit des tremplins, des échelles, des cordes qui lui rappellent le matériel pour l'échauffement à la perche. Des adolescents s'y activent, en solitaire ou par petits groupes. Pythagore se prend à imaginer quelle sorte de vie ils auraient eue de ce côté du monde, quelle sorte d'amis... Que font tous ces jeunes, après l'entraînement ? Vont-ils boire des verres d'alcool de bourgeon d'Abysse ? Essaient-ils d'échapper à la surveillance des adultes ? Quelles sont leurs préoccupations ?

Ils parviennent à une rue animée dont les trois niveaux de trottoirs laissent largement prospérer échoppes, gargotes, bouis-bouis, terrasses, cabanes. Assis, debout ou à cheval sur les marches, les étudiants tiennent salon au milieu des lucioles. Pyth aime l'architecture d'Eman, le mélange de métal des pylônes et de pierres colossales. Il se plaît à retrouver les odeurs de la ville, légèrement bousculées par la brise venue du vieux port.

Ils remontent la rue, juste pour le plaisir de glaner des bribes de conversation, mais ils n'ont aucune idée de l'endroit où ils se trouvent. Ils n'ont pas assez pratiqué la ville pour en reconnaître les rues. Un vendeur de journaux passe, qui agite ses feuilles en criant :

— Les méridiens fuyants sont de sortie ! Demandez les tracés !

Aurelian avait déjà parlé à Pyth de méridiens fuyants. De quoi peut-il bien s'agir ? Une seconde, il songe à acheter le journal, mais il se souvient qu'il n'a pas d'argent galécien.

À un croisement, Pyth s'arrête, cherchant une personne à qui demander son chemin. Il aperçoit deux filles en chemise souple qui discutent, adossées à un mur. Elles semblent détendues, faciles d'abord.

— Demande-leur où est le dispensaire, glisse-t-il à Louise.

Celle-ci sourit.

— Tu as peur de parler aux filles, maintenant ?

Les Galéciennes lui indiquent une rue – la troisième à gauche.

— Après il faut aller tout droit et vous tombez sur la place de l'Orangeraie.

∞

La petite forêt semble illuminée par des milliers de lampions azur. Une telle profusion d'oranges bleues après en avoir si cruellement manqué leur fait tourner la tête.

Par rapport aux rues d'Eman, l'ambiance de l'orangeraie est plus calme, plus respectueuse, presque studieuse. Assis contre les troncs, la plupart des étudiants sont plongés dans un livre. Les discussions ont lieu à voix basse.

De l'autre côté de la place se découpent plusieurs bâtiments. Louise montre du doigt l'un d'entre eux.

— C'est la Société de géographie... et je crois que le dispensaire est à côté, non ?

Pyth fouille dans ses souvenirs : il est déjà entré au dispensaire mais par une porte dérobée. C'était l'époque où les allées et venues étaient surveillées à cause de l'enquête sur les meurtres de Dormeuses.

En traversant la plantation, Pyth remarque un panneau posté en plusieurs endroits présentant le sigle d'une orange bleue barrée de rouge.

> Cette orangeraie pluricentenaire est le joyau des terres de la Société de géographie. Ces oranges servent au concentré de peptine qui aide nos géographes lors de leurs missions sous des latitudes moins clémentes. Honorons leur travail et laissons les oranges s'épanouir naturellement.

— Tu crois que ça veut dire qu'on n'a pas le droit d'en prendre ? dit-il.

— Je sais pas...

— Cache-moi, je vais en cueillir une quand même. On ne sait jamais, on peut en avoir besoin.

Louise ramasse un journal qui traîne là. Il est daté du jour et titre « La Galécie a pris la tête de la Ligue ». Déployant les feuilles au maximum, elle en profite pour survoler les premières lignes de l'article central.

> Pourquoi le radar sublittoral a-t-il implosé ?
>
> Trois hypothèses, selon l'ingénieur Phillis Magellan.
>
> D'abord, la pression des fréquences basses : il convient de savoir sous quelles températures les câbles architectes ont été modelés...

— C'est bon, annonce Pythagore, j'en ai trois.

∞

Immense à tous points de vue, le patio du dispensaire permet d'admirer l'élévation spectaculaire de sept étages en pierre de taille d'allure ancestrale à laquelle le temps et les époques ont ajouté des matériaux plus modernes – passerelles filantes, pylônes terraphiles, poulies et câbles pour les cabines d'ascenseurs, etc. Des hommes et des femmes en blouse y circulent, l'air concentré.

— Comment on va trouver le lieu de la réunion ? s'inquiète Louise.

Rassemblant les maigres informations qu'il possède sur l'organisation secrète, Pythagore se souvient d'un détail que lui avait glissé Attila. « Les Gardes-Fous n'ont pas de quartier général, avait-elle dit, ils préfèrent avoir des antennes infiltrées dans chaque institution. Puis ils sont visibles, moins on les soupçonne. »

Méditant cette information, Pyth s'approche d'une stèle apposée à l'entrée, qui indique la répartition des étages :

Niveau 7 : Solarium médicinal, serre peptinique

Niveau 6 : Fracture climatique, chirurgie microbiotique

Niveau 5 : Trypophobie, agoraphobie, arachnophobie, géophobie, peur vibratoire en tout genre

Niveau 4 : Chambres 100 à 149

Niveau 3 : Chambres 50 à 99

Niveau 2 : Chambres 1 à 49

Niveau 1 : Accueil des étudiants – Dépôt de candidatures

→ Vous êtes ici – Rez-de-jardin : Accueil et prise en charge des patients

Niveau –1 : Maladies vibratoires, transitoires, fréquentielles

Niveau –2 : Salle du vieux bassin, analyse sanguine, biologie des climats

En lisant la désignation des sous-sols, Pyth se souvient du matin où il les avait arpentés en compagnie de Foresta.

C'était il y a moins d'un mois mais l'épisode lui paraît vieux de plusieurs années.

Louise le tire de ses pensées :

— Regarde, au niveau 5, arachnophobie, c'est la peur des araignées ! Tu crois que ça pourrait avoir un rapport avec leur tatouages ?

Pyth considère l'hypothèse, mais ne semble pas convaincu.

— Attila m'a dit que les Garde-Fous aiment s'infiltrer dans les structures sans avoir l'air de se cacher. Elle m'a dit : « Plus ils sont visibles, moins on les soupçonne. »

Louise parcourt des yeux l'intitulé des services.

— Alors dans ce cas, ils sont peut-être juste ici, à l'accueil.

Soudain, Pyth se fige car il vient de voir passer quelqu'un qu'il croit reconnaître. Un homme aux longs cheveux noirs, possiblement gominés, le sourcil fourni, la posture fière. Il est sûr de l'avoir aperçu quelque part, peut-être même dans un environnement familier. La maison ? Non. Le stade ? Non. Le lycée ?

Soudain, Pyth se rappelle ! C'est bien au lycée qu'il a vu cet homme – dans la salle d'attente de la Vie scolaire, pour être plus précis. Il s'agit de l'acheteur du livre du secret constitutionnel n° 3 qui s'était identifié avec une carte de la Société d'optique quantique.

Pyth en informe Louise. Ils sont peut-être sur une piste !

Tous deux prennent l'homme en filature mais celui-ci marche vite et rase les murs où prolifèrent mille échappées possibles – portes, ascenseurs, escaliers. Pendant un instant, il se rencogne dans un renfoncement de pierre pour laisser le passage libre à un groupe de brancardiers tractant plusieurs blessés sur des lits roulants. Lorsque Louise et Pythagore s'approchent de l'endroit où il se tenait, l'homme a disparu.

Pyth se rue dans l'escalier qui lui fait face, avale les marches deux à deux, inspecte plusieurs étages. Personne. Ayant rebroussé chemin, il rejoint Louise devant le plan du dispensaire. Celle-ci semble enthousiaste et pointe de l'index le service du premier étage.

— Viens voir ! Dépôt de candidatures, c'est l'accueil des personnes qui veulent travailler au dispensaire ?

— Sans doute.

— Si j'étais un Garde-Fou et que je voulais découvrir ce qui s'y passe avant tout le monde, c'est là que je me mettrais – à l'accueil des nouveaux. Non ?

— Il n'y a qu'une seule façon de le savoir.

∞

Au premier étage, les lieux possèdent quelque chose de séculaire et de mystérieux, sans doute à cause des mosaïques qui ornent les murs. Contrairement aux autres étages du dispensaire, le plafond y est extrêmement bas. Réalisé avec de larges poutres en bois entre lesquelles s'intercale un matelassage de tissus épais, il ne semble pas appartenir à l'édifice d'origine.

— Bonjour ! lance une voix avenante.

L'homme qui est assis derrière le large comptoir en pierre porte une longue blouse de médecin. Son visage est rassurant.

— Que puis-je faire pour vous ?

— Bonjour, répond Pythagore, nous visitons les lieux pour, peut-être, déposer notre candidature.

— Avec plaisir, sourit l'homme en se tournant vers un gigantesque meuble à tiroirs en bois.

Il en ouvre un, attrape deux fiches qu'il pose sur le comptoir.

— Inscrivez vos noms, âges et cochez les cases appropriées.

Pyth et Louise échangent un regard. Ils n'ont pas besoin de se parler pour convenir d'utiliser d'un faux nom.

« Andjika Estevere », écrit Louise, accolant le prénom du professeur Deanjii avec le nom de famille de l'ancien petit ami de Foresta. Pour sa part, Pyth choisit d'emprunter l'identité de l'un de ses collègues de la bataille de l'Empoing, « Eloa Sioux ». Ils ne mentent pas sur leur âge – quinze ans – mais réfléchissent un peu avant de cocher les cases.

Naissance familiale ou issue du courant.

Tous deux cochent « issue du courant » parce que l'option « naissance familiale » invite à remplir d'autres cases – nom et prénom des parents, professions, etc.

Ils se désignent ensuite comme « autodidactes » et non « universitaires » pour ne pas avoir à fournir de détail sur ledit parcours universitaire, puis ils rendent leurs fiches au médecin.

Celui-ci les inspecte un instant.

— Tous les deux issus du courant ? Bien, alors venez avec moi, il faut commencer par la petite formalité d'usage.

Pyth et Louise suivent l'homme à travers un dédale de couloirs jusqu'à une salle sans fenêtre, qui semble encore plus basse de plafond en raison de son matelassage intégral. Deux lits sobres forment le seul mobilier de la pièce. Au-dessus de leur châssis métallique est suspendue une grosse machine à roues crénelées.

Pyth est immédiatement rebuté par l'atmosphère de cet espace minuscule, d'autant que l'heure tourne et que leur objectif est d'explorer tout l'étage.

— Comme vous le savez, les anciens Dormeurs peuvent être sujets à de sévères illusions vibratoires. Si c'est le cas, nous ne pourrons pas vous engager, alors il vaut mieux s'en assurer tout de suite.

Clac.

La porte vient de se refermer. Ils entendent coulisser une barre de métal. L'homme ouvre une petite trappe pour pouvoir s'adresser à eux une dernière fois.

— Ne vous inquiétez pas. Allongez-vous, cela ne durera pas plus d'une heure.

— Une heure ! Mais, monsieur... nous n'avons pas une heure ! proteste Pythagore. Nous reviendrons une autre fois !

— Jeune homme, l'effet de surprise fait partie du test. Au moins, vous serez fixés. Allongez-vous !

∞

La machine au plafond se met en route presque aussitôt. Ses roues crantées forment un engrenage et libèrent des sons pincés de boîte à musique infernale. Les lucioles cessent de voleter dans la pièce et se réfugient dans un angle. Le cœur de Pythagore bat la chamade.

Louise se force à rire comme pour mettre la situation à distance :

— Qu'est-ce que c'est que cette musique ?

Mais Pyth, lui, ne rit pas. C'est avec inquiétude qu'il fixe du regard la machine, qui prend de la vitesse ; les notes chaotiques l'agressent et réveillent en lui quelque chose d'anarchique, d'angoissant.

Très vite, son angoisse se mue en horreur. Il est pris par une sensation d'étouffement. Il repense au linge que Melrik a enfoncé dans la gorge d'Attila ; il a l'impression de subir la même chose. Il cherche à se débarrasser du tissu invisible, il tousse, suffoque.

— Pyth, ça ne va pas ? Essaie de respirer...

Mais Pyth ne veut pas respirer, il abhorre les sons qui ont pris possession de la pièce : les vibrations le maltraitent.

— Louise, dit-il en haletant, il faut qu'il arrête ça... Il faut le lui dire.

Cédant à la panique, Louise toque à la porte, mais le matelassage des murs empêche la répercussion du bruit. Elle hausse la voix :

— Monsieur ! Monsieur, laissez-nous sortir ! On ne veut plus être candidats !

Personne n'entend ou, du moins, personne ne réagit.

Pyth sent que ses traits se creusent, que son ventre rugit. Il veut se battre, mordre, frapper. Avec une rage déconcertante, il saute sur le lit, y prend appel et s'agrippe au mécanisme tournant. Il le frappe, dévie ses roues, arrache ses boulons. Le son déraille mais ne s'interrompt pas. Au contraire, les notes métalliques se transmettent dans ses os, membres, muscles, tissus. Il devient fou, hurle, pèse de tout son poids sur la structure, se balance, décolle le molleton du plafond, tord les tiges métalliques qui suspendent la machine. Il se démène tant et si bien qu'il finit par arracher une première roue crantée, puis une autre, puis une sorte de pale qui se trouvait à l'intérieur du moteur, puis le cœur de la machine, jusqu'à ce qu'enfin la boîte à musique tout entière s'écrase au sol dans un fracas retentissant.

Pyth retombe sur le sol au milieu du désordre.

Il transpire mais pas seulement de sueur ; les pores de sa peau exsudent quelque chose de sauvage qui ressemble à l'envie d'être vivant.

— Pyth... tu es blessé !

Ses poings saignent, souillés par un sang ultraviolet !

— Tu crois que le type a entendu ? Tu crois qu'il va venir nous chercher ? demande-t-elle.

Pyth est encore trop sonné pour répondre. Son cœur cherche à retrouver son calme.

Louise sonde la profondeur du trou, au-dessus de leur tête.

— Pyth, regarde, il y a un demi-étage dans le faux plafond. C'est pour ça que la hauteur est si basse. Ça doit être un étage secret...

Pythagore regarde à son tour et, tel un fauve qui vient de briser sa cage, se hisse jusqu'au palier supérieur.

∞

Ils émergent dans une large pièce, sombre et sans fenêtre. La première chose qu'ils remarquent est la roue d'un gouvernail en bois et cuivre, posée à plat sur un trépied. Pyth et Louise ont déjà vu cet objet. Ils reconnaissent ses rayons, ses fines branches surmontées de pastilles miroirs, l'agencement de reflets et de vitres.

— Un angle mort directionnel ! chuchote Louise.

Ils s'en approchent sans oser rien toucher. Ils inspectent les coordonnées géographiques écrites à la main avec des tirets repères, comme ceux d'un rapporteur.

Le long des murs se trouvent des penderies, des portemanteaux, des panneaux affichant des notes, des cartes, tandis que par terre s'alignent des chaussures appartenant aux deux mondes. Des étagères sont garnies de sacs, de pièces d'identité de différentes nationalités, d'affaires de toilette et même d'une perruque.

Pyth remarque un détail qui lui donne un coup au cœur : pendu au dossier d'une chaise, un manteau d'aspect militaire à boutons dorés semblable à celui de Foresta. Il sait bien qu'il s'agit d'un uniforme d'aspirant géographe et qu'il y a peu de chances que ce soit précisément celui de son amie, toutefois il ne peut s'empêcher d'espérer. Il n'a pas oublié que Melrik et les siens l'ont longuement interrogée. Peut-être lui ont-ils confié une mission, à elle aussi ?

Il montre le vêtement et murmure à Louise :

— On dirait le manteau de Foresta.

Elle en tire le col et regarde à l'intérieur. S'y trouvent brodées quatre lettres en fil rouge : IVAN.

Pyth est soudain conforté dans son intuition :

— Les premières lettres ont dû se découdre ! C'est « Erivan » !

Louise est plus sceptique :

— Il y a beaucoup de noms qui se terminent par « an » à Eman.

Elle inspecte le tissu, fouille les poches du manteau et tombe sur un bout de papier.

16 President St – 8769 – 2e

Elle tend le papier à Pyth qui le lit sans rien trouver à en dire lorsqu'un bruit, de l'autre côté de la cloison, leur fait tendre l'oreille. Pythagore repose le manteau et vient se plaquer contre la paroi ; il perçoit des voix qui s'éloignent. Entrouvrant légèrement la porte, ils découvrent un vaste espace jalonné de tables.

— C'est un labo ? interroge Louise.

Ils progressent prudemment au milieu des allées encombrées d'ustensiles, de machines, d'outils, de miroirs de toutes formes, tailles et couleurs. Les postes de travail offrent une prolifération de recoins pour se mettre à couvert.

Ils atteignent une grosse paroi de bois qui obstrue la pièce sur toute sa largeur et derrière laquelle s'élève un brouhaha de voix.

Pyth attrape une caisse qui se trouve à proximité, sous un bureau, et la fait glisser afin de pouvoir y grimper. Il invite Louise à le rejoindre ; tous deux jettent un coup d'œil de l'autre côté et découvrent une assemblée d'une trentaine de personnes.

Ils reconnaissent d'abord Jamaïca, la femme Garde-Fou qui a prélevé du sang à Pythagore après leur mission sublittorale. Elle est postée sur une estrade et tente d'expliquer quelque chose à des gens qui ne l'écoutent pas.

Derrière elle, l'homme de la Société d'optique quantique aux longs cheveux gominés crie pour se faire entendre des derniers rangs.

— C'est notre métier ! C'est aussi pour ça que nous sommes là !

Quelqu'un dans l'assemblée riposte :

— Notre rôle est de protéger les frontières !

Ce à quoi il rétorque aussitôt :

— Les protéger, c'est savoir les interroger !

D'un geste un peu théâtral, il pointe le doigt vers le sol.

— Ici, nous avons le droit de tout dire. C'est le principe. Sinon, à quoi bon s'être engagé ?

Il désigne le mur, derrière lui, où est dessiné le symbole du secret constitutionnel – deux cercles entrecroisés. Juste au-dessous est inscrite une phrase en lettres de métal :

> Au secret tenue mon existence, je demeure fidèle à l'ordre et aux mystères du monde.

Pyth et Louise ont déjà vu ces mots. Ils les ont lus sur la page 557 du livre du secret constitutionnel pris en photo par Lionel Gérôme. Cette phrase y était recopiée à la main des dizaines de fois, datée et signée par une empreinte digitale faite au sang. C'est ainsi qu'ils avaient vu l'empreinte rouge intitulée N.K. dont ils s'étaient demandé s'il ne s'agissait pas de celle de Nessim Kharan.

L'homme de la Société d'optique quantique la relit tout haut en la ponctuant de coups de poing sur le pupitre.

— Être fidèle à l'ordre et aux mystères du monde, c'est aussi savoir les questionner ! C'est ne jamais cesser de chercher ! Je ne me suis pas engagé ici pour mettre mon cerveau entre parenthèses !

Des voix s'élèvent pour le contredire :

— Le sang ne peut pas changer de nature !

— C'est impossible !

— C'est de la manipulation !

Jamaïca martèle à son tour sur le pupitre et impose à l'assistance sa voix bien trempée :

— Tentons l'expérience de la boussole biométrique ! Au pire j'aurai fait une erreur, au mieux nous aurons la position des Adjinns !

L'agitation est telle que Pyth et Louise n'ont plus du tout peur d'être repérés.

Un homme âgé à la mine fermée, posté en retrait de l'assistance et muni d'une sorte de gong, frappe trois coups sonores. Il semble fragile mais sa voix est ferme lorsqu'il crie :

— Silence, Garde-Fous !

Tous lui obéissent aussitôt.

Reprenant contenance, Jamaïca et son acolyte passent derrière une table sur laquelle est exposé un étrange objet : il s'agit d'une sorte de roulette, comme au casino, surmontée d'un instrument oblong en forme de sablier.

Jamaïca caresse l'objet.

— Cette boussole biométrique est l'une des plus précises au monde. Elle vient de mon laboratoire, dans le comptoir galécien que dirige actuellement le commandant Abakan.

La scientifique tire de sa poche un petit tube rouge qu'elle exhibe à la vue de tous. Le silence s'épaissit. Plus personne ne songe à lui couper la parole.

— Je disais donc que cet échantillon a été prélevé sur un jeune homme né avec le sang rouge.

Elle l'agite pendant une vingtaine de secondes. Peu à peu, le sang change de couleur et vire à l'ultraviolet !

Un brouhaha explose, mêlé de cris de stupeur, d'admiration et de protestation. Une voix dont Pyth et Louise reconnaissent la froideur recouvre celle des autres. C'est Melrik qui s'insurge :

— Moi, j'étais là ! J'ai vu le sang rouge ! Mais comment savoir ce que vous y avez ajouté par la suite ?

Le vieux frappe un nouveau coup de gong et le silence revient. Jamaïca poursuit :

— Ce jeune homme n'était pas adjinn, mais il a dû en prendre la signature vibratoire à cause d'une implosion de gipht à fréquence basse.

Les oreilles de Pyth commencent à bourdonner. Il se rend compte que c'est de lui qu'on parle ! Le nom L U C H O N sur la dépêche ne désignait pas son père, mais lui-même !

— Le garçon a regagné l'autre monde, poursuit la femme. Donc ses vibrations ne troubleront pas la boussole. Nous obtiendrons la signature vibratoire du ou des Adjinns auxquels il a été confronté.

— Pyth ! C'est de toi qu'il s'agit, chuchote Louise.

Il acquiesce lentement, les gestes entravés par la peur. Jamaïca verse le sang au-dessus du sablier. Ils n'ont pas une vue précise sur le mécanisme, mais il leur semble que le goutte-à-goutte anime peu à peu la roulette.

Celle-ci prend de la vitesse, fait un tour sur elle-même, puis un second, plus lent. Mus par la curiosité, certains se rapprochent de l'estrade en attendant que l'instrument se stabilise.

Lorsqu'un claquement résonne dans la profondeur de la pièce, Jamaïca lève la main et proclame :

— Nous avons une position !

Elle note ses observations puis, d'une voix victorieuse, énonce une série de chiffres et de degrés.

Un silence épais tombe sur l'assemblée avant que ne fusent quelques rires :

— Ce sont les coordonnées du dispensaire d'Eman !

— C'est notre position !

— Ha, ha !

— Foutaise !

Les rires prennent plus d'ampleur et s'assortissent de bravos tandis que Jamaïca rougit, se trouble, réitère l'expérience. Elle bafouille :

— Mais, je suis sûre de moi... Il a pris la signature vibratoire d'un Adjinn, c'est la seule explication... Et la boussole biométrique devrait normalement... retrouver sa trace.

— Bravo aux chercheurs des comptoirs !

— C'est un détecteur de bêtises qu'elle nous a rapporté, oui ! ajoute une voix âgée d'un ton méprisant.

Les moqueries fusent et dispersent l'énergie de l'assemblée quand, soudain, un bruit de pas pressés remonte l'allée principale du laboratoire. Les Garde-Fous n'y prêtent pas attention tout de suite mais Pyth et Louise ont la présence d'esprit de quitter leur poste d'observation et de se cacher sous un bureau.

Le nouveau venu tape dans ses mains et crie pour se faire entendre :

— Il y a eu une intrusion !

L'assistance met un certain temps à réagir.

— Il y a eu une brèche de sécurité !

Certains ont encore le sourire aux lèvres lorsque le vieux se lève pour donner un dernier coup sur le gong.

— Lancez le protocole ! Fouillez l'étage ! Fouillez le bâtiment, de fond en comble !

∞

Zigzaguant entre les tables et les caisses de matériel, Pythagore et Louise sont déjà en train de rebrousser chemin.

— On va passer par l'angle mort, décide Louise sans oser regarder derrière elle, pour ne pas perdre les précieuses secondes d'avance dont ils disposent.

Ils se glissent dans la pièce par laquelle ils sont arrivés et poussent trois chaises contre la porte pour en bloquer l'accès.

Pyth épluche maladroitement une des oranges. Il tremble si fort que ses doigts ripent sur la peau. Louise la lui attrape des mains, plante ses doigts à l'intérieur avec sauvagerie, arrache une moitié d'orange, tend l'autre à Pythagore, puis croque sans ménagement au milieu de la chair ; du jus lui dégouline partout sur le menton. Pyth l'imite. La fraîcheur des peptines et le goût de l'orange bleue leur montent immédiatement au cerveau.

Ils se positionnent sur la croix dessinée au centre. D'un coup de coude maladroit, Pyth a l'impression d'avoir légèrement heurté le gouvernail...

— Attends, dit-il à Louise qui est déjà en train de faire jouer les battants de miroir, je l'ai un peu déplacé.

— Pas grave, répond-elle, on n'a pas le temps.

Elle actionne le battant le plus proche, mais rien ne bouge.

— Merde, comment ça marche ? s'énerve-t-elle alors que des coups se font entendre à la porte. Aide-moi...

Pyth attrape le miroir pivotant. Il se souvient que Melrik l'a fait onduler lentement, pour capter les reflets des vitres et des petits miroirs. Il essaie de reproduire le geste, doucement ; le miroir principal se reflète dans un autre, placé derrière une vitre. Ils ressentent au fond de leurs entrailles l'appel vers l'ailleurs caractéristique de l'angle mort.

Tous les petits miroirs se mettent à tourner comme un carrousel.

Pyth éprouve une montée en puissance, pas seulement celle de l'angle mort mais aussi celle de l'Adjinn qu'il porte en lui. Cali, dresseur de rapacs, guerrier enrôlé trop jeune dans une guerre trop ancienne. L'angle mort se bande comme un arc et soudain... *Clac!*

Ils décollent.

La rapidité, la vitesse, les images, le bonheur d'être à la fois ici et ailleurs, lui-même et un autre, lui retournent le cerveau et le cœur. Rien n'est plus agréable que d'être en apesanteur au-dessus de la vie. Le temps d'un voyage, Pythagore Luchon oublie tout, sauf qu'il est constitué de milliers de milliards d'infimes vibrations quantiques.

∞

Bang.

Le front de Pyth vient s'écraser contre une vitre.

Bang.

Son crâne aussi.

Il est malmené en tous sens jusqu'à ce qu'il soit rudement éjecté à l'extérieur sur un trottoir froid. Louise le suit de près et se ratatine à son côté. Ils sont sonnés mais se relèvent immédiatement, de crainte de se faire rattraper par leurs poursuivants. Ils tanguent et prennent appui l'un sur l'autre pour inspecter les alentours, et notamment la large porte tournante qu'ils viennent d'emprunter et qui marque l'entrée d'un grand hôtel. « Western Prince », peut-on lire en lettres d'or sur la façade.

Hagards, ils remontent le grand boulevard. Tout le monde est pressé. Personne ne fait attention à eux, comme s'il était normal de voir deux adolescents, haletants, en manteau de fourrure.

— Tu as vu, il fait jour...

— Oui, c'est bizarre, approuve Pyth, qui ne l'avait pas remarqué. Combien de temps a-t-il pu s'écouler depuis qu'on est partis ?

Ils passent devant plusieurs façades en brique rouge. Tout est grand, haut, large : les immeubles, les voitures, la rue, les arbres – même les gens.

— Mais où est-ce qu'on est ? balbutie Louise dont le regard, comme le sien, est occupé à dévorer tout ce qui les entoure.

Où sont-ils ? Pas à Loiret-en-Retz, en tout cas.

Trois filles en veste bien coupée, pantalon moulant et baskets dernier cri avancent dans leur direction en agitant des ongles rouges.

— *He didn't call... I have texted him all night long, but he couldn't care less...*

— *What a joke he is... Why do you carry on ?*

Tout le monde parle anglais autour d'eux.

À un croisement, Louise marque une pause et lève la tête pour regarder les pancartes. Elle tire la manche de Pythagore et désigne celle qui se trouve juste au-dessus de leur tête.

Ce qu'ils y lisent n'a pas de sens :

Columbia St, NYC

15

« On ne se connaît pas »

NYC. New York City...

Pyth et Louise se laissent bousculer par les passants. Ces chocs physiques les aident à prendre conscience de ce qui leur arrive.

— On est à New York ? énonce Pyth très lentement, comme pour assimiler l'information.

— On est à New York, répète Louise, interdite, submergée par le gigantisme environnant.

Ils reconnaissent ce qu'ils ont vu dans les films : gratte-ciel en brique, échelles de secours extérieures, réservoirs à eau sur les toits. Autour d'eux, tout est en mouvement, différent, extraordinaire : néons, enseignes, feux rouges, panneaux indicateurs, squares, bancs, kiosques à jus, maisons, boutiques qui exposent des dizaines de sortes de grains de café, des cookies et autres gâteaux colorés et joufflus, bars aux antiques devantures de pubs anglais, petites cabanes qui exposent des choses fumantes – beignets, hot-dogs, donuts...

— Comment on va faire pour repartir en arrière ? balbutie Louise, l'air perdue.

Pyth hoche légèrement la tête pour signifier « Je ne sais pas ».

— Il n'y a pas d'angle mort directionnel de retour, dit Louise. On n'a pas dû atterrir au bon endroit.

— C'est ma faute... c'est parce que j'ai fait bouger le mécanisme...

— De beaucoup ?

— Non, je crois pas...

Tous deux se laissent traverser par les bribes de conversation, le bruit des voitures qui filent, la multitude des silhouettes.

Après avoir marché quelques minutes, Louise se laisse tomber sur un banc devant un jardin public. Pyth l'imite. Au-dessus de leur tête, les arbres sont hauts et fournis. Une petite chorale répète des chansons non loin de là.

Ils réfléchissent à leurs options.

Pas d'angle mort directionnel. Pas de passeport pour prendre l'avion. Et même s'ils avaient un passeport, ils n'ont pas assez d'argent pour acheter un billet. Pyth a bien sur lui la carte bleue que sa mère lui laisse pour faire les courses le samedi, mais elle est plafonnée à cinq cents euros. Et même si elle ne l'était pas, comment pourrait-il lui expliquer l'achat de deux allers simple, New York – Paris ?

Louise penche la tête en arrière pour regarder les feuillages et, derrière eux, le ciel. Elle lâche prise et se laisse dériver dans l'incommensurable de ce qui leur arrive, tel un cosmonaute orphelin de son vaisseau spatial.

∞

Bip, bip. Bip, bip.

Un bruit s'élève de sa poche.

— Tu as du réseau ici ? s'étonne Pyth.

Elle se redresse, attrape son téléphone.

— C'est le bruit de l'application GPS, c'est bizarre... Il vaudrait mieux que je coupe la connexion internationale, ça doit coûter une fortune.

Tandis qu'elle se plonge dans les fonctions de son appareil, une voix préformatée surgit par le haut-parleur.

« L'itinéraire est en cours de calcul... Arrivée à destination estimée à... trente-trois minutes. »

Louise se fige. Elle regarde Pythagore, réfléchit une seconde.

— Arrivée à destination ?

Elle fronce les sourcils puis, soudain, s'exclame :

— Pyth ! La destination, c'est...

Elle se concentre à nouveau sur son mobile, y cherche avidement quelque chose.

— C'est ça ! Quand j'ai tapé les coordonnées dans mon téléphone, la recherche prenait des plombes, il fallait entrer des tas de paramètres, j'ai laissé tomber...

— Quelles coordonnées ?

— Les coordonnées qu'Attila t'a données !

Elle lui présente l'écran d'un air victorieux :

— Le rendez-vous adjinn... C'est à trente-trois minutes d'ici !

— C'est... dingue..., commente Pyth en vérifiant par lui-même l'information. Tu es sûre que c'étaient les bonnes coordonnées ?

— Je n'ai plus le papier sous les yeux, mais j'ai recopié ce qui y était écrit...

— C'est dingue, répète-t-il, avec une légère inquiétude qu'il ne s'explique pas.

— On y va ! décide Louise, déjà debout. On y va tout de suite !

— Attends, lui dit-il en plongeant la tête dans ses mains. Deux minutes. On va y aller mais... il faut faire attention. Si les Garde-Fous ont pris soin de préparer un angle directionnel qui va jusqu'à New York et que le rendez-vous adjinn est justement là, ça ne doit pas être une coïncidence. On ne peut pas s'y pointer comme ça, la bouche en cœur...

Louise acquiesce, se rassoit.

— De toute façon, l'intervention est à 21 h 15, heure locale, et il est...

Pyth cherche une horloge, n'en trouve pas. Il regarde l'heure du téléphone de Louise. Minuit.

— C'est quoi le décalage entre Paris et New York ?

— Cinq heures ou six heures, je crois.

— Il faudrait être sûr.

Pendant qu'elle part à la recherche d'une horloge, il zoome sur le plan et utilise Google Street View pour observer les lieux.

— Il est 18 heures ici. Il y a six heures de décalage, dit Louise en revenant s'asseoir à son côté. On a largement le temps.

— Le truc, c'est qu'on ne sait pas exactement où le rendez-vous va avoir lieu, fait remarquer Pyth en étudiant les perspectives sur le petit écran... Il y a plusieurs bâtiments. Ça peut être dans un commerce, dans un appartement, sur un toit, dans un sous-sol...

— On n'a qu'à y aller, tranche Louise avec impatience, on verra bien.

∞

L'itinéraire proposé par le GPS concernait un trajet en voiture. À pied, l'estimation est de une heure et huit minutes. En transports en commun, de trente-sept minutes.

— D'abord, il faut marcher jusqu'à une station de la ligne rouge, la F. On peut la prendre à... Delancey Street.

Si le trajet a l'air tout simple sur le plan, la réalité est bien différente. Les rues sont gigantesques, ils prennent la première dans le mauvais sens, demandent leur chemin, se trompent encore et mettent presque vingt minutes à gagner la station qui pourtant semblait juste à côté.

— Il faut s'acheter des tickets.

— J'ai la carte de ma mère.

Déroutés par le système de billetterie, ils perdent encore un quart d'heure puis sollicitent l'aide d'une vieille dame très gentille. Chacun comptant sur l'autre pour comprendre ce qu'elle leur dit, tous deux acquiescent poliment. Puis, une fois qu'elle est partie, ils s'aperçoivent qu'aucun d'eux n'a compris. Ils se font gronder par les personnes qui patientent derrière eux et se décident à s'adresser à l'employée du guichet, quitte à faire la queue. Encore un quart d'heure de perdu.

— *Tickets?* implore Pyth, quand enfin leur tour arrive.

La femme leur répond avec un grand sourire, mais les mots vont trop vite.

— *Where for... how long... several options.*

Le brouhaha des gens qui passent dans leur dos les perturbe. Pyth montre l'adresse sur le téléphone de Louise. La femme leur sourit, leur fait acheter deux tickets et leur explique comment gagner le quai.

Il y a quatre lignes qui s'entrecroisent à cette station : F, M, J, Z. Ils suivent les flèches indiquant la F, remontent d'immenses couloirs carrelés et finissent par arriver sur un quai.

Un métro entre en gare. Le crissement des roues sur les rails fait vibrer la colonne vertébrale de Pythagore ; sa part adjinn s'étire, et avec elle quelque chose de brut et de décisif. Il aime sentir les chocs de matière, leur réalité, leur densité. La rame s'arrête, les portes s'ouvrent. Comprenant qu'il est sensible aux vibrations, Louise lui prend la main.

— Tu viens ?

Ils montent et sont bousculés par les gens, les couleurs, les sons, les images. Le métro redémarre. Pyth entend Louise éclater de rire :

— Pyth, on s'est trompés de sens !

Ils descendent à la station suivante, où les couloirs sont encore plus longs que précédemment.

Un nouveau métro arrive et les voici qui montent enfin dans la bonne rame. Ils s'affalent aussitôt sur une banquette, la tête contre la vitre. Un jeune homme au look urbain très étudié, un radio-cassette à l'ancienne sur l'épaule, entre dans le wagon juste avant la fermeture des portes. Il écoute un étonnant morceau de musique classique remixé avec du hip-hop. Porté par les courants d'air du métro, le son des instruments à vent semble caresser le front fatigué des deux amis.

Pyth s'approche de Louise. Ils se regardent, étrangers à ce pays, étrangers à eux-mêmes. Leurs mains se touchent et ça ne lui fait pas peur. L'Adjinn en lui s'apprivoise. Les stations défilent comme dans un rêve – East Broadway, York Street, Jay Street, Berger Street – jusqu'à ce que Louise lui indique qu'ils sont parvenus à destination.

Carroll Street.

∞

Il est presque 19 h 30 quand, enfin, ils sortent du métro. Les environs sont bien différents de la station Delancey. Les bâtiments sont uniformément bas, presque tous en brique rouge. De longues palissades taguées protègent l'accès à des échafaudages. La fréquentation des rues est moins dense. On sent que la nuit approche.

Tandis que Louise repère leur itinéraire sur le plan, Pyth laisse errer son regard et remarque qu'un nom fleurit un peu partout sur les devantures, les affiches, les porte-menus : Avi's Brooklyn Delicatessen, Little Black Brooklyn Coffee-Shop, Brooklyn Bubble Laundromat, etc.

— On a cinq minutes de marche, annonce Louise.

Pyth ne réagit pas immédiatement, son œil continuant à scanner le décor.

— On est à Brooklyn ?

— Euh, je sais pas... Brooklyn, c'est aussi New York, non ? demande Louise.

New York. Brooklyn. Ces termes qui n'évoquaient jusqu'à présent que des films, des fantasmes et des images lointaines lui rappellent soudain quelqu'un.

— Louise ! s'écrie-t-il.

— Quoi ?
— Tu sais qui habite à Brooklyn ?...
Louise fait non de la tête.
— Sam Kharan ! Le fils de Nessim Kharan.
Elle l'écoute, soudain intéressée.
— Tu te souviens qu'il m'a répondu, sur Facebook.
Pyth se connecte à sa page et relit son message.

Bonjour Pythagore, enchanté, je suis Sam, le fils de Nessim Kharan. Je suis moi qui s'occupe de faire le vie de page Facebook de mon père pour l'honneur de la mémoire de lui. Je suis triste de te dire la disparition de mon père de il y a trois ans déjà. La dernière fois que j'ai parlé à lui, il faisait de les observations de particules au Quantum Optical Laboratories. Malgré beaucoup du recherches, personne ne le sait quoi lui est arrivé... Je peux pas dire plus.

Je suis américain et je suis habité à New York mais je peux te parler de mon père si tu désires et aussi de ton père. Je le connu un peu. Je le aimais de beaucoup.

Yours sincerely.
Sam Kharan.

Pyth lui montre ensuite la page Facebook de Sam, sa photo de profil où il semble faire la fête, son adresse à Brooklyn.
— Fais voir...
Elle clique sur le plan.
Le domicile de Sam Kharan n'est pas du tout à proximité de l'endroit où ils se trouvent.
— C'est grand, Brooklyn, commente Louise. En tout cas, ça pourra toujours faire un point de chute, si on ne sait pas où aller ce soir...

— Attends, dit Pyth, qui ne lâche pas l'affaire. Clique sur son lieu de travail.

Comme Pythagore l'a fait quelques jours auparavant, Louise se rend sur la page de « The Factory ». Leurs deux têtes se rapprochent du plan pendant que le curseur se positionne sur l'adresse : 505 Carroll Street.

— Carroll Street ! s'exclament-ils en chœur, incrédules mais enthousiastes.

Par acquit de conscience, Louise compare le numéro de la rue avec la localisation indiquée sur le GPS. C'est exactement la même adresse : les coordonnées du rendez-vous Adjinn désignent l'endroit où travaille Sam Kharan.

Pyth fait quelques pas, songeur. Il a besoin de mettre de l'ordre dans ses idées. Louise, quant à elle, se plonge dans la page de la Factory et fait défiler les photos.

— C'est une boîte de nuit ?

— Ou une salle de concert, répond Pyth

— Ou un peu des deux, estime Louise. C'était quoi la mission d'Attila, déjà ?

— Organiser une coupure de courant... Elle doit couper le courant ce soir, à 21 h 15 heure locale.

Ils se regardent, perplexes. Quel est le rapport entre le projet des Adjinns d'avoir leur propre terre avec un double système vibratoire et une coupure de courant pendant un concert à New York ?

— Ça veut dire quoi, « *supralive reccordings* » ? demande Louise.

— Quoi ?

— Ils disent qu'ils sont les seuls à faire des *supralive reccordings*.

— *Supralive* ? J'ai déjà entendu ce mot… mais je sais plus où.

— Appelle la Factory, propose Louise. Demande à parler à Sam Kharan. Dis-lui que tu es là, que tu veux venir le voir ce soir…

Pyth hésite.

— Il te l'a lui-même proposé ! insiste-t-elle.

— Je ne sais pas si c'est une bonne idée de signaler notre présence. Est-ce qu'on ne va pas se jeter dans la gueule du loup ?

— De toute façon, on va y aller… Autant avoir un allié dans la place.

Pyth acquiesce, peu sûr de lui. Finalement, il prend le téléphone et compose le numéro.

— *The Factory, how can I help you ?*

— *Euh… Can I speak to Sam* ? *Sam Kharan ?*

— *He's not here yet, but you can try on his cell.*

— Heu… *what…* ? *I am French. I am a friend… Do you have a number* ? *Mobile ?*

— *I can't give his cell, sorry.*

La femme raccroche.

∞

Pyth et Louise remontent Carroll Street et croisent plusieurs rues très animées – Smith, Hoyt, Bond – avant d'aboutir au croisement avec la 3rd Avenue.

Le 505 Carroll Street est une large bâtisse de brique rouge sur trois niveaux qui ressemble à une petite usine ou un grand atelier, avec de hautes fenêtres aux volets anciens.

Sur la devanture, on peut lire « PLUMBINGFACTORY » en grosses lettres de cuivre.

— C'est une ancienne usine de plomberie ! se réjouit Louise.

Autour de l'immeuble, un dispositif de barrières, canalise un attroupement hétéroclite : des gens font la queue, d'autres arrivent, se saluent, des voitures se garent de-ci, de-là, musique à plein volume. Ils ont vingt-cinq, trente ans, parfois plus. Les rires et les interjections fusent de partout.

— *Shall we wait for him ?*

— *Come on !*

— *Hey ! How are you, man... ?*

Sur la portion de mur qui s'élève jusqu'aux fenêtres du deuxième étage se trouvent placardées, en guise de souvenir et peut-être de décoration, les anciennes affiches de Supralive Recordings, formant un patchwork d'images, de photos, de couleurs. Certaines ne sont pas lisibles, recouvertes par d'autres, mais une chose leur est commune : en bas à droite de chacune est reproduit un logo qui fait bondir le cœur de Pythagore.

— Louise, regarde ! C'est le signe du projet *Starpoint* !

En effet, toutes les affiches de Supralive présentent un S surmonté d'une étoile et d'un point.

Tout à coup, Pyth se rappelle l'endroit où il a vu la mention « *supralive recordings* ».

— Sur le schéma de l'éolienne quantique ! dit-il à Louise

— Quoi ?

— Il y avait un schéma de l'éolienne dessinée par mon père, sur la page Facebook de Nessim Kharan.

Il pianote sur le téléphone et lui montre l'image.

— Tu reconnais ? Mon père en avait apporté une maquette pour les ateliers « vie active » en cinquième.

L'épisode remonte à loin, mais la présentation du père de Pythagore était si différente de celle des autres parents que Louise se souvient parfaitement de l'objet. Elle zoome sur le détail des pales.

— Ça sert à quoi, déjà ?

— Euh… Je crois que ça sert à… piéger les vibrations… ou à les faire changer de sens, ou de fréquence.

— À leur faire changer de fréquence ? répète Louise.

— Oui, ça marche avec la force magnétique. Sur les ailes, il y a des aimants tout petits mais très puissants qui tournent très vite…

En réalité, à part le fait d'avoir collé des billes pour figurer lesdits aimants sur la maquette, Pyth ne se souvient pas de grand-chose.

Il pose ses mains contre le mur d'affiches, réfléchit. Il est à la fois emballé de retrouver un fil connu auquel se raccrocher et stupéfait qu'un détail qu'il pensait méconnu se trouve exposé à la vue de tous, utilisé à d'autres fins que celle imaginée par son créateur.

∞

Pyth et Louise prennent place dans la queue face au guichet derrière trois filles aux cheveux multicolores qui fument de grosses cigarettes roulées. Des pulsations musicales s'échappent du bâtiment. Il règne dans la rue une ambiance de fête de campus ou de festival urbain.

Un groupe de personnes en costumes colorés tenant à la main des ballons de baudruche à l'effigie de politiciens sortent hilares d'une voiture en s'appelant «*dude*». Deux filles coiffées de chapeaux de gangster, au rouge à lèvres flashy, se postent dans la file derrière eux.

Au bout d'une dizaine de minutes, c'est à leur tour.

— *ID, please?* leur demande une jeune femme aux cheveux jaunes et bleus.

— *What?*

— *ID. Are you twenty-one?*

— Euh...

Ont-ils vingt et un an? Clairement, non.

— *We dont' have ID*, répond Pyth avec un gros accent français. *We forgot.*

— *Sorry, man. No ID, no pass. Next, please.*

Pyth a vu suffisamment de films américains pour comprendre qu'ils doivent vendre de l'alcool à l'intérieur, mais il insiste quand même.

— *We just want to listen to music.*

— *No ID, no pass.*

Comme Pyth met du temps à décamper, elle réitère «*Next, please!*» et claque des doigts pour appeler la personne suivante.

Soudain, des cris s'élèvent. Des cris dont Pyth n'identifie pas immédiatement la teneur «aï... aï... aï...!». Un souffle d'euphorie balaie la rue comme un vent de tempête. Une grande berline s'approche, traverse la foule; deux vigiles déplacent une barrière afin de lui donner accès à une entrée privative, tandis qu'un troisième se précipite pour ouvrir la portière.

De la berline émerge un jeune homme en jean et veste pailletée. À la forme volumineuse de ses cheveux bouclés, Pyth se demande s'il ne s'agit pas de Sam Kharan. Puis un deuxième s'extrait du véhicule, portant un débardeur et un chapeau, ainsi qu'une fille avec une longue robe noire et enfin un troisième garçon, aux cheveux platine, presque argent, avec un long manteau de cuir bordeaux. Son apparition relance une vague de cris euphoriques :

« *Saï... Saï... Saï... !* »

Le jeune homme pivote de trois quarts.

« *Saï... Saï... Saï... !* »

C'est à ses grosses lunettes à verre plat et rabat de cuir que Pyth le reconnaît distinctement. Il s'agit de Silo, le chanteur dont sont folles toutes les filles de Loiret-en-Retz.

Pyth se souvient avec émotion d'avoir vu l'annonce de ce concert sur la page de la Factory, deux jours plutôt. Il était dans son lit, chez lui, en attendant d'être contacté par Melrik. Jamais il n'aurait pu s'imaginer que quarante-huit heures plus tard il se trouverait précisément à cet endroit, à l'autre bout du monde.

— C'est qui ? interroge Louise.

Pyth ne peut s'empêcher de rire. Louise doit être la seule personne de son entourage à ignorer qui est Silo.

— C'est Silo, le chanteur auquel Maxence essaie de ressembler. Le type de la chanson d'Avril Alençon, le blond qui porte toujours des grosses lunettes de soleil.

— Ah, ok, acquiesce-t-elle, mais Pyth n'est pas persuadé qu'elle voie réellement de qui il s'agit.

Après avoir salué la foule, le chanteur se tourne vers l'intérieur de la voiture et tend la main pour inviter une dernière personne à sortir de l'habitacle.

C'est une fille.

Moulée dans un pantalon de cuir, elle déploie à l'extérieur une jambe aussi parfaitement galbée qu'élancée, puis la seconde. Elle rajuste son épais manteau de fourrure que Pyth met un certain temps à identifier comme du pur bucq d'Abjarnik. Elle a les cheveux rouges.

Elle relève la tête, le menton bien en place, ni trop haut ni trop bas.

Pythagore est incapable de croire ce que voient ses yeux.

La fille n'est autre que Foresta !

Foresta qui pose sa main sur l'avant-bras de Silo, Foresta qui déambule telle une reine au milieu de la foule, Foresta qui rabat ses cheveux sauvages d'un geste indocile.

Pyth voudrait l'appeler, mais aucun son ne passe la barrière de sa gorge. Il est comme soufflé de l'intérieur.

— Foresta !

C'est finalement Louise qui l'appelle, mais sa voix se perd parmi celles des fans.

Pyth comprend que l'instant est critique, la jeune fille va disparaître dans le bâtiment. Il se faufile avec détermination à travers la foule, finit par atteindre la barrière de sécurité, se juche sur sa barre inférieure, se fait rabrouer par un vigile, mais demeure en équilibre pour hurler :

— Foresta !

Il suffirait qu'elle le voie.

— Foresta !

Le sac de la jeune fille tombe à terre. Est-ce sous le coup de l'émotion ? A-t-elle entendu sa voix ? A-t-elle tourné la tête dans sa direction ?

Elle se penche, le ramasse. Pyth a l'impression de vivre la scène au ralenti. Le manteau de bucq s'entrouvre et laisse apercevoir un haut délicat. Silo lui tend la main.

— *Autograph, please !* crie Pyth.

Sam Kharan et les deux musiciens passent sans lui jeter un regard, mais Foresta parle à l'oreille de Silo, qui s'avance en direction d'un groupe de filles, à côté de Pythagore. Hystériques de bonheur, celles-ci lui font signer des autographes sur les mains, les avant-bras, les épaules. Foresta se poste contre la barrière.

— *Autograph ?* propose-t-elle à la cantonade en brandissant un stylo.

Pyth tend la main aussitôt. Elle la lui prend, et ce contact lui envoie une décharge d'adrénaline. Il dure une, deux, trois, quatre, cinq secondes complètement irréelles. Il s'accroche au violet de ses yeux, à la ligne de son front, de ses pommettes, mais il n'a même pas le temps d'échanger un vrai regard avec elle. La jeune fille écrit quelque chose sur sa peau, puis s'éloigne avec Silo vers le reste du groupe.

Les fans qui n'ont pas eu d'autographes rappellent leur idole : « *Saï... Silo ! Please ! Saï... !* »

Celui-ci les gratifie d'un sourire puis s'engouffre dans la Factory en enveloppant Foresta de ses bras.

Pyth est resté en équilibre, les pieds sur la barrière. Le vigile revient à la charge :

— *Please, sir, step back.*

Il tend le bras vigoureusement pour évacuer l'importun.

Malgré le choc émotionnel qu'il vient de subir, Pyth reste assez lucide pour remarquer l'ombre qui se profile juste au-dessus du poignet de l'homme de sécurité : un tatouage araignée aux pattes longues et ciselées...

Il recule à petits pas.

Tatouage araignée. Foresta. Silo. *Starpoint. Supralive recordings.* Le rendez-vous adjinn.

Quelque chose est en cours. Quelque chose de « grand », comme l'a dit Attila, mais Pyth n'a aucune idée de ce dont il s'agit.

Louise le rejoint.

— Alors, tu lui as parlé ?

Il fait non de la tête avant de regarder l'endroit de sa main où Foresta a griffonné quelques mots.

Ce qu'il y lit achève de le traumatiser :

> On ne se connaît pas.

16
Supralive

Louise et Pyth se sont assis à même le sol, un peu plus loin, sur les larges dalles de ciment du trottoir. Pyth y pose les mains bien à plat. Il a besoin de sentir sous ses paumes quelque chose de concret, de réel, d'explicable. Il inspire longuement l'air de cette ville étrangère et y cherche un élément familier – l'odeur des voitures, celles des arbres, du bitume, des sandwichs que certaines personnes mangent à proximité.

Foresta, New York.

Foresta, Sam Kharan.

Foresta, Silo.

— Ça n'existe pas, les coïncidences, dit Louise.

Pythagore acquiesce.

Foresta. Silo. Sam Kharan. Et la présence du Garde-Fou à l'entrée.

Foresta a-t-elle vu qu'il y avait un Garde-Fou ? Est-ce pour cette raison qu'elle l'a repoussé ? Que fait-elle à New York ? Est-elle libre de ses gestes ?

Soudain, Louise désigne du doigt un point juste en face d'eux.

— Pyth, regarde...

Il relève la tête.

— Quoi ?

— Regarde le nom de la rue.

Il cherche le panneau et lit :

— President Street. Pourquoi ?

Louise tire de sa poche le petit bout de papier qu'elle avait trouvé dans le manteau militaire pendu à côté de l'angle mort directionnel.

16 president st – 8769 – 2e

— C'était une adresse ! s'exclame-t-elle. C'est là que doit se trouver l'angle directionnel de retour. C'est sûrement par là qu'elle est passée et par là qu'on aurait dû atterrir. Elle doit être en mission pour les Garde-Fous !

— Elle n'avait pas l'air en mission, répond Pyth du tac au tac, encore bouleversé par l'aplomb et le naturel avec lequel Silo a placé son bras autour des épaules de la jeune fille.

La jalousie qu'il en a ressentie lui a enserré les entrailles comme les griffes d'un rapace.

∞

Deux filles viennent s'asseoir sur le trottoir à côté d'eux. L'une a des mèches en bataille qui lui retombent sur le front. L'autre, d'un blond diaphane, porte du rouge à lèvres presque noir et un petit piercing sur l'aile du nez. Elles échangent quelques propos d'un air contrarié puis se réconcilient avant de s'embrasser avec fougue.

Pyth ne peut s'empêcher de les regarder. Elles semblent si libres, si décomplexées... La blonde pose les deux mains sur le visage de son amie et lui chuchote quelques mots à l'oreille. L'autre sourit, acquiesce, puis l'embrasse à nouveau en posant lentement ses lèvres sur les siennes. Soudain, le téléphone de la blonde se met à sonner ; elle s'éloigne pour répondre. La garçonne aux cheveux en bataille reste seule sur le trottoir.

Elle tourne la tête dans la direction de Pyth et Louise et les considère un moment. Elle semble amusée par leur dégaine, leur air décalé, leurs manteaux de fourrure assortis.

— *Hi !* leur dit-elle avec naturel.

— *Hi!* répond Pyth, qui se rend compte au même moment que ce n'est pas vraiment à lui que la fille s'adressait.

— *Hi*, répond Louise d'un ton amusé.

Elle montre la Factory qui se dresse à quelques dizaines de mètres de là et demande, avec un fort accent français :

— *What is it ?*

— *What is what ?*

— *What is supralive ?*

La fille sourit, passe la main dans ses cheveux, les ébouriffe, se lève, s'approche de Louise. Elle prend le temps de bien observer son accoutrement, ses cheveux dans la figure, son air vif et buté avant de s'asseoir à côté d'elle. Elle se saisit de sa main, retrousse la manche du manteau pour dégager son avant-bras.

Pyth est stupéfait par une approche aussi directe. La fille fait courir le bout de ses doigts sur l'avant-bras de Louise.

— *You feel that ?*

Louise acquiesce en silence.

— *Goosebumps, the chill*[1]*... that's supralive.*

La fille parle d'une voix basse, sans affectation.

— *Supralive... They record the emotion of the music, of the party, of the people... It's an over-live experiment... They record magnetic microwaves...*

Pyth comprend quelques mots – émotion, vibration, expérience, magnétique – mais il est plus captivé encore par ce qui se joue entre Louise et la fille.

— *It's a recording technique...*

Une technique d'enregistrement ?

— *You can feel... the emotion running through you...*

La blonde a terminé son coup de téléphone et revient vers son amie d'un pas décidé.

— *What are you doing ?*

— *Communicating*, riposte l'autre d'un ton goguenard.

Sa copine souffle, tourne les talons, puis remonte d'un pas vif vers la salle de concert. Sans se presser, la garçonne se lève à son tour.

— *Bye !* fait-elle en lançant un regard appuyé à Louise.

Tandis qu'elle s'éloigne pour rejoindre sa petite amie, sa voix et son accent résonnent encore dans l'air.

Emotion, vibration, microwaves, over-life experiment...

— Qu'est-ce que ça veut dire, exactement ? demande Pyth.

— Je ne sais pas, répond Louise d'un air pensif en regardant la garçonne rattraper la blonde, la taquiner et la faire rire pour la radoucir. Je ne sais pas mais j'ai très envie de savoir.

∞

1. La chair de poule, le frisson.

Pyth et Louise font le tour du bâtiment à la recherche d'une idée, d'une issue de secours, d'une entrée des artistes. Ils tombent sur trois larges portes noires, gardées par des vigiles en costume.

Peut-être portent-ils aussi des tatouages araignée ? Ils n'osent pas s'en approcher.

Alors qu'ils entament une deuxième ronde, Louise remarque une issue minuscule, une trappe plus exactement, qui devait servir à la livraison de marchandises ; elle est verrouillée par un gros cadenas.

— Pyth, regarde ! On peut essayer de passer par là, fais le guet, lui lance-t-elle sans même attendre sa réponse.

Pyth sonde la profondeur de la rue et se positionne perpendiculairement à son amie. Celle-ci insère le microfilin dans la serrure et, en quelques clics, parvient à ouvrir le cadenas. La trappe, en revanche, est difficile à faire coulisser. Personne n'a dû y toucher depuis des années. Pyth vient lui prêter main-forte. Il assène plusieurs grands coups sur le bois jusqu'à ce qu'elle cède avec fracas. Comme ils entendent des voix qui se rapprochent, ils se hâtent de se faufiler par l'embrasure.

— Aïe, dit Louise en atterrissant sur le sol. Je ne pensais pas que c'était si haut.

L'espace est rempli de caisses, de cartons, de vieux canapés sur lesquels traînent des costumes de scène. Après avoir slalomé entre les obstacles, Pyth et Louise tombent sur un couloir labyrinthique qui donne probablement accès aux coulisses. À l'intérieur d'une grande loge recouverte de miroirs, plusieurs silhouettes athlétiques s'enduisent le corps d'un maquillage argenté. Une femme énumère une liste :

— *Bob, Martin, deck one. Rick, David, deck two.*

Personne ne fait attention à eux. Les basses de la musique commencent à les prendre aux tripes. Ils gravissent un escalier, poussent une porte coupe-feu et atterrissent dans ce qui doit être la pièce principale, où l'atmosphère est dantesque : la Plumbing Factory est tout à la fois un entrepôt, un théâtre, un chantier, un bar et une salle de concert. Boiseries et dorures côtoient le ciment et l'acier. Une immense hauteur sous plafond autorise le déploiement d'une flottille de guirlandes et de lustres suspendus par des chaînes à des barres de métal. Un escalier à double révolution grimpe jusqu'à des étages décalés qui eux-mêmes tombent en cascade sur des passerelles puis des plateformes.

La faune est ahurissante : cheveux de toutes les couleurs et coiffures invraisemblables, avec des mises en scène allant du sobre au spectaculaire ; foisonnement de bijoux, piercings, bagues, boucles d'oreilles ; de maquillages de tous styles. Derrière l'immense bar, au fond, trois silhouettes aux mouvements fluides remplissent des verres sans jamais s'arrêter – on ne voit que leurs ombres à cause du contre-jour provoqué par les étagères scintillantes de bouteilles. La salle est plongée dans le noir et pourtant tout est reflet, tout brille.

Légèrement surélevé sur une plateforme, un DJ dont la peau sombre tranche sur un débardeur blanc phosphorescent enflamme la salle. Pyth se souvient de la fête des Pêcheurs où il avait joué au DJ, ça n'avait rien à voir...

Louise et lui se fraient un chemin à travers la piste où la marée humaine saute, ondule, crie, exulte. Sur la mezzanine principale, des dizaines de gens hurlent des « *Hellooooo* », comme s'ils se retrouvaient après un long voyage. Les tables regorgent de bouteilles et les gros canapés en cuir absorbent placidement le tumulte. Au milieu de cette agitation se détache, vif et guerrier, le rouge cuivré des cheveux de Foresta.

La jeune fille se tient droite, accoudée à la rambarde ; Silo lui parle à l'oreille. Ses lunettes de soleil à verres miroirs lui donnent un air de prince des temps modernes. Les noctambules gravitent autour de lui en faisant virevolter leurs bagues, leurs verres, leurs rires comme des offrandes. Il fume alors que c'est interdit. Il s'en fiche, il est le roi du monde.

Pyth remarque que Louise cherche quelqu'un dans la foule. Sans doute n'a-t-elle pas encore vu Foresta ? Il pointe du doigt la mezzanine et force sa voix :

— Louise, regarde, elle est là !

Tout à coup, une voix résonne par-dessus la musique :

— *DJ Orion !*

Pyth découvre Sam Kharan qui lève le bras du DJ comme celui d'un boxeur victorieux.

L'euphorie du public redouble dans l'attente du bouquet final. Pyth est stupéfait de constater que Louise saute en rythme elle aussi, tout en semblant chercher quelqu'un dans la foule. Qui espère-t-elle voir paraître ?

— *Supralive will start in a short time !*

Des applaudissements impatients agitent les fans, qui recommencent à hurler « *Saï !* ».

La grande scène, restée dans l'ombre jusque-là, s'illumine, révélant quatre instruments : un piano, une basse, une guitare et une batterie spéciale qui ressemble aux instruments de métal vif de l'autre monde.

C'est alors que Pyth remarque leur présence : les éoliennes quantiques !

Non pas une, comme dans le schéma sur Facebook, non pas deux, comme quand son père avait fait la démonstration de l'expérience devant la classe, mais une bonne douzaine. Elles sont dispersées un peu partout : trois devant la scène, trois au milieu du groupe et les autres réparties aux balcons, accrochées aux montants des coulisses.

— Louise, regarde !

Louise scrute les fameux objets et le reste des installations. Casque sur les oreilles, les techniciens accomplissent leurs dernières vérifications tandis que Sam annonce le nom des musiciens :

— *Guitar, Mike Lane, third session for Supralive.*

Des applaudissements accueillent le guitariste.

— *Piano, Lauren Hook... fourteenth session for Supralive. We can say she's part of the family, now...*

Une ovation accueille l'arrivée d'une femme-liane en longue robe noire pailletée.

— *And a wonderful percussionist from France : Erivan.*

Foresta s'installe à son poste avec majesté, éblouissant l'assistance par son regard, son aplomb, la sensualité de ses gestes, de ses cheveux. Elle porte un débardeur noir à fines bretelles qui sublime le dessin de ses bras. Les applaudissements font montre de sympathie sans être aussi nourris que ceux réservés aux musiciens que le public connaît déjà. Pourtant, Pyth a l'impression que c'est bien elle, la star.

— *And of course, Silo ! Silo, my friend, thank you for being here tonight. Let Supralive begin !*

Silo n'apparaît pas tout de suite sur scène. La foule frémit d'impatience, se demandant par où le chanteur fera son entrée. Louise fait de même et Pyth s'étonne que, pour une fois, son amie s'intéresse davantage aux humains qu'aux installations techniques.

Est-ce que Foresta les a vus ? Est-ce qu'elle les a guettés parmi les spectateurs ? Il a peur de la quitter des yeux, peur qu'elle se volatilise à nouveau.

Soudain, on entend un *clac!* et, d'un coup, le silence envahit la salle.

La qualité de l'air n'est plus la même. Les gens continuent de parler, d'applaudir, d'encourager le spectacle à venir, mais c'est comme si un nuage de silence profond avait pris possession de l'atmosphère. Pyth cherche du regard ce qui a changé concrètement et remarque que, partout autour de la scène, les éoliennes se sont mises à tourner.

Un deuxième *clac!* retentit : ce sont des éoliennes placées près des instruments qui viennent d'être actionnées ; elles font résonner dans les haut-parleurs quelque chose d'infini.

Enfin, un troisième *clac!* se fait entendre dans la hauteur sous plafond : toutes les éoliennes des mezzanines et balustrades sont désormais en activité. Le silence est dédoublé, en stéréo. Quelque chose d'indescriptible dans l'air donne l'impression de mieux respirer, de mieux bouger, de mieux vivre, de mieux penser. Les corps tout entiers ressentent un appel vers l'ailleurs, un appel vers un sens à peine effleuré jusqu'alors, une frontière qu'on aurait toujours pressentie sans jamais oser la penser.

La foule voudrait applaudir mais applaudir est trop commun ; la foule voudrait crier pour transmettre ce qu'elle éprouve mais chacun comprend intimement que ce n'est pas encore le moment.

Et brusquement, la musique démarre comme une libération. D'abord quelques notes de guitare, quelques percussions, le piano, une mélodie simple et fluide. Pyth sent que ses vibrations adjinns se réveillent et se développent avec la profondeur d'une lame de fond. Il se laisse envahir et porter par la matière des sons.

Boum, boum, boum...

Les basses s'ajoutent à l'introduction, montent en intensité et font résonner les fibres à l'intérieur des corps.

C'est alors que Silo entre en scène.

L'onde de chaleur qui parcourt la salle est paranormale. Elle traverse le public telle une vague dans l'océan. Tous enlèvent leurs vestes, retroussent leurs manches, se passent la main dans les cheveux pour se dégager le cou et le front. Pyth et Louise ne sont pas en reste ; ils abandonnent leurs manteaux.

Silo approche ses lèvres du micro. La caresse de l'air qui entre en lui est retransmise par tous les haut-parleurs. Il expire et envoie, écorchée, tiède et fébrile, une première phrase qui s'envole :

> I saw blue in your eyes...

... qui s'envole et s'incarne dans la chair de chacun. Pyth sent les inflexions de la voix s'immiscer dans son corps à lui, prendre racine dans son cuir chevelu, juste à l'orée du cou.

> Just like an endless night
> Running through my veins

Ses poils se dressent, flattés d'être si intimement sollicités.

La fille aux airs de garçon qui s'est intéressée à Louise est postée non loin d'eux. Elle sourit et mime la chair de poule en faisant courir ses doigts sur son avant-bras. Louise lui sourit en retour et acquiesce.

L'attention de Pythagore est soudain mobilisée par un important changement dans la nature de l'air. Celui-ci se creuse et laisse distinctement apparaître de nouvelles profondeurs, des cheminements de lumière, telles de petites voies lactées. S'agit-il d'un effet de mise en scène ou de quelque chose de plus... de plus... fondamental ?

Il attrape immédiatement Louise par le bras :

— Louise ! Tu vois ce que je vois ?

La jeune fille sourit béatement, plane.

— Quoi ?

— Tu vois ce qui se passe ?...

— Quoi ?

C'est alors que, derrière la scène, apparaît une toute nouvelle perspective, une vaste étendue d'eau ondoyante d'une couleur uniformément blanche – blanc argentique, comme sur le négatif des photos.

— Louise ! crie-t-il à l'intention de son amie, tu ne vois vraiment pas ?

— Quoi ?...

— L'espace... la réalité... le...

Comment expliquer que l'espace est en train de s'agrandir, de gagner une nouvelle dimension ?

La garçonne s'est rapprochée de Louise et lui chuchote quelque chose à l'oreille. Il est obligé de tirer son amie à lui pour capter son attention.

— Regarde !

Il pointe l'index vers un astre immense, blanc argenté, qui gagne en intensité à gauche de la scène, puis vers la mer dont l'écume tout aussi argentée roule sous leurs pieds, tandis qu'au dernier plan, derrière les instruments, se déploie la structure d'un gigantesque bateau dont les mâts et les passerelles surplombent la salle et resplendissent dans l'obscurité.

Ce n'est pas une trouée, comme sur le comptoir avec Ajax. Le phénomène est beaucoup plus magistral : c'est une évaporation de la frontière qui sépare les deux mondes !

∞

Tout à coup, de cette même couleur de lune, apparaissent une dizaine de silhouettes. Avec une rapidité aussi furtive qu'envoûtante, elles se glissent sur la scène, évoluant comme des ombres dans le double fond de la réalité. Personne ne les voit. Elles se postent à proximité des éoliennes quantiques, puis s'immobilisent, telles des sentinelles.

Pyth a le cœur qui bat violemment ; il sent que ce sont des Adjinns, que ce sont les siens ; il comprend qu'il est le seul à les voir. Il regarde la peau de ses bras qui s'illumine et sent que son sang s'éclaire, s'échauffe tout comme son âme s'embrase.

Et puis d'un coup… *Boum !*

Tout saute : la lumière, la musique, l'électricité.

Pyth pense aussitôt à Attila dans le sous-sol de la rue des Vinaigriers, à Loiret-en-Retz. Quelle heure est-il ? 09:15 pm ? La jeune fille vient de réussir sa mission.

Toute la Plumbing Factory est plongée dans un noir d'encre. Le *supralive* s'arrête d'un coup mais les éoliennes des micros continuent à tournoyer, comme s'il leur fallait du temps pour décélérer.

En silence, blanches sur fond noir, les ombres adjinns soulèvent le matériel de la scène – micros, fils, éoliennes.

Elles accomplissent leur larcin avec élégance, protégées par la superposition des mondes. Pyth est le seul témoin de leurs agissements tandis que, désolidarisée et prise de panique, la foule se met à crier.

— *Where is the light?*

— *I can't see anything!*

Les gens allument la lampe torche de leur téléphone, se bousculent. Des voix crient : « *Don't panic... Please don't panic!* »

Le vol se poursuit, efficace et lactescent.

— Pyth ? Pyth ? dit Louise, les mains tendues devant elle.

Adjinn, aventure. Les mots cognent dans la poitrine de Pyth. Il pense à son père, enlevé par les Adjinns. Il doit le rejoindre. Il devine que la trame ne va pas tarder à se reformer. Il prend la main de Louise, puis son coude, et place l'autre main dans son dos pour mieux la guider. Sous sa paume, il sent son amie parcourue de frissons.

— Attends, Pyth. Qu'est-ce que tu fais ?

— Viens ! On va passer de l'autre côté...

— Quoi ?

Il l'aide à grimper avec lui sur la scène ; il a presque la sensation de la mer sous ses pieds. Louise se tourne vers la salle.

— Attends, j'ai laissé mon manteau... avec les oranges bleües.

— On n'a pas le temps.

Il se faufile à travers le clair-obscur, rejoint Foresta et chuchote à son oreille :

— Foresta !

— Qui est là ? dit-elle en sursautant.

— C'est moi, Pythagore.

— Qu'est-ce qui se passe ?

— Suis-moi...

Il lui prend la main. Elle tressaille, se lève. Son corps frôle le sien. Les cris de panique de la foule sont de plus en plus forts.

Soudain, Pyth reconnaît l'un des Adjinns présents sur la scène. Torse nu, lumineux et puissant, les cheveux électriques, c'est Ajax qui se dresse telle une statue de divinité. Au lieu de rejoindre ses camarades, il se dirige vers Silo, lui prend le visage des deux mains, lui parle à l'oreille avant de le serrer dans ses bras avec fougue. Pyth ne discerne pas tout, mais il lui semble que l'Adjinn essaie d'entraîner le jeune chanteur dans la profondeur argentique. Tous deux tâtonnent comme s'ils cherchaient à traverser une frontière invisible. Quelque chose dans l'air leur résiste.

Pyth resserre son étreinte sur les mains de Louise et de Foresta. Il se concentre sur ce qu'il perçoit de l'autre côté – les mâts, les voiles, les cordes ; il n'aspire qu'à une chose, rejoindre l'autre monde. C'est là que doit se trouver son père. Tout en avançant dans la direction du bateau, il a la sensation d'être retenu par un élastique. Foresta trébuche. Par réflexe, Pyth lâche Louise pour rattraper la jeune fille, et la vivacité de son mouvement l'entraîne en avant. Il tombe, comme si l'élastique venait de céder et pénètre dans une matière invisible et caoutchouteuse. La trame. Il sent qu'il est en train de traverser la trame, cette frontière entre les deux mondes, impossible à concevoir.

— Pyth !... J. c.mpr.nds ri.n, hurle Louise derrière lui, sans que sa voix lui parvienne complètement.

Aussitôt, il se tourne, essaie d'attraper la main de son amie, mais il s'aperçoit que c'est trop tard, ils ne sont déjà plus dans la même réalité.

Dans un éclair de lumière, Pyth distingue la silhouette d'Ajax qui plante une seringue dans l'épaule de Silo. Le chanteur a perdu ses lunettes : ses pupilles sont claires et éclatantes mais couvertes d'un voile noir translucide. Il les regarde, effaré, lui, Foresta, Louise, Ajax et tous les autres autour d'eux. À la couleur de ses yeux, à l'énergie qui circule dans ses veines, Pyth comprend que le chanteur est lui aussi un Adjinn.

Une dernière fois, il tente d'aggriper la main de Louise, mais la résistance de la trame l'en empêche, et il bascule de l'autre côté.

17

Le radio-cassette libanais

Rouge, immense et cramoisi est le soleil de nuit. Turquoise, intense et lumineux est le courant. Les couleurs de l'autre monde révèlent leur puissance tandis que New York, la Plumbing Factory et ses folies baroques s'enfoncent à leur tour dans le noir et blanc argentique.

— Louise ! hurle Pythagore

La scène, la foule, les piercings, les téléphones portables, les musiciens prennent des accents de document d'archives. Pyth s'accroche à la silhouette de sa meilleure amie. Elle tend les mains, le cherche à tâtons, tourne la tête dans un sens, puis dans l'autre. Elle se cogne à Silo, qui se tient près d'elle. Est-ce la garçonne qui lui prend la main et l'éclaire de son téléphone ? Un vigile monte sur scène à son tour. Pyth aimerait repartir en arrière mais la salle de concert s'efface.

— Louise ! hurle-t-il encore.

Seul le silence de la mer lui répond, à peine troublé par le clapotis de l'eau contre le bois.

Accroupie, les cheveux dans la figure, l'air hagard, Foresta se tient à côté de lui. Ils sont sur le tillac d'un vaisseau, surplomblant plusieurs autres ponts jalonnés de mâts et de passerelles.

Troublé, Pyth perd l'équilibre, se rattrape sur les mains, paumes à plat sur le bois mouillé. L'air est vif, chargé de parfums. Foresta se masse les paupières, les tempes, regarde partout autour d'elle pour se raccrocher à quelque chose.

— Je ne comprends pas… comment…, chuchote-t-elle pour elle-même.

Soudain, une femme et un homme en pantalon de grosse toile, avec d'épaisses protections de cuir sur les bras, s'approchent d'eux et les immobilisent face contre terre, en criant dans une langue étrangère.

Pyth sent sa joue s'écraser sur le ponton. À contre-jour de l'horizon surgissent une dizaine d'autres silhouettes. Foresta est maintenue au sol par une femme à la peau très claire et aux longs cheveux blond-argent. Des instruments en métal dépassent des poches de son manteau – des outils ? des armes ? Quelqu'un se penche sur eux et les interpelle en plusieurs langues. Pyth reconnaît du gaoyan mais ne comprend pas tout.

— Je m'appelle Pythagore Luchon ! Je cherche mon père ! dit-il.

Il sent sa rage bouillir, il donne des coups. De nouveaux corps s'abattent sur lui ; il s'ébroue pour s'en débarrasser ; il frappe avec sa tête, ses mains, ses genoux, jusqu'à ce que s'élèvent des cris d'une nouvelle teneur. Tout le monde s'écarte, se fige. Il entend le mot « Adjinn » prononcé dans son dos. Pyth voudrait continuer à se battre mais ses assaillants reculent. Quelque chose dans l'atmosphère a changé.

— Pythagore ! dit Foresta.

Il est troublé d'entendre son prénom.

— Quoi ?

— Tu saignes. Ton sang...

Pyth passe la main sur son visage et en retire un fluide de couleur ultraviolette. Il est haletant ; l'intérieur de son corps est si chaud qu'il pourrait mourir, l'idée lui vient que son organisme ne va pas le supporter. La température est insoutenable, infernale. Les couleurs changent de nature, rouge, violet, fuchsia ; il ressent un vertige, un écœurement, un effarement, et tombe à la renverse. Les voix ne sont plus qu'une vague d'échos. Le sang continue de couler sur son front.

Des bruits de pas résonnent autour de sa tête, assortis d'images d'oiseaux aux larges ailes. Au moment où il s'évanouit, il entend une voix avec un drôle d'accent répéter :

— Pythagore ? Il s'appelle Pythagore ?

Et puis plus rien.

∞

Lorsque Pyth se réveille, il sent d'abord la brise marine, un vent tiède et parfumé. Puis il ouvre les yeux et découvre, à deux mètres au-dessus de sa tête, des lattes de bois très espacées qui laissent entrevoir le ciel, les étoiles et les lueurs du soleil de nuit. Il se trouve dans une sorte d'immense cage. Il ne bouge pas, prend la mesure du silence, du plaisir qu'il a à être allongé. Il a tellement besoin de dormir. Son corps est exsangue, il a le souvenir d'avoir eu si chaud, non pas sur la peau, mais à l'intérieur de lui-même. Il inspire, expire, longuement, plusieurs fois de suite. Soudain, une tête blanche et duveteuse entre dans son champ de vision. Cette tête porte un bec : c'est un oiseau. Un oiseau avec de grands yeux aux iris cerclés de bleu et de jaune.

Il a l'impression de le connaître...

— Ekos ?... dit-il d'une voix dont il n'est pas sûr que ce soit la sienne.

Est-ce que l'oiseau a eu un mouvement tête ?

Une nouvelle personne le rejoint. C'est une fille aux cheveux rouges qui lui tombent sur la figure. Elle porte un vêtement noir très léger, à fines bretelles.

— Pythagore ? Ça va ?

Sa voix, les courbes de son front, de ses pommettes, les ombres sous ses cils, le dessin de son cou. Sa peau est lisse, légèrement mate. Elle s'approche tout près.

Foresta.

Il tend le bras dans sa direction mais n'a même pas la force de lui toucher le visage. Sa main retombe comme une chiffe molle.

— Tu m'entends ? chuchote-t-elle.

Elle s'approche encore. Son odeur lui fait tourner la tête. L'odeur exotique de Foresta. Il en inspire ce qu'il peut, se redresse sur un coude, puis sur l'autre. Elle ne s'éloigne pas tout de suite. Il pourrait l'embrasser. Il sait qu'il l'a déjà fait mais quelque chose de brumeux l'en empêche. De quoi s'agit-il ?

Pyth plisse les paupières... Son cerveau grince, tourne au ralenti. Foresta l'aide à se redresser davantage. Il pousse sur ses bras et découvre que la haute cage en bois dans laquelle ils se trouvent est de la taille d'une petite maison, installée à même le pont du bateau. Il pourrait s'y tenir debout, mais il n'a pas le courage de se lever. Tout au fond de la nacelle, une dizaine d'autres magnifiques oiseaux aux immenses ailes blanches semblent tenir salon, à en juger par la façon dont ils sont regroupés dans un coin.

— Les rapacs..., murmure Pythagore, qui reconnaît les volatiles de ses rêves ajdinns.

Il remarque, contre l'une des parois ajourées, une mangeoire avec un compartiment pour l'eau, un autre pour la nourriture et un troisième pour de petites plantes violettes. Pyth s'y traîne, s'y adosse plus confortablement. Il respire avec difficulté, comme si tout était brûlé le long de sa trachée. Derrière les barreaux, sur le pont, s'affairent des hommes et des femmes d'allure scupturale, vêtus comme des guerriers d'un temps ni ancien ni moderne, juste différent. La couleur de leurs cheveux est étrange, presque surnaturelle. Certains portent de longs manteaux et étudient le ciel ; d'autres, qui escaladent les mâts ou manipulent les voiles, sont torse nu. Ils se déplacent avec détermination et agilité. Ils semblent savoir parfaitement ce qu'ils font.

— Pythagore...

— Oui... ?

— Ton sang est redevenu rouge mais, tout à l'heure, il était ultraviolet... comme quand on mélange les deux sangs... comme quand on est adjinn...

— Oui.

— Comment c'est possible ?

Pyth ne répond pas, il ferme les yeux parce que sa mémoire cogne contre son front.

— Qu'est-ce qui s'est passé ? Comment on est arrivés ici ? insiste la jeune fille.

— Je sais pas, soupire-t-il en reprenant à l'envers le fil de leur trajet. Je ne sais pas vraiment, mais...

— Tu les connais ?
— Non.
— Il y en a un qui avait l'air de te connaître, il a répété ton nom quand tu t'es évanoui.
— Qui ?
— Lui, dit-elle en désignant au loin une silhouette.
Pyth essaie de préciser son regard, mais sa tête est trop lourde, trop pleine de bruits.
— Tu le connais ?
Il ferme les yeux.
— Je sais plus...
— Mais c'est toi qui m'as amenée ici !
— C'est moi ?
— Oui, tu as dit tout à l'heure que tu cherchais ton père.
— Mon père ?
— Pyth, tu es monté sur scène, tu m'as pris la main... On était dans le noir, moi je ne voyais rien. Tu ne te souviens pas ?
Tout à coup, le cerveau de Pyth se remet en route. Oui, le noir, le public, la scène... Les éoliennes quantiques, Sam Kharan, Silo... Et surtout Louise ! Il était là-bas avec Louise !
— Louise ! hurle-t-il si fort que son corps tressaute.
Sa gorge se gonfle. Son cœur s'affole. Il crie encore :
— Où est Louise ?
— Chut, Pyth, s'ils voient que tu es réveillé, ils vont venir t'interroger...
— Il faut aller la chercher !
— Calme-toi.
Pyth ne peut pas se calmer. Ils étaient sur la scène, il lui tenait la main. Il se souvient du contact tiède de sa paume.

C'est lui qui l'a lâchée pour s'occuper de Foresta qui avait trébuché. La culpabilité l'assaille.

— Elle est toute seule, elle ne connaît personne... Elle n'a pas d'argent américain, elle déteste parler anglais... Il faut qu'on retourne de l'autre côté !

Il rassemble ses forces, se redresse, attrape les barreaux, puis grimpe sur la mangeoire pour mieux voir ce qui l'entoure. La première chose qu'il remarque, c'est à quel point le vaisseau file vite, porté par son extraordinaire voilure polymorphe. Hommes et femmes, adolescents et adultes, glissent des mâts, parcourent les passerelles, s'envoient des cordes, des câbles.

— Ça fait combien de temps qu'on navigue comme ça ?

Pyth pense aux correspondances géographiques. Se sont-ils beaucoup éloignés de leur point de départ ? Peut-on passer l'angle mort alors que le bateau est en mouvement ? Foresta s'efforce de le faire redescendre de la mangeoire.

— Pyth, reste caché, il faut qu'on se mette d'accord, avant tout.

Les mots frissonnent dans la tête du jeune homme. Il a l'impression que la fièvre monte et descend. A-t-il chaud ? A-t-il froid ?

Soudain un cri puissant part du haut des mâts, sans doute une vigie qui a repéré quelque chose. D'autres répètent en gaoyan et galécien :

— *Marÿnbad tzaär !* Méridien fuyant !

Aussitôt, le ballet maîtrisé des marins change de rythme. Tandis que redoublent le cliquètement des poulies, l'écho des voix, la résonance des pas sur le pont, d'autres voiles apparaissent, coupées comme celles d'un drakkar. Au loin, sur l'horizon, un long rai de lumière s'approche du vaisseau telle une vague à grande vitesse. Sa couleur change sans arrêt, comme un arc-en-ciel versatile.

— Qu'est-ce que c'est ? demande Pythagore.

— Un méridien fuyant.

— Méridien fuyant, répète-t-il pour lui-même, curieux de découvrir enfin ce que recouvre cette expression.

— Ils vont le prendre à revers ! poursuit la jeune fille d'un ton admiratif.

Pyth se hausse sur la pointe des pieds pour mieux observer l'action en cours. À mesure que la lumière s'approche, un son rasant se propage tel celui d'un avion de chasse. Les marins multiplient les gestes pour communiquer à distance. Des cris fusent au-dessus de leurs têtes, en gaoyan, en galécien et même en anglais ou en basstang.

— Remontez les câbles ! *Beware of the boom*[1] *! Come on! Ballast!* Ligne de fuite ! *Farès saÿ maan !*

Tous moulinent les manivelles, les filins volent d'un mât à l'autre et, tout à coup, la multitude de toiles blanches de diverses tailles qui composent la formidable voilure du vaisseau vire à quatre-vingt-dix degrés. Aussitôt, le bateau change de cap et, avec une agilité déconcertante, se place dans la perspective du méridien. La ligne de celui-ci vibre avec puissance et attire le bateau tel un aimant jusqu'à ce que – *pan !* – un bruit d'explosion éclate, comme s'ils avaient passé le mur du son.

Pyth et Foresta, projetés en arrière, tombent et roulent jusqu'aux pieds des volatiles. Ceux-ci, plus aguerris, se sont recroquevillés pour encaisser la puissance de l'accélération.

1. Bôme.

Car c'est bien de ça qu'il s'agit, une accélération prodigieuse, un vent de vitesse titanesque. Leurs cheveux volent en tous sens jusqu'à ce que, subitement, ils entrent en apesanteur ; leur corps s'immobilise, leurs gestes deviennent infiniment lents. Ils ne peuvent pas se parler car un mot prendrait des heures à être prononcé – ils n'essaient même pas. À travers les barreaux de la cage, la mer, le ciel, le soleil de nuit, les étoiles s'étirent en petits traits de couleur, une infinité de filaments rouges, bleus, argentés. Les secondes stagnent, s'étirent, fleurissent. Ils sentent le vent de la mer – les embruns, le sel – mais aussi celui des étoiles – quelque chose d'à la fois ferreux et fruité. Pythagore et Foresta ne sont plus accrochés au présent, ils le survolent, ils surfent à sa surface : le temps s'est transformé en un vaste champ au-dessus duquel les instants éclatent par bouquets, comme dans un feu d'artifice.

Puis, avec la même soudaineté qu'à l'accélération, tout s'arrête. Cette fois projetés vers l'avant, Pyth et Foresta se cognent violemment aux barreaux de bois et demeurent un instant sonnés, sans bouger.

Le bateau reprend son rythme de croisière.

Au bout d'un long moment, l'un comme l'autre entreprennent de déplier leurs membres ; ils se redressent, ajustent leur vision, retrouvent leur équilibre. De mât en mât, au-dessus de leurs têtes, circulent des exclamations en diverses langues.

— 1 249 K.B. ! Descente des mâts ! *1 249 K.B. ! Devaÿ el mas !*

Les grimpeurs redescendent et se laissent tomber sur les ponts.

— 1 249 K.B. ? s'étonne Pyth. Ça veut dire quoi ?

— Ça veut dire qu'on a parcouru 1 249 kilo-encablures...

Pyth écarquille les yeux. Il croit savoir qu'une encablure est plus ou moins équivalente à un mètre... Est-ce que les kilo-encablures représentent des kilomètres ? Dans ce cas, auraient-ils parcouru 1 249 kilomètres en quelques secondes ?

— Quoi ? Il faut revenir en arrière !

Il essaie de se redresser à nouveau mais son corps engourdi ne suit pas ; il trébuche.

— On a déjà pris deux méridiens pendant que tu étais évanoui, l'informe Foresta.

— Deux méridiens, répète-t-il, hagard. Mais... où est-ce qu'on est maintenant ?

Foresta hausse les épaules.

— Je ne sais pas.

— Mais comment est-ce que ça peut aller si vite ?

— Les méridiens fuyants sont des raccourcis géographiques. La terre se contracte. Elle se prépare à faire sortir le bolt sauvage.

Pyth cligne des yeux et les rouvre plusieurs fois d'affilée. La terre se contracte ?

— Assieds-toi, ferme les yeux...

Il se laisse faire, s'adosse contre le bois de la mangeoire, pose les mains bien à plat sur le sol. Loiret-en-Retz, Eman, New York et maintenant... ça.

Au bout d'un certain temps, il entrouvre les paupières pour laisser filtrer la lumière, le profil de Foresta. Elle est là, bien réelle, ses pommettes hautes et plates parcourues par les ombres parallèles que tracent les barreaux de la cage.

Il aimerait lui dire à quel point il a pensé à elle mais la jeune fille le devance :

— Tu sais, j'ai du mal à croire que tu sois là... J'ai tellement espéré vous retrouver, toi et Louise.

À l'évocation de sa meilleure amie, le ventre de Pyth se creuse d'angoisse. Il referme les yeux, le cerveau en roue libre. Mille fois il a rêvé de sentir Foresta à son côté, mille fois il a espéré d'entendre les mots qu'elle vient de prononcer, mais il ne parvient pas à en profiter. Il se sent trop coupable d'avoir laissé Louise toute seule.

Peut-être déçue par son absence de réaction, Foresta reprend d'un ton plus froid :

— J'ai eu peur pour vous. Peur que les Garde-Fous vous interrogent, vous fassent du mal... Et tout à l'heure, dans la foule, j'ai eu peur que quelqu'un te remarque mais j'imagine que si tu étais là-bas, c'est qu'ils t'ont confié une mission ?

— Oui, bafouille Pyth. Ils nous ont interrogés, mais ce n'est pas pour ça que nous étions là ce soir, c'est plus compliqué.

Il laisse passer quelques secondes avant d'ajouter :

— Et tu sais, nous aussi, on a pensé à toi. Tout le temps...

A-t-il perçu une lueur de satisfaction dans son regard ?

— Qu'est-ce que vous faisiez là-bas, alors ?

Pyth prend une grande inspiration. Par où commencer ?

— Une fille a voulu m'aider à retrouver mon père...

— Ton père ?

— Pour une raison que j'ignore, un groupe d'Adjinns a enlevé mon père et la fille m'a dit qu'ils seraient là ce soir, à cet endroit précis.

— Ton père ? répète-t-elle, perplexe. Je croyais que ton père était malade ?

— Il l'était... Enfin, il l'est toujours, mais plus comme avant. Ces trois dernières années, il était dans le coma. Et maintenant... il est debout, il a l'air réveillé... mais il dort toujours.

— Comme les Dormeurs ?

— Oui, comme les Dormeurs, c'est exactement ça, répond Pyth, frappé par l'analogie.

Le silence s'installe de nouveau.

— Je n'ai pas de père, dit Foresta. Je ne sais pas ce que ça fait d'aimer un adulte comme un père, mais je suis désolée pour toi.

— Et toi..., reprend-il au bout d'un certain temps. Qu'est-ce que tu faisais là-bas ?

— On m'a envoyée en mission... Quand ils ont su que j'avais découvert le secret constitutionnel n 3, les Garde-Fous m'ont laissée dans une cellule sans fenêtre...

Elle avale sa salive. Son menton tremble comme si elle cherchait à ravaler un mauvais souvenir.

— Au bout de quelques heures, un agent m'a dit que j'avais le choix entre ma cellule à vie et une mission inconnue. J'ai choisi la mission inconnue.

— C'était quoi ?

Foresta reste silencieuse, évite le regard de Pythagore puis murmure tout bas :

— J'aurais préféré rester dans la cellule...

— Pourquoi ?

Elle lève les yeux au ciel pour cacher les larmes qui discrètement s'amoncellent au bord de ses cils.

— Si tu es arrivé jusque-là, j'imagine que tu sais qui sont les Adjinns ?

Pyth acquiesce.

— Je veux dire, tu sais ce qu'ils sont à l'intérieur ?

— Je crois...

— Le mélange des deux sangs les rend extraordinaires, mais à jamais ravagés par la souffrance. Leur corps aspire à autre chose – une dimension supérieure. Une dimension qui engloberait les deux mondes, deux systèmes vibratoires. Et comme il est impossible d'être à la fois dans un monde et dans l'autre, ils se débattent, physiquement et mentalement : ils cherchent, ils créent, ils inventent, ils composent, ils détruisent, ils flambent, ils brûlent...

Foresta ferme les yeux.

— Silo est extravagant, impossible à vivre, mais sa voix... sa voix...

Elle soupire longuement tandis que, silencieusement, les larmes roulent le long de ses joues.

— Même quand il ne fait que parler, même quand il chuchote, sa voix pénètre sous la peau, rentre dans le corps...

Une voix qui pénètre sous la peau ?

Pythagore imagine le chanteur en train de parler à l'oreille de Foresta, un bras sur son épaule, comme il l'a fait devant la Factory. Il les imagine tous les deux, enveloppés par le clair-obscur de la nuit.

La vrille de jalousie se réveille en lui. Pourquoi lui parle-t-elle de Silo ?

— Tu le connais bien ? interroge-t-il, l'air de rien.

— Oui. Très bien. J'ai passé ces deux dernières semaines avec lui. C'était lui, l'objet de ma mission.

À nouveau, elle se tait ; elle plonge la tête dans ses mains, comme si elle était humiliée par quelque chose. Pyth sent que son sang recommence à chauffer. De quoi a-t-elle honte ? Qu'a-t-elle fait avec Silo ?

— C'était quoi, ta mission ?

Foresta garde les yeux fermés pour parler.

— Cela faisait un bout de temps qu'il ne prenait plus d'anthracite. Il essayait de le cacher en portant des lunettes de soleil bien couvrantes pour ne pas montrer que ses yeux changeaient de couleur. L'anthracite rend les pupilles sombres.

Pyth enregistre que son intuition était la bonne : Silo est bien un Adjinn. Il en éprouve un sentiment de rivalité amplifié.

— Les Garde-Fous s'en sont rendu compte. Quand il venait à leurs convocations, il ne prenait plus sa dose immédiatement, il disait qu'il la gardait pour plus tard...

Pyth a hâte que Foresta en vienne au fait. Il sent qu'elle élude la réalité, exprès.

— Repousser l'anthracite est un des premiers signes de rébellion chez un Adjinn. Toutes les grandes révoltes adjinns ont commencé comme ça.

Foresta marque une pause, comme si elle avait besoin de prendre la mesure de son propre récit.

— Quand ils m'ont envoyée là-bas, je ne savais pas tout ça. Ils m'ont expliqué ce qu'était un Adjinn. Ils m'ont parlé de leur souffrance intolérable. Ils m'ont fait le même discours que celui qu'ils servent aux jeunes Adjinns quand ils les cueillent : que l'anthracite est un médicament, que la mission des Garde-Fous consiste à canaliser leur démence, les aider à vivre... Ils m'ont expliqué qu'il vaut mieux donner de l'anthracite aux Adjinns parce que, pour en obtenir, certains se mettent en danger : ils font exprès de frôler la mort afin de stimuler leur instinct de survie, qui ouvre la trame ; ils ramassent alors des miettes d'anthracite quand la trame se referme.

Foresta soupire.

— Je ne sais pas si j'y ai cru vraiment... ou si j'ai voulu y croire pour faciliter ma mission. J'avais tellement peur de retourner dans la cellule.

Elle prend un temps avant de poursuivre d'une voix plus basse.

— Je l'ai approché facilement, grâce à ma connaissance des instruments en métal vif. Les Garde-Fous ont organisé une rencontre. Ça a très bien marché entre nous, il avait l'air heureux de faire de la musique avec moi.

— Ça a très bien marché entre vous, répète Pyth nerveusement.

« Qu'est-ce qui a marché ? » crève-t-il d'envie de demander.

Elle laisse passer un temps, puis reprend comme pour se justifier :

— En tout cas, je n'ai rien dit sur le reste.

— Le reste ?

— Je n'ai rien dit quand il a reçu un médaillon d'Euménie. J'en ai un moi aussi, j'ai reconnu l'objet facilement, dit-elle en sortant de son haut le médaillon en question, argenté, avec une pierre bleue.

Pyth se souvient qu'Aurelian possède l'autre moitié de ce médaillon.

— À quoi ça sert ? demande-t-il pour voir si elle va lui dire la vérité.

— C'est pour signaler sa position... à ses amis. Ce n'est pas toujours fiable, c'est plus un jouet qu'un réel instrument de géographe. On me l'a donné il y a longtemps, je l'ai pris avant de partir en mission, au cas où, mais je ne l'ai jamais ouvert. Je le porte parce que je le trouve beau.

Son regard va et vient, comme si elle n'était pas à l'aise.

— Je n'ai rien dit non plus quand Silo m'a expliqué pourquoi il tenait absolument à participer au concert de ce soir. Il avait reçu des coordonnées géographiques d'un contact « sérieux », m'a-t-il dit. Un contact qui allait changer des choses pour lui, « changer sa vie en grand ». J'ai pensé qu'un rendez-vous donné par coordonnées géographiques devait forcément venir de notre monde, mais je n'ai rien dit. En plus, je voyais bien qu'il prenait des tas d'autres drogues... Alors, je me suis dit : celles-là ou une autre, quelle différence ? Dès le troisième jour, j'ai mis de l'anthracite dans ses boissons. J'ai augmenté progressivement les doses. Jusqu'à hier où je lui ai donné de l'anthracite sublittorale.

Foresta enchaîne fébrilement, espérant peut-être noyer sa culpabilité dans les mots.

— L'anthracite sublittorale est la drogue la plus puissante au monde, celle avec laquelle les Garde-Fous tatouent les jeunes Adjinns. Après y avoir goûté, ils sont à leur merci, ils ne peuvent plus s'en passer. Elle est dense, et grasse, mille fois plus facile à absorber. Les Garde-Fous l'achètent aux Genoux-Bleus, je crois que c'est la raison principale pour laquelle ils restent leurs alliés.

Foresta interrompt son discours car sa gorge est assaillie par les pleurs.

— L'anthracite sublittoral empêche les passages entre les mondes...

Elle se tourne vers Pythagore et, cette fois, se force à soutenir son regard.

— Je pense que Silo s'était sevré parce que son projet était de rejoindre le bateau ce soir, de rejoindre la rébellion. À cause de moi, il n'a pas pu traverser la frontière.

Pyth se rappelle qu'Ajax a tenté à plusieurs reprises d'emmener le chanteur de l'autre côté. Il se souvient aussi de l'aiguille qu'il a plantée dans son épaule.

— J'ai vu des Garde-Fous qui rôdaient autour de la salle de concert tout à l'heure, reprend-elle. Ils vont l'interroger, peut-être même le torturer, et il saura que c'est moi qui l'ai drogué... Il va regretter de m'avoir fait confiance.

Ses paupières se ferment, entraînant avec elles deux larmes silencieuses. La voix de la jeune fille n'est plus qu'un murmure.

— Il va regretter de m'avoir parlé dans le noir. À la fin des répétitions, il me racontait toujours un peu sa vie, ses débuts, ses premières chansons écrites sur du papier journal. Il m'a montré une photo du silo abandonné dans lequel il avait installé son campement quand il était pauvre. Tous les soirs, il y grimpait à l'échelle en regardant les étoiles, il aimait dormir sur la paille, près d'un trou dans la tôle qui faisait office de fenêtre. C'est en hommage à son campement de fortune qu'il a choisi son nom de scène. Il m'a raconté ses années de solitude à fumer et à écrire sans même pouvoir chanter. Il m'a détaillé sa peur du jour, l'angoisse que lui procurent les gens qui ont un vrai métier et qui pressent le pas dans la rue pour arriver à l'heure. Je sais que ses souffrances ne s'apaisent que la nuit, dans les bars les plus sombres, les fêtes les plus oublieuses d'elles-mêmes, la musique la plus rebelle. Il m'a dit qu'il ne racontait jamais ça aux filles d'habitude, que je lui inspirais quelque chose de différent. Il voulait juste une amie, tu comprends... quelqu'un à qui parler dans le noir pour soulager sa peine, et moi, je l'ai trahi... J'aimerais tellement pouvoir lui dire que ce n'est pas moi qui ai prévenu les Garde-Fous. J'aimerais qu'il sache que ce n'est pas moi qui leur ai demandé de venir...

— C'est pour moi et pour me capturer vivant que les Gardes-Fous étaient présents, ce soir, à la Factory !

∞

La voix profonde qui vient de s'élever derrière eux appartient à un homme aux yeux noirs, au sourcil broussailleux et à la barbe fournie, à la peau mate striée de cicatrices.

Pyth reconnaît aussitôt le passeur venu chercher Ajax par la trouée, celui dont le drôle d'accent lui a immédiatement été familier et que Louise avait d'abord pris pour le commandant Baar. Plusieurs personnes l'accompagnent, et notamment Ajax, torse nu, cheveux au vent, l'œil clair. Les deux lignes noires granuleuses à son poignet témoignent de ce qu'il s'est infligé la veille, et partout où il portait des tatouages demeurent des traces cutanées, comme des marques d'anciennes brûlures. Malgré cela, son corps est beau, farouche, infiniment vivant.

— Les Garde-Fous étaient là pour moi et pour mon fils, reprend le barbu aux cicatrices. Ils le surveillent depuis des jours.

— Votre fils ? demande Pyth.

— Sam Kharan.

— Sam Kharan est votre fils ?

— Ça fait trois ans que je ne l'ai pas serré dans mes bras. Ils espéraient que j'entre en contact avec lui.

— Vous êtes...

La forme de son visage est cachée par une barbe impressionnante, les cicatrices et les traces de brûlures déforment ses traits, mais c'est bien lui !

— Nessim Kharan...

Nessim Kharan, cofondateur avec Lucien Luchon et John Harlow du projet *Starpoint*. Nessim Kharan, qui avait disparu il y a plus de trois ans et que Pyth a suspecté d'être l'auteur de l'empreinte digitale au sang rouge dans le livre du secret constitutionnel n° 3 – N.K. Nessim Kharan et son accent roulant, heurté, hérité du mélange entre son père libanais, sa mère canadienne et les années passées auprès de ses trois femmes successives – suisse, américaine, anglaise. Nessim Kharan dont Nadine Luchon n'appréciait pas beaucoup la présence parce qu'elle le trouvait froid en dépit de la chaleur de ses yeux, trop scientifique derrière « son apparent numéro de charme ».

— Vous aviez disparu...

— Je n'avais pas disparu, j'avais simplement traversé la frontière.

La géographie mentale de Pythagore ondule jusqu'à se courber en deux ; il sent qu'une galerie souterraine se creuse entre deux pans de souvenir qui semblaient à mille lieues l'un de l'autre.

— J'ai traversé la frontière et il m'a fallu trois ans pour comprendre comment j'avais fait, trois ans pour revenir en arrière.

Pyth essaie d'écouter mais son cerveau patine. Une foule d'images afflue – la photo des trois jeunes scientifiques dans le bureau de son père, le « petit champagne » à la maison après le financement du projet *Starpoint*, le toast au cours duquel Nessim avait chanté une chanson libanaise apprise de son grand-père, les collègues de son père qui parlaient américain ou français avec un accent canadien, et anglais avec l'accent français. L'article de journal qu'ils se passaient de main en main, les bravos, les congratulations. Sa mère qui était à la fois heureuse et inquiète...

— Ton père, John et moi avons passé la plus grande partie de notre carrière à chercher de quoi est faite la trame vibratoire qui forme la matière. L'éolienne quantique du projet *Starpoint* était bien conçue mais nous avions raté l'essentiel : la trame ne se révèle qu'à certaines conditions, et ces conditions sont impossibles à réunir dans la froideur d'un laboratoire. Il y a quelques années, Sam m'a demandé la permission d'utiliser une éolienne quantique pour enregistrer des concerts. Il disait que la qualité du son était meilleure. Intuitivement, mon fils avait pressenti ce que j'ai mis trois ans à comprendre : pour dilater la frontière entre les mondes, il faut la faire chauffer, la faire pulser. Il faut des sons, des rythmes, des basses, des voix, des applaudissements, de la chaleur humaine, de la fièvre, de la foule. Les artistes disent qu'ils créent de l'émotion, moi je dis qu'ils dilatent la frontière entre les mondes. Ce qu'on appelle frisson, chair de poule, vertige, bonheur, vient en réalité de la porosité vibratoire entre le monde A et le monde B.

Le scientifique avance sa tête entre les barreaux de bois. Il est si proche de Pythagore que ses cicatrices semblent prendre vie sous les yeux du jeune homme.

— Mon fils réalise des enregistrements exceptionnels, mais le plus extraordinaire de sa démarche, même lui ne l'a pas compris.

Nessim laisse planer le suspense une seconde.

— Pourquoi la musique enregistrée par Sam a-t-elle réussi à ouvrir la trame dans mon laboratoire ? Voilà la question que j'ai ressassée pendant trois ans. Pourquoi ? Il y avait les miroirs du piège à vibrations, bien sûr, qui ont permis de dessiner un angle mort, mais surtout... il y avait le magnétisme des bandes : mon fils m'avait fait une cassette ! Plus personne ne fait de cassette de nos jours, mais Sam s'était souvenu que, moi, j'aimais écouter la musique sur mon vieux radio-cassette qui me vient du Liban. Voilà ce qui s'est passé : la chaleur vibratoire du *supralive* a rendu la trame poreuse ; mon fils a tout enregistré sur bandes magnétiques ; et mon radio-cassette a relâché les ondes dans le reflet des miroirs optiques du laboratoire.

Il frappe dans ses mains.

— Qui aurait pu deviner une telle chose ? Les Garde-Fous ont eu beau m'interroger des jours entiers pour que je leur explique comment j'avais fait...

Il fait glisser ses doigts sur ses cicatrices.

— Je ne pouvais pas leur expliquer ce que moi-même je n'avais pas compris. Après m'avoir torturé, ils ont essayé de m'amadouer, de m'utiliser, comme ils le font avec les Adjinns. Ils m'ont intronisé l'un des leurs en m'initiant à leurs secrets constitutionnels. Je suis le premier homme au sang rouge à avoir apposé son empreinte sur un de leurs livres... Mais les caresses n'ont pas plus marché que les coups : à cette époque, je n'avais toujours pas compris. Ce n'est que l'année dernière, en étudiant le bolt sauvage, que j'ai eu une révélation. Puis il m'a fallu un an pour concevoir le plan auquel nous allons nous livrer ce soir.

Son sourire est franc mais froid. Pyth ne sait pas s'il peut lui faire confiance. Trois ans passés dans un laboratoire Garde-Fou l'ont peut-être déshumanisé.

— Nous y voilà donc mais, auparavant, ce que je voudrais comprendre, c'est comment toi, tu t'es retrouvé sur les lieux de notre intervention avec du sang adjinn dans les veines.

∞

Pyth avale sa salive. Il a la bouche sèche, l'estomac à l'envers.

Les Garde-Fous ont torturé Nessim Kharan à cause d'une cassette... et c'est sans doute à cause de cette cassette que son père est tombé dans le coma.

Trois ans. Trois ans de sa vie à lui. Trois ans de la vie de Nessim Kharan.

— Comment, c'est compliqué à expliquer..., dit-il enfin. « Pourquoi ? » est la vraie question. Je cherche mon père, je pensais qu'il serait ici, avec vous.

— Ton père n'est pas ici parce qu'il n'y a qu'un seul endroit au monde où il puisse être à l'aise, et c'est là que je l'ai conduit.

— Quel endroit ?

— Le Sublittoral.

— Le Sublittoral ? Mais pourquoi ?

Pyth pose la question mais il devine la réponse avant même que Nessim ouvre la bouche. La réflexion que Foresta a formulée un peu plus tôt lui revient en mémoire : « Comme les Dormeurs ? »

— Le corps de ton père a pris la fréquence des Dormeurs. Son sang est devenu bleu marine. L'équipe a eu beaucoup de peine à le faire coaguler après lui avoir retiré sa perfusion.

Le sang bleu marine !... Pyth se souvient des traces bleues sur l'oreiller. Ce n'était pas de l'encre...

— Mais... il va rester là-bas ?

— Oui. Jusqu'à ce qu'il se réveille. Peut-être que ce nous accomplirons ce soir pourra l'y aider.

— Mais...

Pyth déglutit. Sa gorge est sèche, gonflée.

— Mais, comment vous avez fait ? Et comment vous avez su ?...

Nessim sourit, son expression s'adoucit.

— C'est toi qui m'as dit que ton père s'était réveillé...

— Moi ?

— Oui, ou plus exactement, tu me l'as écrit.

Pyth est stupéfait. Comment aurait-il pu le lui écrire ?

— Tu me l'as écrit dans ton message.

Il met un certain temps à comprendre : la conversation qu'il a eue avec Sam a eu lieu sur la fiche Facebook de son père ! C'est par l'intermédiaire de sa page officielle qu'il a pris contact avec lui ; c'est aussi sur sa messagerie personnelle que la conversation s'est poursuivie.

∞

Des pas résonnent sur le ponton. Derrière Nessim Kharan apparaissent deux Adjinns. L'un a la peau noire si sombre qu'elle en paraît bleue, ses cheveux sont relevés en chignon ; l'autre est pâle, fluet et arien. Ils transmettent une information à Ajax ; celui-ci traduit aussitôt pour Nessim :

— Les sonars ont capté un signal. Les Galéciens sont en approche. Ils se guident à la boussole biométrique.

L'œil inquiet, Nessim interroge Ajax du menton.

— Ils ont gardé ton sang ?

— Non, impossible. Je m'en suis assuré avant de partir. Et les autres n'ont jamais été en contact avec eux.

Boussole biométrique ? pense Pythagore.

Il se souvient du branle-bas de combat lors de la réunion secrète. Peut-être les Garde-Fous ont-ils fini par comprendre que la femme médecin disait vrai ? qu'elle pouvait tracer les Adjinns par l'intermédiaire de son sang ?

Doit-il parler ?

— Il faut les semer, reprend Ajax. Notre seule chance de procéder à l'enregistrement, c'est d'atteindre le bolt avant tout le monde. S'ils nous suivent à la trace, nous n'aurons pas le temps et nous aurons fait tout cela pour rien...

— Je crois que c'est ma faute, dit Pythagore.

Tous se tournent vers lui, incrédules mais déjà prêts à sévir.

— Vous avez parlé de boussole biométrique ? poursuit Pyth.

Ajax acquiesce.

— Je les ai vus la faire fonctionner. Je sais qu'ils vous cherchent.

Sentant peser sur lui les regards, Pyth hésite. Il se sent adjinn, empli par leur énergie ; il penche naturellement du côté de leur cause, mais peut-il leur faire confiance ? Il sait à quel point leur nature profonde peut être fougueuse, enragée, meurtrière.

Finalement, il préfère tout dire :

— Les Garde-Fous se repèrent grâce à mon sang ou, plus exactement,... grâce au sang de l'Adjinn que je porte en moi.

18

L'enregistrement universel

Pyth explique à Ajax et Nessim ce qui s'est passé dans le Sublittoral – l'explosion du point de gipht, l'échange vibratoire avec un jeune homme nommé Caliacan, la réunion au dispensaire, la façon dont la femme Garde-Fou avait détecté sa présence.

Ajax traduit ces informations aux autres Adjinns. Le plus fluet des deux répond en galécien, d'une voix nette, avec un petit mouvement de menton en direction de la mer :

— Jètte-le... Et Cali avèc lui.

L'homme à la peau noire, presque bleue, lève la main pour marquer sa désapprobation et réplique quelque chose en gaoyan. De son corps se dégage une puissance de demi-dieu.

— Nous n'allons pas le jeter par-dessus bord, décide Ajax. Il faut les mettre à proximité d'un métal vif en surchauffe, ça brouille les signatures vibratoires.

Nessim acquiesce. Il fait signe aux Adjinns de s'emparer de Pythagore et de Foresta. Ajax conduit le groupe vers le pont supérieur.

∞

À mesure qu'ils progressent de passerelle en passerelle, Pyth se rend compte à quel point le vaisseau est impressionnant : il est pourvu de trois immenses coques d'une centaine de mètres. Chaque pont s'étage en plusieurs niveaux dotés de mâts diversement orientés ; les voiles, de tailles et de formes différentes, se gonflent dans des directions opposées, comme si elles étaient soumises à des vents tournants. Les plus petites, trapézoïdales, ressemblent à d'immenses cerfs-volants.

Sur le plus haut des ponts, la vue est époustouflante. Le soleil de nuit rase l'horizon, noyant sa couleur dans la mer.

Ils se trouvent devant une installation colossale constituée de pylônes, de roues, de cylindre, de bobines. Un amas de câbles s'en échappe par le bas.

— On dirait une machine à son ! commente Foresta, ébahie.

— Une machine à son ?

— Une machine à crans qui amplifie la puissance des instruments de musique, mais celle-ci est... gigantesque !

— Donne ta main, ordonne Ajax à Pythagore.

Pyth s'exécute, les Adjinns l'attachent à la machine.

— Toi aussi, dit Ajax à Foresta.

Celle-ci croise les bras.

— Pourquoi vous voulez nous enchaîner ? On est vos prisonniers ?

Les Adjinns lui prennent la main de force et la menottent à côté de Pythagore. La jeune fille ne cherche pas à se débattre.

— On ne risque pas de s'enfuir, on ne va pas plonger dans la mer !

— Je ne peux rien laisser au hasard, lui réplique Ajax d'un air déterminé. Tant que ton ami reste collé à cette machine, sa signature vibratoire est brouillée, et je souhaite bien du courage aux Garde-Fous pour détecter sa position à la boussole biométrique.

Foresta enregistre l'information en faisant preuve d'une certaine circonspection. Elle surveille les gestes des Adjinns dont l'attention s'est reportée sur la machine ; elle inspecte leur matériel avec curiosité et s'attarde notamment sur un large câble scintillant de couleur argent.

— Mais c'est un câble architecte ! s'exclame-t-elle, stupéfaite.

À son tour, Pyth est pris de curiosité. La conduite métallique, souple et ondoyante, près de laquelle vient de s'accroupir son amie ressemble à s'y méprendre à celle du radar sismique qu'il a manqué de faire sauter lors de sa mission sublittorale.

— Vous avez mis un câble architecte sur une machine à son ? reprend-elle sur le même ton.

Ajax la toise avec un air amusé :

— Et alors ?

La jeune fille cligne des yeux.

— Le câble architecte n'est pas fait pour ce genre de machine : il sert à empoigner le bolt sauvage !

— Qui te dit que ce n'est pas ce que nous voulons faire ?

Désemparée, Foresta se tourne vers Pyth, puis à nouveau vers Ajax.

— Vous voulez empoigner du bolt sauvage... avec une machine à son ? Mais vous êtes fous ! Il faut du matériel adapté pour affronter le bolt sauvage, des bateaux spécialement conçus pour l'empoing, avec des têtes de forage ! Et le câble architecte doit être monté sur grue, pas sur une machine à son !

Comme Ajax ne se départ pas de son sourire, elle renchérit :

— Écoutez-moi, je connais les géographes de la Ligue, ils vont débarquer par centaines. Leurs comptoirs sillonnent les mers à l'affût du moindre signe de bolt, chaque comptoir possède plusieurs bateaux d'empoing équipés de grue d'approche. Vous n'avez aucune chance !

— Ne t'inquiète pas pour nous. Nous bénéficions d'une petite longueur d'avance. Ton ami t'expliquera.

∞

Foresta demeure coite jusqu'à ce que la silhouette d'Ajax disparaisse. Ses cheveux tempêtent face au vent mais son regard est aussi rasant que l'horizon.

— Qu'est-ce qu'il a voulu dire ?

— Je crois qu'il parlait du radar...

— Du radar ?

— Oui, ils ont un radar planté dans la terre du Sublittoral qui leur permet de savoir à l'avance où va jaillir le bolt sauvage.

— J'ai entendu parler de ce radar... C'était le tribut des Genoux-Bleus, cette année. Je croyais qu'il avait implosé ?

— Il n'a pas implosé : les Adjinns l'ont volé.

Pyth la sent déroutée.

— Comment tu sais ça ?

— À cause de la mission que les Garde-Fous nous ont confiée, à Louise et moi.

Après avoir tiré sur sa chaîne pour s'asseoir contre la machine, il lui raconte en détail sa plongée sublittorale. Elle l'écoute avec attention.

— C'est là que tu es devenu adjinn ?

— C'est ça...

Il examine son avant-bras afin de surveiller la couleur du sang qui circule sous sa peau. Foresta se rapproche et regarde aussi. Tout semble redevenu normal mais Pythagore sait qu'un changement profond s'est opéré. Il a du mal à mettre des mots dessus, c'est quelque chose de physique – ses tissus internes ont pris de la consistance et son corps, de l'assise – mais surtout de mental : son esprit s'est approfondi, creusé, complexifié, gorgé d'expériences et de désirs. Plus charismatique, son regard reflète cette épaisseur nouvelle.

Foresta s'assoit contre lui. Leurs genoux se touchent et ce contact l'enflamme. Elle le dévisage avec une lueur inédite dans les yeux.

— Et comment ça se manifeste, le fait d'être adjinn ? demande-t-elle en plantant ses prunelles dans les siennes.

— J'ai le souvenir de m'être battu, très jeune, répond-il d'une voix basse et lente, comme si ses tripes ou quelque chose d'organique parlait à sa place. Mon corps a la mémoire des coups, ils y ont pris racine, comme une greffe. Quand je suis adjinn, mon sang brûle ; j'ai l'impression que c'est de la lave qui remonte le cours de mes veines, de la lave qui infiltre mes organes en les abreuvant d'images.

— Quelles images ?

— Ce sont comme des souvenirs qui... nourrissent mon corps. Je me vois dresser des rapacs, leur parler doucement, plonger mes mains dans leurs plumes ; je sens leurs muscles tendus qui se ramollissent au son de ma voix. Je me souviens de m'être envolé des centaines de fois, d'avoir fait de longs voyages. J'ai en mémoire l'odeur de la sueur, de la fatigue mêlée au bonheur de me fondre dans l'air au-dessus de la mer scintillante. Je sais que le rapac qui m'a réveillé est le celui de Cali et qu'il s'appelle Ekos. Je me souviens aussi de guerres, de coups donnés, de coups reçus, de blessures. J'ai l'intime conviction d'avoir tué des gens. Je me souviens de fêtes dans les îles avec des garçons de mon âge, de coupes en métal remplies d'alcool et de vapeur. Je me souviens d'avoir connu des filles dans les ports, des tas de filles différentes qui parlaient gaoyan et qui...

Il s'arrête un instant pour ne pas se laisser submerger par les sensations issues de ces réminiscences, puis reprend sobrement :

— Certains des réflexes de Cali se sont mélangés aux miens. Les coups que je porte sont devenus précis, percutants, comme si je m'étais entraîné au combat toute ma jeunesse ; je sens que mon regard est plus profond parce que mes yeux ont eu accès à deux vies.

— Et ta voix...

— Quoi, ma voix ?...

Elle approche son visage tout près du sien et Pyth en éprouve une griserie dans le contre-jour des étoiles. Il voudrait que cet instant dure des heures. Il inspire lentement, comme si cela pouvait rallonger les secondes.

— Tout à l'heure, sur la scène, murmure-t-elle, quand tu m'as parlé à l'oreille... je n'ai pas reconnu ta voix. Elle n'est plus pareille.

— Plus pareille comment ?

— Elle… elle s'infiltre dans l'oreille, elle accroche quelque chose à l'intérieur, elle… rentre sous la peau.

Silence. Le temps s'étire, leurs prunelles palpitent. Pythagore pourrait embrasser Foresta. Il n'aurait qu'à avancer ses lèvres. C'est d'ailleurs ce qu'il fait lorsque, soudain, la jeune fille affiche un air douloureux.

— Ta voix…

Ses traits se contractent, elle ferme les yeux.

— Elle me fait penser à celle de Silo.

Douché, Pyth se recule aussitôt.

Il brûle d'interroger Foresta pour savoir s'il s'est passé quelque chose entre elle et le chanteur, mais de quel droit poserait-il une pareille question ? Elle ne lui a rien promis… Il ne connaît pas les codes de l'autre monde. Est-ce qu'un garçon a le droit d'être jaloux après avoir embrassé une fille une seule fois ? Est-ce qu'il peut lui demander des comptes ? Pyth pourrait essayer de poser la question de façon neutre – comme si c'était juste par curiosité, par amitié ? Mais vu leur situation, vu le contexte, est-il bien opportun de vouloir éclaircir ce point ?

Soudain gêné, Pythagore préfère reporter son attention sur la machine. Il en inspecte les détails pour se donner une contenance – cinq énormes roues crantées, des cadrans, des leviers, des boutons, des pistons.

— Comment ça marche ? demande-t-il pour que Foresta arrête de penser à Silo.

Celle-ci s'extrait lentement de ses réflexions, prend une longue inspiration, puis explique :

— Une machine à crans est destinée à amplifier le son des instruments. Elle puise l'énergie de la terre, la stocke dans ses piles, la surchauffe, puis la transmet au métal vif des instruments.

Elle désigne deux rangées de cercles en matière moussue.

— Tu vois ces points d'emprise ? C'est là qu'on branche les câbles des instruments. En principe, il y en a quatre ou cinq par machine, mais là, il y en a... deux, quatre, six, huit, dix, douze ! Douze points d'emprise, douze départs de câble, c'est énorme ! Je ne sais pas à quoi ils vont les fixer, je ne vois pas d'instrument. Mais le plus grand mystère, c'est ça...

Elle tire sa chaîne au maximum pour s'approcher du câble architecte, argenté et étincelant.

— À cet endroit, normalement, il devrait y avoir ce qu'on appelle un « câble de terre », c'est-à-dire un câble classique qui capte l'énergie de la terre. Or, là, ils ont utilisé un câble architecte...

Pyth s'approche à son tour de la conduite métallique. Elle doit faire à peu près vingt-cinq centimètres de diamètre.

— C'est bizarre parce que les câbles architectes sont très puissants, très coûteux. On ne les utilise jamais pour la musique. Leurs microfibres sont magnétiques, trempées de lave abjarnik, et spécialement conçues pour empoigner le bolt sauvage. D'ailleurs...

Foresta tape du pied à plusieurs endroits, puis se penche pour regarder par les interstices entre les planches.

— Je me demande où ils ont rangé la réserve...

— La réserve ?

— Il doit y avoir une grosse cale juste sous nos pieds.

— Pour quoi faire ?

— Le câble architecte mesure des kilomètres. Normalement, il est stocké sur dérouleur. Quand les géographes ont repéré le pic de bolt sauvage, ils accrochent le dérouleur à une grue, pour ne pas avoir de problème avec la microgravité.

La microgravité. Pyth se souvient de ce terme. Il a déjà expérimenté la microgravité pendant la bataille de l'Empoing. Tous les participants avaient été pressés au sol parce que la gravité s'était intensifiée d'un coup. Pyth se rappelle que c'est en partie grâce à ce phénomène physique qu'il a remporté la compétition : son sang rouge était inversement sensible aux pressions gravitationnelles et il avait pu courir, bondir, comme les cosmonautes sur la Lune, infiniment léger, pour empoigner le foyer de bolt de l'équipe adverse.

Foresta inspecte d'autres interstices entre les planches.

— Ça y est ! Je vois le dérouleur...

Elle reste à genoux.

— Mais comment vont-ils faire pour le porter tout en haut du pic ? Ils n'ont pas de grue. Est-ce qu'ils comptent le faire à mains nues ?

Ajax reparaît, accompagné d'une personne que Pythagore reconnaît aussitôt : profil de statue grecque, yeux verts ardents, cheveux insolents, muscles vifs, habitués à la bagarre avec d'épaisses protections de cuir sur les avant-bras dont Pyth sait instantanément qu'elles sont faites pour que les oiseaux y accrochent leurs pattes ; il s'agit de Caliacan – Cali, le dresseur de rapacs.

Ajax accroche au poignet du jeune homme une menotte reliée par une chaîne à la machine. Furieux, Cali apostrophe Ajax en gaoyan mais celui-ci le rabroue sèchement et explique ensuite à Pythagore :

— Vous partagez la même signature vibratoire. Lui aussi doit rester contre la machine, il ne pourra pas participer aux opérations.

Comme Ajax s'éloigne, un silence s'installe, chargé d'électricité. Les regards de Pyth et de Cali s'accrochent, s'esquivent, créent des étincelles invisibles. Chaque fois qu'ils expérimentent une fraction de contact, ils sursautent, comme éblouis par un reflet trop puissant.

Dans les prunelles du garçon, Pyth perçoit quelque chose de brutal, de vivant, plein de désir, de pulsion de vie et de mort. Quelque chose qu'il a lui-même ressenti et qui est encore trop à vif pour qu'il puisse le regarder en face chez un autre.

L'Adjinn dévisage Foresta et sourit d'un air entendu, impudique, qui donne à Pythagore l'envie de le frapper – coup de boule, claque dans l'oreille, comme le lui a appris Double T –, mais il se retient. Cali est aussi un peu son frère.

— *Arès sunni*, lance Foresta.

Pyth sait intuitivement qu'il s'agit de la formule gaoyan pour dire bonjour.

— Tu sais parler gaoyan ? s'étonne-t-il.

— Je sais juste dire bonjour.

Comme Cali lui répond d'un signe de tête, elle reprend en galécien, très lentement, détachant bien les mots et les syllabes :

— Qu'est-ce-que-vous-allez-faire-avec-cette-machine ?

Le sourire de Cali s'étire, assorti d'un clin d'œil intrusif. Pyth sent à quel point l'Adjinn la trouve belle. Son regard plonge sur la nuque de la jeune fille, derrière ses cheveux, suit le dessin de ses épaules nues, la finesse des bretelles de son vêtement de scène. Il la caresse des yeux sans chercher à se cacher.

— *Ramen saÿ estella mar*, dit-il à Foresta.

Pyth comprend : « J'ai beaucoup rêvé de toi. » Il a presque l'impression d'avoir lui-même prononcé cette phrase.

— *Ramen saÿ estella mar sen il zun*, ajoute Cali.

« J'ai beaucoup rêvé de toi dans mon lit. »

Pyth réalise que le jeune homme a dû avoir accès à certains de ses souvenirs personnels – à certains de ses rêves, même, peut-être ?

Il se jette sur lui et crie :

— *Saÿ stomp ! Pares saÿ fan !*

« Arrête ! Détourne les yeux ! »

La chaîne entrave ses mouvements et l'empêche d'atteindre le garçon, mais il tente quand même de donner des coups.

L'Adjinn se met à rire, d'un rire impertinent, pas très sonore, qui rend Pythagore fou de colère.

Foresta écarquille les yeux :

— Pythagore, tu parles gaoyan ! Demande-lui ce qu'ils vont faire avec la machine !

Pyth se calme, reprend sa respiration, cherche ses mots, ne les trouve pas. Seules des insultes lui montent aux lèvres.

Les ignorant soudain, Cali leur tourne le dos ; il s'assied de trois quarts, désinvolte, les coudes sur ses genoux, et regarde le ciel comme s'il était seul au milieu d'une clairière par une belle nuit d'été.

Après avoir fouillé dans sa mémoire, Pyth finit par trouver quelques mots de gaoyan basique pour poser sa question.

— *Povraÿ... li marsàn?*

« Pourquoi... cette machine ? »

L'Adjinn pivote lentement la tête, sourit en coin et place son index sur sa bouche.

— Chchch...

∞

Le son rasant d'un méridien fuyant se fait entendre. Pyth et Foresta se relèvent immédiatement et escaladent les portions basses de la machine autant que la chaîne le leur permet. Ils ont une vue magistrale sur le phénomène et voient venir la vague de loin. Son écume arc-en-ciel se rapproche à une vitesse si grande qu'elle est difficile à jauger. Des silhouettes s'agitent sur les ponts, l'orchestration des voiles et des filins est encore plus spectaculaire que la première fois. Cali s'est redressé, lui aussi, et regarde ses congénères avec envie, frustré d'être en retrait. D'un seul coup, les voiles changent toutes d'orientation, le navire pivote, tandis que...

Boum!

Le méridien fuyant vient de les prendre en charge.

L'accélération leur coupe le souffle. Leurs organes remontent, flottent en apesanteur. Autour d'eux, les astres, les couleurs, les contours du bateau sont redevenus de minuscules filaments. Le temps se courbe jusqu'à faire un tour sur lui-même – bulle de savon, souvenir d'enfance, champ des possibles : Pyth se laisse bercer par le temps zéro. Le silence s'étire... jusqu'à ce que tout décélère, le bois, les voiles, la mer, le ciel. Retenus par leurs chaînes, les trois jeunes gens se cognent contre la machine.

Quelques instants plus tard, le navire reprend son rythme paisible.

∞

Une heure se passe durant laquelle Pythagore, Foresta et Cali s'ignorent, se dévisagent, essaient parfois de communiquer, échouent.

Plusieurs Adjinns s'approchent de leur périmètre pour brancher les câbles sur les fameux douze points d'emprise. Ils effectuent des réglages, des mesures. À chaque fois Foresta les interpelle, mais jamais personne ne lui répond.

Accompagné de Sam Kharan et d'une femme d'allure puissante quoique très maigre, l'Adjinn à la peau noire monte sur la machine à crans et installe deux énormes bobines sombres et brillantes.

— On dirait des rubans de transcription, s'émerveille Foresta, je n'en avais jamais vu en vrai !

— Qu'est-ce que c'est ?

— Un support pour enregistrer de la musique.

Pythagore les examine attentivement quand, soudain, il comprend ce dont il s'agit et s'exclame :

— Ce sont des bandes magnétiques ?

Effectivement, les rubans ressemblent à ceux qui se trouvent à l'intérieur des cassettes, mais en beaucoup plus gros.

— Des bandes magnétiques ? répète Foresta, intriguée par l'appellation. Tu sais comment ça marche ?

Pyth se creuse la mémoire pour se rappeler ce que Louise avait lu sur Internet.

— Je sais qu'elles permettent de reproduire des ondes sonores de manière exacte. Nessim Kharan en a parlé tout à l'heure. Il a dit que les bandes magnétiques de la cassette avaient fidèlement retransmis toutes les vibrations du concert *supralive* dans son laboratoire… et que c'était grâce à la qualité de l'enregistrement que l'angle mort s'était ouvert.

Il réfléchit et ajoute :

— Ajax aussi a parlé d'enregistrement. Il a dit que les Adjinns devaient garder leur avance pour procéder à l'enregistrement. Tu l'as entendu comme moi ?

Le regard fixé sur les mystérieuses bobines, la jeune fille acquiesce en silence.

∞

Une heure encore s'écoule avant qu'une nouvelle salve de cris ne monte depuis les vigies. Les voiles virent brusquement, le bateau accélère. Les bruits de pas se multiplient, l'impatience générale est palpable. Pyth aperçoit des couleurs qui se rapprochent au loin. S'agit-il d'un nouveau méridien ? S'agit-il d'une terre ?

Soudain, un gros choc secoue l'intégralité du vaisseau – ponts, étages, mâts, passerelles : la triple coque vient de pénétrer une matière dense et mouvante qui n'est pas de l'eau, qui n'est pas non plus de la terre mais qui ralentit sa course dans un grincement de freins plein d'échos métalliques, géologiques.

Pyth se hausse autant que sa chaîne le permet. Les couleurs du ciel sont changeantes. Foresta s'appuie sur son épaule et, stupéfaite, dévore l'horizon du regard. Cali déploie une longue-vue spéciale, dotée de plusieurs objectifs. Le vaisseau continue de se mouvoir au ralenti et le bruit de déchirer l'atmosphère.

De la végétation apparaît. Ils croisent la cime d'un arbre, d'un deuxième, d'un troisième, puis un petit monticule d'herbe touffue, enfin des collines qui émergent dans leur champ de vision comme si elles venaient juste de pousser. Le bateau ralentit encore et finit par s'arrêter tout à fait avec un à-coup qui déséquilibre tout le monde vers l'avant.

— Aïe !

Foresta trébuche et tombe à terre.

Le gigantesque crissement s'évanouit et, durant quelques secondes, c'est le silence – un silence absolu, préhistorique, universel.

Le vaisseau adjinn est pris dans un vaste champ marin où, au milieu de terres molles, pousse une végétation touffue, parsemée de hautes herbes et d'immenses palmiers. De-ci, de-là bouillonnent des piscines de courant turquoise d'où jaillissent des gerbes lumineuses : elles s'élancent pour rejoindre le ciel et se stabilisent dans leur élan comme des rais de lumière. Tout se passe comme si la terre, la mer et le ciel fusionnaient par endroits.

Foresta a les yeux qui brillent.

— C'est l'alignement des trois territoires.

— Ça veut dire quoi ?

— Avant l'éruption du bolt sauvage, la géographie abaisse ses frontières et les trois Territoires – Denses, Mouvants, Stables – s'alignent.

Effectivement, certaines odeurs rappellent à Pyth le Sublittoral. L'air est plus riche et l'atmosphère emplie de désir, comme si elle couvait la certitude d'une révélation à venir.

∞

Faisant preuve de maîtrise et précision, les Adjinns se dispersent ; certains s'affairent autour des machines et des câbles, d'autres déchargent des caisses de matériel. Les plus nombreux se sont élancés dans les mâts et forment une chaîne afin de hisser les éoliennes quantiques tout en haut de leurs armatures. Pyth est surpris par la tournure que prend l'opération : il semblerait que les Adjinns aient l'intention de confronter les éoliennes de laboratoire à l'air et au vent.

Est-ce le cas ? Et, si oui, pour quelle raison ?

Solidement attachés par des harnais, les acrobates travaillent sur les câbles électriques qui pendent des éoliennes. Ils y fixent de gros boîtiers en métaux vifs.

— Ce sont des transformateurs ! commente Foresta, fascinée. Ils convertissent l'énergie électrique de votre monde en énergie vive de notre monde.

Elle poursuit son observation, lorsque soudain son esprit percute :

— Pyth ! Ce ne sont pas des instruments de musique qu'ils vont brancher sur la machine à crans, ce sont les éoliennes ! Regarde !

Effectivement, le cheminement des câbles est parfaitement clair : éolienne – câbles électriques – transformateur – cuivre vif – machine à crans.

— Et comme la machine a été équipée d'un câble architecte... s'ils réussissent l'empoing, les éoliennes seront alimentées par la toute-puissance du bolt sauvage !

∞

Lorsque l'installation est terminée, les Adjinns se rassemblent sur le pont supérieur. Nessim grimpe sur la machine à crans, juste devant la bande magnétique, et prend la parole :

— Adjinns ! Ce que nous allons faire, personne ne l'a fait avant nous.

Ajax traduit en gaoyan. Pythagore se rend compte qu'il le comprend presque entièrement.

— Le bolt sauvage ne va pas tarder à jaillir. Notre équipe d'empoing sera la première à planter son câble architecte au sommet du foyer. L'énergie universelle va transiter par la machine à crans, qui elle-même alimentera les éoliennes quantiques. Mes calculs me laissent à penser que leur puissance sera multipliée par 10^7, ce qui signifie que la frontière sera 10^7 fois plus poreuse !

Certains comprennent ce que 10^7 veut dire, d'autres, non. Quand Ajax le traduit par « dix millions », un frisson parcourt l'assemblée.

— Personne ne sait comment la trame va réagir. La frontière qui sépare nos deux mondes n'a encore jamais été mise à l'épreuve comme nous allons le faire. Ce à quoi nous allons la soumettre n'est pas une simple perturbation, mais une possible révolution.

Le scientifique sonde chacun du regard pour être sûr que tous mesurent l'importance de ses propos et les possibles conséquences de l'action à venir.

Tandis qu'une émotion puissante et diffuse envahit toute la population du vaisseau, Ajax s'oblige à poursuivre d'un ton plus tactique :

— Avant de lancer les éoliennes, attachez-vous, sécurisez vos positions. Nous n'avons pas besoin d'être nombreux, nous avons besoin d'être rapides. L'avance que nous avons sur nos concurrents est approximativement de cinq heures, pas beaucoup plus. Tout dépend de la position des méridiens. La Ligue sociétaire enverra sûrement des éclaireurs, il faudra les semer. Notre équipe d'empoing est constituée de Milder, Céni, Ranis, Elior, Saskia, Mildred, Oléana, Mali, Stanos et Pan.

Dix Adjinns s'approchent ; ils sont en tenue de géographe, filin d'asphalt enroulé à l'épaule, manteau de bucq, bottes à crampons. Ils sont tous équipés d'un protège-avant-bras, ce sont des dresseurs de rapacs.

— Cali ne les accompagnera pas, sa signature vibratoire a été repérée.

Le jeune homme ne réagit pas, il fixe le vide devant lui avec des yeux brûlants.

— Avis aux équipes de guetteurs : sonnez l'alarme au moindre doute. En cas d'attaque, pas d'héroïsme inutile, ce qui compte c'est d'avoir trois minutes d'enregistrement quantique. Après cela, nous pourrons nous retirer.

Il marque une pause, interroge Nessim du regard, comme s'il attendait sa confirmation.

— Trois minutes, confirme ce dernier. Les bandes magnétiques retranscriront fidèlement les ondes et, avec cet enregistrement, trois minutes seront suffisantes pour détramer la frontière où bon nous semblera.

— Nous ne serons plus jamais en manque, plus jamais incomplets ! ajoute Ajax. Partout où nous jouerons ces bandes, les deux systèmes vibratoires s'incarneront simultanément !

Sa silhouette se découpe en contre-jour de la lune. Il regarde les astres tandis que ses cheveux lui balaient la figure.

— Et à tout moment, n'importe quelle portion de la Terre sera susceptible de porter les vibrations métisses de notre nature adjinn.

∞

Les préparatifs se poursuivent durant une bonne demi-heure. Avec un minutage impeccable, chacun vérifie ses câbles, ses mousquetons, le branchement des machines ; Nessim lance et stoppe les bandes plusieurs fois pour s'assurer de la fluidité de leur glissement lorsque soudain un tremblement profond fait résonner la terre. Des ombres et des lumières passent à grande vitesse dans le ciel, comme une aurore boréale en furie. Toute la population du vaisseau se fige pour mieux entendre rugir les entrailles de la planète Terre : il semblerait qu'un monstre préhistorique se réveille.

Des failles apparaissent partout sur la plaine, libérant des fumerolles de couleurs. Le bateau roule, tangue d'avant en arrière, au milieu des terres molles.

Les failles s'approfondissent, les vapeurs s'épaississent. Le son change de nature, se double d'échos. Puis, lentement, une formidable masse de terre imprégnée de courant commence à surgir. Est-ce un iceberg qui s'extrait des profondeurs géologiques, un volcan, une montagne cachée ?

L'éruption continue pendant de longues minutes, jusqu'à ce que, du sommet de la montagne, jaillisse une substance liquide et lumineuse, de couleur changeante – bleue, verte, jaune ? – qui retombe en cascade comme un feu d'artifice.

Foresta demeure immobile et murmure :

— Le bolt sauvage !

19

Le pic de bolt sauvage

Pyth est ébahi par le phénomène. Il ne s'attendait pas à cette masse s'extirpant des profondeurs. De quoi est fait le bolt sauvage ? Est-ce de la lave, de la roche en fusion, comme dans les éruptions de son monde ? S'agit-il d'eau mêlée de courant ? de lumière ? Difficile à dire, de là où il se trouve.

D'un coup, la terre cesse de trembler. L'atmosphère sonore qui les enveloppe alors est inouïe : ce n'est pas du son, ce n'est pas du silence, ce n'est pas du vent, ce n'est pas de l'écho...

— À vos postes !

La voix d'Ajax est décuplée par un cône de cuivre vif.

Les Adjinns s'éparpillent dans un ballet de cheveux longs et courts, de peaux sombres et claires ; tous filent vers les mâts, les passerelles, les postes de vigie.

— Déploiement du câble architecte ! rugit encore la voix d'Ajax.

Comme Foresta l'avait supposé, une trappe s'ouvre et découvre une cale de la taille d'un entrepôt, uniquement dédiée à l'immense bobine du câble rutilant. Il brille dans l'obscurité tel un monstre marin.

Les dix Adjinns d'empoing sifflent dans leurs doigts et, immédiatement, les dix oiseaux dont Pyth et Foresta ont partagé la demeure s'élèvent du pont inférieur pour rejoindre leurs maîtres. Certains dresseurs leur placent une bride autour du cou, d'autres les montent avec une selle, d'autres encore à cru, en plongeant leurs mains dans les plumes. Pyth sent le désarroi de Cali dont l'animal s'est posé discrètement contre lui, ailes dociles, cou ployé, comme s'il avait compris qu'il ne participerait pas à l'aventure.

Guidés par leurs maîtres, les rapacs descendent un à un par la trappe, remontent de la cale avec un morceau de câble fermement agrippé dans leurs serres avant de prendre la route du volcan. À mesure qu'ils s'éloignent, les volatiles ressemblent à des pois sautillant dans le ciel, unis par le tracé d'une seule ligne.

Pyth et Foresta les suivent des yeux, mais très vite un vent chargé de particules brouille leur vision. Ils sont enveloppés par des vapeurs venues des profondeurs et avec les vapeurs surgissent des milliers de bruissements, de chuchotements, d'échos de ville, de voiture, de klaxons lointains, de bruits de fête, de pas sur le trottoir.

Nessim élève les bras.

— Vous entendez ?

On dirait le souffle de l'Univers, une exhalaison à la fois minérale et humaine mêlée de soupirs, d'exaltations et de rêves.

— C'est le bruit du passage entre les mondes, la porosité de la trame, reprend-il avec émotion. C'est la frontière qui respire !

— Pyth… tu entends ? murmure Foresta.

Il acquiesce. Le nuage d'échos gagne de l'ampleur, certains bruits prennent le dessus : des applaudissements tonitruants, à moins qu'il ne s'agisse du clappement d'une forte pluie sur des toits de tôle ? Soudain, une marée de voix s'élève pour hurler « Goal ! ». Les acclamations se poursuivent dans une langue étrangère. Est-ce de l'italien ? de l'espagnol ? Une énorme bourrasque de vent et de vapeur les projette au sol. Rampant sur un parquet aux larges lames rougeoyantes, ils découvrent qu'ils ont été plongés dans un bar ; un bar bondé où des groupes gesticulent devant un écran géant. « Goal ! » hurle encore la foule tandis que des hommes derrière un comptoir massif agitent frénétiquement des cloches. Les corps s'enlacent, sautent pour mieux exulter. Une seconde plus tard, la vapeur s'évapore. Pyth et Foresta retrouvent le ponton, les mâts et la plaine de terres molles.

— Pyth… ! C'est… c'est l'autre monde qu'on vient de voir… !

Celui-ci acquiesce. Parcouru de frissons, il sent que sa nature adjinn le submerge : il est pris d'un désir irrépressible pour Foresta. Chargé d'électricité, son regard le déborde et enveloppe la jeune fille tandis qu'elle tend les mains pour retenir le souffle universel.

— C'est la respiration de la trame ! C'est ça qu'ils veulent enregistrer !

Pyth résiste à l'envie de lui attraper le visage, le cou, les cheveux, de serrer son corps contre le sien lorsqu'un paquet d'embruns s'abat sur eux. En même temps que par l'eau, ils sont aspergés de musique. Leurs vêtements sont trempés mais chauds, comme s'ils avaient été douchés par une pluie tropicale.

Pyth a tout juste le temps de ressentir à nouveau la chaleur du bar – les corps enfiévrés, l'atmosphère humide, les cris de la foule, le rythme des notes qui donne envie de s'abandonner – que l'autre monde a déjà disparu.

Puis, la terre gronde encore et, cette fois, c'est une tempête d'ions qui les enveloppe et les éclabousse d'odeurs de fête, de sueur, de grillades, de cuir, de tabac, d'alcool et de plantes exotiques. Les mèches rouges de Foresta sont emportées dans un sens puis dans l'autre. Elles lui battent la figure tandis que l'écume les renverse. Les jambes de Pyth sont balayées, il atterrit sur le coccyx contre le bois du ponton.

— Aïe.

C'est alors l'intégralité du vaisseau adjinn qui est traversée par un vent puissant ; ses ponts et passerelles laissent place à un carrefour de rues bondées de passants, illuminées de néons et d'enseignes colorées. Par les fenêtres décorées de lampions, des garçons et des filles aux joues maquillées aux couleurs de drapeaux jettent des confettis sur la foule en clamant leur victoire.

— Goal !

Soudain le vent retombe brutalement, comme s'il était retourné de l'autre côté de la frontière.

Silence.

Inspire. Le vent circule, chargé d'échos de l'autre monde.

Expire, le vent retombe.

Inspire. Le vent revient, plein de sons et de couleurs.

Et ainsi de suite, pendant plusieurs minutes.

Le bateau semble en apesanteur, en équilibre entre les mondes. Tous sont impatients de commencer l'enregistrement. Ajax passe d'un ponton à l'autre, vérifie les postes, interroge les vigies. Nessim demeure au centre, avec l'équipe technique.

Pythagore se tourne vers Foresta.

— Ça va prendre combien de temps pour empoigner le bolt ?

— Je ne sais pas...

Ils entendent les réflexions des uns et des autres, en galécien, en gaoyan, tandis que les pas résonnent tout autour d'eux. « Ils ne vont pas tarder. Accrochez-vous. Vérifiez les mousquetons. Est-ce qu'il faut déjà lancer les bandes ?... »

∞

Rien ne vient. Pas d'empoing.

Toutes les vigies scrutent l'horizon, troublées par les vapeurs et les fumerolles.

Soudain, Foresta étouffe un cri dans sa poitrine.

— Mais...

Elle passe la main dans son cou.

— J'ai perdu mon médaillon...

Elle s'accroupit, cherche aux alentours, dans les interstices entre les planches et finit par le trouver au pied de la machine, coincé dans un entrelacs de câbles, incliné de trois quarts et grand ouvert.

Elle s'accroupit, attrape le médaillon.

— Qu'est-ce qui se passe ? s'enquiert Pythagore.

— J'ai fait tomber mon médaillon, répond-elle, troublée.

Cali la surprend en train de ramasser l'objet et l'interpelle en gaoyan.

— *Es oreä sen ?*

« Il était ouvert ? »

Foresta se trouble davantage, rougit.

— *Es oreä sen ?* repète Cali nerveusement.

Comme Foresta ne répond pas, le jeune Adjinn appelle Ajax, la panique dans la voix.

Celui-ci accourt et Cali lui explique que « la fille » porte un médaillon à miroir. Ajax tend la main.

— Donne.

Foresta obtempère.

— Tu l'as ouvert ? demande-t-il d'une voix précise, marquée par l'urgence.

— Il s'est ouvert en tombant mais c'est un médaillon d'Euménie, c'est un ami qui a l'autre, il n'est pas dangereux.

Pyth repense aux paroles qu'a prononcées Aurelian. « Je fais partie de l'équipe qui empoignera le bolt sauvage. »

— Il n'a pas dû regarder, ajoute Foresta.

Pyth se souvient justement que le jeune géographe avait dit le contraire : « Je le vérifie toutes les heures »... Il hésite à en faire part à Ajax, lorsqu'un bruit de sifflet s'élève de l'un des postes de vigie.

Pyth a déjà entendu cette stridence aiguë dans ses souvenirs adjinns. C'est la marque des guetteurs. Il perçoit aussitôt la panique de Cali, la sensation du danger qui rôde, l'intuition de la guerre en approche.

Ajax file. Une grande fébrilité agite le pont.

Cali reprend sa lunette, modifie plusieurs fois le réglage de la lentille, scrute l'horizon puis, d'un geste effaré, pointe son doigt en direction du ciel. Il tombe à genoux, la bouche grande ouverte, un cri coincé dans la gorge et lâche son instrument, qui résonne en percutant le sol.

Comme par contamination, Pyth ressent la coulée de plomb de son jumeau lui tomber dans les entrailles. Il est saisi par un froid polaire, une terreur inexplicable.

— Il se passe quelque chose, murmure-t-il à Foresta.

Il ramasse la lunette, sonde la profondeur du ciel et découvre trois silhouettes volantes – des sortes d'avions dotés de larges ailes qui imitent celles des oiseaux. Sous leur aire de portance se trouvent des pointes, des flèches, des grappins. Pyth reconnaît l'Altinef, le tribut abjarnik qu'il avait vu de loin à travers un reflet de la boussole jumelle. Il est bien réel à présent et vole dans leur direction, enveloppé d'une aura funeste.

La pointe des grappins semble encombrée de masses blanches. Que sont ces formes qui retombent comme de vieux chiffons ? Elles sont tachées de bleu – du sang bleu ? On dirait des animaux morts... Des oiseaux... ?

Et soudain, Pyth comprend : ces formes blanches tachées de bleu, ce sont les rapacs partis vers l'empoing. Tous les oiseaux sont morts, embrochés sur la pointe des planeurs !

— Qu'est-ce qui se passe ? Montre ! insiste Foresta.

Pyth fait non de la tête. Des larmes envahissent ses yeux en même temps que sa fureur monte.

Qu'est-il arrivé à l'équipe d'empoing ; sont-ils morts, eux aussi ?

Foresta lui arrache la lunette des mains et met quelques instants à interpréter ce qu'elle voit dans le viseur.

— Les altinefs abjarniks... Ils ont tué les rapacs... Ils vont nous massacrer, énonce-t-elle d'une voix si ravagée de terreur qu'elle est à peine audible.

Les engins se rapprochent. Les sifflets n'en finissent plus d'assourdir le pont. Munis de leurs armes, les Adjinns escaladent les mâts et se préparent à repousser l'attaque. Pyth reconnaît les fusils-arbalètes qu'ils ont utilisés dans le Sublittoral.

— On ne peut pas rester là, on ne peut pas rester attachés à la machine, crie Foresta.

Mais les hommes de vaisseau sont trop occupés à sécuriser leurs positions et amorcer leurs armes. Ils attendent que les engins les survolent pour tirer leurs projectiles. Ceux-ci entrent violemment en collision avec les carlingues. Les planeurs répliquent avec des grappins cordés ; une flèche s'élance vers la machine à crans. Ratant de peu l'oiseau de Cali, elle cogne contre la barre de métal à laquelle les menottes de Pythagore et Foresta sont attachées, puis s'envole dans le ciel, attirée par la force de son élastique.

Cali essaie de convaincre Ekos d'aller se cacher. Un planeur envoie un harpon qui fonce sur eux et frappe à nouveau la barre, qui cède. Pyth trébuche en arrière, libéré de son entrave, tandis que Foresta est emportée par un objet métallique en forme d'ancre. Suspendue par les genoux, la tête à l'envers, la jeune fille est entraînée dans l'air et oscille lentement au rythme de la corde. Ses cheveux rouges balaient l'horizon.

Pyth est estomaqué par la rapidité de ce qui vient de se produire. La panique le tétanise. Il regarde Cali, dont la barre n'a pas été touchée et qui demeure prisonnier de sa menotte, puis il hurle. Ses entrailles le brûlent et réveillent ses réflexes. Il ne réfléchit pas, les gestes viennent à lui. Il s'approche du rapac, l'appelle par son nom, Ekos, plonge les mains dans ses plumes au niveau du cou comme il sait que l'oiseau aime être caressé, puis l'enjambe fermement avant de lui faire déployer ses ailes.

Ekos décolle.

∞

Le vent. La mer. Les étoiles, le soleil de nuit. Les ailes du rapac sont immenses, rassurantes, majestueuses.

Le volcan apparaît dans toute sa splendeur. Ses flancs sont lumineux. Très vite, Pyth rejoint les planeurs mais reste en contrebas, dans leur dos.

Foresta a réussi à se redresser ; elle se tient désormais à l'endroit, assise sur le dos du grappin, mais Pyth prend conscience que la corde remonte : quelqu'un l'attire vers l'habitacle. Il faut faire vite.

Il s'élève en chandelle, fend l'air et crie « Fo-res-ta ! ». La jeune fille se tourne et affiche aussitôt surprise et soulagement. Pyth et l'oiseau ne sont plus qu'à trois mètres. Les mains fermement agrippées au métal, elle laisse glisser ses jambes dans le vide. Le garçon serre le corps du robuste volatile avec ses genoux pour sécuriser son équilibre ; il lève les bras, attrape les hanches de son amie – son corps, sa tiédeur, sa fermeté – tandis qu'elle-même lâche le grappin. Elle atterrit juste devant lui, à califourchon sur le dos du rapac. Une seconde plus tard, l'animal amorce le demi-tour commandé par son maître.

∞

L'air, les embruns, le ciel, les étoiles. Pythagore passe son bras autour de la taille de Foresta. Son cœur bat comme s'il voulait s'échapper de sa poitrine.

— Ça va ?

— Ça va.

Le contact de son corps contre le sien est merveilleux. Il comprend seulement à l'instant qu'il a failli la perdre.

Les engins volants vont-ils faire demi-tour ? Vont-ils essayer de les poursuivre pour les achever ?

Pyth conduit l'oiseau vers le volcan dans l'idée de semer ses poursuivants au milieu des fumerolles. Le cratère n'a pas de cheminée bien définie ; il s'apparente plutôt à une tempête de végétaux et de mousse au milieu de laquelle jaillit le geyser. Lorsque le bolt retombe en cascade sur les faces du volcan, il semble ramollir la roche, végétaliser la terre. L'air est trouble. Ses vapeurs déforment les sons et les couleurs.

Cheveux au vent, Foresta se tourne vers lui.

— Descends sur les flancs du volcan. Les planeurs ne pourront pas atterrir et ils finiront par retourner à leur base.

Au même moment, justement, un harpon les rate de peu. Cherchant à simuler une chute, Pyth plonge en piqué dans un nuage et, aussitôt, ils sont projetés dans un panorama nocturne, comme s'ils étaient dans un avion sur le point d'atterrir : une ville spectaculaire avec des milliers de points de lumière. L'oiseau survole des rues pleines de monde, éclairées de néons électriques.

Lorsque l'effet des fumerolles se dissipe, le rapac est déjà parvenu à flanc de volcan. Il se pose au milieu d'une impressionnante forêt de tiges hautes qui les protège des planeurs.

∞

Ils n'ont pas eu le temps d'avoir peur. Leurs deux cœurs battent à l'unisson. Pythagore plonge ses mains dans l'épais plumage d'Ekos pour le remercier de sa dextérité. L'oiseau apprécie et se recroqueville pour faciliter la descente des jeunes gens. Pyth s'élance le premier.

Autour de lui, le sol est meuble, changeant. Le bolt ruisselle de toutes parts. À son contact, les pierres ramollissent, changent de nature, de couleur ; le fluide semble animer les minéraux, faire pousser l'herbe, la mousse et d'autres végétaux plus volubiles dont les feuilles ondoient, comme douées de conscience. Les baskets de Pyth s'enfoncent légèrement dans l'humidité végétale. Il prend Foresta par la taille pour l'aider à descendre. La jeune fille a transpiré, son vêtement fin est collé à sa peau. Ils s'allongent tous les deux, rassurés de sentir la terre ferme sous leurs corps. Leur respiration se stabilise.

— Ça va ?

— Oui…

Le bruit des altinefs s'est éteint. Pyth espère les avoir semés pour de bon. Comme si elle avait entendu ses pensées, Foresta le prévient :

— Les altinefs ont été envoyés en éclaireurs ; les bateaux ne vont pas tarder. Il faut absolument qu'on parte avant l'arrivée des géographes.

Pyth enfonce ses mains dans la terre grasse, riche, vibrante. Il ressent des petits roulis sous ses paumes.

— C'est le bolt qui anime la terre comme ça ?

— Oui, mais à cet endroit il n'est plus aussi sauvage, il s'est déjà mélangé à l'air, à la terre, aux roches… C'est pour ça que l'empoing se fait tout là-haut, à la source.

Tandis que l'oiseau nettoie son plumage à petits coups de bec, Pyth fixe du regard le sommet du pic. Il leur apparaît avec plus de détails. Lumineux, d'une couleur vive très pâle qui varie entre le jaune et le bleu.

Pyth prend soudain conscience que Foresta respire douloureusement et qu'elle a le plus grand mal à se redresser.

— Ça ne va pas ?

— Si, c'est juste la microgravité qui me rend lourde...

Elle pousse sur ses mains pour se relever.

— Je vais t'aider. On va remonter sur l'oiseau et voler très bas jusqu'au bateau.

En la prenant par les bras, il mesure à quel point l'attraction terrestre pèse sur le corps de son amie. Comme il la hisse par la taille, le terreau sur lequel ils se situent s'effrite et s'effondre. Ils dégringolent tous les deux dans une faille pleine de vapeur et de mousse. Prenant soin d'amortir la chute de la jeune fille, Pyth la reçoit sur son torse. Pendant quelques secondes, ils accusent le choc et demeurent l'un sur l'autre, sans bouger. Puis, lentement, ayant placé ses mains sur le sol de part et d'autre du garçon, Foresta pousse sur ses bras pour lutter contre la microgravité et s'arracher à lui. Au même moment une fumerolle venue de l'autre monde les enveloppe de musique. Le vrombissement des basses leur donne la sensation d'avoir pénétré dans les entrailles d'une fête. Ils se regardent, l'un au-dessus de l'autre dans la semi-pénombre, comme deux amoureux qui feraient durer l'instant avant de s'embrasser.

Les pupilles de Foresta se doublent de profondeur. Elles sont pleines de pensées dont Pyth ne devine que les contours. La sensation du corps de la jeune fille pressé contre le sien ravive l'incandescence de sa brûlure adjinn.

Téméraire, il sourit et laisse monter le trouble. Il respire lentement pour se maîtriser, il aime cette lutte intérieure.

— Viens, chuchote-t-il.

Foresta hésite, puis, lentement, ploie sur ses coudes. La pointe de ses mèches rouges caresse le front de Pythagore, ses yeux, ses joues. Leurs lèvres sont si proches qu'il sent le souffle de la jeune fille le parcourir. Elle lui sourit. Au fond de ses yeux violets, l'horizon s'illumine.

Pyth plonge la main dans ses cheveux, éprouve avec bonheur leur consistance ; il attire son visage jusqu'à lui et attend que ce soit elle qui l'embrasse.

Vivre, désirer, vivre plus fort.

Incandescent est le contact délicat de ses lèvres : Pythagore se cabre, l'Adjinn en lui se réveille et rugit aux fonds de ses entrailles.

Il l'embrasse à son tour, enveloppe sa taille de son bras et la fait basculer sous lui. Les cheveux rouges de Foresta s'éparpillent sur la terre et la mousse. Il s'approche d'elle, prend la mesure de sa respiration saccadée. Ils se regardent à nouveau, comme pour bien prendre conscience de ce qu'ils s'apprêtent à faire. Un instant plus tard, les bras et les jambes de la jeune fille s'enroulent autour de lui. Tous deux se laissent prendre par la musique tellurique, par les échos de cette fête de l'autre monde dont ils ne sauront jamais rien. Elle attrape à pleine main sa nuque, son dos ; pas besoin d'enlever leurs vêtements humides et chiffonnés, pas le temps. Leurs mains aiment la résistance des tissus, elles glissent sous leurs lisières ténues. La nuque de Foresta se courbe au moment où le corps de Pyth entre dans le sien, son bassin s'adapte à lui autant qu'il lui est possible ; elle ouvre les yeux, pas question d'en perdre une miette ; il presse son oreille contre la bouche de Foresta et l'entend chuchoter des mots qu'il ne reconnaît pas.

Vivre, vivre plus vite, vivre plus fort.

Ils sont insensibles aux ruisseaux de courants bleus qu'une nouvelle faille a fait jaillir, au végétal ondoyant qui s'enracine dans leur recoin de terre, au vent qui les balaie régulièrement avec des images venues de l'autre côté de la frontière.

Ce n'est que lorsque leurs corps se séparent, épuisés, qu'ils reprennent leurs esprits : ils sont cachés dans une faille, à flanc de volcan. La terre bourdonne. Tout là-haut, le bolt sauvage s'écoule régulièrement. Les géographes ne vont pas tarder.

∞

Pythagore aide Foresta à se redresser. Les membres de la jeune fille sont lourds, attirés par la terre, mais ses jambes à lui sont infiniment plus fortes. Leurs réactions à la microgravité s'équilibrent. Ils n'ont plus qu'une seule respiration.

Ayant buté contre quelque chose de solide, Pyth s'accroupit, plonge les mains dans la mousse.

— Foresta, regarde !

Déblayant la terre, il met à nu un tube de métal étincelant.

— C'est le câble architecte !

La jeune fille s'accroupit à son tour et pose ses mains sur la fabuleuse matière du métal vif argenté.

— Il a dû tomber en plein vol...

Le métal s'est enfoncé dans les terres humides, mais Pyth l'en dégage assez facilement et suit son cheminement sur plusieurs mètres.

— Il faut tirer dessus. Trois coups.

— Pourquoi ?

— Pour voir s'il y a quelqu'un à l'autre bout.

Pythagore s'exécute. Pas de réponse. Les deux jeunes gens échangent un regard lourd de crainte. Qu'est-il arrivé à l'équipe d'empoing ?

Soudain plein d'espoir, Pythagore propose :

— On pourrait essayer d'aller le planter là-haut nous-mêmes ?

Il ne pense pas seulement à son père – Nessim a dit que l'enregistrement pourrait lui être bénéfique –, mais à tout le peuple adjinn dont le sang bat dans ses veines.

— Sans grue, sans matériel, ça va être difficile, dit-elle en évaluant la distance jusqu'au sommet. Les géographes ne vont pas tarder, et moi... je suis presque impuissante à cause de la microgravité. Je n'ai même pas un filin d'asphalt pour me soutenir.

Pyth sent que, malgré ses réticences, les yeux de Foresta brillent d'envie à l'idée de réaliser cet exploit.

— On n'a pas besoin de grue, on a un rapac que je connais à la perfection. Et pour ce qui est de la microgravité, je suis là pour toi et je me sens fort comme dix.

Guidée par un feu intérieur, sa voix résonne avec force dans son ventre, sa poitrine et sa gorge ; il est galvanisé, sûr de lui, sûr de ce qui vibre dans chacune de ses fibres. Foresta le dévisage avec émotion, puis avise l'oiseau qui a déjà agrippé le câble architecte entre ses serres. L'animal s'amuse à voleter avec le filin pour le soupeser.

— Alors, on y va, conclut-elle sobrement.

∞

Pyth aide la jeune fille à se hisser sur Ekos, puis il s'installe derrière elle et entoure sa taille de ses bras. Il lutte contre l'envie de s'abandonner à ce contact. Une seconde, il ferme les yeux, respire l'odeur de sa peau, à l'orée du cou. Elle pose une main sur son genou – un geste simple qui rend sensible ce qu'ils ont vécu dans la faille et fait frémir ses terminaisons nerveuses.

Quoique alourdi par le poids du câble, le rapac décolle facilement. Il rase le sol en remontant vers le pic et marque une pause chaque fois qu'un massif rocheux un peu stable le lui permet. Régulièrement, des vapeurs les enveloppent et les immergent dans des visions de l'autre monde : toujours des paysages urbains, festifs, denses, électriques où les vibrations de la musique les enivrent.

Pyth repense aux paroles de Nessim concernant la porosité de la trame : « Pour dilater la frontière entre les mondes, il faut la faire chauffer, la faire pulser. Il faut des sons, des rythmes, des basses, des voix, des applaudissements, de la chaleur humaine, de la fièvre, de la foule. »

Les paysages urbains auxquels les fumerolles donnent accès semblent très éloignés géographiquement les uns des autres – des enseignes lumineuses asiatiques, puis une touffeur sud-américaine, puis d'autres atmosphères, d'autres foules, d'autres langues –, comme si les vapeurs de bolt rendaient mobiles les correspondances entre les mondes. Pyth pense à l'expression Territoires Mouvants et s'aperçoit qu'il n'a jamais vraiment saisi à quoi pouvait bien s'appliquer cette mouvance.

Au milieu du tumulte vibratoire, la sensation du corps de Foresta contre le sien est la seule chose qui lui importe. De sa main restée libre, Pyth réaffirme sa prise dans l'épais plumage de l'oiseau. Il fait confiance à Ekos pour les mener à bon port. L'animal ne semble pas perturbé par les immersions de vapeur et garde son cap. Direction : le sommet du pic.

∞

Profitant d'une pause sur un promontoire moussu, Pyth constate qu'ils sont bientôt arrivés à destination. Soudain, il remarque quelque chose d'étrange, à gauche de son champ de vision : un intense foisonnement de flocons qui remontent vers le ciel, une échappée de points lumineux qui indique une trouée dans la trame vibratoire.

Son estomac se noue en découvrant, quelques mètres plus haut, étalé de tout son long en travers d'un ruisseau de bolt, le corps d'un homme inerte, les membres disposés en étoile. À ses cheveux bleu clair, Pyth reconnaît l'un des hommes de l'équipe d'empoing. Sa peau noire scintille sous le reflet du soleil de nuit, ses yeux pâles sont fixes, grands ouverts. Il est mort. Au-dessus de lui, la neige tombe à l'envers. La trame est en train de se découdre et donne à voir des entrelacs de troncs d'arbres, de lianes, de branchages sombres, comme le sous-bois d'une forêt. Pyth et Foresta sont pris d'un pressentiment sinistre.

— Qu'est-ce qui est arrivé aux autres ? murmure-t-elle.

— J'espère qu'ils ne sont pas tous morts...

— Je pense que les Garde-fous n'étaient pas au courant de cette mission de reconnaissance. Jamais ils n'auraient donné l'ordre de tuer un Adjinn. Il paraît que quand un Adjinn meurt, la trame reste ouverte pendant des jours, parfois des mois, des années... Il faut y aller, conclut-elle sobrement.

— Attends, une seconde, viens.

Pyth se laisser glisser sur les flancs du rapac, puis aide la jeune fille à descendre. Le plus respectueusement possible, il s'approche du cadavre, s'accroupit, lui retire son manteau de bucq et son filin d'asphalt encore à moitié enroulé.

— Son équipement te sera plus utile qu'à lui, maintenant.

Foresta s'enveloppe de l'épais vêtement, retrousse la fourrure au niveau des manches pour l'ajuster, resserre les lanières, et place le filin autour de son épaule. Pyth revoit soudain la jeune fille qui lui était apparue lors de la bataille de l'Empoing – la sublime Foresta Erivan qu'il n'avait pas encore embrassée. Il la trouve tellement belle qu'il en a mal au ventre. Un vertige le prend en pensant à ce qu'ils viennent de partager.

Foresta plante son instrument dans le sol pour y puiser la formidable énergie du volcan. Son corps change immédiatement de posture ; il gagne en puissance, en maintien. Prenant appui sur le câble, elle bondit de terre et regrimpe toute seule sur l'oiseau.

∞

Au sommet du volcan, l'éruption du bolt aux couleurs changeantes illumine le monde de son geyser fabuleux – bleu topaze, bleu azur, bleu cobalt, jaune blanc, jaune d'or, jaune vif, vert émeraude, vert acide, vert d'eau. Le soleil de jour a fait son apparition à côté du soleil de nuit ; la concurrence des deux astres participe de la mobilité du paysage : l'atmosphère oscille entre le petit matin, le soir et la fin d'après-midi.

— Il faut planter le câble sur le foyer, dit Foresta en désignant un dôme vert pâle lumineux qui se trouve à une vingtaine de mètres au milieu du désordre. C'est là que le bolt est pur.

Soudain, un grincement métallique déchire l'atmosphère. Tous deux se figent et repèrent, le cœur en alerte, un bras de grue qui se meut en contrebas. Pyth fait se recroqueviller Ekos au maximum, puis lui fait contourner quelques amas de roches pour découvrir ce que la montagne leur avait caché jusqu'alors : de l'autre côté du pic, à fleur de mer et de terre mêlées, se déploient les armatures de trois immenses bateaux d'empoing.

— Les géographes ! s'écrie Foresta.

Pyth reconnaît les coques spéciales du tribut galécien qui avaient été présentées lors de la cérémonie de la Ligue : elles sont faites d'une matière aussi brillante que du vernis dont Pyth a oublié le nom mais dont le commandant Abakan avait expliqué qu'elle permettait de pénétrer les terres molles.

Terres molles. Pythagore ne savait pas à quoi cela faisait allusion à l'époque. Il comprend qu'il s'agit de ce vaste champ à la fois sublime et vaseux, moussu et rocheux, vaporeux et odorant né de l'alignement des trois Territoires. Les bateaux galéciens y ont pénétré bien plus avant que l'énorme vaisseau adjinn. La proue de leur navire effleure presque les flancs du volcan.

Élevées par un système de pylônes, de treuils et de roues, leurs grues sont en cours d'acheminement.

— Si les altinefs nous détectent maintenant, on sera des cibles faciles, dit Pythagore.

— Je sais, acquiesce la jeune fille, mais c'est maintenant ou jamais qu'il faut y aller.

Pyth replace son bras autour de la taille de Foresta et, d'un petit coup de genou, indique à l'oiseau de s'envoler.

∞

Ils filent droit vers le foyer. La distance à parcourir est très courte mais des vents contraires, presque magnétiques, encerclent le geyser de bolt et les empêchent de progresser.

— Qu'est-ce que c'est ? interroge Pythagore, obligé de forcer sa voix pour se faire entendre.

— C'est la puissance du bolt... Les particules s'agitent.

Ekos, qui ne semble pas dérouté par le phénomène, adapte son vol en fonction des courants et parvient à se rapprocher par cercles concentriques quand, soudain, un imposant vrombissement leur fait lever la tête.

— Les planeurs ! crie Foresta.

Les trois altinefs les ont repérés et tirent plusieurs projectiles dans leur direction. Heureusement, les vents magnétiques détournent aussi leur trajectoire et les planeurs perdent du temps à remonter les grappins avant de pouvoir les relancer. Slalomant entre les bourrasques, Ekos finit par trouver un courant d'air porteur qui les mène sur le promontoire vert ardent. Il se pose, agrippe ses serres dans les mousses et se recroqueville pour ne pas prêter le flanc à la tempête.

Vu de dessous, le geyser ressemble à une formidable cascade, Pyth voudrait se laisser recouvrir par ses gerbes lumineuses.

— Attention aux éclaboussures de bolt ! prévient Foresta. Quand il est à vif, il peut rendre fou !

— Fou, comment ?

— Je ne sais pas ! Je n'ai jamais fait ça !

Pyth saute à terre et dérape aussitôt.

— Attention ! crie encore la jeune fille. Il faut des bottes à crampons, normalement !

Mouillées et déchirés, les baskets de Pyth ne font pas l'affaire. Le voici qui glisse sur l'étrange terreau imprégné de bolt ; il dévale plusieurs mètres puis demeure immobile, son corps s'enfonçant dans la mousse comme dans des sables mouvants. La substance du foyer est infiniment douce ; elle donne envie de rester allongé, de rêver, de se laisser envelopper par ses parfums merveilleux. Le jeune homme sombre lentement dans la torpeur végétale.

— Pyth ! hurle Foresta en plantant son filin d'asphalt dans le terreau moussu.

Le petit câble se tend à la verticale tant la force qu'il puise du foyer est prodigieuse. La jeune fille y prend appui pour sauter du rapac et atterrir sans glisser. Se tenant fermement au câble géographe, elle lance l'autre embout à Pythagore.

— Pyth ! Attrape le filin ! Pyth ! Debout ! Lève-toi !

Celui-ci n'entend qu'à moitié. Son oreille droite est plongée dans la substance veloutée, onctueuse, ses rêves prennent le pas sur ses pensées. Pourquoi Foresta voudrait-elle qu'il se lève ? La vie est si douce, si puissante dans le sommeil.

— Pythagore ! hurle-t-elle encore à s'en arracher les cordes vocales. Si tu as vraiment cet Adjinn en toi, réveille-toi ! Attrape le filin !

L'inflexion de sa voix a éveillé quelque chose en lui. Quelque chose qui vibre plus fort que le sommeil. *Si tu as vraiment cet Adjinn en toi.* Est-ce de l'ego, est-ce simplement une pulsion de vie ?

Le fait est que Pyth relève la tête, lutte, s'agrippe à un fond de lucidité ; il repère les reflets du filin d'asphalt, bien plus discrets que ceux du câble architecte, mais vifs comme sa brûlure intérieure. Il s'y cramponne. Gorgées d'énergie, les vibrations du métal le galvanisent et lui donnent la force de ramper jusqu'au sommet de la colline.

Foresta l'aide à remonter les derniers mètres, puis lui crie à l'oreille :

— Pyth, ne lâche pas le câble ! Pas une seconde ! Sinon, tu vas te faire happer par le bolt. Ce n'est pas pour rien qu'on disqualifie les aspirants géographes qui lâchent leur filin pendant la bataille de l'Empoing. Ça peut te coûter la vie. Tu m'as entendue ?

Il acquiesce.

— On va utiliser un filin pour deux, tu as compris ?

À nouveau, il fait oui de la tête.

— Bon, maintenant, il faut qu'on plante le câble architecte.

Elle s'accroupit au pied du rapac, mais celui-ci est si contracté qu'il ne peut pas lâcher ce qu'il agrippe dans ses serres. Pyth passe la main dans ses plumes, le rassure, le masse, lui parle en gaoyan. Finalement, une serre après l'autre, l'oiseau libère le gros câble architecte, dont Pyth et Foresta dégagent l'embout.

— Il faut le planter à la verticale, crie-t-elle, et le maintenir longtemps, sans bouger, pour que toutes les fibres prennent.

Comme il reçoit d'abondantes éclaboussures de bolt, Pyth sent le filin d'asphalt lui glisser de l'épaule. Il doit encore résister à l'envie de se laisser incorporer à la mousse, d'oublier qu'il est un homme pour redevenir matière.

À ce moment, résonne un bruit tonitruant : la structure métallique des géographes a gagné plusieurs niveaux et les surplombe à présent. Un bras de grue pivote dans leur direction avec, à son bord, trois silhouettes en manteau de bucq.

— Pyth ! hurle Foresta en le secouant.

Pythagore raffermit sa prise autour du câble architecte et, ensemble, ils enfoncent l'énorme conduite argentée dans la terre mouvante du foyer. Les milliers de milliers de fibres magnétiques s'y insinuent. Lentement, elles se gorgent d'énergie et de lumière. Les reflets du câble ondulent comme des écailles. Pyth et Foresta ressentent quelque chose de stupéfiant : toute la puissance des deux terres mêlée et canalisée en une seule artère ; le métal et la sève, la vie et le sang, l'ardeur et l'audace, l'ordre et le chaos : toutes ces impulsions souveraines maîtrisées en un seul convoyeur.

L'énergie vrombit à travers leurs veines, gronde dans leurs entrailles. Ils ne peuvent plus respirer simplement, ils rugissent comme des fauves.

Pendant ce temps, la passerelle continue d'approcher à grande vitesse. Les trois géographes maintiennent l'embout de leur propre câble architecte, parfaitement préparé à la verticale.

— Pyth ! Il faut les empêcher d'aborder ! l'avertit Foresta d'une voix pleine d'angoisse. Notre câble n'a pas encore pris racine !

Pythagore se redresse et déroule la partie du filin d'asphalt qu'il avait à l'épaule – l'autre partie est toujours fichée dans le foyer – et la fait tournoyer en l'air comme un fouet pour frapper la passerelle en approche.

— Pyth ! Qu'est-ce que tu fais ? crie la jeune fille. Ils vont l'attraper !

Et c'est exactement ce qui se produit : deux des géographes s'emparent du petit câble et se mettent à tirer dessus pour les déstabiliser. Tel un gymnaste, Pyth bondit aussitôt sur le filin tendu en diagonale et grimpe jusqu'à eux. Amplifiées par la microgravité, sa rapidité et sa souplesse surprennent les trois hommes, qui n'ont pas le temps de réagir. À peine ont-ils compris sa manœuvre que Pythagore est déjà accroché aux tiges inférieures de la passerelle. D'une main, il sécurise sa prise, de l'autre, il tire sur le filin et le renvoie vers Foresta. Les géographes s'accroupissent et essaient de le frapper à travers les entrelacs métalliques. Parmi eux, Pythagore reconnaît Aurelian ! Celui-ci est si estomaqué de tomber sur lui qu'il en perd ses moyens. Pyth en profite pour imprimer à la passerelle un mouvement de balancier qui les surprend et leur fait perdre quelques secondes.

— Pyth ! hurle Foresta. Pyth, le câble a pris racine !

Elle est déjà en train de grimper sur le rapac. Dans un dernier effort, Pythagore essaie d'échapper aux coups de ses poursuivants. Il oscille et, tel un singe qui filerait de branche en branche, progresse le long de la grue ; il prend de l'élan, avise la tache blanche du plumage d'Ekos, qui n'est plus qu'à un mètre, avant de lâcher prise et de s'élancer dans le vide. L'impact de son corps dévie la trajectoire du volatile, qui manque de s'écraser dans la mousse, mais, ayant anticipé le choc, Foresta plante son filin dans la terre et crée une poussée. Soudain propulsé, le rapac évite la collision, remonte en chandelle avant d'effectuer un gracieux demi-tour en direction du vaisseau.

20
Vertigo

Les altinefs vont-ils les prendre en chasse ? L'euphorie de Pyth et Foresta est telle qu'ils ne les entendent plus. Ils ne perçoivent que le cheminement du bolt sauvage dont la lumière vert acide illumine le câble en serpentant jusqu'au vaisseau adjinn.

De loin, ils entendent le moment où le bolt frappe la machine à crans : une douzaine de *clac* crépitent comme des feux d'artifice. Pyth reconnaît, en beaucoup plus fort, le bruit qu'il a entendu au début du concert de la Factory : ce sont les douze éoliennes quantiques qui se sont mises en route.

Pendant quelques secondes, ils ne sentent rien ; rien qu'un agréable vent qui leur parvient en volutes. Les cheveux de Foresta volent en tous sens. Heureuse de sentir les premiers effets de leur exploit, elle tourne le visage vers Pythagore et laisse échapper un rire euphorique.

— On a réussi ! Je ne peux pas y croire ! jubile-t-elle. On a empoigné le bolt sauvage à mains nues ! À mains nues, Pyth ! Tu te rends compte ?!

Ce sourire entier est si rare chez la jeune fille que Pythagore en est presque plus bouleversé que par l'empoing lui-même. Il voudrait s'accrocher aux lueurs de joie enfantine qui dansent dans ses pupilles pour que jamais elles ne disparaissent.

— On a réussi, acquiesce-t-il sobrement, la gorge asséchée par l'émotion.

Soudain, une turbulence, comme celles qu'on peut éprouver en avion, les déstabilise. L'oiseau vire brusquement en piqué. De surprise, leur cœur se décroche. Pyth met quelques secondes à réagir. Voyant la terre qui se rapproche, Ekos et lui luttent de toutes leurs forces pour éviter l'impact. Le rapac finit par retrouver son équilibre et reprendre de l'altitude, mais tous trois mettent un bon moment à calmer les battements de leur cœur. Leurs sens sont en alerte.

— Qu'est-ce qui s'est passé ? demande Foresta avec une certaine inquiétude.

— Je ne sais pas, répond-il en resserrant l'étreinte de son bras autour de la taille de la jeune fille.

À mesure qu'ils se rapprochent du bateau, les turbulences reprennent. Elles ressemblent aux rafales de vents magnétiques qui protégeaient l'accès au foyer. Foresta se recroqueville sur l'oiseau pour offrir moins de prise aux courants d'air.

Pyth voudrait la rassurer mais, à nouveau, son ventre lui tombe dans les talons ! Les ailes de l'oiseau semblent avoir perdu leur portance, ils tombent en chute libre en même temps que le ciel prend la place de la terre.

Ils vont se ramasser sur un sol fait de bleu et d'étoiles... Ils attendent l'impact, mais, soudain le ciel bascule et reprend sa place au-dessus de leurs têtes. Ekos agite furieusement ses ailes et met plusieurs secondes à reprendre le contrôle de son vol.

— Waouh... s'exclame Pythagore. C'était quoi, ça ?...

Pas le temps de réfléchir, car le phénomène recommence, à l'identique : les organes intérieurs se décrochent, le ciel bascule, la gravité change de sens, puis tout revient à sa place.

— Ooooh, mais qu'est-ce que c'est... Il faut arrêter ça, lâche Foresta au ralenti, comme si sa poitrine ne lui laissait pas assez d'air pour parler.

Pyth pense aux éoliennes. À la puissance du bolt sauvage. Cette opération n'était-elle pas terriblement dangereuse, scientifiquement parlant ? géologiquement parlant ? Il repense aux calculs de Nessim, à la multiplication par 10^7, au fait que toutes les tentatives adjinns pour faire coexister les deux systèmes vibratoires sur une même terre se sont soldées par des effondrements. Il revoit les noms sur la carte. Atlantis. Beyrmud. Pompeias. A-t-il contribué à créer un énième cataclysme ?

Une troisième rotation s'amorce, et cette fois ce ne sont pas seulement ses organes qui dévissent, mais aussi ses pensées. La force du vent le soulève par l'arrière de la tête et libère sensations, couleurs et odeurs.

Loin, très loin derrière ce shampooing quantique, Pyth entend une voix qui crie « Une minute » et qui résonne encore longuement tandis que la troisième rotation s'achève. Ils sont presque au-dessus du bateau quand s'amorce la quatrième. Ciel et bateau pivotent. L'oiseau se laisse happer par le mouvement, et c'est au moment où le ciel bascule au-dessus de leur tête qu'ils s'écrasent sur le ponton supérieur. Ils se cognent dans le matériel, les cordages, les caisses. Les plumes d'Ekos s'envolent de toutes parts. Projetés à quatre pattes, Pyth et Foresta essaient de s'agripper aux cordes, aux cabestans, à toute aspérité praticable. Contrairement au reste de l'équipage, ils n'ont ni harnais ni mousquetons.

Sur le bateau, tout tourne.

Pyth attrape la main de Foresta pour ne surtout pas la perdre. Elle lui serre la paume. Mais à nouveau organes et pensées se décrochent. La force centrifuge fouille l'intérieur de sa tête et agrippe quelque chose au passage.

Pyth est estomaqué de voir soudain surgir un fragment d'immeuble, comme si un morceau de décor avait été accroché par le vortex. Il reconnaît le bâtiment : briques rouges et immenses fenêtres métalliques, c'est une portion de la Factory !

— Foresta ! Tu as vu ? Regarde...

Il essaie de suivre des yeux l'immeuble qui tourne lentement lui aussi. Est-ce un mirage ? un passage ? Peuvent-ils s'insérer à l'intérieur pour retrouver Louise ?

« Deuuuuux miiinuuuuuutes ! » Les mots résonnent au ralenti alors qu'une nouvelle révolution s'amorce. Pyth roule sur le pont et reste calé contre une cabine de bois. Il se concentre pour ne pas se laisser envahir mais la force du courant est plus puissante. C'est un vent de particules qui le traverse, ratisse l'intérieur de son corps et capte en passant des images, des sensations, des pensées. Un autre fragment fait son apparition : il tourne dans le sens inverse et présente des pavés, une portion de cour, une demi-statue.

— La statue du cardinal Pichon de Bury..., murmure Pythagore.

L'éolienne quantique fait-elle apparaître des fragments de réalité qui surgissent de son esprit ? Est-ce que Foresta éprouve la même chose ? Est-ce que chaque personne de ce bateau vit la même expérience ?

Tout est infiniment lent et puissant. Pythagore abandonne la lutte, se laisse traverser par la vision d'une rue à quarante-cinq degrés – c'est la rue des Dragons-de-Lille avec la boutique du marchand de crêpes dont le rideau métallique est tiré. Il perd son équilibre, glisse sur le pont, se rattrape à une corde qui pend le long d'un mât. La rue des Dragons-de-Lille bascule, puis disparaît.

Surgit un nouveau ciel, un nouvel immeuble qui penche, lui, à quatre-vingt-dix degrés. Pyth reconnaît la porte tournante par laquelle Louise et lui sont arrivés à New York. Elle jouxte un pan du bâtiment de l'hôtel et plusieurs lampadaires.

Les images sont de plus en plus grandes, de plus en plus englobantes : il a l'intuition que ce sont de vrais morceaux de réel, des morceaux qui pourraient l'absorber. Les lampadaires se placent dans l'axe de Pythagore. Il s'agrippe à l'un d'eux, sa matière est bien réelle, quoique légèrement élastique. Il songe à pénétrer cette réalité, cette rue : ce serait peut-être la solution pour rejoindre Louise, mais il a peur de laisser Foresta de l'autre côté. D'ailleurs, où est-elle ?

— Foresta !...

Il cherche la jeune fille du regard mais à nouveau la gravité s'inverse. Le lampadaire ploie légèrement, sa densité s'amenuise avec la rotation du paysage. Pyth le lâche, tombe, roule sur le pont et atterrit à plat ventre sur les pavés d'une nouvelle perspective urbaine. Il essaie de s'agripper au pied d'un banc mais, au moment où le ciel et le bateau tournent encore, il passe par-dessus bord.

...

Son cœur se décroche.

Il glisse à travers des arbres, se heurte à la rambarde de l'escalier du grand hall du lycée, bascule et chute vers le boulevard de l'hôpital. Les fractions de réel gagnent en texture, leurs mailles se resserrent, elles vont finir par le cueillir ; il se cogne les coudes, les genoux, les paumes. Ses mains sentent la résistance de l'air et des matières, la gravité reprend ses droits. Il se contracte, se prépare à la douleur, il va s'écraser sur le sol, à plat dos sur le trottoir.

« Troooooiiiiiiis miiiiiinuuuuuuteuuuu ».

...

Sa chute est amortie par une large surface d'eau.

∞

Il inspire, expire. Inspire, expire.

Ses entrailles palpitent, son cerveau brûle. Il flotte. Ses membres dessinent une croix.

La première chose qu'il sent est l'odeur du savon. Il ouvre les yeux, regarde le ciel. C'est un ciel bleu, clair, stable, inondé de soleil.

Il entend un ruissellement.

Son corps est à moitié dans l'eau, à moitié dans l'air. Il bouge les mains, les pieds. L'eau n'est pas profonde. Cinquante centimètres, peut-être ?

A-t-il atterri dans un fond de bateau ?

Il s'agenouille. Le fond est fait de pierre, lisse et plat. Il se redresse. Il y a de la mousse partout autour. De la mousse blanche, c'est d'elle que provient cette odeur de savon.

Il prend son temps. Ses cellules sont encore trop agitées. Il n'a pas fini d'atterrir.

Derrière la mousse se trouvent des formes, il entrevoit quelques silhouettes.

Est-ce que ce sont des immeubles, au loin ?

Son cœur se serre. Où est-il ?

Les bâtiments se présentent à la verticale, bien plantés.

Toujours à genoux, il avance une jambe, puis l'autre ; lève les mains devant lui pour s'accrocher à un petit muret qu'il voit se profiler au travers de la mousse.

Il pose ses mains sur la pierre et réalise qu'elle est bien solide et ne bouge pas. Où est-il ? Où est Foresta ? Il tourne la tête et découvre dans son dos une immense statue.

Douze hommes pétrifiés au milieu d'une tempête de pierre.

Le monument des Pêcheurs ? Est-ce un nouveau fragment de réalité ? Va-t-il opérer une rotation, comme les autres, avant de disparaître ?

Mais plus rien ne bouge, plus rien ne tourne.

Se trouve-t-il dans la fontaine des Pêcheurs, place des Douze ?

Pyth retient un cri dans sa poitrine... Où est Foresta ? Dans l'autre monde ?

Non !...

Il plonge le visage dans l'eau, caresse la pierre à la recherche d'une faille, frappe dessus. Le fond reste imperturbable.

Il refait surface, avale de l'air à contrecœur.

— Nooon ! hurle-t-il, la rage au ventre.

∞

Pythagore flotte pendant de longues secondes à la surface de l'eau. Il a les yeux fermés, la nuque relâchée, les membres abandonnés.

Il ne veut pas sortir de la fontaine. Il refuse la réalité qui l'entoure. Il attend qu'une énième rotation quantique le ramène dans l'autre monde.

Le temps s'étire. Rien ne bouge.

Au bout d'un certain temps, un bruit de pas se rapproche. Pyth sent qu'une silhouette se plante devant lui, à contre-jour, mais il refuse toujours d'ouvrir les yeux.

— Pythagore !

La mention de son nom finit par le faire réagir. Il se redresse légèrement, entrouvre les paupières, et place sa main en visière pour essayer d'identifier celle ou celui qui vient de l'interpeller. Il s'agit d'une très petite personne, un enfant peut-être. Cet enfant a le crâne lisse – pas un seul cheveu sur la tête ; il sourit d'un air joueur.

— Tu es venu !

Cette fois, Pyth reconnaît la voix de Gautier.

Il porte une tenue de ville, des lunettes de soleil remontées sur la tête. Il a dans les mains un paquet de lessive.

— Tu es venu ! Je suis tellement content !

Son rire cascade comme jamais Pyth ne l'avait entendu.

Tel un lointain flash-back qui aurait appartenu à un film vu il y a plusieurs années, Pyth se souvient de l'invitation du garçon. Huit heures du matin, samedi, place des Douze.

— On a fait déborder la fontaine ! Je suis tellement content que quelqu'un soit venu ! Pour une fois que je fais une vraie bêtise, ça m'aurait embêté de la faire tout seul avec ma mère.

Pyth se tourne vers la femme qui se tient à côté de l'enfant. Il ne l'avait encore jamais rencontrée. Pudique, celle-ci fait quelques pas pour laisser son fils profiter de son camarade. La venue de Pythagore semble la remplir de joie.

— Oh ! T'as amené une copine ?

— Quoi ?

— C'est ta copine, derrière ?

Dans la poitrine de Pythagore, son cœur fait un bond. Une copine ? Derrière lui ? Pourrait-il s'agir de Foresta ? Il se tourne. Déception. C'est Églantine de Morvan qui, postée de l'autre côté de la fontaine, lui fait des signes.

— Qu'est-ce que tu fabriques là ? lui dit-elle, hilare.

— Je... On... Je suis venu... à la fête d'anniversaire de... mon ami Gautier.

Ce dernier est fasciné par la présence de cette grande fille mince aux longs cheveux noirs et aux vêtements de princesse.

— Y a du gâteau... Vous voulez du gâteau ?

Églantine ne relève pas. Elle tient un sac de pièces jaunes qu'elle vide intégralement dans l'eau.

— Je l'avais promis à la fontaine, si elle exauçait mon vœu.

— Quel vœu ? s'enquiert Gautier avec intérêt.

— Tu lui expliqueras, dit-elle dans un sourire à Pythagore, qui ne voit pas du tout de quoi elle parle.

Tandis qu'ils la regardent tous deux s'éloigner, la mère de Gautier estime qu'il est temps de rentrer à l'hôpital.

∞

Pyth est seul, à présent. Perdu, il erre dans les rues de Loiret-en-Retz, avant de s'échouer sur un banc, en face de la gare.

Il est 9 heures du matin.

Qu'est-ce qui est possible ? Qu'est-ce qui est réel ?

Se retrouver en haillons mouillés, encore empreints de bolt sauvage, en gare de Loiret-en-Retz, après tout ce qu'il a vécu la nuit précédente, après être passé par Eman, New York et la plaine des territoires alignés ?

Il s'accroche aux secondes qui passent tandis que les mots et les images se télescopent. Il entend l'écho des éoliennes qui s'allument, il revoit les reflets du bolt jaillissant à contre-jour du soleil de nuit tandis que, face à lui, un groupe de jeunes campeurs se laissent mollement traverser par la vie.

— C'est dingue, ils n'ont plus rien à 9 heures ! râle l'un d'eux parce que le Café de la Gare n'a plus de croissants. Je crève la dalle, moi.

Les bribes de conversation flottent, vidées de leur substance.

— Comment on fait pour s'y rendre, c'est loin ?

— Il faut faire du stop ?

Où aller ?

Pas chez lui. Il ne peut pas imaginer d'affronter sa mère.

Pas chez Louise. M. Markarian doit être mort d'inquiétude. Pyth ne saurait pas quoi lui dire.

D'angoisse, son ventre se contracte. Qu'est-il arrivé à son amie ?

La première chose à faire est de prendre contact avec elle. Lui n'a plus de téléphone, mais Louise a dû garder le sien et trouver un moyen de le recharger.

Pyth s'approche d'une dame qui promène son chien.

— Excusez-moi, madame, vous pourriez me prêter votre téléphone ?

Celle-ci le regarde avec de gros yeux et passe son chemin. Pyth comprend alors quelle image il renvoie au monde : celle d'un sans-abri débraillé en manque de sommeil.

Il lui faudrait un refuge. Un endroit où se changer, se rafraîchir, se poser sans que personne ne le questionne. Il pense aussitôt à Double T.

∞

Le capot avant de la Pontiac est grand ouvert. Deux jeunes gens émergent du moteur, les bras pleins de cambouis, des outils et des chiffons à la main.

— Alors ? demande la voix policée de Thibault-Tanneguy.

— Je crois que ça va le faire, dit l'autre en s'épongeant le front.

— Tiens, bonjour Pythagore !, lance Thibault-Tanneguy en découvrant la silhouette du garçon.

— Bonjour, répond celui-ci avec émotion.

Les gobelets à café posés sur le toit de la voiture donnent l'impression qu'ils font une pause sur la route des vacances. Le fait de retrouver quelque chose de familier après tout ce qu'il vient de vivre fait chaud au cœur de Pythagore.

Celui qui accompagne Double T lui adresse un large sourire, exhibant une ribambelle de dents dorées qui font concurrence aux anneaux d'argent qu'il porte à l'oreille. Il détaille son allure et émet un sifflement admiratif :

— Quelle dégaine, frérot ! D'où tu sors ?

Il lui claque l'épaule d'un geste amical.

— Je m'appelle Ti'o, je travaille à la casse, enchanté.

— Pythagore, enchanté.

— Tu es passé par le lycée ? s'enquiert Double T.

— Non.

— On a ouvert les pierres de la cour, tôt ce matin. On a compris ce qui s'était passé : il y avait un conduit calciné à l'intérieur de la fonte. C'était bouché jusque dans la salle des professeurs. Mais des évacuations provisoires seront installées pour le référendum. Le père de Louise peut être tranquille.

Pourtant à mille lieues de ces préoccupations, Pyth hoche la tête lentement pour indiquer qu'il prend en compte l'information.

— Tu n'aurais pas un téléphone à me prêter, par hasard ?

Thibault-Tanneguy lui tend son appareil et Pyth compose le numéro de son amie. Il remarque que celui-ci était déjà enregistré dans le répertoire, à « Louise *** ».

Messagerie.

Il réessaie deux fois, sans succès, puis lui envoie un texto.

> Je suis de retour à Loiret. Je suis avec Double T. Où es-tu ?

Il attend quelques instants. Pas de réponse.

Comme Double T voit son ami grelotter de froid dans ses vêtements humides, il ouvre son coffre.

— Si tu veux te changer, j'ai ce qu'il faut.

Pyth attrape un treillis, un tee-shirt épais, un caleçon, des chaussettes.

Il monte à l'arrière, enlève ses vêtements, les essore, les pose à plat sur le capot. Cette minute d'intimité le fait penser à Foresta. À ce qu'ils ont fait la pendant la nuit. Il ferme les yeux. Rien ne sera plus jamais pareil en lui.

Une fois rhabillé, il se rend compte qu'il meurt de faim. Il regrette de ne pas avoir mangé du gâteau d'anniversaire de Gautier et s'aperçoit qu'il est incapable de réfléchir tant qu'il n'aura pas quelque chose dans le ventre. À nouveau, il se tourne vers Double T :

— Je peux t'emprunter un peu d'argent pour acheter un croissant ?

∞

À la boulangerie, il y a la queue. Plusieurs dames parlent du référendum.

— On n'est pas des bêtes tout de même, un peu de musique, ça peut pas faire de mal...

— Remarquez, les bêtes aussi aiment la musique.

— Enfin, ça dépend laquelle, si c'est pour agiter la tête en faisant boum, boum, boum, non merci !

— Ça peut attirer des jeunes, ma foi...

— J'attends de voir !

La clochette tintinnabule, signalant l'arrivée d'un nouveau client. Pyth reconnaît la sœur de Jordanie Serra, serrée contre un garçon. Ils donnent l'impression d'avoir passé la nuit ensemble. Émergeant de sa langueur, la jeune fille le regarde avec un étrange intérêt.

— Hé, tu t'appellerais pas Hippolyte ou...

— Pythagore.

— Ah oui ! Pythagore... Tu es dans la classe de ma sœur. Tu es ami avec la fille du concierge ?

— La fille du concierge ?

— Le type qui répare les trucs au lycée, celui qui préside l'association du lac...

— Il n'est pas concierge, il est...

Elle le coupe.

— Alors, c'est vrai ?

— Vrai, quoi ?

Au même moment, le téléphone de la jeune fille se met à sonner. Elle consulte son écran, roule des yeux.

— Merde, c'est ma mère !

Elle décroche et répond, la bouche en cœur :

— Oui, maman ! Non, maman ! J'ai dormi chez Charlotte... Oui, on voulait finir de réviser pour le bac blanc. Mais non ! Pas du tout ! Qui t'a dit ça ? Quoi ?

Elle s'émeut, regarde par la vitrine.

— Quoi ? Mais tu es où ?

Elle s'écarte du garçon qui la tenait encore par l'épaule et lui fait signe de s'éloigner. La boulangère s'impatiente.

— Monsieur, qu'est-ce que je vous sers ?

— Euh... Un croissant. Deux croissants. Non, trois. Trois croissants, un pain au chocolat et un café allongé.

Pyth aurait bien aimé demander à la sœur de Jordanie à quoi elle faisait allusion en disant « Alors, c'est vrai ? », mais celle-ci a déjà filé dans la rue.

∞

Après s'être rassasié, Pyth retrouve le sens des priorités.

D'abord, sa mère. Il ne peut pas la laisser dans l'inquiétude. Il emprunte à nouveau le téléphone de Double T, compose le numéro de la maison. Sa mère décroche dès la deuxième sonnerie.

— Allô ? dit-elle avec un empressement qui rend sensible son appréhension.

— Maman, c'est moi. Je t'appelle du téléphone d'un ami.

— Ah, mon chéri, c'est toi, bonjour... répond-elle avec une pointe de déception dans la voix. Excuse-moi, mais... j'ai cru qu'on allait me donner des nouvelles de ton père.

Silence à nouveau. Pyth remarque que sa mère ne semble pas s'être fait trop de souci pour lui.

— Tout va bien, là-bas ?...

Là-bas ? pense Pythagore. Où croit-elle qu'il se trouve ?

— Euh, oui, oui... Tout va bien.

— Vous avez acheté une tente finalement ? Louise m'a appelée pour me prévenir que vous aviez trouvé une voiture.

— Euh... Louise t'a appelée ?

— Mais oui ! Ne t'inquiète pas ! Je suis contente que tu t'amuses, tu as besoin de te changer les idées.

Pyth est rassuré que Louise ait eu au moins un point de contact, mais comment savoir où elle se trouve ? Comment savoir ce qu'elle a dit à sa mère ? Il cherche une façon de la faire parler et ne trouve rien d'autre que :

— Et toi, tu ne veux pas venir... là où on est ?

— Moi ? Ha, ha, ha...

C'est la première fois que Pyth entend sa mère rire franchement depuis longtemps, et il en éprouve quelque chose qui ressemble à du réconfort.

— Oh, mon chéri !

Sa respiration accuse le coup de l'émotion.

— Tu es si gentil.

Un silence.

— Tu es si gentil de vouloir t'occuper de moi, mon chéri, mais...

Sa mère rit à nouveau comme une jeune fille. Des larmes viennent aux yeux de Pythagore sans qu'il sache pourquoi.

— Ce n'est plus de mon âge, tout ça, tu sais... En revanche, Paramaz va sûrement passer voir comment vous êtes installés.

Elle glousse gentiment.

— Il est très inquiet pour le couchage.

— Ah bon, le couchage ?

— Il voulait savoir si tu avais pris ton duvet, parce qu'il ne voulait pas que...

Elle rit à nouveau.

— Que vous dormiez dans le même sac de couchage, Louise et toi. Il dit que vous êtes trop grands maintenant.

— Dans le même sac de couchage ?

— Mon chéri, ne t'inquiète pas, j'ai été jeune aussi... Amusez-vous bien.

— Ok. Merci, maman.

Elle raccroche. Les méninges de Pyth tournent à plein régime. Dormir dans le même sac de couchage ?

Double T intervient :

— Ah, tu vas au concert d'Herbauges, toi aussi. Tu veux venir avec nous ? S'il te manque un duvet, j'en ai plein à l'arrière.

Regardant machinalement le tas de molleton, Pyth comprend soudain de quoi voulait parler sa mère. Il se souvient que c'est ce soir qu'a lieu le fameux concert d'Herbauges ! Il avait complètement oublié...

Est-ce à Herbauges que sa mère croit qu'il se trouve ?

Ti'o sort du capot et dévisage le dernier descendant du baron de Retz avec un air goguenard :

— Hé, l'ami, je savais pas que tu aimais les chanteurs à minettes...

— J'y vais pour faire plaisir à Louise. Je lui ai promis que je l'accompagnerais.

— Louise ? répète Pythagore, éberlué. Tu as parlé à Louise ?

— Oui, cette nuit, répond Double T avec naturel. Elle m'a demandé si je pouvais l'accompagner à Herbauges en voiture. C'est pour ça que j'ai demandé à Ti'o de m'installer le moteur plus vite que prévu. Il m'a fait cadeau de la moitié des pièces.

Comment a-t-elle... ? Ou plutôt, pourquoi ? Pourquoi, après tout ce qui leur est arrivé, Louise aurait-elle pris la peine d'appeler Double T au milieu de la nuit pour aller au concert ?

Sur le visage de Thibault-Tanneguy, Pyth perçoit quelque chose comme de la fierté ; et de la pudeur aussi. Le jeune homme détourne les yeux et cherche une contenance. Pyth ne l'avait jamais vu réagir de cette façon. Il repense au fait que le numéro de Louise ait été préenregistré avec trois étoiles et se demande quelle est la nature exacte des sentiments de Double T à l'égard de sa meilleure amie.

Ti'o interrompt ses pensées :

— En tout cas, si vous voulez avoir une bonne place, faudra pas attendre le dernier moment : j'ai vu des gars qui débarquaient en masse à la gare depuis ce matin – dès 5 heures.

Pyth se tourne vers Double T.

— Tu sais où elle est ?

— Bien sûr. Elle est à la mairie, avec son père et toute l'équipe de bénévoles. Ils préparent des caisses de matériel pour le concert, je dois passer la prendre à midi pile.

21

Superstar

Pyth s'est endormi comme une masse sur la banquette arrière, à côté du chien de son ami. Il entend des bruits de moteur et des voix qui surnagent de son sommeil.

— C'est bon, ça roule, mon poteau ! C'est l'heure ? On va tout ranger dans le coffre. Je mets le chien à l'avant ? Allez, ciao, tu viseras bien les p'tites minettes pour moi.

Une portière claque, le moteur démarre. Les bruits de la ville filtrent par la fenêtre ouverte. Ils sont doux, provinciaux, amicaux.

La voiture ralentit. L'atmosphère sonore se charge d'électricité et de bourdonnements de voix.

Pyth ouvre les yeux et découvre que la voiture est garée en face de l'hôtel de ville. Le trottoir est bondé. Quelques barrières métalliques ont été installées pour protéger l'accès au parvis.

— Je suis attendu, explique Double T à un vigile.

Celui-ci vérifie sa liste, la plaque d'immatriculation, puis les laisse passer.

Caché au milieu des duvets, Pyth détaille les visages dans la foule. Il reconnaît Avril Alençon, Jordanie Serra, Lucie Bonneton et d'autres filles de seconde.

De l'autre côté de la rue ont été déployées des banderoles de protestation – « Protégeons nos pierres ! » « Non à l'invasion barbare ! » Les dames de l'association se tiennent par les coudes pour bien montrer qu'elles forment un front solidaire. Pyth cherche du regard Mme Vidal-Daguerre mais ne la trouve pas.

Soudain, des cris de joie incrédules explosent dans la foule. En haut des marches de l'hôtel de ville viennent d'apparaître le maire Archambault de Morvan, le président de l'Association des amis du lac, Paramaz Markarian, accompagné de sa fille et de plusieurs employés de mairie. Ces derniers tiennent bien haut une sorte de drap, comme s'ils protégeaient quelqu'un des regards de la foule.

— Alors, c'est lui ? C'est vrai ? C'est lui ? s'interrogent les curieux.

— Je suis sûr que c'est pas lui, sinon ils nous le montreraient.

— Je reconnais sa veste ! Il portait la même sur la vidéo du festival de Glastonbury !

Pyth est surpris lorsque s'ouvre la portière arrière de la voiture. La silhouette cachée derrière le drap se faufile à côté de lui sur la banquette. Les cris de la foule redoublent.

« C'est lui ?! C'est lui ou pas ? C'est lui ! C'est Silo !.. »

Pyth reconnaît avec stupeur celui qui vient de s'affaler au milieu des duvets : aussi resplendissant que ravagé, le teint blême rehaussé par des traces d'anthracite qui lui coulent par le nez, c'est Silo, l'Adjinn de la Factory !

Louise se glisse à son tour dans l'habitacle et coince le drap au-dessus de la vitre de manière à maintenir une protection visuelle – l'autre vitre est déjà obstruée par les oreillers. M. Markarian s'installe sur le siège passager avant. Les portières claquent avec un bruit plein et sourd, comme dans les films.

Alors que Double T fait vrombir le moteur, la foule s'enflamme et se presse contre la Trans Am beige et or. Les téléphones portables les mitraillent de photos ; les visages se collent aux vitres pour essayer d'apercevoir quelque chose. Les vigiles sont obligés de repousser manu militari les fans téméraires. Le groupe de défense du patrimoine met un certain temps avant de s'ébrouer, puis entonne en chœur un « Protégeons... no-treu... patrimoine... ! Protégeons... no-treu... patrimoine... ! » qui s'amenuise à mesure que la voiture remonte les rues du Vieux-Loiret.

∞

Pythagore ne cesse de dévisager Louise. Louise ne cesse de dévisager Pythagore. Leurs yeux brûlent de curiosité. Leurs pupilles oscillent à l'affût du moindre signe qui pourrait répondre à la question que chacun se pose : comment est-il/elle arrivé(e) à bon port ? N'étant pas seuls, ils n'ont pas le loisir d'élucider le mystère, d'autant que M. Markarian ne lâche pas sa fille du regard.

— Qu'est-ce qu'il a ? demande-t-il avec un geste du menton en direction de Silo, qui respire avec difficulté.

— C'est le voyage qui l'a rendu malade, explique Louise.

— Et c'est quoi, ce noir qui lui sort par les narines ? On dirait qu'il a consommé quelque chose qu'il n'aurait pas dû. Tu vois ce que je veux dire, ma fille ?

Louise fait semblant de ne pas comprendre l'allusion à de possibles substances illicites. Elle cherche un mouchoir pour tamponner le nez du chanteur.

— Tu peux me redire exactement comment tu l'as connu ? revient à la charge son père. Et ne me dis pas la même chose qu'à monsieur le maire.

— Mais papa, je te jure que c'est par Facebook ! J'avais envoyé plein de messages à plein d'artistes. Et lui m'a répondu hier. On ne va pas faire la fine bouche. Tu as vu comme tout le monde est excité ? S'il joue ce soir, vous allez gagner le référendum, c'est sûr !

Quoique d'accord avec sa fille sur ce dernier point, Paramaz Markarian reste suspicieux et ne se départ pas de sa froideur.

— Pas à n'importe quel prix, ma fille, pas à n'importe quel prix.

Il pose une main aussi paternelle que menaçante sur le genou de l'Adjinn et l'apostrophe d'une voix ferme :

— *You have a problem, son ?*

Silo fait l'effort de se redresser. Il passe le revers de sa main sous son nez, enlève ses lunettes. Ses yeux clairs, légèrement grisés, se révèlent d'une douceur magnétique et incisive.

— *No, sir, no problem.*

Son sourire est écrasant de séduction naturelle. Autour de lui flotte une atmosphère sulfureuse de gangster charmeur ou de prince débauché, quelque chose d'indicible contre quoi il est inutile de lutter.

M. Markarian le dévisage pendant de longues secondes avant de détourner son regard vers la route. Louise en profite pour se pencher vers Pythagore et chuchoter :

— Silo va chanter au concert.

— Oui, sourit-il, j'avais compris.

∞

L'arrivée au lac détend l'atmosphère. L'anthracite a cessé de couler des narines de Silo et celui-ci se révèle parfaitement professionnel avec les musiciens que la mairie a recrutés en urgence – batteur, bassiste et guitariste. Tandis que l'équipe artistique se consacre aux balances et aux répétitions, les bénévoles installent les tentes qui feront office de coulisses et de point de repli pour les officiels. Des barrières ont été aménagées pour protéger les accès du château, mais beaucoup de petits malins jouent à cache-cache avec le service de sécurité pour s'approcher et prendre des photos. Double T prête main-forte à tous ceux qui en ont besoin. Ses muscles font grande impression sur la petite société qui gravite autour du maire.

Tout en participant aux préparatifs, Pyth et Louise s'isolent dès la première occasion pour enfin entrer dans le détail du récit de leur nuit. Louise commence par son périple qui l'a conduite de New York à Loiret-en-Retz en passant par Eman.

— 16 President Street, l'adresse qu'on a trouvée dans le manteau, j'y suis allée, j'ai forcé la serrure : il y avait un lit défait, une douche, un bureau, des affaires de rechange, une dizaine de fioles de peptines et un angle mort directionnel.

On a eu beaucoup de mal à passer l'angle mort à cause de l'anthracite.

Pythagore laisse Louise lui expliquer ce qu'il sait déjà – à savoir que Silo est un Adjinn, que l'anthracite empêche de passer les frontières et que, depuis des semaines, le chanteur essayait de se sevrer. Pyth la met au courant de ce qu'il a appris de son côté et, notamment, du rôle de Foresta dans l'échec du sevrage de Silo.

Elle hoche la tête :

— Chaque fois que j'essayais de lancer les miroirs, il saignait par le nez. Il nous a fallu des heures. On a failli se faire prendre par les Garde-Fous, qui ont fait une descente pour emprunter l'angle mort – heureusement, on les avait entendus entrer et on s'est cachés sur le balcon –, puis on a dû tout recommencer, reprendre des peptines. On a descendu toutes les rations qu'on avait trouvées mais on a fini par y arriver. On a atterri à Eman et, à partir de là, ça a été plus facile d'utiliser un angle mort classique pour revenir ici.

Pyth réalise qu'il ne faut jamais s'inquiéter pour Louise. Son instinct de débrouillardise est aussi fort que sa curiosité scientifique.

— Et la fille de la Factory nous a aidés...

— La fille de la Factory ?

— Celle qui m'a parlé sur le trottoir.

Pyth se souvient très bien de la garçonne et de son geste sur l'avant-bras de Louise pour expliquer le *supralive*.

— Comment est-ce qu'elle vous a aidés ?

— Silo a vu que je connaissais Foresta et qu'elle était passée de l'autre côté avec les Adjinns, alors il m'a demandé de l'aide. La fille a surgi à ce moment-là. Elle avait des amies dans l'équipe de sécurité. On est passés par des issues de secours et, à la fin, elle m'a laissé son numéro de téléphone.

— La fille t'a laissé son numéro ?

— Oui, confirme-t-elle, avec un sourire de Joconde.

Lionel Gérôme interrompt leur conversation en prenant l'air important :

— J'ai besoin d'un coup de main pour installer des tréteaux !

Pythagore se dévoue et l'aide à déployer son matériel d'ingénieur du son. Il reconnaît certaines des machines qu'il a utilisées pour faire le DJ à la fête des Pêcheurs – les amplis, la table de mixage. Le surveillant de la Vie scolaire effectue ses branchements comme s'il s'agissait d'un acte de chirurgie ; Pyth sourit en songeant à quel point ceux que Foresta et lui ont eu à réaliser la nuit précédente étaient plus complexes.

∞

Le groupe régional qui devait se produire avant que Silo ne survienne est en train de régler ses balances. Les Amis du lac n'ont pas voulu annuler sa prestation au dernier moment et il a été convenu qu'il jouerait six morceaux en première partie.

Calé contre un rocher avec Louise, Pythagore achève le récit de sa propre nuit : ses retrouvailles avec Foresta, l'existence du vaisseau adjinn, la découverte des Territoires Mouvants, le retour de Nessim Kharan, son rôle dans la disparition de son père, ses recherches sur la porosité de la trame, l'éruption du bolt sauvage, l'utilisation des éoliennes quantiques.

Il s'attarde sur ce qu'il a ressenti lors de l'apparition des fragments de réalité – l'impression d'être labouré de l'intérieur, passé au fil d'un immense râteau. Tandis que Louise ferme les yeux pour se figurer la sensation décrite, Pyth ajoute :

— Mon père a toujours dit que la pensée était une forme de matière. De la matière « supramentale ».

Louise acquiesce. Elle a déjà entendu cette expression plusieurs fois dans la bouche de Pythagore mais, au vu de ce qu'il a vécu, ces mots se parent d'une pertinence nouvelle.

— Qu'est-ce qui distingue les vibrations qui forment la matière des vibrations qui forment les pensées ? se demande-t-elle à voix haute.

— Peut-être rien.

— Peut-être qu'on peut mélanger les vibrations de matière et les vibrations de pensée ?

— Peut-être que les éoliennes quantiques ont tout mélangé ?

— Peut-être...

Un technicien s'approche d'eux d'un pas léger. Il s'installe à leurs côtés et se roule tranquillement une cigarette pour fraterniser.

— Ça va être magnifique ! Y a pas à tortiller, ton père, c'est un grand monsieur, dit-il à Louise en tirant une première bouffée.

Quoique impatients de retrouver leur intimité, tous deux lui sourient.

— Y a même des dames qui ont débarqué des beaux quartiers. Elles se sont installées dans un petit coin, avec le gars du son, hé, hé, ça lui fait tourner la tête.

Pyth fouille la perspective du regard et remarque qu'effectivement trois femmes, la quarantaine assumée, se sont installées sur des chaises pliantes derrière les consoles de Lionel Gérôme.

Elles ont apporté une glacière contenant du champagne et des coupes. Pyth est surpris de reconnaître parmi elles Mme Vidal-Daguerre, qui militait pourtant contre la vente du château. Elle semble se cacher derrière ses amies pour fumer des cigarettes.

∞

La scène a été installée de l'autre côté du pont, devant le vieux château ; les ruines du double escalier s'entremêlent avec la structure métallique qui sécurise la tenue de l'estrade. Des haut-parleurs sont disposés en rayon de manière à pouvoir diffuser la musique à tous les environs. La luminescence du plancton et la lueur des guirlandes installées dans les arbres enchantent la perspective.

Louise, Pythagore et Double T ont installé des duvets sur le capot et le pare-brise de la Trans Am. Surplombant la foule, confortablement adossés dans leur salon en plein air, ils assistent à la première partie du groupe de rock. Pour la première fois depuis longtemps, Pyth a l'impression d'être un adolescent normal, avec des préoccupations normales. Il s'efforce de ne pas penser à son père.

Même si le public est avant tout là pour Silo, personne ne boude le petit groupe local. À la fin de la première partie, les applaudissements s'élèvent. Le chanteur présente ses musiciens, et tous sont acclamés.

— Je voudrais remercier la municipalité de Loiret-en-Retz d'avoir organisé ce concert. J'espère sincèrement que vous irez tous voter demain pour que ce lieu magique puisse continuer à célébrer la musique !

À nouveau, il se fait plébisciter ; certaines personnes doivent le connaître personnellement car elles l'encouragent par son prénom :

— Allez, Philippe ! Bravo, mon Fifi !

L'interpellé conclut sobrement :

— Je suis très fier d'avoir fait la première partie de celui qui va maintenant se produire : j'ai nommé Silo, le magnifique !

Cette fois, les applaudissements se déchaînent.

Tandis que Double T file donner un coup de main pour changer le décor, Pyth chuchote à Louise :

— Thibault-Tanneguy a ton numéro de téléphone enregistré dans son portable avec trois étoiles.

— Je sais.

— Il y a un truc entre vous ?

Elle hausse les épaules et rit sans répondre.

Sentant que Silo ne va pas tarder à faire son entrée, le public frémit d'impatience. Certains mettent en route la lampe torche de leur téléphone pour rendre sensible leur enthousiasme ; d'autres allument leurs briquets, à l'ancienne. Tandis que tous scandent son nom – « Si-lo ! Si-lo ! Si-lo ! » –, l'euphorie fait frissonner l'assistance.

— Tu sais, c'est incroyable, le chemin qu'il a parcouru, dit Louise. Pendant qu'on attendait que les peptines fassent de l'effet, à President Street, il m'a parlé de sa vie, de son enfance au Gaoyan. Il était parti sur les traces des terres adjinns avec son frère et sa sœur ; c'est par hasard qu'il s'est retrouvé de l'autre côté de la frontière, en se faisant emporter par un courant. Son périple a duré plusieurs mois et, quand il a fini par débarquer sur le sol américain, il avait douze ans. Il a dû tout réapprendre – la langue, les habitudes, la vie en général.

Quelques instants plus tard, Silo apparaît sur scène. Torse nu, il est sublime avec pour seuls artifices la blondeur iconoclaste de ses cheveux, le miroitement de ses lunettes de soleil et l'éclat de son sourire carnassier.

Le public est possédé par une ardeur nouvelle. Chacun, dans la foule, est conscient qu'il sera à jamais marqué par cette nuit, cette heure, cet instant.

— Comment tu as réussi à le convaincre de venir chanter ici ? chuchote Pythagore, soucieux de ne pas troubler le silence qui commence à se faire.

— Je lui ai dit que ça aurait lieu sur une ancienne terre adjinn.

∞

Le concert de Silo s'est élancé en douceur, à l'unisson avec le bruissement de la nature. L'âme des pierres et la lumière du plancton enveloppent comme un écrin la voix rocailleuse de l'Adjinn. Tout ce que la vente du château a cristallisé de négatif – agressivité, dissension, mépris – semble s'évaporer. Ne demeure que le frisson.

Alors que démarre le deuxième morceau, une sorte de grattement intrigue Pythagore et lui fait tourner la tête. Peut-être n'y aurait-il pas prêté davantage attention si, au même moment, une silhouette n'avait émergé des buissons. C'est un homme, à la largeur d'épaules conséquente.

Il porte un manteau souple que la brise soulève et tient dans les mains un objet d'où provient justement le grattement.

On dirait une sorte de disque, surmonté d'un... sablier?

Le cœur de Pyth se décroche tandis qu'il reconnaît l'agencement caractéristique d'une boussole biométrique!

— Louise, regarde, dit-il en lui donnant un coup de coude.

La personne qui s'approche à la faveur de l'obscurité est-elle un Garde-Fou? Instinctivement, Pyth se place devant son amie pour la protéger.

Un rayon de lune éclaire le visage du nouveau venu, et tous deux ont la surprise de découvrir l'un des deux instigateurs de la rébellion adjinn.

22
« Navire »

Comme la veille au soir, Ajax est torse nu sous son manteau. Il les rejoint d'un pas nonchalant et s'accoude au toit de la Trans Am.

— Et voilà, ça marche bien, ces petits objets...

— Vous nous avez suivis ? interroge Pythagore, stupéfait. Vous aviez notre signature vibratoire ?

— Pas la tienne : la sienne, dit-il en désignant du menton Silo qui mesmérise la foule.

Pyth fait alors le lien avec le moment où Ajax a planté son aiguille dans l'épaule du chanteur, sur la scène de la Factory.

— C'est la première fois que j'ai l'occasion de voir mon frère en concert, je ne voulais pas le rater.

Son frère ?

Pyth et Louise se sentent presque idiots de ne pas avoir déjà remarqué les similitudes de leurs cheveux – blonds, presque blancs –, de leurs yeux, de leur stature, de leur charisme. L'Adjinn grimpe lestement sur la carrosserie et s'installe à côté d'eux, comme si de rien n'était. Il semble parfaitement à l'aise. Il ressemble à une star, lui aussi. Une star qui viendrait écouter un collègue incognito.

— Vous êtes son frère ? chuchote Pythagore.

— Nous étions trois, répond Ajax d'une voix douce. Lui, ma sœur et moi. Nous avons fui le Gaoyan. Nous voulions vivre comme des princes. Nous suivions la carte des territoires adjinns. Nous avons commencé par Beyrmud, la plus proche, et c'est là qu'Oliz a disparu.

— Oliz ?

— C'est son vrai nom, explique Ajax. Pas Silo, Oliz. Ma sœur et moi étions désespérés d'avoir perdu notre petit frère. Nous avons croisé la route de géographes, c'étaient des Galéciens ; nous leur avons demandé de l'aide et tout a dégénéré. J'ai connu l'anthracite facile et l'oubli de la souffrance, tandis que ma sœur s'est acoquinée avec un commandant. Aucun de nous n'a retrouvé Oliz, mais nous avons tous les deux très mal fini... jusqu'à ce que Nessim me redonne espoir.

La chanson prend un envol saisissant, Ajax s'absorbe dans le silence.

— Oliz ? répète Louise pour elle-même, comme si ce nom lui disait quelque chose.

Les applaudissements fusent, interminables. La foule s'enhardit, s'affole. Certaines filles essaient de monter sur scène.

— Me'ci beau'coup', dit Silo en français avec un accent mi-américain, mi-gaoyan.

Ajax attend que la chanson suivante soit bien lancée pour reprendre :

— Si je suis venu vous voir, c'est parce qu'il va y avoir du grabuge. L'expérience quantique de Nessim...

Il sourit, lâche un soupir plein d'admiration.

— On peut dire qu'elle a bien marché : nous avons perdu plusieurs soldats mais nous avons réussi à réaliser trois minutes d'enregistrement quantique ! Trois minutes de porosité vibratoire...

Ajax laisse planer le silence, comme pour mettre en couleur le champ des possibles ouvert par cet exploit, avant de poursuivre :

— Il va y avoir une guerre. Ce ne sera pas une guerre facile, car personne ne sait qui a vraiment tort et qui a vraiment raison. Où est le bien, où est le mal ? L'énergie adjinn peut être terrible, j'en sais quelque chose, j'ai vu ma sœur à l'œuvre. On nous appelait « Deanjii » au Gaoyan. « Deanjii », c'est une contraction pour *dean Adjinn*, « sale Adjinn ». Et ce n'est pas pour rien.

Deanjii ? Pyth et Louise tiquent aussitôt. Ajax parle-t-il d'Andjika Deanjii ?

Ils n'ont pas besoin de poser la question ni d'entendre la réponse car, déjà, leur mémoire fait apparaître une des seules caractéristiques physiques de cette femme dont Pyth se souvienne parfaitement bien : la couleur de ses cheveux – d'un blond polaire extraordinaire.

Louise fouille dans sa poche et en tire un papier froissé, légèrement déchiré. Il s'agit de l'avis de recherche du professeur Deanjii, arraché dans les sous-sols de la rue des Vinaigriers. Il présente une photo où la ressemblance avec Silo est frappante. Louise approche le papier de ses yeux pour déchiffrer les minuscules lignes sous la photo :

> Origine, Gaoyan, île Farös.
> Patronyme « Deanjii », contraction populaire gaoyan pour « *dean Adjinn* ».

Deux frères connus sous anthracite : Ajaccio Deanjii, Oliz Deanjii

Elle s'interrompt en comprenant qu'Ajax est le diminutif d'Ajaccio.

— On ne choisit pas sa famille, commente l'Adjinn sobrement.

À son tour, il tire de sa poche plusieurs feuillets pliés en quatre. Les pages sont recouvertes d'une petite écriture griffonnée, organisée en plusieurs colonnes.

— Voici le résultat d'années de recherches : une liste des Adjinns connus à travers l'histoire – dans votre monde et dans le nôtre.

Louise et Pythagore se penchent sur le document à la lumière du téléphone. Petit à petit, leur esprit s'enflamme.

— Lui ! commence Louise. Il est adjinn ?...

— Et elle, poursuit Pythagore, elle a vraiment existé, alors ?

— Et lui ! Et elle ! Et eux aussi ? ne peuvent-ils s'empêcher de s'exclamer.

Louise retourne les feuilles de manière frénétique. D'autres noms apparaissent. Certains sont directement issus de leurs cours d'histoire, d'autres appartiennent à la sphère du mythe. D'autres encore sont moins connus – ou du moins ne les connaissent-ils pas.

Ajax laisse mûrir leur stupeur.

— Qu'ils soient superbes ou cruels, bons ou monstrueux, il est arrivé que des Adjinns soient pris pour des êtres de fiction ou de légende. Certaines familles ont fait régner la terreur sur des régions entières, pendant des centaines d'années. D'autres ont agi en solitaire, étonnant le monde par leur génie ou leur cruauté. Il y aura des Adjinns que nous devrons combattre. Ma sœur en fera partie.

Pyth remarque avec émotion l'utilisation du mot « nous ». Ajax compte-t-il les inclure dans l'aventure ?

— De la même façon, les Garde-Fous ne seront pas tous nos ennemis. Nous devrons nous protéger de la vieille garde d'Eman, bien sûr, mais je pense que nous pourrons compter sur les Garde-Fous scientifiques – ceux qui cherchent à interroger et à comprendre sans camper sur leurs positions. Ne croyez pas que notre petite fête quantique soit passée inaperçue. Les géographes qui étaient sur place ont vu eux aussi la réalité se fragmenter. Les Garde-Fous vont appeler ça « mirage », « vapeur », « hallucination ». Ils le mettront sur le compte du bolt sauvage, ils prescriront des médicaments, arracheront des pages aux récits de voyage, mais quand même... Trois minutes de ventilation quantique, ça ne s'oublie pas si facilement ! En tout cas, cela a suffi pour que certains basculent déjà de notre côté, regardez !

Ajaccio Deanjii tire de son manteau un bijou que Pythagore reconnaît aussitôt : il s'agit du médaillon d'Euménie que portait Foresta.

— Je l'avais confisqué à ton amie, précise l'Adjinn.

Il l'ouvre.

— Ce matin, j'ai remarqué que quelqu'un avait écrit quelque chose sur le miroir du médaillon jumeau.

Il tend le pendentif à Pythagore. Celui-ci a du mal à déchiffrer l'écriture et ne parvient qu'à lire le dernier mot : « navire ».

— Navire ?

— C'est écrit à l'envers, comprend Louise. Le miroir inverse la lecture !

Pyth fait se refléter le médaillon dans le rétroviseur et décode alors le début : « Abakan veut parler. »

Il réalise ensuite que le dernier mot du message n'était pas « navire » mais « erivan ».

Son cœur s'envole. Il se tourne vers Ajax.

— Erivan ! C'est une signature ! Foresta Erivan, la fille qui était avec moi sur le bateau. Vous savez ce qu'elle est devenue ?

— Je pense que les éoliennes l'ont renvoyée chez ses amis géographes. Je pense qu'elle a raconté pas mal de choses au commandant Abakan et qu'il n'est pas contre l'idée de collaborer. Abakan a toujours préféré la recherche au gardiennage. Ceux d'Eman ne sont pas au courant du rôle que vous avez joué à nos côtés. On ne va pas les détromper. Vous nous serez plus utiles en étant infiltrés.

— Les agents doubles, remarque Louise, sont toujours ceux qui se font tuer dans les films.

Ajax ne relève pas. Sans doute n'a-t-il jamais vu de film.

— Vous allez nous enrôler ? espère Pyth, le cœur battant.

— Je crois bien que vous allez vous enrôler tout seuls. Surtout toi, ajoute Ajax à l'intention de ce dernier, quand je te dirai ce qu'un bateau de marins de seconde zone a repêché dans les eaux du courant, ce matin.

— Comment ça ?

— La saison du bolt sauvage est toujours très féconde en réveils de Dormeurs. Les contractions des méridiens fuyants agitent le Sublittoral. Tu connais le protocole, universellement respecté chez nous, quand un bateau repêche un Dormeur du courant ?

— Non.

— Il faut le laisser parler. Toujours, le laisser parler. Un Dormeur qui remonte du courant a rêvé pendant plusieurs années, parfois plusieurs dizaines d'années. Il doit évacuer tout ce qu'il a dans la tête. Une fois qu'il a fini, il s'endort pour une vraie nuit de sommeil – sa première. Lorsqu'il se réveille, il a presque tout oublié et peut commencer sa vraie vie.

« Sur chaque bateau, il y a toujours quelqu'un qui est de garde, préposé à l'écoute, au cas où un Dormeur serait repêché. On l'appelle l'Oreille. Il arrive qu'un bateau ne rencontre jamais de Dormeur de toute sa vie maritime, ou bien qu'il en repêche trois par semaine. Tout dépend des courants et des époques de l'année. Sur certains bateaux, les Oreilles notent ce que les Dormeurs leur racontent. Ces notes sont consignées dans des carnets de voyage. C'est dangereux... On dit qu'il ne faut jamais raconter à un Dormeur ce qu'il a formulé en sortant du courant, car la connaissance de ses rêves sublittoraux peut alors le hanter pour le restant de sa vie. Je ne peux pas vous dire si c'est vrai, je ne connais pas personnellement d'ancien Dormeur à qui ce serait arrivé.

« Quoi qu'il en soit, très tôt ce matin, après le chaos de l'éruption du bolt sauvage, un Dormeur a été repêché par un chalutier. Il se trouve que l'Oreille qui a recueilli ses confidences tenait ce rôle pour la première fois et qu'elle a voulu partager son émotion avec l'un de ses amis, sur un autre chalutier. Il se trouve aussi que nos radars étaient très actifs car nous guettions nos poursuivants éventuels. Nous n'avons pas été suivis mais tous ceux qui étaient dans la salle de transmission avec moi – Nessim inclus – ont été surpris d'entendre cette Oreille retranscrire le récit d'un scientifique spécialiste de l'infiniment petit, qui jurait ne pas être un Dormeur, affirmait s'appeler Lucien Luchon et avoir des révélations à faire sur le secret de la matière.

Pythagore est bouche bée. Son père s'est réveillé, son père a parlé !

— Ton père va être une pièce maîtresse dans la guerre des savoirs qui commence. Ce que je te propose, c'est qu'on aille le chercher.

— Oui, bien sûr ! dit Pyth, déjà prêt à partir. Où ça ?

— Attends, pas tout de suite... Les marins vont suivre le protocole, ils vont l'amener à Eman, dans l'un des trois palais d'acclimatation littorale – il y en a un pour chaque tranche d'âge. Les Dormeurs y restent normalement quelques jours. Ils suivent tout un cheminement physique et psychologique d'acclimatation à la vie sociale. Toutefois, ton père devra être exfiltré le jour de son arrivée. Car autant les marins de cette nuit ne sont pas des spécialistes, autant les acclimateurs d'Eman ne mettront pas longtemps à comprendre que ton père n'est pas un Dormeur comme les autres. Il ne faudra pas traîner.

— D'accord, répond Pyth, le cœur battant de savoir que son père est en route pour Eman et qu'il vit quelque chose de réel.

Cet événement, plus que tous ceux de la nuit précédente, lui donne le sentiment d'être vivant.

— Je viendrai te chercher quand il sera temps, ajoute Ajax. En revanche, il y a une mission pour laquelle j'ai besoin de vous tout de suite, avant que le concert se termine. Je ne pense pas que mon frère ait consommé de l'anthracite sublittorale ces dernières heures ?

Louise fait non de la tête.

— J'ai raté sa première interception, j'aimerais beaucoup réussir celle-là. Pouvez-vous passer cette cassette pour moi ?

Pyth prend l'objet des mains d'Ajax.

— Qu'est-ce que c'est ?

L'adjinn sourit.

— À ton avis ?

— L'enregistrement quantique ! chuchote Louise, fascinée.

Le sourire d'Ajaccio Deanjii s'étire à l'extrême.

— Il n'en existe que trois spécimens pour l'instant. Je compte sur vous pour ne pas le perdre.

— Vous voulez qu'on passe la cassette maintenant ? s'assure Pythagore.

— Maintenant. Et sans perturber le concert, bien sûr, ajoute-t-il en les saluant d'une courbette.

∞

Pyth et Louise se faufilent jusqu'au carré technique, près de la tente des officiels. M. Markarian discute avec le maire, Archambault de Morvan. Passablement éméché, celui-ci est ravi d'échanger avec tout le monde. Il les interpelle au passage :

— Bravo mademoiselle, vous êtes dans la classe de ma fille, je crois ? Je dois vous remercier encore, au nom du conseil municipal. Votre père me dit que c'est grâce à Facebook que...

Pyth n'écoute pas la suite de la conversation et se concentre sur sa mission. Il file vers les consoles de Lionel Gérôme.

Ce dernier est heureux comme un pape. Les quelques femmes assises dans son dos comptent parmi les plus jolies mères d'élèves du lycée Saint-Louis. À peine maquillée, légèrement ivre et terriblement séduisante, celle de Maxence Vidal-Daguerre fait à ses amies des confidences que tout le monde peut entendre.

— Ça fait du bien de leur dire merde, parfois ! J'ai besoin de vivre !

Elle avale une gorgée de champagne, embrasse du regard la foule sous ses yeux.

— Je me suis peut-être mariée trop jeune...

Louise, qui a rejoint Pythagore, reçoit la nostalgie de Mme Vidal-Daguerre avec une expression étrange. Pense-t-elle à sa propre mère ? Bien que très discrète sur le sujet, sa meilleure amie lui a confié à plusieurs reprises avoir surpris de nombreuses disputes entre ses parents. Sa mère finissait toujours par décréter qu'elle n'était pas faite pour cette vie. N'ayant jamais su à quelle sorte de vie elle faisait allusion, Louise avait fini par conclure qu'il devait s'agir de la vie de famille. Pyth scrute son visage, guette un soupir ou un mot, mais la jeune fille a déjà reporté son attention sur les installations techniques.

Pyth constate que le matériel de Lionel Gérôme est bien équipé d'un lecteur de cassettes, comme dans son souvenir. Est-ce que les pistes sont compatibles avec le son du concert ?

Il repère l'emplacement des quatre pistes – *deck 1, deck 2, deck 3, deck 4* –, note le bouton à pousser verticalement sous chacune d'elles pour autoriser la superposition du son. Première chose, mettre la cassette dans le lecteur.

— Qu'est-ce que tu fais là, Luchon ? interroge Lionel Gérôme en baissant son gros casque.

— Je peux vous aider un peu ? dit-il en insérant discrètement la bande.

— Tu es fou, tu as vu qui est sur scène ? Me casse pas mon coup. Ça n'arrive qu'une fois dans une vie, ça !

Pendant que le surveillant retourne à ses boutons, les gestes empreints de sérieux, Pythagore cherche laquelle des pistes est reliée au radio-cassette. Pour ça, il faudrait qu'il appuie sur le bouton « play » et essaie les pistes une à une. Il reste en retrait, applaudit avec la foule qui salue la fin du morceau.

Une des mères attrape Pyth par la manche.

— Psst... Tu veux du champagne ?

Il fait non de la tête.

— Tu sais ce que fait le chanteur après le concert ? Il y a une fête chez quelqu'un ?

Il hausse les épaules, l'air de dire qu'il n'en sait rien. Survient Églantine de Morvan, un gros appareil à la main.

— Je fais un reportage pour le journal de la mairie, on peut vous prendre en photo ?

La mère de Maxence sursaute.

— Oh ! mon Dieu, non, je peux pas être dessus !

Elle se lève, titube, sort du carré technique et tombe sur Double T, en grande conversation avec le père de Louise.

— Jeune homme, pourriez-vous me prêter votre épaule une seconde ?

Pyth profite du remue-ménage pour déclencher le lecteur de cassettes et monter le son des deux premières pistes.

C'est lorsqu'il pousse le curseur de la piste n° 3 qu'il comprend qu'il a réussi sa mission.

∞

L'enregistrement quantique se superpose à la voix de l'Adjinn. Au-dessus du château, du lac et de la foule rassemblée s'élèvent un vent de liberté, l'écho du bolt sauvage, le souffle de la respiration universelle. À l'intérieur de chacun monte la certitude que la vie est grande.

Émotion, aspiration, espoir, bonheur, désir, frisson, fièvre. Pyth est le seul à comprendre ce qui se déroule, mais pas le seul à l'éprouver. Tout le public est transporté vers quelque chose de supérieur. Il revoit le visage de la fille de Brooklyn qui mimait la chair de poule. Est-ce que Louise y repense ?

Le déroulé de l'enregistrement a pour conséquence la lente évaporation de la trame. L'autre monde s'inscrit partout autour du château d'Herbauges, non pas timidement, en noir et blanc, comme à la Factory, mais avec force et reliefs. Deux mondes superposés, deux trames, deux systèmes vibratoires, deux gammes de couleurs.

Une minute passe.

Les lucioles bondissent au-dessus des silhouettes amassées de la scène. Personne n'est en mesure de les voir mais leur vol effervescent transmet à l'air une exaltation vibratoire supplémentaire.

Deux minutes.

Apparaissant dans la profondeur de la scène non loin de son frère, Ajaccio Deanjii est déjà passé de l'autre côté. Ses cheveux, dont il partage l'impétueuse blondeur avec son frère et sa sœur, sont encore plus éclatants.

Trois minutes.

Il attend la fin du morceau et la montée des applaudissements pour prendre la main d'Oliz Deanjii. Il s'offre le luxe de saluer avec lui, dans l'anonymat du double fond, avant de profiter du fait que la lumière s'éteigne pour lui faire traverser la frontière.

∞

Pyth et Louise peinent à expliquer au maire pourquoi Silo s'est évaporé après le spectacle.

— Il disparaît toujours dans le noir après un concert, il n'aime pas qu'on le regarde ni qu'on le félicite. Il n'enlève jamais ses lunettes, il est contre les interviews...

Quelques filles de terminale qui veulent faire les intéressantes assurent que c'est la stricte vérité ; l'alcool aidant, tout le monde finit par se satisfaire de la mystérieuse façon qu'a eue le chanteur de quitter la scène. Alors que les uns et les autres se congratulent du succès de la soirée, M. Markarian donne déjà ses instructions aux jeunes bénévoles de l'équipe de nettoyage.

— C'est maintenant que ça commence pour vous ! Il faut que tout soit propre. On a promis d'être « éco-responsables », et je peux vous dire que, dès demain matin, on aura tous les emmerdeurs de la ville sur le dos. Ils vont venir inspecter les lieux, appareil photo à la main, pour prouver au journal régional que nous sommes des vandales. Alors, on retrousse ses manches, on ramasse tout ce qui traîne et on laisse les lieux plus propres que propre !

Ainsi motivée, l'équipe se disperse en disséminant dans la nature des reflets orange fluo de gilet de sécurité.

∞

Double T a conduit Mme Vidal-Daguerre jusqu'à sa voiture. Le père de Louise, soulagé, lui confie avec Pythagore et Louise la mission de la ramener à bon port.

— Je ne veux pas d'histoire. S'il lui arrive quelque chose, son mari va trouver un moyen de nous faire porter le chapeau, alors vous la raccompagnez jusqu'à sa porte, dans la plus grande discrétion.

∞

Le silence de l'habitacle et le cocon des duvets les enveloppent de douceur.

Mme Vidal-Daguerre est installée à l'avant, le front contre la vitre. Double T essaie de rester concentré sur la route et de ne pas remarquer que les boutons du corsage de sa voisine se sont ouverts tout seuls.

Louise s'est endormie.

Pyth pense à son père et au fait que la prochaine fois qu'il le verra, ce ne sera pas dans un lit ni dans un fauteuil roulant, mais sur ses deux jambes, acteur de sa propre vie.

Lorsque Double T gare sa voiture devant l'immeuble cossu des Vidal-Daguerre, il est 2 heures et quart.

— Merci infiniment, jeune homme, chuchote la mère de Maxence.

— On vous raccompagne jusqu'à votre porte, madame ? propose Pythagore, conformément aux directives reçues. On ne sait jamais sur qui on peut tomber à cette heure-ci.

Mme Vidal-Daguerre baisse les yeux, le sourire timide. Elle s'appuie sur le bras que lui tend Double T pour s'extraire de la voiture.

— Je ne sens pas trop la cigarette ?

— Non, presque pas, ment le jeune homme. Vous êtes à quel étage ?

Elle sourit à nouveau, baisse les yeux.

— Nous avons tout l'immeuble, c'est un hôtel particulier.

Après s'y être reprise à plusieurs fois pour insérer sa clé dans la serrure, elle se tourne vers Pythagore :

— Je t'ai déjà vu. Tu es un ami de mon fils, n'est-ce pas ?

— Euh, je suis dans sa classe, répond sobrement Pythagore.

— C'est idiot que Maxence ne soit pas venu, ce soir. Je sais qu'il adore ce chanteur. J'aimerais qu'il comprenne que la vie est courte et que... ce que les autres pensent de nous, ça n'a pas beaucoup d'importance.

Elle ferme les yeux, soupire.

— Je ne suis pas sûre d'être la mieux placée pour l'aider à concevoir une telle chose.

— Sans doute êtes-vous déjà en train de le faire, madame, assure Double T d'une voix apaisante.

— Vous croyez ? demande-t-elle, les yeux brillants.

— Bien sûr. La véritable éducation, celle qui façonne en profondeur, est celle qui se passe de mots.

— Merci. Et, jeune homme... votre nom ?

— Thibault-Tanneguy de Montmorency-Laval, maison Sauvage.

À l'énoncé de ce lignage prestigieux, un éclair traverse le regard de Mme Vidal-Daguerre – de l'étonnement, du contentement, ou peut-être même... de l'espoir.

∞

La Pontiac s'arrête ensuite au lycée. Il est presque 3 heures du matin.

Double T ouvre la portière de Louise. Celle-ci est encore endormie. Il la relève, l'aide à se mettre debout.

Pyth sent toute la tendresse qu'il éprouve pour la jeune fille et se sent pris d'un élan de solidarité pour cet ami dont le soutien a été indéfectible. Ont-ils été à la hauteur de son dévouement, avec leurs messes basses ?

Double T ne semble pas en prendre ombrage, il les salue d'un geste élégant de la main.

— À demain, dit-il. Je passerai pour l'élection !

Les jeunes gens le saluent et accompagnent du regard le départ de la voiture.

— Tu dors chez moi ? propose Louise à Pythagore.

— Ok.

La porte du grand hall étant fermée à cette heure-ci, ils sont obligés de faire le tour par l'ancien jardin des moines. L'acquisition du microfilin d'asphalt est une aubaine pour Louise, un rêve devenu réalité. Plus aucune serrure ne lui résiste.

Comme ils approchent de la loge, Pyth et Louise sentent leur cœur qui se met en alerte. Une silhouette les attend devant la porte.

Est-ce un homme, une femme ? Un garçon, une fille ?

Le lampadaire de la cour des petits n'éclaire que faiblement la scène.

Soudain, l'intrus émerge du clair-obscur : il s'agit d'Attila. Ses yeux sont ardents ; les traits de son visage semblent tirés par la fatigue, mais nourris par quelque chose de fort – l'aventure, le danger, la transgression.

À ses pieds se trouve une large caisse de métal. Elle lance sans préambule :

— Melrik est furieux.

Le cœur de Pyth se contracte. Que sait Melrik de leurs activités nocturnes ? Ajax leur a dit que les Garde-Fous ne savaient rien de leur participation à l'empoing du bolt sauvage. S'est-il trompé ? Cela pourrait-il compromettre leurs actions dans la lutte à venir ?

— Furieux ? Pourquoi ?

— Tu ne répondais pas à ton téléphone.

Pyth se calme un peu. Si le problème se résume à cela, il n'est pas si grave.

— Le téléphone ? Ah, oui... Je n'ai pas fait exprès. Euh...

Il se souvient qu'il a laissé l'appareil dans la chambre de Louise avant de partir à la recherche du produit aux algues. Il pensait qu'il en aurait pour cinq minutes : s'il avait su à quel point la vie allait le surprendre !

— Je l'ai laissé ici et...

— Je sais, j'ai traqué la puce.

Attila regarde Louise. Louise regarde Attila.

— Salut, dit Louise, avec un ton légèrement différent de celui qu'elle utilise d'habitude.

— Salut, répond Attila, le regard incandescent.

Elles laissent passer un temps. Chacune se jauge, puis Attila reprend :

— Je ne sais pas si je viens de faire une énorme conneries, ou pas...

— Raconte, lui propose sobrement Pythagore.

— D'abord, une chose ! Tu as du sang adjinn en toi et tu ne me l'avais pas dit ?

Pyth ouvre la bouche pour s'expliquer mais la jeune fille enchaîne :

— C'est à cause de toi qu'ils se réunissaient hier, tu le savais ? C'est le branle-bas de combat chez les Garde-Fous ! Tu n'es pas né adjinn, tu es devenu adjinn. Tu es la preuve vivante que les Adjinns ne sont pas une race maudite, ni une fatalité.

Elle s'exprime avec quelque chose de ravageur dans la poitrine.

— Melrik et la vieille garde auraient pu te tuer pour étouffer l'affaire mais, maintenant que toutes les sections sont au courant, c'est trop tard. Les scientifiques des comptoirs ont exigé qu'on rouvre le secret constitutionnel n° 1.

— Comment ça ? l'interrompt Pythagore.

— Le secret constitutionnel n° 1 est le tout premier secret, celui sur lequel l'Ordre est fondé. Il n'y a que très peu de Garde-Fous qui en connaissent la teneur. Les scientifiques ont demandé qu'on l'ouvre pour nourrir les investigations.

— Ok, commente Pythagore sans comprendre où la jeune fille veut en venir.

— Il se trouve que les membres de la vieille garde ont refusé et qu'ils ont emporté le secret dans un de leurs QG. Devine où se trouve ce QG !

— Euh... Aucune idée.

Attila affiche un sourire insolent.

— Ils sont arrivés tout à l'heure, rue des Vinaigriers – les douze Garde-Fous de la vieille garde. Moi, je m'étais enfermée dans les combles pour ne pas prendre d'anthracite... J'essayais de dormir quand ils sont entrés dans la pièce. J'ai vu où ils ont rangé le secret.

Elle attend un instant avant de porter l'estocade :

— Alors je l'ai volé.

— Tu as volé quoi ?

— Le premier secret constitutionnel, dit-elle à voix basse.

Est-ce la peur qui irradie sur son visage ou la fierté d'avoir réussi l'impossible ? Pyth a l'impression qu'elle-même ne croit pas ce qu'elle vient d'énoncer et qu'elle est venue les voir pour trouver une oreille – comme le préposé à l'écoute, sur les bateaux de l'autre monde.

Elle pose son pied sur la caisse qui l'accompagne.

— Il est là, sous mon pied.

Pyth regarde l'objet et remarque qu'il est gravé de deux cercles entrecroisés, comme sur la dépêche.

— Je l'ai volé et je suis directement venue ici, je ne savais pas où aller.

Pyth prend la mesure de l'énormité de ce que la jeune Adjinn est en train de lui révéler. Il répète lentement, ne sachant s'il est outré ou admiratif :

— Tu as volé aux Garde-Fous les plus enragés le secret constitutionnel auquel ils tiennent le plus… et tu es venue, ici, le cacher dans notre lycée ?

— Voilà, acquiesce-t-elle avec un regard de loup.

Le silence de la cour fait résonner les mots et leur parfum de danger.

Louise sourit, tend la main à la jeune Adjinn et lui montre la perspective de la cour des Prophètes.

— Ici, c'est le lycée…

Puis elle présente la loge de son père.

— Ici, c'est chez moi. Vous êtes les bienvenus, toi et ton secret.

∞

Tandis qu'il aide les deux jeunes filles à porter le coffre dans la chambre, Pyth constate avec quel intérêt son amie regarde la nouvelle venue. Ses yeux la suivent avec une lueur que lui-même n'a jamais suscitée – ni Double T, ni aucun garçon. Il se souvient de l'engouement avec lequel Louise a accueilli les explications de la fille de la Factory. Il comprend que beaucoup de choses sont sur le point de changer, et pas seulement dans le déroulé de leur emploi du temps.

Il pense à ce qu'il a partagé avec Foresta, à la façon dont son âme brûle depuis qu'il est à moitié adjinn ; il pense à Louise qui grandit et le surprend un peu plus chaque jour, à son père qui va devenir une « pièce maîtresse dans la guerre des savoirs qui commence », à sa mère.

Un vertige d'impatience et de trac soulève ses poumons. Il a besoin de faire quelques pas dans la cour, tout seul, pour mettre de l'ordre dans ses idées, pour faire le lien entre la douce époque où Louise et lui jouaient innocemment aux chasseurs de clés dans les couloirs du lycée et cette nouvelle ère qui s'amorce, pleine de rebondissements et d'ardeur.

C'est alors que, tel un signe amical destiné à apaiser son trouble, Pyth décèle une chose qu'il n'avait pas encore remarquée : au cœur des feuillages touffus qui protègent l'accès de la baie vitrée, née de la terre fécondée par le sang universel des Dormeurs, d'une luminescence encore pâle et timide resplendit humblement une petite orange bleue.

À suivre

Remerciements

Je remercie Stephen Carrière d'être le premier à avoir cru en Pythagore.

Je remercie ma sœur Florence d'être mon compagnon d'aventure.

Je remercie ma sœur Pauline pour sa bienveillance à toute épreuve.

Je remercie Stéphane Casier pour ses dessins qui font briller les couvertures de *Starpoint*.

Je remercie Sophie Bagur pour son exigence et son efficacité infiniment rassurantes.

Je remercie les enfants du Rablog de m'avoir donné mon premier prix littéraire et d'avoir si bien illustré le tome 1 de *Starpoint*. Vos dessins que j'ai trouvés sur le site m'ont tenu compagnie – tout comme the Crying Song que j'ai écoutée de nombreuses fois.

Enfin, je remercie Hagop d'être, à lui tout seul, un monde parallèle.

Table

1. « Stimulation extérieure non identifiée » 9
2. Échauffourée à Loiret-en-Retz 29
3. Vol de nuit au lycée Saint-Louis 52
4. Sang d'encre 75
5. Poseurs de bombe 96
6. Adjinn 121
7. La traversée du brouillard 136
8. Le médaillon d'Euménie 150
9. « Bunny Luchon et ses joyeux zicos » 164
10. Noël avant l'heure 181
11. Black'chat 196
12. Les magies de la plomberie 206
13. Heerbaüg 228
14. La boussole biométrique 247
15. « On ne se connaît pas » 269
16. Supralive 286
17. Le radio-cassette libanais 301

18. L'enregistrement universel 326
19. Le pic de bolt sauvage 345
20. Vertigo 370
21. Superstar 388
22. « Navire » 400

Mis en pages par DV Arts Graphiques à La Rochelle,
cet ouvrage a été achevé d'imprimer sur Roto-Page
par l'Imprimerie Floch, à Mayenne,
pour le compte de S.N. Éditions Anne Carrière
39, rue des Mathurins – 75008 Paris
en octobre 2018

Imprimé en France
Dépôt légal : octobre 2018
N° d'édition : 913 – N° d'impression : 93286